身份的印迹

——中国文学论片

丁淑梅　陈思广　著

长江出版传媒
长江文艺出版社

图书在版编目（ＣＩＰ）数据

身份的印迹：中国文学论片 / 陈思广，丁淑梅著
. -- 武汉：长江文艺出版社，2015.7(2025.5 重印)
ISBN 978-7-5354-8139-9

Ⅰ. ①身… Ⅱ. ①陈… ②丁… Ⅲ. ①中国文学－文
学评论－文集 Ⅳ. ①I206-53

中国版本图书馆 CIP 数据核字(2015)第 124302 号

责任编辑：杜东辉　　　　　　　　　　　责任校对：程华清
封面设计：水墨工作室　　　　　　　　　责任印制：邱　莉　　胡丽平

出版：　长江出版传媒　　长江文艺出版社
地址：武汉市雄楚大街 268 号　　　　邮编：430070
发行：长江文艺出版社
电话：027—87679360
http://www.cjlap.com
印刷：三河市嵩川印刷有限公司

开本：640 毫米×970 毫米　　1/16　　印张：21.25
版次：2015 年 7 月第 1 版　　　2025 年 5 月第 2 次印刷
字数：272 千字

定价：78.00 元

|目　录|

戏剧与戏曲

散曲与时曲

古诗与新诗

思潮与风格

小说与小品

戏剧与戏曲

神的色彩　人的世界

——元道教题材剧人物形象摭谈

　　元杂剧的题材丰富详备，尤以历史和宗教题材为多，道教题材剧即所谓"神仙道化"剧更蔚为大宗。它以度脱升仙、归隐向道的模式，融宗教意识于艺术构思之中，塑造了寓意深邃而有独特个性的角色，为元杂剧的人物画廊增添了新形象。在《元曲选》及《外编》162种中，据笔者统计，"神仙道化"剧就有37种，占23％。在度脱与归隐的表象背后，这些剧目的人物性格和形象归宿往往表现着神向人和人向神的逆反变幻：天神仙真们常具人的七情六欲，而世俗之人又常走着一条摆脱尘世、散淡逍遥的成仙之路。其角色、其类型、其风韵格致，或是充溢着质朴自然的生活气息，或是寄托着士子沦落的种种心态，或是倾泻着底层的不平之鸣，从一个侧面体现了元杂剧开始的古典文学人物形象由神仙化、传奇化向人间化、世俗化的转变；这种基于底层的觉醒和文学观念的发展而产生的人物形象的主体构成和本质内涵的嬗变，具有独特的审美价值，很值得探究。

一、自然·人·仙

　　在《岳阳楼》《城南柳》《升仙梦》等剧中，常可见到仙真度脱花木、精怪成仙的模式：即观其土木形骸有仙缘之分，数百年后点化成精怪，再经反省托生为人，最后修行罹难而得道成仙。这种度脱模式看起来似乎千篇一律、乏味无趣，但其中所寓含的人物形象的递变却很耐人寻味。

　　《岳阳楼》中那株千年老柳和一株白梅，在岳阳楼、杜康庙的灵气中孕聚精华，久而久之化成柳精、梅怪；作为精怪又专与人作对，在游人醉客中恣意行乐；经吕洞宾点化，转而托生为卖茶酒的小店主郭马儿和浑家贺腊梅，从此便沉溺于粗茶淡饭、自足自乐的小康生活，几经波折而屡屡不肯道化，仙真无奈，只得先剑斩贺氏，才了却这段仙缘。《城南柳》亦有一株城南老柳，化育于自然精气而成柳精，被幻化为卖酒的老杨之子，因与仙桃转世的李小桃夫妻恩爱，相敬如宾而凡心难收，更因留恋小生意的红火而不肯撒手人寰，最后哑妻李氏被迫离去才促其成仙。《升仙梦》中梁园馆前那一株翠柳和一株娇桃，也托生为柳氏门中柳春员外和妻陶氏，一味沉醉于儿女情长的温柔之乡，不知梦里功名身是客，做财主却又想求官封爵，最后在遭劫遇难、为官不能的绝望中回头向道。

这种从土木形骸到精怪、从有情有欲的凡人到奉道成仙的形象的幻变，表层所显示的是日月星辰、人兽草木禀气而生、依道而行、与时迁移、应物变化的道教多神观念和万物有灵的宇宙观。但如果我们对这一形象逆变的过程作一层分析，它的社会历史内容还是很丰富的。

桃、柳作为自然物所具有的美丽妖娆、飘逸空蒙首先表露的是人对大自然美好情性、永恒魅力的向往；它所构建的人与自然、仙界三位一体的情性相生、灵犀相通的世界，流露了人对无情社会、丑恶现实的憎恶、厌弃。而它所框比的"舞低杨柳楼心月，歌尽桃花扇底风"的世态炎凉和人间沧桑，却更多地寄寓着处在封建社会滑坡时期的元代人民，他们内心在乱世动荡中逐渐积郁的忧生慨世、伤时恨己的末世情绪和在异族统治的重重黑暗中蒙耻惧祸、噤若寒蝉的沉重心理。

值得玩味的是这些托生为人的形象，它们在人世的化身无一不执着于凡夫俗子的世俗欲念——或卖酒卖茶，或为官为盗，或店主员外，身份普通，形色不同。"三度""三醉"从另一方面说明了他们对朴素而真实、美满而和乐的现实生活的迷恋，对世俗真情、适意人生的向往。这道化与反道化的斗争，人对仙的抵抗，隐隐地透露的是底层普通人的个性意识的萌动。

日本学者青木正儿在《元人杂剧概说》中说："此剧（指《岳阳楼》）度脱的是无情的草木，所以是神仙道化剧中的异味，兴味深长，在'超世'的里面，富有'世间'的人情味，柳树的性格也在从无情的草木逐次转化为妖精、人类、神仙的时候，呈现一种复杂的趣味。"
这种复杂的趣味即在于作者寄情于草木、托兴于精怪，极文情之变，
将自然物象贯注了人的主观情感，进行了写意性的抒写和对自在之物
极富情趣的个性褒贬，在物我关系的把握中使形象的递变铺染了浓重
的世情色彩和鲜亮的个性精神。而自生自灭的自然物被框入成仙得道
的殊途，却久久驻足于人间，陶醉于世俗的欢乐，流连于真醇的人情
和琐屑的世故。不愿成仙，而宁愿做人，做执著于人情物理的世俗凡人，
这种对现实人生的肯定，对底层生活的关注，对生命欲望的满足，对普通
人性的弘扬，才是自然、人、仙的形象递变的深层归宿和本质内涵。

二、文士·隐士·仙真

在中国的古代社会，知识分子一直是个特殊的阶层，向儒向道，
出处穷达，几乎是他们唯一关心的问题。驯顺见用于科举，桀骜遭厄
于权术，任人驱遣的不尴不尬的境遇造成了他们特殊的心态和人格。
而元代的知识分子不仅没能逃脱这种悲剧命运，反而遭受了更多的磨
难和不平。与开元盛世的文化自由相比，他们屡被践踏和歧视。与宋
代重文轻武、礼遇文人的优惠宽和相比，他们非但无由仕进，而是备
受禁缚，沉寂下僚。人格的扭曲在弥漫全社会的全真教氛围中得到某
种调整，现实中种种屈辱借助艺术的驰骋得以宣泄。由一介书生王喆
创始、素谙儒学之士追随的全真教，以及它成仙证真的信仰，全真全
性的境界，洽应了蒙元统治下横受蹂躏、压抑无奈与自我消弭的社会
普遍心态，更使知识分子特别是汉族士人失意彷徨、屈辱不堪的心境
获得解脱。"神仙道化"剧除了度脱，即是归隐，不是走向终南捷径，
隐居山林，而是忘情于云游人间，或快意于市井生涯，成为混迹于民
间的真隐。

《蓝采和》里蓝采和作为八仙之一，击着简板、敲着渔鼓，走村串
巷，乐足于箪食瓢饮的游艺生涯；《黄粱梦》中同样是八仙之一的吕洞
宾，变成了有父有妻、有功有罪、怜小眷亲、卖阵求荣的高太尉，在
酒色财气里混了十八年，鸳梦难醒、名利难销；《铁拐李》里的岳寿也

是八仙之一，在借尸还魂前却是个瞒心昧己、扭曲作直、贪贿成性、造孽极多的贪官污吏；《竹叶舟》中的陈季卿，在屡试不第、困顿流落中被仙人指路，却也久久不能忘却亲情，情极成梦，乘一叶竹舟飞回故乡与亲人团聚。这些度化故事，无一不在展示被度化者对现实生活的执着，其塑造的形象栩栩如生，反而度化者的形象显得苍白无力。而《误入桃源》中刘晨、阮肇的潜形林壑，《范张鸡黍》中范巨卿的弃官祭友，《贬夜郎》中李白的傲世独立，《贬黄州》中苏轼的放达洒脱，以及《陈抟高卧》中陈抟的出而又隐，《圯桥进履》中张良的功成身退等等，又寄托了作者基于对世道昏暗、豺狼当道的不满而引发出来的洁身自好、浪迹山林，不与当权者同流合污的理想。

这后一类历史剧又称作"林泉丘壑"剧。剧本借助传说中的隐士和历史上的名士，更多地映现了文士精神丰美高尚光洁的一面。高蹈出世作为他们精神世界的积极倾向，使他们朴实地生活，无拘束地歌吟。他们奉行"危邦不入，乱邦不居，有道则见，无道则隐"的信条，在"人间千古事，松下一盘棋"的逸兴中，始终瞩目着人世的苦难，在"百年光阴随手过，梦里功名一场空"的遁世心理深处隐藏着强烈的批判精神，以修炼完善的人格抗衡污浊的现实。虽然这人格的坚守"似一场雪练样狐裘赤紧地遇着那热"——显得"行货儿背时"（《范张鸡黍》曲辞），不识时务，但他们宁愿衣褐怀玉、绝不同流合污的意识也十分坚决。

然而说到底，度脱归隐只不过是文臣武将、才人志士向命运抗争的一种幻想式胜利。事实上，苏轼的贬黄、李白的谪远、王粲的登楼、张镐的撞碑，昭示着元代士人悲剧命运的必然结局。文人、隐士、仙真的形象推移，是作者为他的同命人开出的一剂安慰药方，是他们寄托情思的一种艺术借代。但是，在度脱与归隐的主题下，文人学士由高蹈出世到留恋世情，由泯灭物我到注重个性，由避世远害到忧患不平的反道化心理，他们由山林返回人间的隐居生活的倾向性变更，在艺术与宗教的外壳下的个性追求和才华展露，在彻底地投身于底层、与普通人相濡以沫的交融中实现自己真正的人生价值的抉择，则不但显示了对吾道不行的黑暗现实的极大蔑视和知识阶层固有的传统价值观——举而仕宦的沦落，而且显示了人物主体中的知识阶层的觉醒和向民间的化归。

三、妓女·民女·仙女

在元杂剧"神仙道化"一类题材的人物形象中，有一类成仙的女性值得注意。如刘行首（《刘行首》），李小桃（《城南柳》），贺腊梅（《岳阳楼》）及三部度化金童玉女剧中的童娇兰（《金安寿》）、赵江梅（《玩江亭》）、琼莲（《张生煮海》）和一个特例——桃花女（《桃花女》）。她们作为仙的女性，在末本戏中，自然着墨不多，在旦本戏中，作为"正旦"的也极少，只有一些片言只语、举手投足而已。只有刘行首和桃花女的形象尚称饱满。

刘行首本是唐明皇时多才多艺的管玉瑞的夫人，三百年后成女鬼，王重阳答应度脱她，但需先托生为妓20年以偿宿债。这位刘行首未沉湎于"穿金戴银，偎红依翠"的风月生活，却执意从良嫁人，抱怨真人拆散鸳侣，再也不肯出家，甚至佯装疯癫千方百计地躲避要度脱她的真人。与"花星照、福星照"的人间美好生活相比，布衣素食的仙真又何足道呢？

至于说桃花女是一个特例，是因为此剧并不是以度脱升仙为情节模式，而是以现实生存的抗争取代道的介入，神的色彩让位于华艳多姿、喧哗热烈的世俗生活。一个初出茅庐的少女，一个泼辣能干的村姑，步步为营、独当一面地战胜了久以为业、老谋深算的方术师周公。她活脱灵巧，自信乐观，靠着自己的聪明才智，料事如神，一一战胜了命运的捉弄，显示了底层女性不可磨灭的顽强个性和普通女性卓异的才华与不屈的抗争精神。

诚然还有能歌善舞的童娇兰、哑然于人生的李小桃、活泼可爱的赵江梅、深情婉丽的龙女琼莲，她们个个有胆有识，光彩照人，却又忍辱负重、多遭卑视不公。为了成仙归位，女鬼不得不去还人间的宿债——做20年的"上厅行首"，桃花女在成婚的喜庆时刻，经历的却是一重重生死的纷扰。贺腊梅也在丈夫的成仙故事中扮演了一个牺牲品的角色。她们世俗生活的多姿多彩，金童玉女的思凡下界，机智可钦的个性性格，共同表现了底层生活的美好人情；而求仙之路的曲折，人世生活的难险，又反证了底层女性的不平之鸣和她们追求平等、渴望自由的个性觉醒。

　　如果说老庄的逍遥、八仙的落拓、金童玉女的冰洁还是远在尘寰之外的可望不可即的幻影，那么他们流连于人世的化身才更接近芸芸众生的生活情调。作为这三类人物形象递变过程中最重要的环节——人的形象，也是作者极力铺排、镂刻性格的华章。红桃绿柳的蹈厉人情，文人士子的醉饮狂歌，妓女民女的不平之鸣，形形色色的市井情趣，种种职业的世俗选择，善恶并存的真实人格；循一条向仙之路，却执拗地怀一颗归俗之心，看似豁达洒脱，实则充满激愤；且浓且淡的神的色彩的涂抹，只是他们世情生活的点缀；不是人向神的追慕膜拜，而是神向人的靠拢、回归，所有这些丰富的深层寓意使上述三组人物成为元杂剧人物群像中风格迥异的形象。这种以道化的模式、反道化、民间化的倾向，所体现的人物形象世俗化的转变，则是与元杂剧人物群像的主体内涵和本质特征相吻合的。在元杂剧一千八百多个人物中，据笔者统计，作为传统人物的神仙鬼怪、官吏帝王、秀才小姐不到二分之一，而一大半作为正面人物出场的却都是中下层人物，即世俗凡人，如商人、妓女、公差、僧道、乞丐、流民等，这种人物形象的主体构成比例的变化，本身已说明普通人成为文学描写主流的倾向。而作为传统人物本身，如同上述三组神仙道化剧人物一样，或多或少地显示了世俗化、民间化的倾向，表现在他们特定生活环境、身份性格向底层的推移。这种由仙化到人化、由政治伦理型的传统人格向世俗自由的叛逆人格，由被奴役、被附属的异化人性向自主自觉的个性的形象内涵的充实和裂变，是元明清文艺思想的解放和人性觉醒思潮在人物形象塑造上的具体表现，只不过在导风气之先的元杂剧人物群像中，上述三类人物形象亦"闻鸡起舞"，奏响了个性解放、主体觉醒的一支别调而已。

（原载《文史知识》1993 年 10 期）

从 《汉宫秋》 的有我之境
看元杂剧的意境创造

  意境，又称境界，是中国古代文化中一个重要概念和审美范畴，至一代宗师王国维而集大成。王国维的意境之说，不仅在诗歌研究史上影响深远，而且在戏曲本质规律的探索上给后人以极大启迪。他说："元剧之最佳处，不在其思想结构，而在其文章。其文章之妙，一言以蔽之，曰：有意境而已矣。何以谓之有意境？曰：写情则沁人心脾，写景则在人耳目，述事则如其口出是也。"①王国维不仅将原本在诗歌评论中用以处理情景关系的意境说引入戏曲批评中，而且创造性地从情、景、事的三元关系入手，概括了戏曲文学言情、写景、述事所独具的传神、绘境与代言的艺术特色。但是，情、景、事三者如何互为机枢地构成了元剧的意境？传神、绘境与代言三种艺术要素又是怎样和谐统一地造就了元剧的妙境？这却是王国维没有进一步明晰的问题。本文拟从《汉宫秋》的具体分析入手，谈谈戏曲文学意境创造的过程和特色。

一、立意写情 以情造像

  马致远出身于诗书之家，深受儒家传统思想的熏陶，与关汉卿一流不屑仕进的市井浪子不同，早年对仕途抱有浓厚的兴趣。然而元蒙统治的建立，民族压迫与废科举给知识分子造成的心灵压抑，却使马致远的生活充满了动荡和不安，他除了任过江浙省务提举这样的一星半职外，仕宦之路一直蹭蹬失意，根本未能跻身进入蒙古贵族为核心

---

  ① 王国维：《王国维戏曲论文集》，中国戏剧出版社 1984 年版，第 85 页。

的统治阶层。一个欲有所作为的封建士子，却生不逢时地遭遇了这样一个异族人主的衰世，马致远既不能摆脱儒家思想根深蒂固的影响，又本能地不愿臣服于落后的游牧文化，这种生存的悲剧境遇使得他的精神世界充满了困扰和矛盾。在出世与入世之间，他犹豫徘徊；在理想与现实之间，他无一可为，只有在他倾注了全部情感的艺术创作中，宣泄时世的不平，理想的失落和那背负的屈辱与沉重。《汉宫秋》就是马致远以汉元帝的屈辱怨尤和王昭君的守节赴义寄托自己复杂的人生情绪的悲剧，也是他借题发挥，在虚构的幻想中，倾诉自己的故国之思，民族之节的优秀作品。

周德清在《中原音韵》里提出："未造其语，先立其意"①，李渔在《闲情偶寄》中也讲"欲代此一人立言，先宜代此一人立心"②，这"意"、"心"，是熔铸着剧作家深切的内心体验和饱满的创作激情的一种意念，那使"快者掀髯、愤者扼腕、悲者掩泣、羡者色飞"③的境界，正是剧作者的情性意向与艺术形象、精神特质契合一致所达到的艺术效果。因而这"意"带有更强烈的主观色彩和更鲜明的倾向性，而这种主观色彩和倾向性又不是与艺术形象游离的。这种"意"在以塑造人物为主要目的的戏曲文学中，更多地表现在人物形象上，表现在特定情境中具有特定情感气质的人物形象上。

唐代朱庆馀有一首诗《闺意》（近试上张水部）："洞房昨夜停红独，待晓堂前拜舅姑。妆罢低声问夫婿，画眉深浅入时无？"把新妆女子的惶惑羞涩和自己探问考官是否举用的焦灼忐忑化而为一，婉转而有情趣。实际上，《汉宫秋》也有着这样两种境界，只不过作者不像前诗那样进行显豁的对比，而是将主观世界的情感指向对象化地渗透到不同精神气质的人物身上，从而达到主客观情怀的妙合无垠。

《汉宫秋》是以正末扮汉元帝为主角的末本戏，但人物关系却并不是一主一宾，昭君的形象不但不是陪衬，相比之下显得更为重要和光

---

① 周德清《中原音韵》，见中国戏曲研究院编：《中国古典戏曲论著集成》（第四册），中国戏剧出版社 1959 年版，第 232 页。

② 李渔：《闲情偶寄》，浙江古籍出版社 1985 年版，第 43 页。

③ 臧晋叔：《元曲选·序二》，中华书局 1979 年版，第 4 页。

彩照人。这是因为作者在她身上寄托了真挚的同情和深深的理解。作者一开始就由汉元帝之口为我们描画出一位芙蓉出水般的美人。第一折［醉中天］、［金盏儿］、［醉夫归］集中写了昭君的外貌美："将两叶赛宫样眉儿画，把一个宜梳裹脸儿搽。额角香钿贴翠花，一笑有倾城价。""我看你眉扫黛，鬓堆鸦，腰弄柳，脸舒霞，那昭阳到处难安插。"暗喻的手法，反复的对比，勾勒出一个摇曳生姿的姣好女子。第二折［梁州第七］、［隔尾］又有那"体态是二十年挑剔就的温柔"，"脸儿有一千般说不尽的风流"，着力展现的是她琴艺超绝、冰清玉洁的形象，对她善解人意、温柔体贴的性格之美也大为赞叹。

　　昭君的重场戏是在第三折，单于索妃、大军压境，国家民族处于危难之际，因为昭君不是主唱旦角，所以没有激昂慷慨的唱段。作者巧妙地利用了大段的对白和科（即人物动作线），设置了自请和番、留汉家衣服、沉黑江而死几个精彩关目，集中表现了昭君坚毅果决的性格和深明大义、为国捐躯的崇高人格与情操之美。正是这样一个从外貌到心灵、从性格到情操都令人倾倒的女性，却无端遭人陷害、又挺身而出，临难赴义。其悲凉的身世、爱国的壮行，人格价值的实现都使作者印证和回味着自己的心路历程，而更重要的是作者从生活的外部残损中，看到了生活的希望，看到了人性的光辉，发现了民族精神的可贵气节。这样，在昭君这一形象身上也就更多地蕴蓄了作者精神世界中光明美好的一面——对人格理想的执着追求，对国家民族的强烈热爱。

　　如果说昭君美而见损、善而致厄、宁死不屈的悲剧命运，同构着作者忠而被谤、才不见用而信念难摧的个性追求的话，那么汉元帝作为一个政治退守失败而导致爱情生离死别的悲剧形象和多少带有文人士子多愁善感的气质，以及对佞臣祸国的咒骂、对文武无能的抱怨、情爱难久的幻灭、江山欲坠的困惑，则更多地自况着马致远心灵深处那仕途暗淡的悲凉、爱国无为的激愤、理想破灭的退隐、境遇险恶的惶恐。第二折［牧羊关］、［贺新郎］、［斗虾蟆］、［哭皇天］那一发而不可收的沉痛诃责，第三折［七兄弟］、［梅花酒］、［收江南］等曲的挫谔悲吟，清醒的怨骂，梦魇的幽欢，隐含着作者多少复杂难捺的情绪！一个爱国仁人空有爱国之心而无用武之地的忧恨惆怅，一个守节士人孤掌难鸣的消沉淡漠，一个失意文人满腹经纶而怀才不遇的创痛苦闷，嵌入帝妃的爱情主题，通过历史的回顾与深挚的痛惜，主观的体验与灵魂的自省，塑造出机杼别具、情调各异，情感内涵主观指向大相径庭的两种人物形象。

从某种意义上说，曲境的创造过程既是剧作家情性意向的内化、嵌入，又是人物情怀的艺术外化、显现。其间起着主宰作用的"意"，集中体现在作者立言之本义基础上构成的人物关系和性格结构中。正是这种主客观的交融所形成的更多地倾向于"有我之境"的情境，才是曲境的典型特征与独具魅力之所在。《汉宫秋》正是通过潜存着作者思想特质又颇具个性光彩的人物形象，开掘了爱情主题的层次，包蕴了深广的寄托，从而形成了客观物境与主观境遇的高度融合。作者在并非主角却光彩四溢的昭君与虽为正末而消沉黯淡的元帝身上寄托着象有形而神无形、言有尽而意无穷的心志所归，造就了含意既深、寄兴亦远的境界——愿将忧国泪，来演丽人行。

二、情与景会　景事相依

在中国古典诗论中，意境之说主要是解决情与景的关系的。而戏曲意境的特征还在于增加了如王国维所说的"事"，不但增加了"事"，而且情、景、事的内涵和关系均有别于诗文。曲境的情是融入作者强烈的主观情感、透露于人物活动的特定场景、贯穿于人物的经历和特定事件的过程中的情；曲境的景是贯注着作者与人物的双重的情思物化、维系于特定的场面的景；曲境的事是特定的情境具有特定情感的人物所经历的事。这特定的情、景、事的结合，又因为戏曲叙事文学的特点，而集中体现在揭示人物内心冲突、情感变化和行动根源的曲辞上。因而戏曲意境也更集中地反映在曲辞意境的创造上。曲辞更具个性和主观色彩的吟唱，使得抒情因素丰厚充实着叙事因素，叙事因素又推动着抒情的变化，情、景、事就有机地组成一个移步换形的动态系统。事件具有完整性，场景具有转变的内在逻辑性，从而构成所谓戏曲的"规定情境"。

《汉宫秋》在联缀情、景、事三位一体，造就曲境这方面堪称杰作。尤其是第三、四折以昭君赴难、元帝悲别为线索，通过幻中境、眼前景的叠映，通过揪心的唱词对景物的描绘、对生离死别特定事件的反复咀嚼，牵起汉元帝种种的追忆和复杂的思绪，一步步形成痛到深处难凭藉的境界。

第三折一开头，［双调新水令］就将锦貂裘、汉宫妆、双鸳鸯、分飞翼作了对比，昔日的盈心欢情化作离人的生生别恨，怨艾反问、惶惑悔恨，正是"吟诗日日待春风，及至桃花开后却匆匆"的表白，难以拂逆的悲别伤怀，使忆中景幻化出极富情衷的对比，眼见的是裘衣，不忍面对的是新恨，缠绕在心灵深处的却是宫妆、旧恩。昭君赴难特定的事，萌发元帝悲别特定的情，选出宫妆裘衣特定的景，染上旧恩新恨、比翼分飞特定的情。事中情，情中景，景中事，环环相扣，相依不违。接着［驻马听］仍以情造景，在渭城衰柳、灞桥流水的惜别中平添了无尽的感伤与迷惘。而［步步娇］、［落梅风］、［殿前欢］三曲又以情染景；不再有昔日的浅斟低唱，而是情到深处乱宫商；不再有从前的欢舞霓裳，而是物是人非空椒房；一面怜香惜玉、殷勤体贴，一面抱怨责难，驱遣不平；苏武尚且可以还乡，堂堂帝王却惟有阳关漫唱领受"君问归期未有期"的绝望，幻景的自欺，俄延的抚慰，内心的哀哀无告，都通过特定事件的触发而情以物迁，景随情至，淋漓尽致地刻划了双重意义上的失败帝王的情感世界。

李渔在他的《窥词管见》中说："情为主，景为客。说景即是说情，非借物遣怀，即将人喻物。"① 以上几支曲子的写景正是为抒情服务的。叙事的内容、事件的过程在这里被细腻化而成一种潜在的因素，以情写景、忆事都是为了借景事抒情，为了更有利于主观情感的抒发。

如果说以情选（写）景、借景抒情是曲境在情、景、事关系上的第一个层次，那么将饱含内蕴的情感与特定的物境推移巧妙地融合无间、意与事合、景事相依、情景相生，形成紧密有致的意象，从而烘

---

① 李渔：《窥词管见》，见张璋等编纂《历代词话》（下），大象出版社2002年版，第875页。

染曲境的特定氛围，这即是情、景、事关系的第二层次。《汉宫秋》第三折〔七兄弟〕以下三曲正是通过景事相依的情感洄流鲜明地表现了主人公情感由自省到外泄，由舒缓到急切，由低沉转激昂的变化过程，从而达到了情、景、事交融一气的境界。

对于痛苦相别的一霎，作者亦一笔带过，回眸一望，人随影没，留下的唯有孤独的守望。汉元帝的离愁别绪融入眼前的漫漫风雪、绰绰旌节。散乱的风沙，斜阳中飘卷的旌旗，悲凉的鼓角之声，无不渲染昭君别汉的悲壮，无不映现元帝的思恋悲苦。〔梅花酒〕和〔收江南〕更使得在凄迷缭乱、寒气逼人的气氛中酝酿了很久的感情洞闸大开，一泻千里，汹涌澎湃。

> 〔梅花酒〕呀。俺向着这迥野悲凉。草已添黄，兔早迎霜。犬褪得毛苍，人搠起缨枪，马负着行装，车运着傈粮，打猎起围场。他、他、他，伤心辞汉主；我、我、我，携手上河梁。他部从入穷荒；我銮舆返咸阳。返咸阳，过宫墙；过宫墙，绕回廊；绕回廊，近椒房；近椒房，月昏黄；月昏黄，夜生凉；夜生凉，泣寒蛩；泣寒蛩，绿纱窗；绿纱窗，不思量！〔收江南〕呀！不思量，除是铁心肠；铁心肠，也是愁泪滴千行。……

枯黄的野草暗示着卑贱者高尚的人格，惨白的早霜预示着报国裙钗命运的多舛。那犬马人车密匝匝乱纷纷的景象，斯人已去，千载难逢的追怀与守望，借助这重重叠叠、一步一景的腾挪移转，一览无余地抖落了出来。宫墙边美人的笑靥，回廊上掏心的话语，椒房里的柔情蜜意，如今都化作一轮淡月昏黄，几只寒蛩低鸣，满腔的思念空对清灯孤影绿纱窗。借助于幻象和回忆，由悲别而远眺，由远眺而凄怆，由凄怆而忆旧，由忆旧而更增激愤，由激愤而复归落寞悲戚，意与事合，情与景会。最后一曲〔鸳鸯煞〕唱道："伫立多时，徘徊半响，猛听得塞雁南翔，呀呀的声嘹亮。却原来满目牛羊，是兀那载离恨的毡车半坡里响。"从好梦难圆的痛心疾首到满目牛羊的隔膜恍惚，真是"何处是归程，长亭更短亭"，思悠悠恨悠悠，回首是痛，远眺亦痛，醒也无聊，梦也无聊。不断地变换视象与反复写情，使景事相依，情景相生，心境妙合，从而形成绵邈飘忽、戚然无际的意境。

《远山堂曲品》的作者祁彪佳说："只是淡淡说去，自然情与景会，意与法合。盖情至之语，气贯其中，神行其际。"① 大概就道出了以情为主的曲境创造的神髓。曲境正是通过在规定情境中的情、景、事三者的相依相生反复藻写心灵的剖白和感情的微妙变化，从而形成我著物相、意与事合，景事相依、情景相生的浑阔凄凉意境。

三、立言写形　以趣化境

作为曲词叙唱者的汉元帝，语言不无词采，且常常取事用典、联类拈比，具有陶冶润饰的特点。如第二折〔贺新郎〕几曲拈出尹伊、武王、留侯、韩信，第三折〔雁儿落〕拈出李左车、萧丞相、楚霸王、征西将，都句句用典，隐喻贴切，应和情境。像〔梅花酒〕、〔收江南〕等曲，随情感和景物的变化，以八、五、三字句错落排列，急促顿来，忽忽而去的动作性暗示，再加上秋虫、毡车、孤雁等视听通感的交流，形成了栩栩如生的画面感和回环往复的音乐之美。又如第四折〔蔓青菜〕以下九曲中，巧妙地利用叙事因素强化抒情意味，前前后后五次"雁叫科"的提示，都推波助澜地深化着悲剧意境。而王昭君的语言则朴实无华，很符合她农家女的身份和科白角色的口吻，初上场诉说身世的独白，浅近切口；自愿和番时留汉家衣服道出的心声亦淡中见真。《汉宫秋》戏曲语言强烈的动作性和风格上典丽与朴茂的相结合，为意境的形成增添了言近旨远的缥缈神韵和灵犀之趣。

祁彪佳说："境界是逐节敷衍而成"② 的。这是较早注意到情节的开展对曲境形成重要性的观点。元剧情节的开展正是层层掀翻、"逐节敷衍"意境的。因为四加一体制的局限，这种"逐节敷衍"不得不遵

① 祁彪佳《远山堂剧品》，见中国戏曲研究院编《中国古典戏曲论著集成》（第六册），中国戏剧出版社 1959 年版，第 140 页。
② 祁彪佳《远山堂剧品》，见中国戏曲研究院编《中国古典戏曲论著集成》（第六册），中国戏剧出版社 1959 年版，第 146 页。

循设置精彩关目的原则创造意境。像《西厢记》的长亭送别、拷红，《梧桐雨》的盟誓、听雨，《潇湘雨》的雨中赴途，《秋胡戏妻》的讨休书，都是精彩关目。《汉宫秋》以正末为主角，设置在汉元帝行动中的精彩关目就是听琴惊艳、灞桥饯别和孤雁惊梦，设置在昭君行动中的精彩关目就是自请和番、留汉家衣服、沉黑江全节。两条线索在精彩关目的推进中，层层发展，两两映衬，一转一深，一深一妙，共同促成悠远无尽的境界生成。

元剧结局处理的特色对形成曲境的影响颇值得探究。有一部分元剧往往在戏曲冲突已经解决，情节已无必要延伸时，还要设置一折戏来反复咀嚼情感的滋味，反复体验经历的影响，从而在情节高潮之后再度掀起情感的高潮。如《梧桐雨》在兵变玉殒、民愤已平后有第四折的明皇听雨，《金童玉女》第四折众仙的载歌载舞，《争报恩》劫法场后的梁山之宴，《虎头牌》补过之后的重叙亲情，《青衫泪》遇旧之后的敕赐成亲，《单鞭夺槊》战事已毕的探子扮唱……

《汉宫秋》第三折昭君沉江，单于讲和，戏剧冲突已不复存在，作为帝王本可以高枕无忧了，偏偏他又是一个情种，偏偏他又对昭君怀有一腔的思恋，第四折就在矛盾已经缓和的情势下，以十三支曲子铺开了情感细腻而真挚的长幅画卷，呼唤、梦寻、惊雁，转而引为同类，一遍遍地重温那"重重叠叠上瑶台，几度呼童扫不开，刚被太阳收拾去，却教明月送将来"的百转情肠、万千心绪，立言写形，以趣化境。这种场面的扩展与戏曲冲突非一致化，却与人物的情感历程一致化的结局处理，对于形成伏尔泰所称道的"有情有趣"的中国戏曲意境的影响是不容忽视的。

得益于中国传统艺术写意特征的影响，元杂剧作为叙事文学，成功地利用了诸如语言、情节、结局等因素，在揭示了戏曲冲突之后，又不是以之为终极目的，而刻意地展示人物内心世界的心理变化和情感层次，从而拓展了曲境的独特内涵，所有这些要素的参与，使得元剧意境达到以少总多、回味无穷的审美效果。正可谓："野艇幽寻惊岁晚，纱巾乱插醉更阑"。

要之，《汉宫秋》的意境创造在元杂剧中是颇具有代表性的，它以立意写情，以情造象的思理渗透于人物形象身上以强烈的主观色彩和鲜明的情感指向，从而在性格的塑造中寄托了自我的心象，在个性的展示中承载着不同尺度的价值评判；它以情与景会、景事相依的方式巧妙地营造出情、景、事交融一体的规定情境，在展示人物心理波澜的过程中，迸泻作者积郁在形象中的情感激流；同时，作者还充分调动了诸如词采的诗意美、精彩关目的措置以及意味深长的结局处理这样一些戏曲叙事的要素，来强化曲境作为"有我之境"的意味情韵。这种意境创造的过程，显示了元杂剧特有的程式美，更显示了元杂剧这一叙事文学样式在吸纳与传扬传统抒情文学积淀下来的审美风范、艺术情致时所确立的自身独特、成熟的文学机制。这也是元杂剧特有的艺术魅力与范式之所在。

（原载《榆林高等师范专科学报》2000 年 2 期）

川剧展演与非物质文化遗产的活态传承

近年来，在非物质文化遗产保护的视野覆盖下，作为传统表演艺术的川剧展演活动掀起一次次波澜，一拨又一拨的大戏剧目和褶子戏精品搬上舞台，可谓场面壮大，气象万千，大戏琳琅、褶戏精出。从汇演、调演、展演到川剧代表性传承人的示范演出，可以说，川剧的演出活动，不仅已走出了上世纪八九十年代探索戏剧的情境，而且借助经济的力量，政府的力量，也逐步走出了以发掘与抢救为主调的非物质文化遗产保护的初始阶段；从一种看守、封存、珍藏的居高临下的姿态中走了出来，开始步入了以保护与传承为重心、并将保护措施与传承原则具体细化的较为理性成熟的阶段。关注川剧的保护与传承，即应该更多地关注这一过程，而不是它不确定的结果；应该更多关注这一过程中人文的重构以及传统的意义增殖与生成，而不是急于给它定性定论。伴随着川剧传承与保护活动的展开过程，我们应该更多思考的是作为非物质文化遗产的活态传承的川剧展演对于川剧文化归属的示范意义，是川剧代表性传承人演出带来的文化空间开拓的契机和衍展可能性的问题。

一、活态传承与川剧大戏的文化归属

非物质文化遗产，不同于文化遗产的特质，即在于它是活态的文化，它存在于当下特定的民间生活方式中，甚至就是他们生活的本身。因为它获得普通民众的认同，也就成为一种积淀丰厚的历史精神的活的标本与文化传统的鲜活载体。川剧要实现作为非物质文化遗产的传承，首先要从观念上解决什么是"活态"传承的问题。

所谓"活态"的传承，是既要发掘传统又同时必须面对当下的，是能够充分调动和挖掘蜀地的文化资源，多向度阐释和实现川剧的文化归属的。那么，在非物质文化遗产背景下，如何开掘在特定历史阶段深深影响蜀地民众生活的川剧文化价值，展示当下蜀地人的生存需要、精神诉求？近年来的川剧展演以《易胆大》、《死水微澜》、《巴山秀才》、《尘埃落定》、《青铜魂》等一批经典大戏，为我们奉献了一场又一场的视觉盛宴，从不同层面、不同角度进行了寻找文化地标、实现川剧活态传承的尝试和探索。这其中，我以为，新编考古题材剧《青铜魂》和实验哲理剧《尘埃落定》，在这方面取得的实绩尤其引人瞩目。《青铜魂》① 以三星堆考古文物青铜纵目面具、青铜神像为媒介，不仅以铜匠与村姑的旖旎恋情与悲情故事，复活了远古时代普通人的情感世界和社会生活；而且以灵叟为代表的青铜家族前赴后继、生死不悔铸造青铜神像的情节，再现了鱼凫王朝神秘深邃的祭祖盛典，唱响了青铜时代的英雄颂歌；更以天上、人间、历史、现实凝融一体的多维空间的移动和措置，映射出青铜记忆的艺术之魂与人性之美。此剧更打动我的，则是它营造的凝重的历史光影与烂漫的时代激情形成的舞台张力场：从男女主角眼中牵出的长长细线勾勒富有时尚气息的爱情表达，跌宕灵动的川剧唱腔摇曳古蜀文明绵绵的辉光，纵目神悬照的姿态与穿透历史的凝望浸透蜀地人虔敬而温润的生存理念，火红的绸缎演绎亘古绵延的具有时代流动感的生命意志，还有乡村的宁静明媚、爱情的轻艳芳馨、劳役的苦涩沉重、光焰的炽烈闪耀，一起构筑了那个时代劳动者的生存状态与当下普通人的精神困惑之间延伸、对接和融入的精神通道，从而实现了青铜精神的历史意义向现实功能的转化。这种承载着蜀地民众生命智慧的历史记忆通过戏曲想象的复活，显示了观念的力量，隐性地推动历史向前的力量。

　　而实验哲理剧《尘埃落定》② 充分估量了现代剧场观众对小说原作

---

① 此剧由严福昌、邱礼农编剧，张开国导演，德阳金桥川剧团演出，是四川省文艺界首次以三星堆文化为背景、以出土青铜器为素材，创作演出的第一部舞台艺术剧。

② 此剧由谭愫等编剧、张金娣总导演，据阿来小说《尘埃落定》改编，是川剧首次改编茅盾文学奖作品的大胆尝试和创新。

的认知期待和文化品位，将本不易改编的原小说"过于专业化"的哲理意味，作为重要元素在剧中穿缀出来。本剧最成功的地方，是在简化矛盾的同时，对人物之间离合关系的趣味表现。全剧的主干矛盾是在陈智林扮演的老麦其土司与两个儿子之间围绕着争夺权欲之柄展开的。麦其传位的矛盾心理，集中体现在他的那句"我的两个儿子，傻的真聪明，聪明的真傻"话中。若传位给大儿子，对于头脑简单、蛮武霸气、机心太重、比自己更权欲熏心、一眼就能窥破其心思的大儿子，虽然不是理想的人选，但自己可以掌控局面，仍然具有太上皇的地位，操纵大局，不失权欲之柄；传给傻儿子，对于这个在麦其看来傻的时候不够傻，聪明的时候不够聪明的儿子，老麦其有些琢磨不透，一旦傻儿子即位，一定会行善举受子民拥戴，自己则会失去土司统治之位，丧失权欲之柄；更因为傻儿子身上无法预见的神异性，老土司对控制局面的神力消失充满了焦虑和恐惧感。其次，此剧在主干矛盾的外围，以几对人物的身份离合和关系紧张感，刻意凸现了富有后现代意味的光怪陆离、充满善恶纠葛与人性困境的人物关系场。第一层是沈丽红扮演的土司夫人与麦其土司合作与对抗关系的隐伏。土司夫人的大段唱腔，极富抒情的韵味性，减弱了高腔高扬叱咤的调性，一变而为低调沉吟的叙说，华丽与悲悯的趣味糅合，透过身世叙说勾连二人昔日惺惺相惜、今日若即若离的关系。一句"他看不到现在，只能望着未来"，表露了她的爱子之切、识子之真。第二层是"新英雄"哥哥和傻子弟弟紧张关系的凸现。教傻子用枪，看似扶教弟弟尽为兄责任，但却暴露了他欲借手打死麦其篡夺土司权位的野心。当"未来的土司究竟该谁来当"的话题扯开，傻弟弟道出"只有父亲心里最清楚"时，新英雄对观众发问"他是个傻子吗"，揭开了他疑忌、挑衅老土司和傻子关系的一系列预谋。而傻儿子行动的"谐"与内心的"庄"之间的对应亦得到很好的映照。第三层是麦其土司与戎贡土司的明争暗斗、打情骂俏。麦其土司也有他的可爱之处，如他嘲笑戎贡土司自以为是、想独揽土司大权坐拥天下的狭隘，可见他还有"居一隅、望国中"的一点眼界，这可看作是近代革命风潮影响在麦其土司身上投下的一抹亮色的影子。而"老树枯藤要开花"高扬的拖音——"这一句帮腔帮错了，再来"甩出的趣话，营造了跳出剧情之外的瞬间惊悚与幽默感。第四层是傻子与戎贡土司女儿的恋情，反向地建构了与主干故事多重套叠的戏剧空间：这一次又是权欲之柄惹的祸，但却是天下最漂亮女人觊觎至高无上权力的关目。她不但想通过掌控傻子一步到位，登上麦其家主人——王后的位置，而且欲玩弄麦其的两个儿子于股掌上，替母亲打新天下。此剧借助对川剧唱腔抒情调性底蕴的挖掘，以及直插云霄的转经筒、精致亮丽的唐卡、低沉压抑的天空、红艳欲滴的罂粟、诡异暧昧的家事氛围、欢快流动的民俗事相等舞台布置和场景转换，刻意营造了各种人物之间离合关系的多重趣味，不断推进和次第展开着故事叙演的空间和层次；不但重新诠释了近现代革命史视野覆盖之下、又富有后现代色彩的哲理剧，而且在舞台表演张力场的营造中巧妙地激荡和考验了不同社会阶层观众的情感接受维度。

不可否认，作为展演的川剧表演活动，是经过精心组织策划的集中展示行动，它与民间自发存在的、原生的川剧演出相比，显然是非常态的，提纯态的，是更多利用物质的。但近年来展演的川剧大戏，正是通过对历史与人性问题的拷问，对充满民间生活情调和地域风情的蜀地文化性格的重塑，以集成的、精品的、超越物质的演出形态，不断激活、增殖着川剧文化的传统价值和现代精神内涵。从汇演、调演、展演推出的以《青铜魂》和《尘埃落定》为代表的一批经典大戏剧目看，川剧的展演活动可以说越来越显示出它从原生的演出形态中自然延伸、挖掘和开辟出来的一种活态基质的力量。

二、代表性传承人与川剧褶戏文化空间的多重建构

2010 年 6 月 5 日至 7 日，在成都锦江剧院举行了三场川剧代表性传承人的示范演出。这种专门由代表性传承人担纲的川剧褶子戏名家展演，作为川剧展演的一种实验和探索，以即时即事的个性演绎，使褶子戏故事的多重趣味得以丰满呈现，更引发了我们对川剧展演形态未来发展方向的进一步思考。究竟该怎样理解传承人的代表性？这种代表性如何勾连展演态与原生态、新生态演出之间的关系，更好地解

决传与承的对接？如何将非常态的调演、展演形式与民间自然聚落的原生态演出活动以及新民间语境下川剧的一系列娱乐化、舞蹈化、民俗化、碎片化的新生态演出实现移入和新的融合？

与大戏通过宏大叙事构架历史与现实的通道、提升人性的"向上一路"探求不同，与大戏留给观众的不仅是剧场的沉醉，还有场外的回味和审美的沉思亦不同，川剧褶子戏的专场演出，可以说从题材、故事段落和表演形态上，都体现出"向下一路"、回归世俗、面向普通大众，娱乐底层众生，充分调动现场热闹感和观演互动性的鲜明特色。如《石怀玉惊梦》和《花子骂相》两出褶戏，就以各见其长的唱做和白口，掀起了剧场观众的声浪和轰动效应。《石怀玉惊梦》[1] 是川剧相当经典的"鬼戏"。肖德美扮演的石怀玉，先是通过高扬叱咤的唱腔追忆了上京应考、途中染病、遇狐仙莲娘相救、结为夫妻、赠以丹珠、助其夺魁的故事前境。接着交代了他入赘相府、另结新欢、恩将仇报，杀害莲娘的罪恶行径。在场观众阵阵喝彩形成的声浪，对扮演者的表演技艺给予了最热烈的褒扬。而随着卧帐内外，梦醒之间，丧心病狂、无可救药的石怀玉与千里寻夫、讨珠索命的莲娘真幻叠印，虚实相生，鬼的温柔迷恨与人的狡诈乖张交缠一气，艳事与悲情往复沓来的故事展开后，与跌宕旋变的唱段相得益彰的，还有高难度的做工和绝技。伴着蜡烛的明灭、影子的提掣，三襟的踢踏、水发的狂甩、帽翅的摇摆、黑袍的抖动、鬼脸的涂抹、僵尸的惊倒，石怀玉的扮演者把观众带入了自己杀妻后彷徨愧疚、入梦时恍惚焦虑、索命时恐惧惊骇、最终精神崩溃、惊厥而亡的人生迷途；而"亏心事儿做不得"煞尾帮腔，不仅将观众带离了剧情，而且恰到好处地点化了此剧的道德谴责意味。此剧是小生唱做并重的应功戏，肖德美的表演唱做俱工，使观众真正领略了川剧鬼戏亦真亦假、亦正亦邪、亦热亦冷、亦喜亦骇、亦冥顽亦娇媚、亦风情亦凶煞的境界。又如《花子骂相》，此前看过许明耻扮演的陈仲子，发现他扮演丑角能将那种迂腐、食而不化、一味受人调弄嘲笑却自恃自得的人物演得满场活趣、历历生风。此褶花子一角的

[1] 此剧为川剧据《聊斋志异·武状元》改编《峰翠山》之一折古典折子戏。

扮演，让我对川剧襟襟丑的艺术魅力大长见识。许明耻的白口戏，一人上场，满眼是戏，一人在台，满场活气，有时看似不紧不慢，内在的张力却因为方言的调谐、典故的串缀、包袱的糅人而显得充满力度，有时又如口吐莲花、遍撒珍珠，顶真、谐音、俚语、俗话及莲花落、绕口令、歇后语、三句半的化用，真是百炼钢化为绕指柔、出神入化、达到了炉火纯青的高度。观众在轻松诙谐、笑料不断的气氛中，体味了一个乞食为生者胸怀天下、考量世情高低的情怀，理解了一个闲云野鹤替满腹经纶、怀才不遇的失意文人打抱不平的义气后，充分欣赏和享受了看似玩世不恭的打趣将底层百姓宣泄愤怒的"骂的艺术"发挥到淋漓尽致说话艺术的盛宴，也最终深深认同了卑贱者最聪明的民间智慧的力量。

又如《华容道》和《马前泼水》两出褶戏，更以精彩的表情和身段极大地调动了观众人戏出戏的情绪。《华容道》中孙谱协和王厚盛分饰曹操和关羽的表演可谓相得益彰。没有刻意铺排惊心动魄的大场面，而专力贯注于友敌狭路的小动作渲染，这样的艺术处理，因为满足了普通百姓对使气逞强、你恩我怨的好奇，所以故事演来眉眼生风、煞是好看，尤其是拂去了"白脸奸臣"脸谱的曹操面部表情、身段细节的跌宕变化，令人叫绝：败走奔逃时意味深长的三笑，狭路相逢时苦心算计的周旋，扯旧交情时絮絮叨叨的试探，脱身逃走时一时快意的狠话……二人唇枪舌剑的言语机锋，不仅衬托出关羽忠与义的两难，而且让观众看到了一个又惊又怕、亦谄亦懦而又处变不乱、能伸能屈的乱世枭雄形象，禁不住为这一个心计琐碎、鲁莽可爱、狂妄自得，无论使尽何种招数定要闯过人生风口浪尖的民间草头王形象不断喝彩。《马前泼水》是陈巧茹第一次尝试扮演的"坏女人"——嫌贫爱富、自讨休书的崔巧凤。但这个人物却让观众恨不起来，甚至更想为这弱女子一掬同情怜爱之泪。面对披红挂绿、高头大马游街而来的昔日丈夫，身处旧情难忘、有心悔改却遭遇马前泼水的境遇，她以低徊哀婉、迤逦不绝的唱腔，让观众体贴入微地领受了她内心积聚的痴情苦恨和愧悔不安。哀婉含情的眼神、柔弱无助的身段、飘拂无依的水袖，表演的充分舞蹈化和诗意化，召唤着观众重新打量这个因希望生活平安富足而导致覆盆悲剧的女子的内心真实。而小心迎拜、泣诉跪求、愕然端盆、收拾倾水、呼天抢地、失神疯癫的身段做工，不仅把因丈夫无情弃绝而悔恨交加、无地自容的小妇人的心理变态刻画得极尽传神，而且也让观众屏息在回头不知错、忏悔不容谅的小女子情毁心碎的惨烈情状中不能自拔，对遭受身心蹂躏而难以立身的旧时代女性的卑微无助发出深深的憾惋和叹恨。

呈现在舞台上的表演如果没有观众的参与，戏剧即无法完成自身。褶子戏展演的精彩，正在于这种当下的沉醉感和俗谐热闹的互动性。《拿虎》以幽默诙谐而稍带讽刺意味的四川方言，以三七字句穿插顺口溜的大量念白，调侃本无英雄胆气的伍三被县令逼着上山拿虎的故事。任廷芳扮演的伍三表情生动，时而佯装大笑，时而哭泣，时而皱眉，时而憋屈，一会儿讨好老虎，一会儿与土地老儿争理，一会儿怒骂县令不仁，一会儿发愁身后家亲，把观众带入了碎片式的唠叨家常的亲切氛围里，小人物的懦懦恐惧和子民无力反抗官长生杀予夺、随意驱遣的无奈也获得了观众的宽慰、理解和同情。《堂会三拉》一剧，魏益新老先生演活了包城知县这个周旋于妻子、妻弟、妻父之间的尴尬角色。因为家事风情的包袱、滑稽诙谐的白口、委曲求全的无奈、怜恤亲朋的挚情，将看似平常的家庭故事演绎得充满夫妻娇憨、温情与赏爱，而斗嘴怄气中又往往笑话不断，观众充分感受了一场家庭闹剧变成了风情趣剧的鲜活气息。《马房放奎》最精彩的部分是老伯陈荣的表演。年届七十的杨昌林先生表演功底不粘不滞、深湛老到。奉命斩奎的陈荣，以丰富的面部表情变化，尤其是不断穿插的弹须、理髯、吹须的动作，将痛下杀手、于心不忍，难禁哀求、担心被罚，吐血自杀、舍身救奎的矛盾心态和最后抉择形象生动地传达出来，从而以济困扶微，张扬道义的自我牺牲，开释了小民的愤怒和不平。而《闹隍会》①则舍弃了威官加恩垂怜小民的套路，将传统的清官题材加以变形。与城隍同庚的县太爷因为生日清冷，乔装扮城隍，微服察民情，胡瑜斌扮演的"官丑"石知县一路上坐轿玩竿、渡河涉险，将一个波澜不惊、并没

---

① 《闹隍会》是由南充川剧团为川剧展演献演、四川省非遗代表性传承人胡瑜斌主演的一部灯戏（也有人认为是川剧灯调）。

有多少剑拔弩张的官民矛盾的故事，演来跌宕起伏，充满风趣。在一个注重实务、亲民爱民的清官形象跃然场上的同时，娱乐元素的输入，张扬了乡里城隍会的热闹风俗和巧设计囊、戏弄城隍的小民大智慧。

对于川剧代表性传承人的示范演出，可能存在不同的看法和争议。但我以为，传承人凸现的代表性，恰恰显示了川剧展演作为地方性的非物质文化遗产实践活动进入了一个向纵深推进、多向度展开的过程。传承人的代表性，要强化和突出个人风格和艺术个性，因为，代表性传承人对川剧艺术进行的个性演绎和饱含特定时代感的情趣发挥是独具魅力、无法复制的。但在此基础上，也应该思考以代表性传承人为核心建设富有特色的系列性传承团队问题。传承团队的建设，能凝聚传承人的群体心理，使川剧演艺群体从整体上找到社会身份的归属感和主体间的情感认同，最大限度地激发传承人的创造积极性和艺术精神自觉。最重要的是，川剧代表性传承人的示范演出，给我们提供了审视的摹本，同时也记录、呈现、展示、传播、衍展了非遗背景下川剧演出的多变样态，这种摹本和样态将川剧的艺术精髓、丰富面相作为一个整体和活体传承下来，从而营造和构建了川剧表演活的生态体系和新的文化空间。

据联合国教科文组织 2003 年 10 月 17 日通过的《保护非物质文化遗产公约》①，以及 2005 年 12 月 22 日国务院以文件形式给非物质文化遗产所下的完整定义②，"非物质文化遗产"不仅指各种以非物质形态

---

① 2003 年 10 月 17 日联合国教科文组织通过《保护非物质文化遗产公约》："非物质文化遗产"指被各群体、团体、有时为个人所视为其文化遗产的各种实践、表演、表现形式、知识体系和技能及其有关的工具、实物、工艺品和文化场所。各个群体和团体随着其所处环境、与自然界的相互关系和历史条件的变化不断使这种代代相传的非物质文化遗产得到创新，同时使他们自己具有一种认同感和历史感，从而促进了文化多样性和人类创造力。非物质文化遗产包括：a 口头传统和表述；b 表演艺术；c 社会风俗、礼仪、节庆；d 有关自然界和宇宙的知识和实践；e 传统的手工艺技能。

② 2005 年 12 月 22 日国务院文件关于非物质文化遗产的定义：非物质文化遗产是指各种以非物质形态存在的与群众生活密切相关、世代传承的传统文化表现形式，包括口头传统、传统表演艺术、民俗活动和礼仪与节庆、有关自然界和宇宙的民间传统知识和实践、传统手工艺技能等以及与上述传统文化表现形式相关的文化空间。

存在的世代传承的传统文化表现形式；它还包括其赖以生息的特定文化场所和文化空间。随着所处环境、与自然界的相互关系和历史条件的变化，非物质文化遗产依赖的特定文化场所和文化空间不断得到整体更新，从而使特定的群体和团体拥有一种认同感和历史感，促进人类文化多样性发展。如果将川剧展演推出的经典大戏"向上一路"的探求和褶子戏"向下一路"的实验对应起来，我们就会发现，近年来的川剧调演、汇演、展演与代表性传承人的示范演出，不断勾连着展演态、原生态与新生态演出的诸多元素，构造和形成着川剧展演的良性生态和文化空间。它在强调"传者"主体地位的同时，也在强化"传者"对"承者"的启蒙，在呼唤"承者"的主动性和自觉性。与此同时，传与承已不在单一的表演层面上延伸，而是将"承"的触角更多地嵌入、移入了观众的接受视野和接受维度，从而摸索和实践着传与承的对接，开拓着川剧文化新的生长空间。作为非物质文化遗产的川剧展演活动，如果既不能触动它自身所依赖的物质环境，更不能拓展它赖以生存的社会文化空间，它就不能称之为活态的传承。而构筑活态传承的基石，则应该从两个理路上去再思考和再探索。首先，川剧的展演，应该充分利用目前开拓的良好文化空间态势，更多尝试川剧的地域性、民族性和世界性因素的融合，构筑蜀地文化传统与当下普通人的精神困惑之间延伸、对接和融入的精神通道，从而实现川剧文化历史意义向现实功能的转化。其次，川剧展演在形式上的探索，也应该更多关注具有相互认同感的社会阶层的文化纽带问题，融入更为底层的民间文化空间，以内部形态的蜕变和观演理念的更生为契机，主动寻求还戏于民的多重文化空间的重构，才能真正激活川剧的艺术发展生态。

（原载《中华文化论坛》2011 年 3 期）

文述的张力与演述的阈度
——小说《尘埃落定》与谭愫版改编川剧的一种对读

《尘埃落定》获得茅盾文学奖后，对跨界改编自己作品非常慎重的阿来，却将这部长篇小说的川剧版权免费授予了四川省川剧院。2009年，由查明哲指导、谭愫编剧、陈智林担纲主角的七场改编川剧《尘埃落定》搬上了戏剧舞台，引起了小说界的关注和戏剧界的轰动。这样一部哲理意味浓厚的小说与川剧之间究竟会产生怎样的因缘？讲故事的语言"代码"与演故事的戏剧"动作"究竟可以在怎样的层面上达成转换机制？或许从代言与唱叙、相喻与场阈、诗性表演与戏剧性表演的对读，可以帮助我们解开对于二者文体实验、故事互动的疑问与空间转换的诸多可能性。

一、代言与唱叙

小说和戏剧都是叙事艺术，但前者用文字讲故事，后者用动作演故事；前者以叙事体为主，后者以代言体为主；在文体与语体特征上自有其鲜明的区别。然而，在讲故事的小说《尘埃落定》中，叙述围绕着傻子的视角向着多个维度铺展时，却常常植入了代言体的表现方法和语言，来形成人物内心真实与存在感之间的张力；而演故事的改编川剧则以麦其土司为主线，在置换了角色代码的同时，直接通过人物的唱段与独白插入了很多叙事体的段落，更突显人物的内心孤独与现实的距离。

"代言"的原义，从广义上说，是指作家代人物立言，是叙事文学衍生出的话语表达方式之一。在小说中，傻子无论是作为故事中的主角，还是作为隐含作者的代言叙述人，都构成了"智者"视线和"愚者"视线二位一体的交叉①。作为故事中人，傻子是一个生来愚钝、不谙世事、无所作为、心地善良、任人摆布捉弄、心智不健全的"傻子"，也是一个继承了家族血缘基因、集合了父亲的野心霸气、母亲的孤傲冷漠、哥哥的凶蛮残暴，崭露了人性的愚拙幽暗、并肆无忌惮与罪恶同谋的"土司家二少爷"。他还是一个在欲望刺激中逐步觉醒、真诚期待并努力寻求感情生活真谛的执着少年；他更是一个对传统"规矩"和权威等级抱定不屑和挑战、善于接纳新鲜事物、具有卓越的创造能力、长于审时度势、大刀阔斧的改革家。但傻子这个第三人称的故事叙述者的功能，却常常被第一人称的叙述口吻弱化，成为隐含作者的主观代言。作为一个叙述主体，傻子被赋予了常人所难以企及的游弋人间的天才睿智和超然世外的直觉感悟能力。他不仅具备书记官的洞见远识、活佛喇嘛的神力巫术、甚至自然天神的预卜先知，他还具有惊人的自我反省与终极追问意识，俨然成为隐含作者叙述、评判、研究"存在"，反观、透视、预见"真实"的代言僭位者。因为叙述主体的代言僭位，故事像一匹脱缰的野马，不可停歇地奔跑；又像一颗根干无着的大树，枝桠纵横地不停疯长。代言者引导叙述向着内心世界、向着神秘的灵魂顿悟地带展开。从傻子的视角看去，一方面，作为这片领地上的王者后裔，傻子完全不用为衣食住行操任何心，也仿佛跳出了生老病死的一般生活逻辑和生命套路，机遇和偶然总是带给他全新的生活。运气和上天的眷顾让他不费心机就战胜了强大的对手，赢得了膜拜、尊重与信服。傻子总能在幻想与现实之间游憩、驻足。另一方面，人物和代言叙述者之间又常常发生背离，傻子很难将两种完全不同的生活情境融合为一。傻子对自己的"傻"是自知的，对自己的"聪明"更多的时候却不自知。当"我是谁"、"我在那里"、"宗教为什么教会了我们恨，却没有教会我们爱"这些终极追问不再成为问题困扰他时，"傻"的叙述因为非正常、不可靠、不合理性逻辑、指向自我内心真实而常常被搁置；而"聪明"的叙述则因为暗合"规矩"、指向社会实在图景而被发挥得淋漓尽致，以致傻"聪明"过度、

———————

① 廖全京：《存在之镜与幻想之镜——读阿来长篇小说〈尘埃落定〉》，《当代文坛》1998年第3期。

自以为是的傻子与土司制度的末世遭逢，作为参与者与见证人，最终成为它的陪葬品。叙述主体想让傻子作为超越者、局外人来解构和颠覆他所身处的文化语境，但傻子却深陷神权与王权剥离的文化断裂带上难以自拔。他的身体感官没有痛感，四处找打；他的精神世界没有信念、随遇而安，他的很多作为与那个特定的文化语境保持着同一性。他跋涉在现实的泥潭里，无法摆脱个体与"规矩"游戏周旋、同流合谋造成的心性残损，从而失去了存在感和方向感。虽然他总抬起眼睛望着天空，但那个在幻想中追究内心真实的地方，最终却渐渐变成了被存在扭曲的一面心境。作者有意将他的主人公悬置于存在之上，以痴愚憨傻的非理性行为遁入虚无，以此来揭秘个体精神疾患被"理性世界的疯狂欲望"① 遮蔽和迷失的深度。

"代言体"作为一个狭义的理论概念，是戏曲演员以第一人称扮演人物，合歌唱、语言和动作以表演故事的主要方式，但"在戏曲中，除代言体外，也采用叙事体的表现方法"②，如自报家门、行当叙述、独白、背拱、帮腔等，这些用第三人称从旁介绍和描述的叙述体，与代言体相辅相成，已经成为中国戏曲形制有意味的补充。在小说提供的深厚摹本基础上，改编川剧《尘埃落定》巧妙地置换了叙述主体和人物角色，舍弃了行当代码，让演员直接扮演主角人物麦其土司；并撷取原作关于聪明与傻、关于老英雄和新英雄的叙述话语，将原作通过傻子所做的议论和评介，移植到叙述主体和主角人物身上，形成了代言与唱叙相表里的表演程式。以麦其土司为第一主角，淡化了原小说叙述不断导向终极追问的哲理意味和思想深度，也拂去了原作从历史深处带来的沉重阴霾，将叙述和展演的重心转移到了被权力野心和欲望暴力毁灭的人性悲剧上。戏剧的舞台让麦其以唱叙的口吻出入角色内外，观察人物；随着人性的原欲与贪恋被一层层剥落，人物内心的孤独也不断崭露。在第一场戏中，当新英雄凯旋时，老土司对于这一场景的心理反应，原作是通过隐含作者借傻子代言评议的："关键是

---

① 宋剑华：《尘埃落定中的疯癫与文明》，《民族文学研究》2011 年 1 期。

② 齐森华等主编：《中国曲学大辞典》，浙江教育出版社 1997 年版，第889 页。

在这个胜利的夜晚，父亲并不十分高兴，因为一个新的英雄诞生，就意味着原来的那个英雄他至少已经老了，虽然这个新的英雄是自己的儿子，但他不会不产生一点悲凉的情怀"，但戏剧舞台却用了一束追光投在了身处舞台一隅的麦其身上。我们看到老英雄被欢呼的人群隔开，远远地望着大儿子，低吟着"怪怪滋味涌心中"，嘴上满是揶揄和自嘲，脸上却写满了烦乱和焦虑。第二场里，当查查头人被麦其密计斩杀后，原作中由傻子转述的"三不该"，舞台上则由麦其直接唱叙，在数落查查作为自己领地上的头人不该拥有漂亮妻子、不该银子堆满库时，也意味深长地唱出了"你不该与大少爷谋反"的怨毒，正是这份怨毒促使他不断进行了试探和考验。当兄弟二人为谁能当未来的土司发生争执，颐指气使的哥哥被弟弟一句话"只有阿爸才晓得"噎住时，在舞台侧场窥视的麦其对观众说"他是傻子吗"？疑问由此生发，并酿成了麦其难解的心病；所以在第五场，当傻子被人群簇拥狂欢，麦其却感到浑身无力、心有余悸。或许是麦其下意识的反应，舞台一隅突然呈现了大儿子谋反的诡异场景。"两个儿子都是我的根，长大了却成了两种人，一个聪明一个傻，聪明的真傻，傻的真聪明……择优二儿当继任，为什么我却戒心陡然生？他有不可知的神秘性……倘然传他土司印，另起炉灶、弃旧迎新、脱缰的马难掌控，我担心失去权力和至尊？权力安稳最重要……权衡利弊做决定，一切以我为中心，继续将假傻当真傻，继续将假聪明当真聪明"。这一大段唱叙，既充分裸露了麦其传位的矛盾心理，同时也叙述交代了剧情的发展方向。对于头脑简单、蛮武霸气、机心太重、比自己更权欲熏心、一眼就能窥破其心思的大儿子，虽不是传位的理想人选，但自己尚可凌驾其上、操纵大局，不失权欲之柄。对于傻的时候不够傻、聪明的时候不够聪明的二儿子，老麦其有些琢磨不透，一旦行善举受子民拥戴的傻儿子即位，自己则会失去土司统治之位。因为傻儿子身上无法预见的神异性，老土司对控制局面的神力消失充满了恐惧感。这段唱叙，充分揭示了麦其内心权欲之念的膨胀与传位之虑的矛盾互相激发的过程。

与原作的叙述不同，改编川剧将故事结局改为麦其一心想传位给傻子，傻子却执意不肯接受。正在两人推让之间，杀手多吉出现了，暗中看到麦其将权杖塞给傻子的他冲上来要杀新即位的土司。这时，踉跄的老麦其却用他宽大的身躯挡在了傻子前面，承受了杀手的杀戮和复仇。傻子在父亲被杀后向着雪山无言地跪拜，并献上了洁白的哈达。这种围绕着戏剧主角所作的结局改编，传递出野心与权欲还没有完全扫荡人性温情的麦其土司要"热热闹闹轰轰烈烈"高贵死去的心声，并最后完成了自己的性格史和心灵史。一方面，这个麦其土司的内心积聚着野心与雄心，他曾想趁乱世谋发展，重整旗鼓打出一片天，却对身处于印度佛法与汉地权力间震荡的土司制度的即将完结没有足够的认知，在"天要大扫除"的时候还自恃"人有小九九"，不相信世道真的变了。他能识时务，以种植鸦片与政府合作来巩固自己家族的声威，却不知鸦片带来的不是财富，而是无可挽回的灾难。他能身在雪域、眼观家国，支持抗战，并获得政府嘉奖令，却没考虑过时局动荡中怎样平衡自己的政治立场，在"白红交战被卷入，死路活路两皆无"的当口，还自信"麦其家大风大浪经无数，巧应变，终将险途变坦途"。他能娶汉地风尘女子为妻并与之患难与共，对两个儿子也苦心培养寄予厚望，却既无法弥合两种文化的矛盾，又无力解决两个儿子继承权的难题。最后，他的野心和雄心陷入了无计可施、无人能解的孤独。另一方面，被权欲之念支配的麦其，骨子里又充满阴谋与暴力，高高在上颐指气使，对两个儿子戒备重重，仗着土司的权位无节制地享用和蹂躏女人，肆意杀戮和囚禁叛变者和奴隶，随意践踏和剥夺下人的生存权利与尊严，为了保住权欲之柄而行事冷酷无情、残暴无道。当他雄心勃勃地"贴合"现实时，他的孤独，是权欲之念的膨胀导致个性的积极倾向逐步丧失的孤独；当他处心积虑地与现实拉开距离时，他的悲剧，是个体以极端方式与现实抗衡导致精神崩溃的人性幽暗。

二、相喻与场阈

　　小说是"讲故事"的艺术，更多地表现的是时间节奏的律动，是时间在故事发生中不断流逝的过程。《尘埃落定》的时间感却被有意无意地消隐了，在时间节奏的停顿、延迟与凝滞中，我们更强烈地感受到的却是空间感的跃动。阿来小说的结构和节奏从音乐上得到了更多灵感，他"非常心醉于贝多芬们，阿赫玛尼诺夫们那样的展开，那样的回旋，那样的呈现，那样的咏叹，那样的完成"①，所以《尘埃落定》呈现出来的空间感，是不断次第展开、不断翻转回环、不断交叠投映的。整体相喻与空间套层，通过数组写实与写意相交织的寓体与特定的人物关系场，构成了自然与历史、人与人、人与自我相依共生的"世界想象"。而小说原作为故事打开的多重叙述空间，为改编川剧《尘埃落定》提供了更多场阈拓展的可能。编剧以土司两个儿子的两次归来为主场景，复现和重新阐释了故事的整体与细节关系，以大写意的方式呈现了舞台特有的在场空间，又通过舞台演出场阈的背景推移与层次切换，强化了时间断点与时序节奏，打开了关于权欲飞扬、人性堕落与自我救赎的舞台想象。

　　小说的"世界想象"，首先建立在人与自然息息相关的整体相喻中。如罂粟与梅毒的播迁：一个是自然界长出的毒药，绽放的美丽不断蔓延，嗜瘾之毒却残蚀着生命；一个是人身体里寄生的病毒，毒性之烈能对抗飞扬的旋风，溃烂肤肉却不能阻止人的欲望。又如老鼠与蛇的死亡：鸦片香诱来的老鼠被熏烤成肉食，母亲撕咬鼠肉的动作导致傻子得了怕老鼠的怪病，无药可医的怪病却被像老鼠一样眼睛发亮、门齿锋利的侍女塔娜治好了。入洞出洞的绮彩之蛇到处漫游，却被孩子们四出追打、折磨致死、缠棍游行；每当挑着死蛇唱着歌谣的孩子们在田野里游荡，就会成为人力所致的不祥、灾难和地震发生的预兆。当然，对于世界的"整体相喻"，集中体现在两次大地震的叙述中。作为不可预测的自然灾难的地震，在小说的叙述中却都有深刻的人的痕迹的触发。第一次，是在叙述土司与活佛——这片土地上两个不同身份的王者第一次会面时，两双大手就要互相握住的一刻，就意味深长地引发了"被一只看不见的大手擂响了"的地震。当然，这次地震的发生，王者权力的博弈只是后兆，土司与查查头人妻子央宗幽会，却怎么也无法野合，人的无节制的欲望纠缠，才是地震发生的前兆。第

---

　　①　梁海：《小说是这样一种庄重典雅的精神建筑——作家阿来访谈录》，《当代文坛》2010年第2期。

二次又是权力的纠葛、情欲的错位导致了天谴；土司与央宗的欲望疯狂、哥哥与塔娜的乱伦挑衅，再一次激起了大地的震怒："两对男女在大白天，互相撕扯着对方，使官寨摇晃起来了……哗啦一声，像是一道瀑布从头顶一泻而下，麦其家官寨高高的碉楼一角崩塌了。石块、木头，像是崩溃的梦境，从高处坠落下来……变成了一株烟尘，升入了天空"，以至叙述者情不自禁站出来点评道"众目睽睽之下，我父亲和三太太、我哥哥和我妻子两对男女差不多是光着身子就从屋子里冲出来了。好像是为了向众人宣称，这场地震是由他们大白天疯狂的举动引发的"。

其次，小说以一体两用、对位错置的人物与影子叙述口吻的不断变换与叠加，在主角周围建构了多重复合的人物关系场；在整体相喻基础上，引出并打开了人与人、人与自我之间相对独立而又具有相互架构意义的叙述空间套层。一体两用的，如两个卓玛、两个塔娜、两个杀手等。在傻子身边，这几组人物形成了交叠缠绕的叙述套层。侍女卓玛的性启蒙引导了傻子必经的成长，牧场卓玛的献身让傻子重温童真、亲近自然。两个卓玛都带给了傻子生命亮色，但牧场姑娘只是傻子生命中一个过客。作者让侍女卓玛去找牧场卓玛，而这个姑娘却早已匆匆嫁人，来暗示这个影子代码的叙述作用已完结。侍女择偶与嫁人引起了傻子嫉妒与折磨，女管家的施舍与从事满足了主子的虚荣与尊贵；侍女卓玛与傻子生命有了更深交集，是因为要裸露傻子内心对女人的占有欲和对权力的掌控欲。娇小瘦弱、胆小乞怜的贴身侍女塔娜让傻子成为真正的男人；恶毒贪婪、嗜财如命的马夫女儿塔娜却在傻子的生命里像一阵风飘散了。美若天仙、神似妖精的茸贡土司女儿塔娜，让傻子第一次领受了爱的真谛与疯狂的痴迷，他小心翼翼地在自己的爱情幻想里编织爱与被爱的神话，他以为傻子的"聪明"可以征服土司女儿的"聪明"，却被塔娜一次次揶揄和背叛。他在自己的末路上眼睁睁看着美丽的妻子与哥哥乱伦、与汪波偷情、与汉族军官私通，却无心也无力改变这种荒谬的感情与荒唐的婚姻，只是在下定求死之心前，才与爱恨纠缠的妻子达成和解。多吉家的两个儿子背负家族使命寻找复仇时机，却总是与傻子不期而遇，并有了不可理喻的默契和约定，且最终在傻子的催促与帮助下才完成复仇。小儿子行动迟缓，做事犹疑，复仇心切却不知该杀谁，在麦其家死魂灵寄身的紫色衣服助力下，才费尽心力杀了代位土司。其实，小儿子作为前场的杀手只是一个影子，真正的杀手却是老成持重的大儿子，他温和沉郁，以酒馆为掩护在傻子身边潜伏下来，他很清楚父母双亡、兄弟沦落的世仇不是杀了老土司就可以完结的；而毒杀老土司未遂却被傻子识破，让他更明白他的复仇路没有未来也不能让仇人有未来。最终杀死土司继任者的复仇大任，几乎是在傻子与多吉大儿子心照不宣的契约下，像一场同归于尽的告别仪式一样上演。对位错置的，如两个奴隶索朗泽郎与尔依、两个执役银匠曲扎和跛子管家等。相比于以上几组影子人物，关于两个奴仆、两个执役的叙述则显得比较特别。从显性位置看，索朗和尔依、银匠和管家形成了对位。同是奴隶，索朗认定了主子也认定了自己的身份，忠厚粗拙，誓死效忠。而作为行刑人后代的尔依，虽也对傻子忠心不二，却又显出某种狡猾独断、冷酷专横的混合气味。同是执役，银匠自恃手艺，不但敢向主子侍女卓玛求婚，还怀着仇恨接过鞭子抽打主子，表现出卑微者改变命运的孤勇和反抗之心。管家对主子的心思心领神会，熟谙与各种人物打交道，经商对账、管理事务精明能干，却只知道服从唯诺、成了主子错误和罪恶的帮凶。从隐性关系看，索朗和管家、银匠和尔依又形成了互相参照的对位错置。索朗愚蠢地葬送了自己的生命，殊不知他追杀汪波与惩处塔娜的拼死卖命对于傻子而言并没有多大意义。管家只快意于一时之欲，对主子的恩赐和驯服——让侍女卓玛做他的帮手和姘头感激涕零，反而显出他的猥琐和卑下。当孩子夭亡、妻子被主子强行带走，银匠也精神涣散、变成了被掏空大脑的行尸走肉。而尔依的苍白、尔依的沉默，尔依的长手长脚，叙述着一个游走在现世与幽冥边缘的人茕茕孑立、半死不活的精神状态。他沉浸在一次次的鞭打与行刑中，不像是残害了别人的身体与生命，倒像是加重了对自己的意志摧毁与心灵损伤。这些一体两用、对位错置的人物和影子，聚合起人物关系的群落，通过傻子的代言叙述透视和析出了主体性的碎片，丰满和充盈了小说的整体叙述架构。

改编川剧的舞台，则通过演出场阈的背景推移与层次切换，将自然景观、文化印记与人的主体活动由远及近、从后台到前台铺展开来，以土司两个儿子的两次归来为复现主场景，以大写意的方式呈现了戏剧特有的在场空间。一方面，后台远处时隐时现的雪山，高大的转经筒、神秘精致的唐卡、镌刻着藏文的时起时落的青黑色幕布，将舞台切分为自然景观、文化印记与人的主体活动三重空间，提示观众故事发生的特定文化场阈和空间层次。另一方面，因为置换了叙述主体，在以官寨为中心的前台，上演的是以麦其土司为主线的故事，突出了人的活动在舞台上的主体性和主体位置。然而，与此同时，舞台上呈现的实在之界，却都是似有若无的背景碎片，无论雪山、草原、罂粟花海，还是官寨、台阶、绵延的道路，都只有局部的方位和片状的轮廓，虽有光影的聚焦，声色的鲜活，却缺乏清晰的完整面貌。通过舞台灯光的调色与空间层次的处理，不但自然景观的表情随着主体活动的展开而变幻，而且那些文化印记的视觉形象也显得回环逶迤，充满沉重的震荡感。当欢快的锅庄舞起来，激昂的鼓声隆隆滚过，转经筒徐徐回转，雪山仿佛披上了轻盈曼妙的白纱；当枪声响起的时候，雪山似乎也变得悲切呜咽；当麦其为权欲炙烤不能自拔时，沉闷的鼓声缕缕回荡，雪山的褶皱里似乎隐隐发出压抑的怒吼；当傻子为麦其家族悲唱叹惋时，青黑色的藏文幕布从台阶背后落下，渐渐遮蔽了凝重静穆而又满含低沉呜咽的雪山。在舞台措置的三重空间里，自然景观的背景化和文化印记的嵌入化，都为人的主体性地位的展示提供了明确的指向性。

此剧虽以麦其土司为主角，但也充分发挥了舞台的共时呈现性，构造了二位一体的人物关系场，形成了主体与影子的审视与戏拟。野心勃勃、独占权柄的老土司，有的时候却完全沉浸在忧心传位、操心家业的父亲的痛苦中。无能无畏的傻子，有时却是一眼看破机局的聪明人。尊贵高傲、争权夺利的土司夫人，原来是身世不幸、隐忍屈从的汉地女子。实录历史、言说真相的书记官隐去了遵从天意、苦行传教的布道者身份。权力优渥、挟鸦片镇番的黄特派员后来变成了不分红白、惟求自保的逃难者。围绕着麦其土司打开的叙述空间，主角与周边人物的对立面,形成了主体与影子的不断迁移、套叠和翻转,出其不意地表演着另一维度的内心真实。迁移是单向的,主体变成了影子,或影子置换了主体;套叠和翻转则是多层的,如主体伴随多个影子,主体与主体相互审视,影子与影子相互戏拟。为了更好地展现这种复杂的人物关系场,改编川剧简化了小说原作以傻子为主角的故事交叠复线,让主线人物麦其隐身于两个儿子两次归来的主场景复现中,巧妙地穿插了多处暗场和偷窥,在欢迎与庆祝的基调下,让身历其间的各色人物尽情表演,强化了权欲之争中人物关系的离散距离。第一场,当大少爷归来时,先是身着绿色长裙的姑娘在雪山的映衬下跳起了欢腾的锅庄,伴随着威震山野的群呼,且真跳起了武力雄健的舞蹈。新英雄被众人抬起游行,在喧闹的场面中耀武扬威。我们看到的是飞扬跋扈的脸,凶蛮强横的表情和杀气腾腾的眼神。在突出了大儿子归来的主场景之后,第二场却以连环偷窥为前台主场,将原本该由土司主宰的庆祝活动和庆功宴会做了暗场处理。在黑魆魆的舞台前场,在支撑官寨的高大柱子的阴影里,查查头人匆匆跑来,循着宴会上人声的喧嚷,一眼瞥见宴会的主角麦其明目张胆地与自己的妻子央宗调情逗乐,偷窥到这样的情景让他挥拳捋袖、狂躁愤怒,这是一重偷窥。接着,查查头人的管家悄悄出现。他在偷窥了查查的形色之后,先是挑起他的愤激之情,故意怂恿查查谋反;接着实施密计伺机刺杀了查查头人,这是二重偷窥。后来,大少爷在管家身后出现,他早已躲在暗处偷窥了发生的一切,并走上前台,以管家行事草率、邀功急切而杀人灭口,这是第三重偷窥。在这三次连环偷窥中,土司虽然都是暗场人物,却成为前台表演展开的行动元。最后,当傻子以木枪换哥哥真枪把玩,大少爷趁机教傻子向麦其宴会方向打枪,被惊扰了的父亲——麦其才从暗场走到了前台。第五场,当傻子用麦子打了一场胜仗、带着天下最美的女人和最多的财富回来时,相似的一幕再次上演了。在欢快的锅庄和人群簇拥下,傻子被众人抬起,狂欢的场面比迎接大儿子更加热烈。大儿子归来时躲在远处张望徘徊的麦其土司,这一次却准备了长角号队、并亲自出寨迎接傻子。两次归来都引发了交易和阴谋,但大儿子归来后,发生的是鸦片交易、杀戮蛮行和密计阴谋；小儿子归来后，是免除贡税、深得民心却意外被剥夺了继承权。正是傻子获得的至高拥戴和疯狂膜拜，让麦其惊恐难耐，从而拉开了父子的心理战和情感较量。如果说，麦其与大儿子无间，那是貌合神离，那么，麦其与小儿子有隙，却是渐行渐远、心与心难以弥合的距离。

如果说阿来的小说，在历时性的消隐中，往往突兀地显示了人在空间构成的世界里的位置和影像、关系和碎片，通过整体相喻和叙述空间套层，架构了自然与历史、人与人、人与自我相依共生的"世界想象"；那么，改编川剧则以文化印记勾连起人物主体与自然景观，从而建构了实在与虚拟互动、层叠推移与主体运化颉颃的共时性空间，在归来与狂欢的往复空间呈现中，又抓住特定的戏剧性时刻，在暗场与明场、偷窥与亮相之间，故意造成时间节奏的停顿与断裂，对空间呈现进行评论和叙述，从而延伸了戏剧场阈。

三、诗性表演与戏剧性表演

阿来曾在一次访谈中说过，小说是"一种庄重优雅的精神建筑"[1]。完成这个建筑的过程，需要思想的深刻、情感的沉潜，更需要一种能够将思想的深度与情感的力度浸透进去又生发出来的文化表达与阐释能力。《尘埃落定》的文化表达和意义阐释，除了有赖于富有魅力的故事叙述能力外，还通过特定语言代码呈现出的戏剧性呼应与诗性表演显现出来。而改编川剧则基于故事本身丰富的表演性因素，通过光影的闪回、主唱的移植、帮腔的接唱、别调的映带，强化了戏剧性表演的阈度。

小说通过特定的语言代码形成了戏剧性呼应，呈现了微物质的力量和细节的逼真性与丰满性。如旋风与尘埃的沉滞与追逐，麦子与麦地的妙用与废用，耳朵与舌头的割截与再生、巫术与仪式的做场与表演等。在小说中，旋风与尘埃总是相伴而生、起落湮灭。当梅毒在边

---

① 梁海：《小说是这样一种庄重典雅的精神建筑——作家阿来访谈录》，《当代文坛》2010 年第 2 期。

境集市上扩散的时候，"一柱寂寞的小旋风从很远的地方卷了过来"，与尘埃、纸片、草屑旋在一起噼啪作响，最后却被"梅毒的花朵"魇住了。又如当土司的官寨在解放军炮声中轰倒的时候，"一小股旋风从石堆里拔身而起……裹挟着尘埃和枯枝败叶在晴空下舞蹈"，土司领地上随处可见的旋风"在很高的地方炸开了，里面看不见的东西上到了天界，看得见的是尘埃，又从半空里跌落下来"，像丝绸一样的尘埃，在土司官寨倾倒时腾起、落定后就什么也没有了。看不见的微物质带来的震撼人心的力量，昭示了自然与人之间颠颠倒倒的诡谲关系。在小说第七章里，作者用麦子与麦饭，在傻子和人群之间构筑了富有律动感的场面叙述。大批饥民向堡垒涌来，在小河边躺下，又趟过河来接受施舍，为傻子拆堡垒。接着是吃饱了麦饭的人群形成了黑压压的静场，再后来是人群挪动的脚步声卷起尘土，冲决了沉默的静场；这种用静默凝聚起来的神异力量，终于令大地都轰动了。而当百姓把傻子托举到头顶，一场盛大的麦地穿行和奔跑展开了。麦粒飞溅、麦浪起伏、麦地被践踏，加剧了掏空大脑的晕眩，被人群裹挟的傻子迷失了去路和方向。施舍麦饭虽让傻子有高高在上的感觉，但他始终都处在同一空间里平视的位置，这种位置和身份让他清醒而成功地实施了自己的计划；而麦地托举却将傻子推向了人潮之上的虚空和迷境，土司家族的恐惧惶惑与麦其子民的疯狂膜拜两股力量的胶着，不仅让这个边地首领失去了掌控大局的神力，也让麦其的继承人错过了交接权力的最佳时机。耳朵和舌头，原本是组成人身体一部分的器官，一旦脱离身体也就失去了生命，然而小说中的耳朵与舌头，却成为活的象形物，在数次被割截后，以奇迹般的方式再生。叛徒的耳朵与汪波来使的耳朵，显然是麦其与汪波战争交易的筹码，而当傻子越过汪波边界意外发现了麦其和大少爷怎么也不相信的耳朵开花的代码，则暗示了耳朵的"再生"给麦其家即将带来的诅咒和灾难。小说还通过"舌头"的失复情节，强化了故事的内在能量和文本的诗性观照。与济嘎活佛论辩佛法的翁波西意舌头被行刑人割掉的过程，不仅传达了异教徒在麦其领地上受到惩罚的事实，而且借傻子之言揭示了这个"混乱而没有秩序的世界"的残酷与血腥。而书记官又一次说话的奇迹——

舌头的再生，则宣示了被剥夺的权利与自由的失而复得，也意味着与开口说话随之而来的风险与不幸的降临——敢于说出真相的书记官再次失去了舌头。

小说中出现过几次巫术神舞和仪式表演。这种富有戏剧性的场面描写，让小说的语言代码具有了某种道具性和表演性，构造了戏中戏的"视象"。这是一场没有正面冲突、交锋却更紧张激烈的"罂粟花战争"：筑起的坛城、难以尽数的法器、献给神鬼的供品，还有石刀、石斧、弓箭、抛石器、火枪；巫师们穿着五颜六色的衣服，戴着奇形怪状的帽子聚集山岗，在门巴喇嘛的带领下静观并等待被对方巫师施咒而有可能带来乌云的颜色、巨大的雷声、长长的闪电、数不尽的冰雹；还有三重回合的施咒与令旗响器的做法："门巴就戴上了巨大的武士头盔，像戏剧里一个角色一样登场亮相，背上插满了三角形的、圆形的令旗。他从背上抽出一支来，晃动一下，山岗上所有的响器：蟒筒、鼓、唢呐、响铃都响了。火枪一排排射向天空……终于乌云被驱走了。麦其家的罂粟地……重新沐浴在阳光里了"，而不远处的地方就起下了大雨，这是第一回合。第二回合是门巴做法回敬了一场鸡蛋大的冰雹，倒伏和冲毁了汪波的庄稼果园。第三回合则是央宗的孩子受到汪波土司神巫的蛊魅"一身乌黑、像中了乌头碱毒"，生下来就死了。这三个回合的字里行间，充满了戏剧表演的虚拟性、程式性和抒情意味。此外，小说中还有两场侧笔写出的仪式表演，也为构造"戏中戏"的视像增添了趣味。大少爷班师回府大宴三天，广场上演了一出漫长神圣的戏剧。麦其说"叫演戏的和尚们去演戏，叫哥哥回来学着做一个土司"，大少爷却在剧中扮演了一个角色，场上妖魔和神灵混战正酣，都穿着戏装，头戴面具、辨认不出来，又不能违背神的意志叫戏停下来，于是麦其的态度和故事的节奏在这里出现了陡转。当傻子回来恳请父亲免除一年赋税，广场上百姓请来的戏班锣鼓喧天连演了四五天戏。多才多艺的大少爷又"混在戏班里大过其戏瘾"，土司说"让爱看戏的人看戏去吧"，一件很重大的事情又在他不在时决定了。两次参与戏剧扮演，大少爷置身戏中戏而忘了现实角色的重要性，失去了父亲给他的机会。

小说中这样的语言代码还有很多，除了尘埃与旋风、耳朵和舌头这些形成戏剧性呼应的代码外，还有壁画、灵药、银器、鞭子、兽皮衣服、行刑刀具、紫色衣服之类。这些语言代码就像某种富有表演意味的"道具"一样，在至细至微的"一刻之景"与"一尘之空"之间"那辗"①，从而建造了小说诗性表演的空间。我想，这很可能受到了中国古典抒情文学表演性传统的影响。正如阿来所说：故事需要配套的语言，"和故事保持了一种互相生发的张力的语言"、"可以把这种丰厚的内容表现出来"②。而作者最大限度地延展了语言代码的张力，从而使小说具有了构筑空间的功能和诗性表演的潜质。

改编川剧以麦其土司的故事为主线，解决了原作故事内部复杂的矛盾纠葛可能带来的舞台表演的张力消解问题，利用追光与特写的闪回、主唱与帮腔的接唱，还有别调的映带，创造了全新的演述阈度，重新建构了近现代革命史视野覆盖下"尘埃落定"的戏剧性景观。围绕着麦其土司，全剧的舞台氛围，在迎归与无住、庆祝狂欢与残杀复仇、黑暗与光亮之间不断转换，如第一场结尾，除了投在前台主角土司身上的主光束，还有一连串的分束追光在后台的人影幢幢中闪动，生动表现了土司密计除叛的阴谋。又如最后一场，在一片漆黑的舞台上，先是光影里出现了刺客的脸，接着是类似川剧变脸一样的面具人舞蹈，这是预示杀手要来完成最后复仇的时候；接着灯光打到另一侧时，形容枯槁的麦其在官寨前踟蹰，预感到末路来临的绝望孤独与周围的黑暗死寂一起蔓延开来。改编川剧以老生的角色、疯癫的代码、乱伦的禁忌、杀戮和死亡事件的漠然化处理，上演了一出关于野心与权欲从人性里生发、膨胀、导致生命崩溃、走向死亡的莎士比亚式的主体性悲剧。

土司的主唱与独白，就像旧时戏曲舞台上的副末声口，既作为戏中人扮演他自己，又不时让他置身事外，可以对他看到的人物活动和表演瞬间进行叙述和评论。原作叙述者通过傻子的眼睛看到父亲"说

① 金圣叹：《金圣叹批本西厢记》，上海古籍出版社1986年版，第147页。
② 梁海：《小说是这样一种庄重典雅的精神建筑——作家阿来访谈录》，《当代文坛》2010年第2期。

啊说啊，准备让位的土司说给不想让位的土司听"的那些"内心独白"，在改编川剧中则由角色用大段的唱词以及类似画外音的帮腔，形成了对位。在麦其内心权欲之念的膨胀与传位之虑的矛盾互相激发的过程中，帮腔所唱"你就这样选择继承人哪!"，仿佛一种推波助澜的声浪，将麦其推到了漩涡的浪尖上。当然，最能传达川剧意蕴的改编，是川剧将原作中带有谣讽功能的、通过次要人物吟唱的民谣和歌诗，移植嫁接到傻子和麦其的主唱中。第五场，麦其宣布传位给大少爷，却在目睹了大少爷权力在握、凶相毕露、拔剑割舌的嘴脸后，听到了傻子独唱的悲凉声音。编者将原作中本是书记官用第二人称吟诵的歌诗，植入傻子口中，让傻子以第一人称唱出"嘴上套上了嚼子，嚼子上还要系一根绳子，背上背上了鞍子，鞍子上还要放一个驮子。有人对你唱歌，唱出你内心的忧伤，有人对你唱歌，唱出你内心的阳光"。麦其听到傻子"这个世界上不存在麦其家了"的悲叹后，父子间爆发了儿子和父亲爱恨交加的质询。麦其终于意识到离他远去了的，不仅是权力，还有亲情，还有被他的野心蒙蔽了的公道人心，他支撑不住病倒了。第六场，老土司步履蹒跚地出现在舞台上，当"他的骨头被熊啃了……他的头发被风吹散了"的帮腔嘹亮地响起，原本出自侍女卓玛之口，以清脆的象声词来表达对新生活渴望的叙事诗"她的肉，鸟吃了，咯吱，咯吱，她的血，雨喝了，咕咚，咕咚，她的骨头，熊啃了，嘎吱，嘎吱，她的头发，风吹散了，一绺，一绺"，却在这里被麦其似醉非醉放声吼唱了出来，这一吼吼出老了的麦其一腔愁:"台前退至后，天地晃悠悠……雨喝了我的血，鸟吃了我的肉，风吹散了我的头发，熊啃了我的骨头。"当我们以为老土司不得不走向垂死末路时，代理土司被杀的突发事件，却让逊位的老土司在冰火交攻下焕发了新的生命活力。在痛失爱子的呼天抢地中，老麦其声口陡转，猛然唱出"我想悲，可为何浑身通泰酥麻麻"? 帮腔复唱"我想悲? 可为何瞌睡遇枕头、酷暑遇西瓜"? 继而声口一变喊出"生姜还是老的辣、老而弥坚、出神入化，我不当家谁当家"? 帮腔复唱"看看看，这权欲之火威力大"。帮腔的接唱、反复、强调，充分抖落了解除威胁、重新掌位的老土司悲喜交加、欲火焚心的人性畸变。在一定的戏剧时刻嫁接的抒情唱段，不是为了牵引故事，而是为了强化角色的内心动作，戏剧将小说"某年某月有人唱这谣曲而瘟疫流行经年；又某年某月这歌谣流行，结果中原王朝倾覆，雪域之地某教派也因失去扶持而衰落"的旁叙笔调，直接转化为主角人物的主体性表达，加之场景的推送、光影的变幻、帮腔的起复，一起造就了舞台表演的陌生化的效果。

相比于小说原作，改编川剧留给女性角色的戏份很少。但通过别调的映带，土司太太、央宗、茸贡土司三个女人与麦其土司之间合作与对抗的离合关系还是形成了很有意味的排场。"心绪如麻有谁知？我本是书香门第……军阀混战，父母双亡，孤女流落烟花……麦其提亲，大婚大礼，好一个男子汉有情有义……为儿子千方百计争取"，土司夫人的这一大段唱腔，极富抒情的韵味性，减弱了高腔高扬叱咤的格调，一变而为低调沉吟的叙说，华丽与悲悯的趣味糅合，透过身世叙说勾连二人昔日惺惺相惜、今日若即若离的关系。爱子心切的她一再为儿子争取父亲的信任与重用，识子真切的她更洞彻傻儿子与生俱来的神秘预言能力，在编剧的巧妙排场中，她以"他看不到现在，只能望着未来"来警醒麦其土司重视这种预言能力可能带来的巨大能量，但她最终还是无法影响丈夫的决定，更无力改变儿子的命运。央宗，这个像罂粟一样艳丽的女人，这个第二场开场在锅庄舞蹈的红群舞阵翻飞旋转中托出的女主角形象，与罂粟的故事形成了颇有意味的对应。"朗朗晴空炸雷响……使人一阵悲来一阵慌……我好比离群的雁儿失方向，我好比刚开的花儿遭冰霜……"这种带有"做腔"意味的哭丧调，并不是表达丈夫被谋杀的悲伤，而是满含失去依靠的乞怜。这个没有灵魂的面具人物很快成为麦其土司淫威的牺牲品。而茸贡土司与麦其打情骂俏，"老树枯藤难开花，这一句帮腔帮错了，再来"，跳出剧情的惊悚幽默，其实是对这个女人自以为是、愚蠢至极的反讽。因为她根本不可能想到，她的漂亮女儿更想拥有天下至高无上的权力，周旋麦其的两个儿子之间，企图登上麦其家女主人——王后的位置。这些围绕麦其身边的女性的别调映带和排场布置，作为矛盾展开的深层推动力量，进一步强化了悲憾与悲悯的人性关怀。

《尘埃落定》凸现阿来创作个性的最重要标志，不是题材，不是人物，而是作者植入代言体对故事进行多向度叙述的能力和独特的文化表达与阐释能力。长于用文字架构关于世界的整体相喻，又通过微物质和细节的力量呈现真实的幻象；以极富张力的语言提炼出与故事配套的具有表演潜质的诗性代码，让故事不断穿越自然、历史与人的世界，在真实与幻视的异质空间里套叠表演，这种叙述与阐释的能力，不是用魔幻或虚构、质感或诗意、理性或者非理性可以论定的，需要我们深入文本的字里行间细读。而改编川剧《尘埃落定》却以唱叙的格调和场阈的分层并置，破译了阿来小说的语言代码，以戏剧性表演置换了诗性表演，从而让观众拉开一定距离去重新审视"尘埃落定"中人的扭曲堕落，去领受人性的质询与拷问，而不是像小说读者那样与扑面而来的历史无所回避的遭遇。这种文述的"偏离"与演述的位移，在丰富了故事的空间套层和人物关系场的层级展开可能性的同时，也带来了意想不到的文体突越与双向渗透，从而丰富了"尘埃落定"的文化意蕴。最近，又看到由徐棻编剧、王超、陈巧茹主演的、忠实于原著的"新版"川剧《尘埃落定》已在排演中，预计两个月后搬上川剧舞台①。在尚未见到其他戏种改编《尘埃落定》"剧透"的情况下，川剧名家和名角却前后相续，持续关注这一哲理意蕴极强的小说的戏剧编创，或许，这就是《尘埃落定》与长于阐释历史、长于探掘人性的川剧之间的内在姻缘吧。

（原载《阿来研究》2014 年第 1 辑）

---

① 曾灵、陈谋：《市川剧院改编〈尘埃落定〉，堪称史上"梅花"最多》，《成都商报》2014 年 2 月 13 日，第 19 版。

非物质文化遗产传承与灯戏的保护

——以川北灯戏为例

近年来，在非物质文化遗产保护的视野下，在川剧引领的四川地方戏曲剧种的展演活动中，灯戏这一主要活跃于我国西南民间的地方小戏，从荒村僻壤走近都市大众的观赏圈，开始进入现代演艺的社会空间。2010 年 10 月，在依托南充嘉陵江灯戏艺术节举行的戏灯专场展演活动及专题性灯戏论坛上，拙朴风趣的灯戏表演不仅开拓了灯戏展演的文化空间，而且引发了与会学者关于灯戏作为地方小戏的剧种特质和属性的更多关注和讨论。在多元文化力量不断参与进来的非物质遗产文化活动和灯戏保护工程中，灯戏如何保有自身的独立品格和主体性，如何在原生态、展演态和衍生态不断转换的文化语境下，释放它内在的文化源泉和民间的精神力量？我以为，在众多需要思考的问题中，重新考量灯戏的功能定位，反思灯戏的民间生态构造问题，无疑是更具有现实针对性的。

一、灯戏的功能定位：庶民娱乐性与实用功利性

灯戏是流行于我国川渝、云贵等西南多个省市的古老民间小戏，在过去多与春节、灯节、社火、庆坛等民俗活动结合在一起。川北灯戏流行于四川阆中、南部、仪陇、顺庆等东北部地区，剧目多取材于民间生活，现有剧本 200 余个。唱腔来源于民间小调、神歌、佛歌、嫁歌、圣谕调及端公调，分正调和花调两类。其表演以丑、跩、笑为特征，融会了木偶、皮影、猴戏、民间歌舞等多种技艺。这种反映民间理念和日常生活、表演粗犷简洁、诙谐风趣的农民戏被称之为"喜乐神"。2006 年 5 月川北灯戏获国务院授牌为首批"国家级非物质文化遗

产"。一般认为，灯戏作为民间小戏，用二三旦丑角色的斗嘴打趣，杂技绝活的惊悚斗奇，载歌载舞的搬演形式将一些饱含地域风情和民俗事相的笑谑故事的碎片连缀起来，以浓郁拙朴的声色和轻松欢快的情调供人消闲解颐。它总体上不承担教化的功能，没有关于生命与人性的文化深耕，表现重大题材和挖掘严肃主题并不是它的特长。其表演理念是纯游戏、纯娱乐的，其思想内涵是轻质的、意义匮乏的。但此次观摩灯戏论坛及川北灯戏的展演剧目，却引起我不一样的思考和究问：如何理解灯戏的娱乐性和实用功利性？或者说，在娱乐与实用背后，灯戏还演示了什么？

此次灯戏展演聚合了川渝、云南、贵州等地的灯戏表演团队和精彩剧目，川北灯戏的表演则给笔者留下了深刻的印象。从此次灯戏展演活动看，开幕式本身，即拟造了一场民间灯节的狂欢；而每场都有的开门灯形式，更以热热闹闹、欢歌笑语的场景，渲染出一种喜气洋洋、欢呼雀跃的氛围，充分展现了民间小戏的娱乐性和实用性。但在川北灯戏《送灶神》的轻俏热闹、《灵牌迷》的诙谐风趣、《打判官》的荒诞怪谲中，被所谓玩赏的形式、娱乐的表象遮蔽了的灯戏的内在神理，逐渐叠印出它丰盈而真切的面相。《灵牌迷》将馋懒成性的小两口终日游手好闲、混吃骗喝的行径表演得惟妙惟肖，然而此剧最值得玩味的地方却不仅于此。为了乞讨骗钱的伎俩不被揭穿，一番谁先死、谁后死，怎样装死的争论后，小两口在家中设灵牌装死，愚弄慈善的老者。窥见真相的两位老人将计就计，以装殓裹尸逼小两口"起死回生"。最终一帷白布裹住的是小两口好逸恶劳的手脚，更是蜀地的乐足安逸滋生的醉生梦死的积习。懒人懒死，善人劝善，一场生死笑谑，激醒了底层的愚惰。《送灶神》则将日子拮据的山野小夫妻祈拜灶神庇佑赐福的低微的生活愿望表现得情真意切。看似拙朴的小媳妇充满风韵，引得灶神也频频下地垂顾。贡献鸡筵祭灶的虔诚，演变为一场打情骂俏、鸡飞狗跳、活色生香的人神对手戏。灶神在小媳妇的含情双目、娇嗔身姿引逗下，不禁向人间大倒苦水：原来小灶神在天庭等而下之，自己尚且衣食不周，哪里承托得起人间百姓的仰仗。真是神仙比俗人还烦恼，寂寞天上哪比自在人间！在先出场的灶神和后出场的丈夫之间，在笑骂调情的游戏场景与严肃虔诚的祭拜仪式之间，村妇和灶王爷周旋在一个颇有意味的张力场中：且不说小媳妇为博得灶神的青睐，有意羞涩扭捏和媚眼煽惑风情，更有意味的是丑扮的灶神爷人间天上的颠倒臆想：有漂亮小媳妇可以娱情，有美味鸡篷可以享用，有受祭赢得的尊荣和敬重，有行走在地的踏实和自由，这贫贱夫妻竟成了灶神羡慕的一对福人，这恋恋红尘竟成了灶神眷顾的一片乐土。《打判官》借地狱为人间说法，将死了以后的贪官故事，死了以后在阴间才能讲出来的故事，变成了活地狱最好的注脚：形销骨立、琐碎而短视的判官，风骚丑陋、悍妒而多情的夫人，碰上了生死路上要钱不要命、到了地府仍贪性不改的贪官，演绎了一段荒诞怪谲的阴阳判。人间物欲的赤裸贪婪，与地狱判官的家事风情，形成了滑稽的映照与颠倒错置。一份生死簿的勾划，一场活地狱的审判，绘刻了人性的阴暗、堕落造成的灵魂变态与世风扭曲。

或许有人会说，这些川北灯戏的表演，着意的是"打"、"闹"、"笑"、"俏"，缤纷的歌舞、对口的滑稽占据了主导。场面虽好看，主题表达却过于混杂；笑料虽不少，剧情构造却全无章法。比如《嫁妈》编排的是一对母子的憨嗲，《灵牌迷》絮叨的则是一双刁民的卑琐；《闹隍会》炫耀的是县老爷游山玩水的竿技，《送灶神》拉扯的则是村妇和下凡的灶王爷弄风情；《包公照镜子》演绎的是硬汉子的心里软，但镜子却把故事说走了，《打判官》原本是打贪官的，却成了酒色才气的混搭。但川北灯戏就是民间小戏，勿需向大戏的剧情统一性、结构完整性看齐。正是这些看上去任意的装点、轻浅的亵玩，无伤大雅的卖弄风情，轻歌丽舞的曼妙穿缀，使得故事随意转弯，说口东拉西扯，"喜乐神"的表演风格，把一切神圣的礼仪都做了世俗化的处理，抹去庄严、亵渎权威，甚至跳脱剧情与观众直接对话，极尽狂欢与笑谑。但娱乐的表象之下，最戏谑的质料包纳了最残酷的元素，最光亮的空间洞穿了最黑暗的一隅；玩世不恭的面具保存了小人物活着的尊严，调侃生死的游戏解构了天上人间的秩序。这些川北灯戏的展演剧目非常突出而一致表达的，是强调世俗女性在生活中的主动性。思忖自嫁的妈妈尽力想改变贫苦无依的生活，馋嘴的小媳妇使弄刁蛮手段折腾懒睡的丈夫，判官夫人不但以凶悍唬倒当家的，还拿风月娇宠自己的小丈夫，祭灶的村妇更是把天神逗弄得脚不点地、神魂颠倒。旧时代生活氛围中原本处于被动和弱势的女性，在川北灯戏中以性格的绝对强势和"亦正亦邪"的风情，不断争取着自己应得的生活权利和人生幸福。正是这种性别错置产生的生存幽默感，演绎了蜀地文化独有的情韵，伸张了小民重实用的人生态度和在劣境中立命求生的意志。川北灯戏借人神共论生死、人鬼轮回转换，传达出颠倒世相、举重若轻的另一种底层生活的真实，这就是由笑对苦难的无畏、解构生命庄重的谐趣、游走在生死边缘的快感混合而成的民间笑谑精神的力量。

此外，就现存川北灯戏的剧目看，有一部分是"天上三十二戏"、"地下三十二戏"① 这样一些与端公、庆坛仪式相关的故事，但这些与民间祭祀仪式相关的搬演形式在灯戏向现代社会流传的过程中，却因为种种原因逐渐被剔除了。从此次演出的川北灯戏形态上看，虽然不少剧目涉及了神灵的角色，但除了每场演出的开门灯以及跑龙套的灯官，还能让人联想到与端公、庆坛相关的一点遗存外，川北灯戏表演中与民间祭祀仪式相关的程式、仪规，以及附着在这些程式中的祭祀意念已经看不见了。这是灯戏传承与保护令人深思的一个问题。在重视灯戏日常娱乐的现代语境的同时，不要忽视了灯戏对于庶民生活和底层社会的精神抚慰功能，这种酬神乐人的实用功利性也是灯戏在民间社会得以生息的无法剥离的重要根基。

二、灯戏的民间生态：非遗的主体及文化空间

灯戏的展演，作为非物质遗产项目和文化工程，聚合了政府官员、企业领导、高校与学术研究机构的文化学者、与传媒相关的普通文化工作者、灯戏传承人群体及普通民众等各种社会文化力量参与进来。这其中，政府是非遗工程的主导者，企业是项目效益的促动者，学术研究机构与传播媒体则是灯戏文化价值的评估者和社会影响的传播者，

---

① 四川省川剧艺术研究院、四川省南充地区文化局编：《川北灯戏》，四川文艺出版社 1986 年版，第 51 页。

而作为非遗主体的灯戏传承人和普通观众，在这一层级系统中似乎处于较为被动的下层的位置。传承人的演艺活动要仰仗官方的政策主导和财力支持，要依赖企业的市场运作和商业盈利，还要借重学者评点和媒体传扬，似乎才能确立自身的意义和位置。而普通庶众在剧院观摩和广场展演中的整体地位和互动作用，也似乎被陌生化和边缘化了。这不禁让人产生了疑问：非遗的主体究竟是谁？灯戏的文化空间在哪里？

需要特别引起注意的是，非物质文化遗产，除了指被各群体、团体、有时为个人所视为其文化遗产的各种口头传统、传统表演艺术、民俗活动和礼仪与节庆、有关自然界和宇宙的民间传统知识和实践、传统手工艺技能外，还包括与其相互依存的特定文化场所及文化空间①。展演为我们提供的审视模本和表演样态，其实是非常态的，衍生态的，是自上而下嵌入式的，它是灯戏文化空间的一种再生和延展。这种再生和延展，如何融入、贯通民间自发的、原生的灯戏表演生态？而民间自发的、原生的乡班、院坝、广场、庙会、祭神等草台灯戏演出，其实更能代表灯戏生存所必须依赖的"特定文化场所和文化空间"。灯戏的演出，更需要保护的即是传承人与观众组成的社群共同体以及相关的下层社会文化空间。因为对于他们来说，灯戏不惟是表演和观赏，更是他们亲历、参与、实践着的一种生存方式。而目前的状况是，在非物质文化遗产的旗帜下，作为展演的、观摩的灯戏表演生态受到更多关注，并明显获得改善；而民间自发的、原生的、家班的、草台的灯戏表演生态却出现了某种停滞、衰退、恶化的迹象。在物质与非物质之间，在原生态与展演态之间，在官方与民间之间，在乡民社会与现代都市之间，灯戏的表演生态其实存在着这样一些真空与断裂地带。

如何加强灯戏传承人群体及其文化空间的多样性、整体性保护？以政府为主导的非遗活动，如何转化为灯戏传承人的群体文化认同和自主自觉的非物质文化遗产实践，并在商业利益的逼侧下保持遗产主

---

① 据 2003 年 10 月 17 日联合国教科文组织通过的《保护非物质文化遗产公约》。

体的独立性，而不被娱乐宣传与利益追逐所异化、所拆解？这是灯戏保护的地方性实践活动不能回避的问题。而此次展演的川北灯戏代表性剧目，可以说展开了这种多样性、整体性保护的探索和尝试。如《裁衣》的故事，只有放在龚裁缝的老把式熨斗和王大妈的粪水里，加上蜀地土音方言的搅和，才有了绝妙的韵味。龚裁缝那套老掉牙的、趣打哑谜一般的裁缝技艺，王大娘那些看似闲庭信步、琐碎亲切的家长里短，还原了蜀地的历史记忆，也激活了人们对逝去的恬静生活光景的兴趣。《闹隍会》舍弃了威官加恩垂怜小民的套路，将传统的清官题材加以变形。与城隍同庚的县太爷为生日清冷，乔装扮城隍，微服察民情，一路上坐轿玩竿、渡河涉险，将一个波澜不惊、并没有多少剑拔弩张的官民矛盾的故事，演来跌宕起伏，充满风趣。在巧设计囊、调弄城隍的小民大智慧激励下，一个注重实务、亲民爱民的清官形象跃然场上，而乡里隍会的热闹亦铺染到了都市剧场观众的脸上。《包公照镜子》摆脱了黑脸包公清廉办案的故事框架，放大了包公和小孙女促膝攀肩、亲和蔼然的家庭游戏场景。铡美后归家的包公，因卷入皇族纷争和权力角逐，思前想后，内心焦灼。照镜子的"变脸"，反射出皇后的跋扈、秦香莲的悲苦，接着通过日常家庭生活细节，表露了包公心灵深处的矛盾苦闷：因主持正义、秉公执法不但使自己陷入权力网罗，还牵连秦香莲陷入遭受非议的窘境，加上王朝、马汉的"众叛亲离"，使包公对自己的抉择也产生了一时的动摇和怀疑。地域文化镜像对包公戏段落细节的舍与取，再现、还原了包公人性中更为真实的一个侧面。可以看出，通过传承人群体的努力，这些川北灯戏的展演剧目传递了弥合断裂、保护灯戏民间生态多样性和多层社会空间互动性的丰富意念和信息。

此外，灯戏论坛的专辑资料《四川灯戏集》，将灯戏剧目及腹本的整理与口述历史的非遗实践结合起来，让我们在有限的灯戏演出之外，触摸到了更丰富的四川灯戏的活性"遗产"。例如，其所选剧目《补缸》①，又名《锯大缸》、《大锯缸》、《大补缸》、《王家庄》、《百草山》、

---

① 严福昌：《四川灯戏集》（第一卷），四川出版集团、四川文艺出版社2006年版，第100页。

《百鸟朝凤》等，原本出于明代传奇《钵中莲》。原剧写百草山上的旱
魃化身王家庄王大娘，取死人噎食罐炼成黄瓷缸，用以抵御雷劫，但
缸为巨灵神撞裂，王大娘觅人补缸。观音遣土地幻化补锅匠人打碎其
缸，旱魃与土地展开神妖大战，最后观音请天兵斩除旱魃。许多地方
戏中都有的这部神话剧，在《四川灯戏集》里，却完全摒弃了神妖大
战的荒诞离奇和惩恶扬善的教化主题，甚至也删除了其他地方戏所刻
意渲染的武打、走跷和变脸绝技，一开篇即展开了王大娘和小炉匠因
补缸而讨价还价、调情斗嘴的喜剧性情节，不但小炉匠由土地变化、
砸缸除害的意图化为乌有，且在南方流传的故事中小炉匠踩王大娘绣
鞋的细节，在灯戏里也被改为扬沙迷眼、伺机逃跑的更富有蜀人黠趣
的举动。还有意思的是，王大娘在缸被打裂后也没有流露出任何难过
沉重的心情，更没有伺机报复的起意，反而即刻转念、生火做饭、打
点衣食，这些举动，完全表现的是川地老妇和游贩匠人喜怒哀乐的日
常生活插曲。在《四川灯戏集》收录的其他剧目中，类似的例子还很
多，如《韩湘子度妻》、《雪梅教子》、《小放牛》等，都或多或少与别
种地方戏截取的故事段落和着眼点不大一样。为什么截取的是"这一
段"，而不是"另一段"，这些故事段落的念说唱诵、对口调弄，为什
么颠倒话、正反语比大白话、大实话更出彩，四川灯戏截取故事和表
演故事的着眼点和趣味性说明了什么？其实，换一个角度来看，这也
是一种原生态，是植根于蜀地特定的地域文化背景中的原生态。应该
说，原生态并不意味着非物质文化遗产的低级粗糙的原始状态，原生
态并不是贫困戏剧。原生态，从某种意义上说，既体现出地域文化的
多样性和聚落性，也表达着遗产传承人的主体性和自主自觉的文化选
择权。所以，灯戏的保护，除了表演技艺的保护，还应该包含灯戏赖
以生存的文化空间、文化传统多样性的保护，还应该包含灯戏传承人
及其一方受众共同享有的文化权利的保护。

　　非物质文化遗产的活态传承强调的是文化活动与文化空间的互相
依存，而非单一的文化样式；强调的是活的整体，是与一方庶众的生
活、信仰、精神追求密不可分的特定生存境遇与文化样态。灯戏的保
护，也无可置疑地需要面对整体性保护、多样性保护的问题。如果我

们能通过南充灯戏的展演及论坛活动，重新思考灯戏的功能定位和民间生态构造问题，更多地关注作为遗产主体的灯戏传承人的生存状态和情感诉求，进一步探究灯戏地域丛生的多样性与聚落性，自觉地促成灯戏传承人的身份归属和遗产地的文化认同，那么，地方性的非物质文化遗产实践活动，才能不断融入由原生态、展演态和衍生态联结起来的社群文化共同体和大众文化场域，才能使灯戏保有血肉丰满、不断生息的艺术活力。

（原载《四川戏剧》2012 年 3 期）

写意的癫与传神的痴

——新版昆剧《玉簪记·问病》的情生造化

《问病》原本是一出久不上演的冷戏①，新版昆剧《玉簪记·问病》一出虽冷戏不冷，活色生香，但大家讨论得比较热闹的，还是经典出目《琴挑》、《偷诗》、《秋江》，《问病》一出受到的关注不多，其创益之处还少有人言及。究其因由，可能是在文本传递的过程中，形成了一种惯性视野，这一出夹在重场戏之间的过场戏，旦角妙常戏份少，主要围绕生角必正着墨，白口多于曲唱，轻艳变乎深雅，戏谑偏于庄重。然而，在新版昆剧《玉簪记》的六出戏中，《问病》一出无论身段演述、角色延展、情事书写还是唱白念诵，其精彩绝不亚于他出。尤其作为琴挑和偷诗之间的渡桥，在病的符码演绎与情生癫痴、情生造化的创演上，都很有挖掘的必要和进一步探讨的价值。

一、病的符码与写意的癫

高濂旧本《玉簪记》第十九出《耽思》作为过场戏，写书生必正相思成疾，实而简括。生上场时所言"只因些个事，染成这病"，言语委蛇，神色呆滞。进安算课荐饭时"不要呆了"、"思量到此，也只为欠了冤家债，怎能够成全双凤钗？痴呆？抄手无言难打孩"的戏言，衬托出必正相思郁积、真病成呆的情状，点染的都是病体实感的痛苦。方先生卜病禳解，虽也有"你若要他这病好，先请遣开旁边催命大王"

---

① 《闲步芳尘数落红——岳美缇谈《〈玉簪记〉》，白先勇总策划：《云心水心玉簪记——琴曲书画昆曲新美学》，人民文学出版社 2011 年版，第 177 页。

(暗指旦)① 的打趣，但道姑与方先生、进安次角之间过多的白口戏，渲染了"主角不在场"的闹剧氛围，"病"的符码功能加深了相思苦痛带来的身心磋磨。在新版昆剧《玉簪记·问病》一出中，方先生算课打趣的一大段白口戏被删了，整出戏主要围绕着情生潘必正之"活水源头"设置动作关窍，对"病"的符码做了艺术化的处理，借病问情，因病成癫，癫意发作而戏谑出之，虚虚实实、真假莫辨。

首先，病的符码所产生的象征性张力，是从情生身段动作打破程序的异元素透发出来的。原本坐场戏中置身书桌之后、动作简单的生角潘必正，在新版昆剧中，身段充满流动的风韵，动静疾徐极富节奏。其面容与眼神、坐姿与立态、病体与意念交织出一环又一环的变态成癫。必正以"病生"出场，其身段动作竭力表现一种身心涣散、虚弱无力之感。而听闻妙常言话时，急询"哪个在说话"的语气，则焕发了一种与支吾病体了不相洽的轻快活力。浑浑噩噩、以手顿桌，至四下张望、自叹自怜，继而不由自主起身扑向前面，手握双拳抱在胸前，迈步挪身施礼作揖。这一系列动作变形，不禁春容乍现，充分抖落了情生必正发觉意中人前来问病的诚惶诚恐与震惊狡黠。

当观主询问起病根由，随着一曲［山坡羊］的吟唱，寒意与秋心、乡思与相思，因情生必正的身段演述，一转一深、一深一妙。必正颤抖的双手在桌面移向妙常一角，又慢慢移回来。除了有所戒备的妙常，舞台上其他几个人的身姿都随着他颤抖的手势相向移动，这极富舞台韵律感的身段，牵惹出眉眼之间长长的情丝。病的符码演化为手势走圆、抖袖摆袖的戏曲程序，说破了"这病儿何曾经害"。随后他站起来，眼神直直向立于观主背后的妙常望去，痴问"这病儿好难担待"，怕心事泄露，又赶快俯身用水袖遮脸。回眸间以手指妙常，又回指自己，恰好与水袖遮脸、横亘着小重山、隔空眺望的妙常四目相对，心意牵绊，脉脉难言。一句"这病儿好似风前败叶"，又串演了极其繁复的身段动作。只见必正抖索着水袖，波浪般推移到胸前，颤动着画出一圈圈涟漪，停在倚着桌角的进安眼前，再反转回到书桌中间，眉眼

---

① 高濂：《玉簪记》，毛晋编《六十种曲》（三），中华书局1958年版，第45—47页。

向妙常注满深情，恰"似雨过花羞态"。如果说这些身段演述还显得节奏纡徐、做功曼妙、程序轻扬的话，那么，接下来的身段动作却打破程序的律动，出现了大幅度的陡转激变，被动的身体和主动的灵魂形成了"反讽的意味"①。问风寒时，必正用手势在眼前慢慢画圆，当他转脸留目妙常，被进安撞破"相思嘴脸"后，不意间猛一把推开进安，恼恨汹汹全不顾病体"支吾"；因隔空悬望，视线被起身的观主挡回，情急之下做大哭不止状，对着进安瞠目顿睛、迷眼大哭，张狂失态亦不避蹑迹敛容。问忧愁时，必正趴在桌上，频频垂头，一手抚太阳穴，一手指天，摇撼手指，感叹悲唱。问功名勤读时，观主起身走近进安，恰好给桌子后面的必正留出空间与妙常会意。必正迅速从椅子上起身，于观主身后绕过桌子左边，凝神张望，一步步靠近妙常。正当二人水袖绵绵暗诉衷情时，观主突然回转身来，必正只好急甩水袖，慌忙中被椅子绊住，踉跄几步，几乎跌倒。这戏剧性的一幕，是病容难挨、情绪陡转，还是以假弄真、因病成癫？癫意发作，不仅"在剧情的铺陈上常有奇峰突起的效果"，而且"还能够进一步改造、颠覆固有的表演程序"②。这节奏动荡的身段异元素，与前面道姑随手挪动椅子，正扶着椅背凝望必正的妙常不意间一个趔趄、差点摔倒的对手戏，形成了有趣的呼应，在滞重与轻盈之间，在程序与颠覆程序的交替之间，诡异闪赚，虚实相生。

其次，病的符码所产生的身份转换，是经由生而作丑的角色交缠实现的。原本《玉簪记》是作者四十四岁二次秋试失利、丧妻不久的隆庆四年（1570）创作的。高濂旧作的创作动机，给新版昆剧《玉簪记·问病》塑造情生必正形象提供了一个"不第无归"的前时刻：非赴考路上，亦非高中归来，而是功名受挫、有家难归的书生。新版昆剧《问病》又着意强化了此际在碧云楼书斋"被问病"的规定情境：非佛门禁地、亦非女性私密闺阁。一方面，飘移的生活状态切断了必

---

① 米歇尔·福柯：《疯癫与文明》，刘北成、杨远婴译，生活·读书·新知三联书店 2003 年版，第 78 页。

② 蔡振家：《浪漫化的疯癫：戏曲中的大脑疾病》，（台北）《民俗曲艺》2008 年 9 期。

正原有的社会联系和家园所寄，也暂时隔绝了他向外部发展的可能，时刻点的空白和空间上的距离，使得必正暂时脱离了社会秩序强加给他的既有角色，也失去了书生的优越感和人生方向感，成为一个被孤立的个体。另一方面，与前一出进入女贞观白云楼庭院琴挑未明、后一出闯入白云楼妙常卧房偷诗交心不同，《问病》一出则打破行当程序，用"装病"的方式，让必正摆脱了相思成疾而至自苦自虐的偏执与快感，转化了身体病痛可能带来的精神痛苦。身体的病，恰到好处地转化为意识的癫，情感的痴。如果说，必正坐下时，病体支吾，眼神迷离，身姿沉重，还未脱生角本色；立起时，生角的莲指拈动、神态飘然，与丑角的步法游走、眼神乜斜交替呈现，已渐显生而作丑的交缠，那么，行走中的头摇手摆、身抖袖甩，眼神狡黠、轻狂跳荡，则完全是一副丑角作态了。坐立不安、动静难耐，飘曳无着，外部行动不断打破既定的程序，病的身体符码逐渐为癫的内心意象所取代，次第暗示了一种趋向内部的情感臆想。不是文本作者站在局外对情生癫痴进行调侃，如《西厢记》谑称得病的张生是"银样镴枪头"，"皂角也使了两个，水也使了两桶"，额上抹得油光光，"迟和疾滑到苍蝇"，对张生赴约精心梳洗极尽嘲谑之口吻，而是必正生角而作丑，有意造成角色的身心疏离，精魂出窍而进入幻觉，遮遮掩掩、转面偷情，推推搡搡、不知轻重，磕磕绊绊、似真似假。角色的延展，行当的跨界，使他戏谑变为自戏谑，书生渡为情生，问病进而问情。

正如《琴挑》有琴，《偷诗》有诗，《问病》一出也有其特定的符码。但这"病"的符码，却完全不同于琴与诗，它不是异在于身体的对象，不是凭借技艺和才华操控的道具，而是寄身体内的禀赋，直接诉诸感官的激情，是肉体和灵魂的聚合点①。《问病》伪装的符码，幻而作真、诞而成妄，从而生发出对病体虚弱与此在虚无的质疑和颠覆。作为独立的重场戏，《问病》以俗化雅，滤去了阴郁愁苦的悲剧因素，以写意之癫，展示了男性自我试图从社会秩序和受压抑的氛围中抽离出来的浪漫憧憬与个性情采。

---

① 米歇尔·福柯：《疯癫与文明》，刘北成、杨远婴译，生活·读书·新知三联书店 2003 年版，第 78 页。

二、镜像式历险与传神的痴

新版昆剧《问病》一出的独具匠心之处，不仅在以"问病"为触机，措置必正与妙常互为镜像式的情感历险，还在生旦对手戏的主线之外，在观主与妙常、必正与观主、妙常与进安、必正与进安之间，营造了丝丝入扣、连环互动的人物关系场；以众口对白与独白的错置，以白夺腔、奇正相生的夸张高诧，反复皴染、缮和了传神阿睹的癫与醒、与用情至深的真与痴。

在高高挂起的"色不亦空空不亦色色即是空空即是色"的联幅下，在弥漫红尘气息的碧云楼书馆中，妙常作为走出禁地的情感涉险者来"问病"，潘郎作为闯入禁地的冒险者"被问病"。生旦同时在场，经历情感的体验与考验，这一创意，使得《问病》所要演述的相思情爱获得瞬间激发的能量。原作《玉簪记》坐实书写的相思之苦，没有为情的酝酿提供更多的篇幅和空间，禁地爱情很难绕开的宗教感和道德感的束缚会阻碍情的直接流露和倾诉，这些在新版昆剧《问病》中不再成为艺术难题。而《问病》更大的突破和超越，则在生旦互问而情投意合的内在程序。《西厢记》中的张生因情生病，莺莺只能托红娘捎书而去，自己却不能在场关问。张生一个人病愁潦倒，情感是单向度发抒的，莺莺只能在事后从红娘的描述中揣味张生的病容。《牡丹亭》中杜丽娘在梦中相会柳生，奄奄病亡之际柳生却无从知晓。待到柳生病居梅花观，也只独自流连，在画中想象和呼唤丽娘。生旦的双向交流被时间上的不同步和空间上的阻隔离析，情之投与意之合无法瞬间对接，病与死的情感体验是错位的。而《问病》却以自我和他者互为镜像，叙写生旦同时在场的问病之趣、真实之爱。一个佯病而问心，一个问病而表心，问病为虚，问情为实，问病与问情互为表里。生旦在场，禁地之爱只能借助眼神、拂尘与水袖暗通款曲，一生一旦在有意设置的距离感中互为了镜像。潘郎那一抹时而悲戚愁苦、时而澄澈清亮，时而迷离惝恍、时而明媚灵动的眼神里，看到的是妙常那一缕下意识垂手跟进、又刻意含羞遮掩，一会儿远闪静立、一会儿又搓手撩拨的拂尘。书桌后面的潘郎与观主身后的妙常,虽近在咫尺,却隔空悬望,情感的跋涉经历了山重水复、惊心动魄的漫漫心路,灵魂在爱悦中一步步靠近。潘郎一路磋磨、抖甩遮扯、步步召唤的袖里功夫,其实引惹着妙常挂挂碍碍、心旌摇漾、搭肩私语的水袖风情。二人的互相试探、私意征询和牵绊迷恋,弥合了爱之往复的禁地间隙。生旦同时在场,在互为镜像中与他者建立了双向的情感维度,与此同时,又打破孤独、寻找并确认了自我世界的真实,这正可见出"疯狂场景与昆剧'折子戏'的观念实具有某些相似性"①。

《问病》是一出以白口取胜的戏。相比于前出《琴挑》与后出《偷诗》都有十支曲子的曲唱重头戏,《问病》仅用了四支曲子,即观主与妙常接唱〔一剪梅〕6句,必正主唱的〔谒金门引〕2句、〔山坡羊〕12句,观主与妙常另起板分唱的〔前腔〕13句,曲唱的部分偏少,还多是分角断唱和不完整的摘句。而仅有的几支曲唱,多因身段动作的演述、对话白口的穿插而被反复截断,不仅行腔唱字,颇显顿挫与乖异,且以白夺腔,奇正相生,极力夸张与高诧,以情生必正为主轴,设置了多重牵掣、连环互动的人物关系场,刻意表摹写意传神的痴念。

就观主与妙常的关系而言,如南曲〔一剪梅〕前后分唱,观主拟必正口吻唱叙孤馆寒栖,接着妙常唱叹紫薇闲住。虽两口问一病,观主的瓜葛之慰,却是为引起妙常的隐隐情思。而病远天涯与满堂红簇的映衬,用感叹悲伤的南吕调,存此立照,简括幽微地透出妙常系念潘郎的一段心事。而后观主与妙常分角断唱的〔前腔〕,虽是前承〔山坡羊〕曲调,却加入了不少衬字衬句。观主看似不着边际的"猜",恰恰引出了妙常有的放矢的"劝"。道姑之问为正,颇费猜解而古井无波,妙常之问为侧,侧翻为正而字字生香。道姑之问为显,浑似摆设,妙常之问为隐,而隐逾越显,语语中的。就必正与观主的关系而言,必正装病昏睡是假,而似假亦真,观主打坐瞌睡是真,反弄得真真假假。观主挪动座椅是实,实中遗了空,必正跟跄摔倒是虚,虚中漏了

①　蔡振家:《浪漫化的疯癫:戏曲中的大脑疾病》,(台北)《民俗曲艺》2008年9期。

实，就如同"背景是莲花佛手，非常美，有很丰富的象征意味"①，观音的动作无意间传递了慈爱温润的佛理禅意。就妙常与进安的关系而言，进安斗口打趣"这个宝贝也来了"、"夜明珠打哈欠，宝贝开口了"，原是发噱，底里却是一片赏爱，"宝贝"的惊呼真真是在叹赏这珍宝一样的情缘，千载难遇的佳偶。其与妙常的对白，"一条百脚（吴侬谐语，蜈蚣百足，心事满怀，有毒又是药引，能克癫症）"，"我奉太上老君急急如律令敕"、"妖怪速退、妖怪速退"（灵丹妙药，药到病除，莫要俄延，闲口生非），则"以毒攻毒"，言在此而意在彼。"妖怪"的叱咤看似嗔怨，却是点拨妙常行当有止的绝妙暗示。妙常从盈亏屈曲发厚望所寄，对必正"愁肠摆开、心事放开"切切叮嘱，却被进安"一条百脚"所顿挫。妙常甩过水袖对进安努嘴掺和不满，却不惮接受打趣带来的小小插曲和波澜。妙常扫去拂尘对进安窥破心事表示着恼，却也在心间存有一份对进安慧心相助的感激。如此一来二去戏谑，三言两语递送，曲唱断续之间，众口的对白与独白穿缀其间，掀起一层层喜剧性波澜，以白夺腔的夸张高诧，打破了生旦情感体验的孤独状态，纯情与发愿，遮掩与表露，不苟言笑与戏谑调侃，隐隐之间为主角二人触摸情感的活水笼上了一层轻逸的纱幔。

就必正与进安的关系而言，主角必正虽热情而不轻浮，真诚而不迂呆②，但在机灵聪隽、满场带戏、反客为主、反常为奇的进安面前，也难免受到戏言捉弄。而正是这种充满善意和关爱的"捉弄"，使得因疾病带来的肢体痛苦被冲淡，阻碍情感臆想、癫意发作的悲剧因素被涤除。"愁滋味，风雨暮秋天气"，摘南曲入双调的［谒金门］首句作［引］，潘郎直诉心头别一番滋味的悲音，却因进安与必正的一段对白戛然而止。算课荐饭、送死送活的趣对，在悲唱之后演述了一段轻逸的喜剧。潘郎顿身立地、挥袖斥骂，一声"狗才"的斥责，不顾心事泄露之恼恨；一声"使得"的低应，难坏了欲言又止，分明扫去滞重，带出轻盈，夺了曲唱的彩头，赚足了观众的吆喝。接着情生必正主唱

---

① 白先勇：《昆曲新美学》，《艺术评论》2010 年第 3 期。

② 《闲步芳尘数落红——岳美缇谈〈玉簪记〉》，白先勇总策划：《云心水心玉簪记——琴曲书画昆曲新美学》，人民文学出版社 2011 年版，第 175 页。

一支［山坡羊］，是南曲入商调的七七七八五七八二五二五的句式，一开头连唱四个"这病儿好似"，低回婉曲，余音断续，才说"何曾经害"，又说"好难担待"，岂不自相矛盾？如"风前败叶"的哀戚病况，却被向进安的重重一推弄破了机关。既不为风寒，也不为忧愁，凄怆怨慕，一段心事难明难遣。必正"我好恨哪"的哀哀呼告，被进安"我好钝哪"的隽语所敲醒。进安作为家童，其对白和独白处处以侧衬正，显出递送之巧，不仅充满对相公心病的关切，而且表露出对潘陈情事的慧心打点。如与潘郎的对白，"不要肝经火旺，可要替你敲两记"、"相公，你坐好点哪，不要忘了你在生病"，显得随意亲近、会意在心；与观主的对白，"姑奶奶啊越发不对了"、"这个叫哑巴吃黄连，说不出的苦"、"姑奶奶全猜不着、全猜不着"，则刻意渲染、话中有话。而头尾几处独白，更煞是谐妙。开场言两个冤家"眉来眼去、眼去眉来"，点出相公病因所在。后面说"好笑我家相公，这样病重，见到陈姑来了，竟直立起来，说到有劳啊有劳，险是跌下去了"。结尾揭开药引子谜底："真正有趣，相公的毛病怎么说好就好，你们看，这会儿走得可快咧"。这些以宾映主、旁逸斜出的演述方式，不仅为情生必正因病成癫、癫意发作注入了更多的喜剧性因素，而且将生旦二人不便直接表达、只能暗中递送的情思意绪像念珠一样串起，月度回廊，会通癫痴。最有趣的是这一出的收场，进安突发奇想，寻相公开心，告知必正陈姑临别留话"你家相公的病我都晓得"，且叮咛有约，请潘郎去房中写药方子。待潘郎解下帕子包头，脱了黑灰病衫，整了春容快步，惬惬意意踱了去时，进安却反悔抵赖，否认说过此话，请相公回房中养神，并揭破相公"装病"赚得问病机缘的心窍。吃恼的相公追打进安"放肆的狗才，我上了你的老当"，却转回头深情地呼唤"妙常，妙常"。这一段对白，必正之问为常，进安之问为奇，以奇制常、奇正相生，谑而不虐、跌宕有致。作为收场戏，进安反仆为主，如牵丝傀儡，摆弄得必正脚不点地、神魂颠倒，却也替必正卸下了爱的避忌与魔咒。此际的情生必正，褪去了病的符码装饰，冲淡了道德感的约束，以真情挚意的往复，达成了尘凡性的自然流露。

《问病》一出，以舞台身段异元素的演述，生而作丑的角色交缠，将病的符码置换为写意之癫;移步换形,打破戏曲程序的常轨,塑造了沉迷于内心情感投映的情生形象。生旦在场、问病而问情的镜像式措置,以白夺腔、奇正相生的夸张与高诧,相互激发,打破了清寂与暧昧的禁地之爱、僧俗之恋的程序化表演可能带来的宗教禁忌感和道德束缚感,爱之往而禅之归,情生癫痴、情生造化,在昆剧创演中堪称经典。

(原载《中国古代小说戏剧研究》2013 年第 2 辑)

傩戏的面具与非物质之 “道”

面具又称“社神”、“嚎啕戏神”、“菩佬”或“脸子”，是驱鬼逐疫、消灾纳吉的傩仪与作为造型艺术、审美表现的戏剧表演相结合的民俗艺术形式，面具在傩戏活动中被视为神的载体，在制作、取用、表演、封存时都具有严格禁忌和仪则。戴上面具即代表神灵说话和行动，艺术与宗教相伴相生；面具主宰着一切，表演者似乎作为神的附体形式而存在。但透过神秘的纹样线条、斑驳的图案色彩所显示的角色类型，还有那隆起的额头、空洞的眼睛与张大的嘴巴等细节所呈现的视觉形象与造型艺术，那些面具不仅传递给我们或凶神恶煞、或狰厉恐怖、或正大安详、或谐趣横生的美感；而且作为另类的中国文化的记号，在原型与变体、反差和互补之间，颠倒的形式或许蕴含着某种夸张与真实、肯定与否定的转换机制？考察傩戏面具的层级迁延与群落形态的类型学意义及其细节特质，有助于我们进一步认知傩戏面具背后蕴含的丰富而复杂的非物质之“道”。

一、群落形态与层级迁延

一般认为，《周礼·方相氏》提到的“黄金四目”要算是最早的傩面具了。“方相氏掌：蒙熊皮，黄金四目，玄衣朱裳，执戈扬盾，帅百吏而时傩，以索室驱疫。大丧，先柩。及墓，入圹，以戈击四隅，驱方良。”[①] 然而，其实在甲骨文拓片上就已经有了商傩“寇夹方相四邑”的象形密码。作为图腾信仰和祖先崇拜遗迹的上古傩虽简单粗犷，戴

---

① 《周礼注疏》卷三一，（汉）郑玄注（唐）贾公彦疏，黄侃经文句读，上海古籍出版社1990年版，第474页。

魌头面具的方相氏以殳打鬼、索室驱疫，其四目的造型却非常有讲究；它化入仿黄帝四面（一说仿蚩尤四目）的原型，反映了人类早期最朴素的心理——用更多更远的目力张望身外的四方世界、探秘自然。至《唐戏弄》所说："汉制大傩，以方相四，斗十二兽，兽各有衣、毛、角，由中黄门行之，以斗始，却以舞终"[①]，可见汉傩在人鬼对峙的冲突中逐步强化神力声威，并增添了打斗十二兽并鼖鼓侲子歌舞的内容。唐傩被纳入军礼，唐宋以来成为国家礼仪制度的重要组成部分。从傩仪、傩舞、傩技、傩歌到傩戏，经历了漫长的历史累叠过程，傩戏即孕生于宋代的社会土壤中。迄今遗存于汉族和二十多个少数民族的广大地区、遍及二十四五个省、自治区的傩戏，被认为是中国戏曲的"活化石"，即因为其保留了最原始的早期扮演形态，又不断融入当地的文化空间和民间的日常生活观念。傩戏面具，以地域与族群为标志，形成了丰富而自成系列的造型艺术；以变人戏、藏地傩戏、傩堂戏、地戏面具作为样本，可以追踪和考见傩戏面具在质地色彩、线条纹样、图案造型等方面文化记号的附着与叠加过程。

贵州威宁彝族的"撮泰吉"（变人戏），是在阴历正月初三至十五的"扫火星"民俗活动中举行的。一群人包布缠头、戴着面具、手拄棍棒、踉踉跄跄从遥远的原始森林里走来，发出猿猴般的尖利吼声，向天地祖先神灵、山神谷神斟酒祭拜，跳"铃铛舞"；然后模仿烧山林、开土地、刀耕火种等农事劳作，伴随怪声答话和动物叫声，最后舞狮子。这段由模拟动作、原始舞蹈、彝语说白诵片及吼喊应答语组成的表演，主要是围绕面具舞展开的。变人戏面具用整块木头刻成长脸，利用木质纹理自然凸起宽厚的前额和长直的鼻梁、眼睛和嘴巴镂空，眼睛斜且大、嘴巴略小、无耳朵、无眼珠、无牙齿，底色涂黑，或饰以横竖变化的白色波纹，或缀以白色黑色胡须。这种造型五官略具、线条单一、用黑白对比色和线条变化标识"撮泰"神灵的身份，如阿布母年岁最大，缀白胡须、一千七百岁，壮年的阿达姆和马洪母分别是一千五百岁、一千二百岁、前者缀黑胡须，青年哼布是一千岁，

---

① 任半塘：《唐戏弄》下册，上海古籍出版社 1984 年版，第 1221 页。

还有小孩阿夏等，整体形象显示出一种稚拙憨厚、天真淳朴而又神秘怪诞的特质。

藏地傩戏，是一个比较敏感而复杂的话题。关于其与藏戏的分属关系，已有不少争议和讨论①，本文不打算就此展开辩驳，只是想基于已有研究关于原始祭祀的、民间表演艺术的、宗教的、藏戏的西藏傩面具四分法②，将藏戏看作藏地傩戏较高层级发展的产物，以白面具、咒乌面具与寺院傩面具为例，讨论藏地傩戏面具的特征。白面具用整块原色山羊皮制成，脸部呈平面，额头、眉毛、鼻梁、耳朵用羊皮自然耸起棱道叠成，眼睛嘴巴镂空，粘附在羊皮上的羊毛自然形成头发、鬃毛。整个面具除了红线圈出的眼睛和嘴巴轮廓、没有其他装饰，现出纯朴、和善、悲悯的神色。四川白马藏人的"咒乌"神灵面具则身穿羊毛外翻的白色羊皮，黑带束腰。所戴面具有天眼冠，并用红黄蓝黑四色，用红色涂脸，黄色抹额上牙色，蓝色在额头点缀天眼，黑色四珠上下并置四目，另两目在鼻翼两侧，下巴抹黑，面具四围缀以彩色布条，看起来怒目圆睁、张口獠牙、五官比例怪诧、神色威猛。与白面具和咒乌面具相较，藏地寺院傩的跳神面具则显现出浓厚的宗教色彩。红黄蓝白绿，设色对比鲜明，除了天眼之外，加入或平面或立体的小骷髅造型的头顶缀饰，眉形、眼廓、鼻孔、嘴巴都作前突、外开、张大的夸张处理，充满惊怖、狂放、威严的震慑感。

傩堂戏和地戏，都是傩戏搬演形态中非常重要的品类。傩堂戏全国许多省份都有遗存，在不同地域形成了傩愿戏、傩坛戏、端公戏、土地戏等不同的傩堂戏类型，并形成了正神、凶神、世俗人物三大类面具艺术造型。正神如慈眉善目、安详和悦的土地，头顶盘髻、满面笑纹的唐氏太婆。凶神如头长尖角、凶悍逼人的开山莽将，头戴道冠、额点混赤眼的王灵官，世俗人物如端雅清秀、忠厚可爱的甘生八郎，还有歪嘴皱鼻、滑稽多智的秦童等。地戏，与在傩堂、祠堂固定地点搭台演出的傩堂戏不同，是春节和阴历七月在村落院坝间流动演出的队戏，主要流行

---

① 刘志群：《藏戏和傩戏》，《中央民族学院学报》1991年3期。

② 刘志群：《西藏傩面具和藏戏面具纵横观》，《西藏艺术研究》1991年1期。

于贵州安顺及周边屯堡、布依、仡佬、苗族聚居区。地戏演出佩戴的面具依其丰富的历史与传说故事系统，形成了将帅、道人、丑角和动物形象四大造型艺术类型。将帅面具形象多取自历史上的帝王将相，如李世民、关羽、岳飞、薛仁贵等，造型线条棱块分明，装扮头盔耳翅，缀以繁复的吉祥纹样和动植物象形图案；道人面具则依反派或助阵人物造型，如戴鸡翅鸡尾道冠、奸诈狡猾的鸡嘴道人，还有飞钵道人、铁板道人等。丑角面具最有名的是歪老二与烟壳壳。至于动物面具则抓住虎、马、猴等动物威猛、驯顺、顽皮的特点象形雕凿。

从变人戏、藏地傩戏、傩堂戏、地戏面具的制作质料、五官造型、色彩运用、线条纹样及图案装饰看，傩戏面具的文化记号有一个不断叠加、层级迁延的过程，形成了以不同地域、不同家族和特定社会人群为标志的群落形态。从原始先民走出蒙昧、从事狩猎农事活动的集体记忆，到藏地日常生活、祭祀习俗、宗教活动的多元错落，面具反映了不同历史时空里变人戏和藏地傩戏的民俗印记与地域风情；从傩堂搭台、邀集族群聚会、建立人伦仪礼秩序，到列队巡演、承载会社乡俗，满足民众日常娱乐，面具昭示了空间移动与文化迁移中傩堂戏和地戏的家缘纽带与民间伦理。依托地缘和亲缘，傩戏的群落形态，至今还存在着庞大的地域与族裔群落，如各地的端公戏、师公戏，还有四川梓潼阳戏、安徽歙县打罗汉、江西南丰跳傩、安徽贵池傩戏、河北武安捉黄鬼、福建泉州的打城戏、四川苍溪庆坛傩戏等等；这些傩戏都有丰富而自成类型的面具造型遗存。有意思的是：与文献记载和文字书写的历史系统不同，以傩戏面具为代表的这一行动和表演系统，常常会以变形的或者反向的形式和路径印证中国思想和文化观念的传承意脉。面具所呈示的原始野蛮的神秘氛围与日常亲切的生活气息，无处不在的神异力量与人对威权的不屑与顽解，成为文化行为对立和颠倒、互补和平衡的一种象喻。

二、天地人秩序向戏剧角色的延伸

基于傩戏搬演与驱鬼祭神、逐疫驱邪、消灾纳吉等民间信仰的紧密联系，作为一种民俗与戏剧艺术的结合体，傩戏面具的群落形态自然呈现了由天地人秩序的象征向戏剧角色的延伸。最早的方相氏面具透露的从黄帝、蚩尤、颛顼到熊、牛、虎、龙以及十二神兽的文化信息，已显示了面具作为图腾信仰与祖先崇拜的记号功能。除了揭示天地自然的秩序，面具还是世袭权力的象征与家族秩序的见证。在傩事与傩戏活动中，作为家族世传的面具，具有邀约聚集族群的号召力、确认族群中德高位重者的权力尊荣和让人望而生畏的膜拜感。无论仪式、傩舞、傩戏都围绕着面具进行。一个家族失去了面具，就丧失了族群权威性和至尊地位。傩戏的表演通过建立婚丧嫁娶、生育饮食、内务外交等乡社伦常秩序，来分配财产、解决纠纷、联络族群力量、融合家缘亲情。傩戏表演作为族群生活的一部分，是娱乐的，也是实用的；傩戏演员与在场观众其实是二位一体的，观众不是看客，而是实现这一搬演仪式的社会功能必不可少的参与者。从安徽贵池殷村姚家面具 28 枚的摆放式看，自上而下分八层，最上层是皇帝，接着是武官、圣帝和文官，然后是萧女、老回、财神、父老、老和尚，第四层是孟女、二回、土地、文龙、小和尚，第五层是吉婆、三回、包公、杞梁、三和尚，第六层是梅香、小回、周仓、宋中，第七层是唐叔、童子、杨兴，最下层是赵虎、张龙。又如江西南丰"跳傩"现存两千三百多枚一百伍拾多类面具，有驱疫神祇、民间俗神、道释神仙、传奇英雄、精怪动物、世俗人物等层级造型。看上去，天神地灵、宗教神祇、神话人物、历史人物与家族成员、世俗民众、仆役随从层级并存，覆盖了宗族血缘关系和族群聚落向下一路的内在秩序。围绕面具铺展的傩戏表演场合提供了唯一的乡社生活的公共空间，从而实现了为下层民众驱邪、祛病、镇宅、赐福、延嗣、添寿、丰产、纳祥的精神抚慰功能。

当艺术从宗教中逐渐剥离，人与神的关系出现了富有意味的变化，傩戏面具的功能也从敬示神灵向写照人生转换。傩戏面具成为世俗的写照、并构造了戏剧表演所依凭的重要"道具"。傩戏面具中不仅正神形象渐染世俗色彩，而且凶神怪灵和世俗人物的大量出现，尤其是丑角人物自成系列的类型学造型，完成了由天地人秩序的象征向戏剧角色的延伸。凶神是凶悍威猛、镇妖逐鬼、驱疫祛邪的神祇，面具造型咄咄逼人，线条粗犷奔放，或横眉竖眼、眼珠凸鼓，或头上长角、嘴吐獠牙，兼具夸张与写实的精神气质。如败走麦城的关羽封汉寿亭侯，历代官方和民间都累累加封，称王称圣，称公称帝。经由佛道二教"三界伏魔大帝神威天尊关帝圣君"、"伏魔大仙关帝圣君"护法神的民间演义，其民神地位更显赫，变成了傩坛的坛神与傩戏的戏神，面如枣色、卧蚕浓眉、丹凤吊眼、半睁半闭、黑须长垂，以威慑神力镇坛护法、保一方平安。关公面具各族群均备，如清代遗存下来的安徽贵池刘街乡茶溪汪就有逐疫关帝"圣帝登殿"像。傩戏开场必祭奉关公圣像方开演正戏，每逢春节或关公生日，田野村寨中会出现队戏，抬着关公像巡游扫荡、驱邪纳吉。又如开山莽将是最凶猛的镇妖神祇之一，头上尖竖长角、双耳耸起，獠牙外露、眼珠暴突，烈焰浓眉，面目狰狞，嫉恶如仇，与头长三角的开路将军一起手执金光钺斧，砍杀妖魔鬼怪，为人们追回失去的魂魄。还有铁面无私、惩治恶魔、勾还良愿、计算阳寿的判官；额嵌混赤眼、纠察天上人间是非、追捕邪魔妖鬼的灵官；人面鸡嘴、似人似鸡、奸诈狡猾、奇异怪谲的鸡嘴道人；由杨幺投湖水神形象演化而来，怒目圆睁，咬牙怒吼的杨泗将军等等。这些凶神怪灵作为人与神之间的过渡形象，充满了世俗化的意念和人的欲望，显示出神与人之间模棱两可的关系错动——人在神力的保护与吞噬下，成为神的驯众与同谋；又不断从神的阴影下走了出来，与神力形成了某种对抗与询疑，他们不仅在人的世界里优游，甚至对红尘生活有一种瞩望和艳羡。

丑角面具自成体系的类型学造型，是傩戏作为戏剧搬演的艺术功能逐步增强的重要显征。如因相貌丑陋而被黜榜、科举失败撞阶而亡的钟馗，在各族群的傩戏中都是一个重要的角色。据说起源于三四千年前祈雨巫师仲虺，或也出自一个原始部落祭祀巫师——手舞棍棒的终葵。自敦煌出土的唐代写本经文《除夕钟馗驱傩文》描述钟馗钢头银额，身披豹皮，朱砂染身，帅十万丛林怪兽捉拿野魂孤鬼以后，钟馗形象就与年节、端午习俗相结合，明清以来遗存了形态丰富的面具造型，其形象雕造并延伸到了年画、门神画、民间剪纸艺术中。钟馗相貌丑陋，面黑耳大，出场总与阴曹恶鬼相伴，头上长角，大眼暴突，嘴角向两鬓咧开并上翘，獠牙外翻，耳边鬓毛如剑戟，一副不怒自威、威严难犯、刚正不阿的形容，成为傩仪中统鬼斩妖的猛将，禳灾祛魅的灵符。以钟馗为主角的傩戏更是不胜枚数——跳钟馗、钟馗打鬼、钟馗捉鬼，钟馗斩鬼、钟馗夜巡、钟馗嫁妹、斩五毒、钟馗醉酒等等。安徽歙县郑村的《嬉钟馗》，就是一出典型的"跳钟馗"傩戏。它由拜老郎、钟进士出巡、斩五毒、谢老郎几个段落组成。先烧纸燃鞭拜老郎，握香望空三拜，然后钟馗持玉笏，与持钢叉狂跳的五鬼怒目对舞；在一片"傩傩"声中追五鬼冲出屋外，出巡开始。队前列锣鼓、回避、肃静牌，牌后六蓝旗；旗后横书"钟进士出巡"五个大字；幅后从蜈蚣、蜘蛛、蛇、壁虎、癞蛤蟆五毒（又称"五鬼"），脸部各涂其形；鬼后蝙蝠开道，钟馗打伞执酒坛，骑驴小妹及媒婆殿以锣鼓。钟馗登高鸟瞰，至要冲旷地搭高台，蝙蝠登台"竖蜻蜓"引道，钟馗登台作"金鸡独立"、"智破四门"、"海底捞月"等架式，以示寻鬼驱赶之状。巡至街道村路，蝙蝠入堂屋，钟馗赶五鬼，手持青锋剑，"左青龙，右白虎"，入宅驱邪。复在台作架式，下台巡视而出。入夜锣鼓斩邪除五鬼，嬉鬼至普济桥上，仍打伞执酒坛，小妹媒婆随队逐嬉，钟馗持剑将五鬼逐一斩讫；偃旗歇鼓，全班会桥上，钟馗握香望空拜谢钟神归天。

此外，地戏面具中有一个歪老二，其面具造型五官失衡、非常奇特：发髻上斜插着一把木梳，歪嘴皱眉，呲牙咧嘴，一眼圆睁，一眼微眯，斜眉扯眼，大鼻薄唇，面部涂红，半边下巴走形。传说歪老二是朱元璋远征贵州时在云南当地寻找到的一位民间高人和军事向导，在作战两方阵地穿梭往来而不受怀疑，为朱元璋的战事大捷传递信息、出谋划策，立下了汗马功劳。而贵州傩戏中也有一个丑角人物——秦童，是《甘生赶考》中的角色，作为甘生的书童伴行赶考，甘生落榜秦童却高中皇榜。其面具形象头梳歪髻，细眉上挑、两眼歪斜、皱鼻咧嘴、呲牙掉颌，左嘴角歪斜到脸颊半边，右边嘴角皱纹蜿蜒至下巴，一副似笑非笑、幽默滑稽、愚笨中透着几分威严，狡黠中又抖落出智慧的样子。有趣的是，与秦童的丑角造型形成呼应的还有秦童娘子、歪嘴老娘等几个面具，虽然作为女性面具，有其妩媚和善、喜笑颜开的个性，但都是口眼歪斜、五官失调、脸型左右上下扭曲的造型，还包括地戏中睁一只眼闭一只眼、口眼歪斜、脸颊点麻子、面部涂绿、脸部纹理右上左下整体扭曲的挑夫，都将极度扭曲的生理缺陷与内在心灵、德行的美相映成趣，形成了以丑为美、以谑为美、自成一格的丑角面具造型系列。

随着正面神祇、凶神怪灵、世俗人物、丑角形象的次第迁延，傩戏面具形成了它自身丰富复杂、有序延展的类型系列。面具造型通过想象对比、变形夸张、附着更多纹样图案等造型手法，将天神地灵具象化，将风伯雨师、雷公电母、禽鸟蝶蝠、虾蟹龟鱼、龙虎牛鼠等自然名物和飞禽走兽灵格化，人与自然、人与神、人与鬼的位置关系有意味地被交错置换了。与此同时，傩戏面具将艺术触角更多地伸向了人的世界，将人作为创造物的摹本加以更真实的表现，铺染了浓重的世俗生活印记。傩戏面具演述了人经由面对自然、回溯神话、探索文明，从而确立自我感和内心思维的觉醒历程，成为负载更多文化意涵的类型学记号。

三、面具背后：物质与非物质之"道"

人类早期的面具艺术，其实是一种头颅崇拜意识的积淀。人所有的精神活动和内心生活最集中地体现在头脸上。身体提供的神经组织、智力系统的生物学属性和肌理，最终都要经由大脑的聚合、组织、分析与反射，最终通过脸部的五官表情和动作形成智力活动和精神能量。面具用物质质料塑造了高度复杂的精神活动的艺术象形，然而在面具的物质形态下面，抑或并非仅仅如此？傩戏面具带给人作为主体的意义何在？什么是面具的"非物质之道"？据说黄帝胜蚩尤后，悬蚩尤画像以威慑天下。《左传·文公十八年》："舜臣尧，宾于四门，流四凶族：浑敦、穷奇、梼杌、饕餮。投诸四裔，以御螭魅。"[1] 宾于四门，即将浑沌（或作浑敦）、穷奇、梼杌、饕餮四凶的头颅悬挂国之四门，

---

① 李梦生：《左传译注》上册，上海古籍出版社 2004 年版，第 419 页。

使之从宾从属、亦神亦友，远御魑魅魍魉、近护国之臣民。四凶之一
的穷奇，是汉代傩事中的十二神兽之一，其形如牛，四目，长着坚硬
的刺猬毛，其声如狗（又说像虎，长尾，爪如钩，手如锯），吃噩梦和
鬼疫蛊，但却侍奸邪。这种通过败死者头颅完成的奇异能量传递与转
换的仪式，出现在汉代傩戏雏形的魌头造型中，或许已预示了傩戏面
具艺术的发生学原理。

如果进一步考察傩戏面具的五官构造，尤其是那些凶神怪灵和世
俗人物面具的细节特征，我们会发现，附着在它上面的文化记号，是
如此的怪异而比例失调：轮廓式浮雕、尖竖的犄角，或许还有失落的
胡须和羽毛，前凸的硕大额头，五官尤其是眼睛和嘴巴的细节被刻意
放大突出、扭曲变形：睁大以至暴突的眼珠或凹陷的镂空的眼窝，从
眼窝里伸出来的圆柱形的眼睛？紧闭或线性拉长的嘴巴、外翻的圆张
的大口、獠牙外翘、上下倾斜或无牙缺齿掉颔的大嘴？在强烈的装饰
性色彩和神秘的线条纹样包裹之下，那些隆起的暴露的部分和凹陷下
去的阴影部分之间是什么关系？

首先，来看嘴的类型。傩戏面具人物的嘴形，可以归为闭嘴、张
嘴与变形嘴三大类。紧闭或线性拉长的嘴巴，主要是通过左右上下拉
伸嘴线，来表现角色或敦厚沉静、或洞察世事、或悲悯人间、或不满
愤怒的情绪。外翻的圆张的大口则往往没有舌头和牙齿等口腔附着物，
集中展示的是人物惊诧、恐惧、呐喊、张狂的意念。而獠牙外翘、上
下倾斜或缺齿掉颔的大嘴，则往往突出与嘴相关的各式各样的舌头和
牙齿部件。舌头或是轻轻抬起露一点，或是很厚实的略略前伸，红色，
但却绝少长长的伸垂下来的猩红吊舌。牙齿要么是整齐排列的两排、
要么是尖利外翘的獠牙、要么是残损不齐的缺齿。而嘴形呲牙咧嘴、
缺齿掉颔、左倾右斜、上下扭曲，意在镂刻角色凶神恶煞、勇猛威严、
风趣蔼然、愚顽滑稽的个性。如藏于安徽贵池刘街乡源溪缩溪金村的
千里眼和顺风耳，其嘴形就是张嘴和闭嘴的典型。作为社坛演出傩舞、
神伞与古老钱的舞者面具，千里眼头上一对大肉角，额上嵌红色的太
阳，红色眉毛倒竖，眼眶圆睁，眼球镂空。涂黑的大脸上衬着为了看
得更远而极力外张的鲜红的大口，舌头前部抵在上下牙之间立起有寸

余，以显粗犷奔放、勇武凶猛的印象。而顺风耳则耳郭浑大，下颌宽厚，同样涂黑的面颊上除了眉毛和眉间的烈焰，就是线性闭起的嘴巴造型，为了集中听力谛听远处的声音而紧紧地抿着，最引人注意了。至于獠牙外翘、嘴角歪斜、缺齿掉颌的变化嘴形，在贵州德江傩堂戏中的开山莽将、判官、小鬼、尖角将军、灵官、开路将军，安顺天龙镇屯堡地戏的傩神、孔宣，黔北黔东地戏的秦童、秦童娘子、歪嘴老娘、秋姑婆、唐氏太婆、土地，云南镇雄傩戏的蚩尤、玄黄老者、孽龙，端公戏的丑娘猜、和尚、寿星，江西南丰跳傩的钟馗、啸山、开山，藏族十二相面具等不同地域的傩戏表演中，类型和变体都非常丰富。

其次，来看眼睛的类型。傩戏面具角色的眼睛变例，可以归为半睁半闭、凹陷空洞和暴突伸出三种非正常的眼神。半睁半闭的眼睛，看上去似睡非睡、似醒非醒，目光凝滞，略显神秘，在傩戏面具中往往是正神具有的一种俯瞰世界、掌控人间、显示威权神力的眼神。利用面具质料自然镂空的凹陷空洞的眼睛，它被赋予秉性怪异乖张的一些凶神怪灵。它其实是人类通过神灵附体观看自我、内视心灵的窗口。空洞的眼神里其实贮存着为生命舞蹈、为死亡哭泣、看穿一切虚无的目光，它向后看，回溯并提取过往生活的经验；它向内求、抵达并洞穿灵魂最深处的陷阱。而极力睁大以至暴突、在黑暗中极目远眺而向外伸出的眼睛，它向前看，试图无限接近并探秘未知世界的真相；它向外求，企望把握并省思人与世界共生并存的关系。尤其是空洞的凹陷的眼睛、向外伸出拉长的圆柱形眼睛，不仅在傩戏中出现，而且在更为普遍的文明发生地带，都有类似的示现：凹陷的空洞的眼睛，如日本考古出土的绳文时代贝制面具、土制与木制假面①；藏于柏林民俗博物馆和温哥华英属哥伦比亚大学人类学博物馆的夸扣特尔人的皂诺克瓦面具②。拉长外伸的圆柱形眼睛，如与悠久的黄河文明相异、属于

---

① 大阪府立弥生文化博物馆产经新闻社编：《仮面の考古学》，大阪府立弥生文化博物馆 2010 年版，第 14—43 页。

② （法）克洛德列维·斯特劳斯：《面具之道》，张祖建译，中国人民大学出版社 2008 年版，第 48、67 页及书前彩插。

长江流域文明形态的三星堆出土的青铜纵目神；如属于既古老又毗邻南方开放文化圈的闽南木偶戏中的纵目偶人；如藏于纽约美国自然史博物馆的北美考维尚族萨利希人的斯瓦赫威面具，以及藏于温哥华英属哥伦比亚大学人类学博物馆的夸扣特尔人的赫威赫威面具，藏于米尔沃基市公共博物馆的夸扣特尔人的赫威赫威面具，还有列维·斯特劳斯所考察和描述的考维尚人与穆斯圭安人的斯瓦赫威面具①。这些空洞的眼睛、从眼窝里伸出来的圆柱形的纵目，显示了文明发生学上的异地同源性，它是和失明的眼疾有关？还是和日食、地震的灾难记忆有关？还是和食人剜眼的野蛮习俗相对抗的一种形式？还是人类为了固定与肉眼难以透视的自然天神的距离，而借助身体记号创造的魔法望远镜？有意思的是，古人把观看世界和观看自我联系起来，把倒溯回去的向后看的历史，和对未来的世界的瞻望对接起来。傩戏面具的眼睛变例，实现了人类期待不受任何干扰的目力、在遥远而广漠的世界里确认自我位置、直接与自然对视沟通的记号系统功能。向后看其实是为了向前看，外求是为了内求，两种观看方式，连接着黑暗的真实与光明的极端，与暗黄的脸庞、扭结的眉毛、变形的嘴巴、喑哑的声音、含混的话语，一起为绽放的激情与生命力造型。而在面具的背后，真率的表情、生猛的姿态，延伸到生命潮汐涨落的律动中，在喧嚣和狂欢中遁入沉思冥想的灵魂，追忆着自然的神话与图腾的崇拜，也演述着宗族制度与生与死的仪礼。

一方面，傩戏的面具显示了人对宗教沉迷的深度：拥有面具，就拥有了至上神力。一切都在律动中不能止息，戴面具的傩者似乎受到神的蛊惑和控制，看上去无精打采，却又具有某种征服一切的威力。傩者手指苍穹，俯瞰大地，传达无所不在的天神与先祖的旨意，用长矛刺向想象中的妖鬼邪疫；作为神的奴仆，敲打乐器，发出震耳欲聋的响声，似说非说、似唱非唱、并伴着群体应答和高声尖叫，驱傩赶鬼，呼唤神灵解除人类活着的痛苦。另一方面，傩戏面具的类型学造型，由现实象征秩序向艺术想象空间延伸，呈现了文明战胜自然过程

---

① （法）克洛德列维·斯特劳斯：《面具之道》，张祖建译，中国人民大学出版社 2008 年版，第 10、107、109 页及书前彩插。

中最原初的状态：统治宇宙的神怪妖鬼具有野蛮、吞噬、侵害和剥夺的权力，人类被监禁在未知空间里仓皇无助地张望逃生出口，对神顶礼膜拜的同时，夹杂着敬畏和恐惧，也滋生着、凝聚着对立反抗的情绪和征服欲。人与神的关系围绕傩戏面具展开了一次艰难旅程的转换：从敬畏、恐惧、受役，到征服、控制、操纵，再到祛魅、清障、除蔽，人与神终于达成和解。如天神、皇帝、如来、观音、太上老君、关云长、包拯、城隍、社公、土地、二郎神、关索、财神、庙神等诸神的威权被一点点拆解，它们寄身世俗，解人危困，流连红尘，与人和谐相处；如引兵土地、梁山土地、当坊土地、青苗土地、桥梁土地、村寨土地，乐呵呵地为人所使，奔走应役，护佑一方水土。艺术脱离宗教，走向自身的递嬗与成熟，戏剧作为艺术的诞生，构建了新的文化转换机制，治愈的不仅是肉体病患，也是生死的挣扎与困惑、是灵魂的撕扯与痛苦。

透过傩戏面具的视觉类型与细节特征，我们看到了人成为主体的精神活动打下的深深烙印。傩戏面具，成为借由行动和表演形成的、与固有的文字书写史相区别的另一维度的演史。在面具的种种变异组合体中，戏剧搬演的艺术建立了自身开放与聚合、暴露与消弭、诙谐与庄重、粗犷与细腻、反差与互补的内应性法则。傩戏，围绕面具完成了艺术与宗教、物质与非物质的转换机制，演述着与人有关、与天董有关、与神鸟有关、与人类精神愉悦与灵魂自由有关的密码记号。如果对照《诗经·卫风·竹竿》"巧笑之瑳，佩玉之傩"①的说法来看，或许傩戏所昭示的最朴素的生命哲理——待时而动、知行合一、超越现世苦难、自由在地行走，才是傩戏在文明发展链条中跨越文化的非物质之"道"和穿透时光的"不变量"。

（原载《闽江学刊》2014 年 1 期）

---

① 高亨：《诗经今注》，上海古籍出版社 1980 年版，第 87 页。

散曲与时曲

论元散曲的否古之词与谬史之音

元人罗宗信在《〈中原音韵〉序》中说:"世称唐诗、宋词、大元乐府,信哉。""大元乐府"即散曲。散曲这一继词崛起的合乐清唱的新歌诗,与元杂剧同构了一代新主流文学。可以说,元散曲无论高唱隐逸还是歌吟风情,无论言说历史还是纵论世事,都洒落着娱情适性、抗辩流俗的无畏姿态,呼喊着离经叛道的反传统心声。尤其那些纪游怀古、摭史抒怀散曲,与传统诗文中不绝如缕的怀古之叹和咏史之音不同,以更为尖锐凌厉、直露亢爽的否古之词,以疑古非圣、亵渎权威、嘲弄英雄、颠覆传统的谬史之音,造就了元散曲深刻的理性内涵和时代特色。本文拟从元散曲的否古之词、谬史之音入手,对元散曲的精神意脉和理性内涵进行一番再审视。

一、弃却高名,贬斥前贤

游牧民族建立的元政权,一度使悠久的中原文化遭受到前所未有的冲击和断裂。这一社会巨变直接反映在士人的生存样态和精神风貌上。元代士人无论在朝在野都是一派逡巡促狭。元代有 80 年时间废除科举,仕宦生路阻绝、精神信仰沦丧,使许多散曲作家陷入蹇困悲酸的生活情境不能自拔。如卢挚、姚燧、张养浩而为循循大吏者毕竟极少,而如马致远、张可久,即使热衷功名、攀附官场,也只是偶涉杂役、窘迫出局的游宦散人。元散曲作家更多的是那些不屑仕进、流连勾栏的市井浪子,是那些看破名节、放浪形骸的江湖名流;而以游宦散人、市井浪子、江湖名流为主体的散曲作家,其主体精神已发生根本的变异。既然德行名节委地、仁义操守可怜,还有必要沉溺于淑世冥想，让生命渐渐腐烂吗？散曲作家们以无畏的勇气、挞伐的姿态，对历史上富有德行盛名的大隐名士、才人俊杰，进行了恣意调侃和尖刻贬斥，展示了剥离传统、瞩望新生的沉着意念，谱写了追思历史、感恋生命的缕缕心音。

乔吉〔双调·殿前欢〕《里西瑛号懒云窝自序有作奉和》云："懒云窝，云边日月尽如梭。槐根梦觉兴亡破，依旧南柯。休听宁戚歌，学会陈抟卧，不管伯夷饿。无何浩饮，浩饮无何。"此曲以夷、齐、宁戚、陈抟等人的典故警世：过于看重声名、迂腐地持守操节，不但会丧失生命，还会遭到众人浮议。高名反成身累，何如弃世逸乐、善待生命。冯子振的〔正宫·鹦鹉曲〕《处士虚名》也说："高人谁恋朝中住，自古便有个巢父。子陵滩钓得虚名，几度桐江春雨。"巢由、严子陵都是高风亮节的处士大隐，作者却含蓄地批评许由溪边洗耳既未免俗亦绝非旷达，与心中无"名"的巢父相比，不仅未逃名遁世，甚至还有揖让之假和沽名钓誉之嫌；指责严子陵朝中逗留，没能弃绝朝宦名利，算不得真隐。

曾瑞在〔中吕·快活三过朝天子〕《警世》中坦陈了一己之名利观："有见识越大夫，无转理楚三闾。正当权肯觅个脱身术，那的是高才处。老孤，面糊，休直待虚名误，全身远害倒大福。架一叶扁舟去，烟水云林皆无租赋。拣溪山好处居，相府，帅府，那与他别人住。"赞扬范蠡的功成身退，嘲笑屈原逐名守节而为名节所累，认为与其待人取用而身不由己，不如行己有方，全身远害，不务虚名，才是赏生乐生的明智之举。

与夷齐巢由，屈原伍员相比，诸葛亮作为鞠躬尽瘁、死而后已的人格典范，在人们的心中该是一个绝少片面性的人，但马致远〔双调·庆东原〕《叹世》却写道："三顾茅庐问，高才天下知，笑当时诸葛成何计。出师未回，长星坠地，蜀国空悲。不如醉还醒，醒而醉。"作者并不推崇他的政治眼光、雄才大节，更不赞赏他知其不可为而为之的行为准则和履行道义的责任感。殚精竭虑而功业成空，耗费生命只赚得虚名，诸葛亮悲壮的一生，在作者看来却显得苦累、迂阔、失机。在〔正宫·鹦鹉曲〕《赤壁怀古》中，冯子振也慨叹诸葛亮惑于清名而出山辅汉，虽汉鼎三分而后主无能，风华烟云滔滔而逝，只留下今日被渔樵闲论的谈资，这难道也算是英雄最后的归宿？张养浩［中吕·山坡羊］《沔池怀古》云："秦如虎狼，赵如豚鼠，秦强赵弱非虚语。笑相如，大粗疏，欲凭血气为伊吕。万一座间诛戮汝，君也，谁做主，民也，谁做主。"作者无法沉浸于对完璧归赵故事中仁义精神的颂歌，他认为残酷的战争、关键的交锋不会容许有多少道义的较量存在。相如奉璧使秦其实是大意冒险，单凭一腔热血、意气用事报效君王，假如秦王强横使赵使遭戮，赵国百姓不是要为人刀俎吗？

其实散曲作家对名士大隐、才人俊杰的评说，其旨归终在自身的生存尴尬和迫切的价值重估。贯云石甚至婆娑起舞、短歌长哭，恰如其［双调·殿前欢］《无题》所云："楚怀王，忠臣跳入汨罗江。离骚读罢空惆怅，日月同光。伤心来笑一场，笑你个三闾强，为甚不身心放。沧浪污你，你污沧浪。"屈原的忠愤的确引人悲怆，但细读《离骚》，难抑的悲怆遂化作一缕苦水。作者叹愧屈原投江不是为名节而死，而是为名节所污，在这份悲极迎笑的张狂沉痛之外，有一份何等清醒、理智、洞达的生命彻悟。张养浩［中吕·普天乐］《无题》曰："楚离骚，谁有解，就中之意，日月明白。恨尚存，人何在？空快活了湘江鱼虾蟹，这先生畅好是胡来，怎如向青山影里，狂歌痛饮，其乐无涯。"张养浩此曲更写下意气流荡的文字：屈原那强烈的爱国精神、九死未悔的人格理想都被看轻看淡！谐笑屈原，其实更昭彰了作者对存在使命、适意人生的执着渴念。失去了活泼泼的生存机缘，青史留名又有何用？

也许我们不能否认，元散曲这些或以简捷的史典抒发才子的畸零感喟，或以哀怜的声音吟唱忧时伤生之叹，弥漫着伤感淡漠的怀古意识并非是一种表象。在这类作品中，历史常常作为漂泊于漫长时空的浑含而完整的心灵象征，昭示着元散曲在剥离传统、背弃因袭时种种苦痛而酸涩、激昂而凝重的情思：在诸如生死、祸福、名利、穷通等历史与现实的对立造成的心理困境中，元散曲膨胀着生命被践踏的不平之鸣，张扬着企望穿越历史时空，追求着一种纯粹、超然、自由的内心生活的艺术期待；在拒绝忠直气节、盛德清名的邀约后，元散曲其实也经历着一种执着于灵魂安宁的孜孜漫游，焕发着追问历史、感恋生命的奕奕神思。

二、英雄失路，归谬历史

元散曲也许没有从给定的传统中消除某些消极的东西，但它并没有在追求自由的路上失落自由、在确认自我的途中陷入混沌。在那些看似感情用事、即兴走笔的文字中，我们能领受到元散曲审视历史时的沉痛旁白与慷慨悲歌，这种审视是以英雄失路、归谬历史的强烈反抗姿态宣示出来的。

姚燧［双调·寿阳曲］《咏李白》云："贵妃亲捧砚，力士与脱靴。御调羹就餐不谢，醉模糊将吓蛮书便写。写着甚杨柳岸晓风残月。"曲中的李白没有了"天子呼来不上船，自称臣是酒中仙"的飘逸潇洒，倒多了几分清客弄臣的抑郁失意与借机发泄的牢骚不平。调侃李杜，讥笑英雄，这实在是元代文人不能偃仰啸歌转而嬉笑人生的自画像。

王伯成的［般涉调·哨遍］《项羽自刎》套数，截取项羽被围追失势、自刎败北的过程，展现了西楚霸王丧胆失意、气厄声悲的心理世界。"恨错放高皇，懊失追韩信，悔不从范增"，"羞归西楚亲求救，耻向东吴再起兵"，"壮怀已丧英雄气，巨口全无叱咤声"，"解委颔把顿项推，举太阿将咽颈称"。对失路英雄生命最后阶段的心理推解其实揭穿了时势的乖谬，映现着元代文人被命运捉弄、壮怀流散、困迫愁长的心影。马致远［双调·庆东原］《叹世》云："拔山力，举鼎威，暗呜叱咤千人废。阴陵道北，乌江岸西，休了衣锦东归。不如醉还醒，醒而醉。"马致远也曾以霸王的失势抒发了人生快意、何必英雄的悲慨。

张养浩以 60 高龄受命赈灾，于赴陕途中写下了一组［中吕·山坡羊］怀古曲。"骊山四顾，阿房一炬，当时奢侈今何处。只见草萧疏，水萦纡，至今遗恨迷烟树，列国周齐秦汉楚。赢，都变做了土。输，都变做了土。"（《骊山怀古》）"峰峦如聚，波涛如怒，山河表里潼关路。望西都，意踟蹰，伤心秦汉经行处，宫阙万间都做了土。兴，百姓苦。亡，百姓苦。"（《潼关怀古》）这两首是其中思想意义最深刻的。

登山凝眺，满目衰飒，作者触目伤叹：昔日繁华印证着统治阶级的巧取豪夺、荒淫奢侈，王霸赢输弹指翻空，功名富贵一抔粪土。作者以沉郁的情怀西望长安：绵延的山川、险峻的关隘作为历史兴亡的见证，仿佛积聚着亿万人愤怒的呐喊、激切的呼啸。当秦皇汉武辉煌不再，当画堂凤阙灰飞烟灭，作者却从无情的历史中提炼出充满激情、字字千钧的哲理：兴，百姓苦；亡，百姓苦。潼关这一八代王都的天然屏障，曾演绎过多少帝王将相的历史悲喜剧呢？历史的兴亡牵发出无数生灵涂炭的沉沉孽债；王朝的盛衰映现着代代百姓遭殃的悲苦深冤。这篇为正义呐喊、为历史正名的英雄乐章，完全摆脱了一般怀古之作哀叹感伤的格调，以敏锐的历史洞察力，站在人民的立场揭露了改朝换代的封建实质和统治者的罪恶，表现出博大的人道情怀和鲜明的民主精神。

元散曲在历史的悲风迷雾前或许有过焦虑躁动，有过自私褊狭，有过淡漠世事、泯灭是非的混世玩世心理，但涌动在元散曲精神意脉中的强大漩流，并不是忠奸不论、兴废无端的消极意绪，并不是一味虚古幻今、莫名伤婉的思古幽情，而是感喟英雄鼓荡起的磅礴情思与寥廓意绪，是回视历史激发出的沉痛旁白与慷慨悲歌；是以尖锐凌厉地否古痛今、借古詈今的姿态，对自我生命随时随地的开释、解脱和超然感；是以浩荡淋漓的忧患之情，对承传千古的历史道义、打造人性的天之法则，喷发出的铮铮剖析与诘问，也许这才是元散曲一脉相承的精神地火。

三、非圣疑古，亵渎权威

余英时先生曾就士人精神传统及士、优关系的源流作过探讨，他认为，俳优的滑稽传统对中国的一部分知识分子也有影响，后世如苏东坡"嬉笑怒骂、皆成文章"的狂士与佯狂谏言的俳优有相当程度的关联。① 其实，在中国的封建社会，实际上一直存在着一种特殊的士

---

① 余英时：《士与中国文化》，上海人民出版社 1987 年版，第 116 页。

——"俳优之士"。尤其在封建末世，异族入主、科举废兴、高压与羁縻相结合的文化政策，以及唐宋以来呵佛骂祖狂禅遗风的影响，士人的生存样态和人格心态发生着前所未有的深刻裂变，戏曲小说作家中确有一类向民间错动、下移的"俳优之士"，因为介入了非官方意识形态的思想领域，所以常常站在与统治者相对的立场上发表见解。他们往往以故做滑稽的行为避开迫害，以调笑讽刺的论调讥谈时政，以激烈固执的言谈否定历史，以矫枉过正的姿态颠覆传统，以卑贱者的聪明探测着历史的黑洞，用民间话语在无形中瓦解着官方话语的权力形态。而关汉卿、张养浩、薛昂夫、睢景臣等散曲作家，无疑是站在"俳优之士"最前列的生力军；他们的咏史怀古散曲就是渗透着强烈的叛逆意识和理性内涵的"俳优精神"的激情表白、真切心声。

> 沛公，大风，也得文章用。却教猛士叹良弓，多了云游梦。
> 驾驭英雄，能擒能纵，无人出彀中。后宫，外宗，险把炎刘并。
>
> 伍员，报亲，多了鞭君忿。可怜悬首在东门，不见包胥恨。
> 半夜潮声，千年孤愤，钱塘万马奔。骇人，怒魂，何似吹箫韵。
>
> 假王，气昂，胯下羞都忘，提牌不过一中郎，漂母曾相饷。
> 蒯彻名言，将军将强，良弓不早藏。未央，法场，险似坛台上。
>
> 孟母，丧夫，教子迁离墓。再迁市井厌屠沽，迁傍芹宫住。
> 如此三迁，房钱无数，方成一大儒。问猪，引取，好辩长于喻。

此处引了薛昂夫 [中吕·朝天曲]《无题》22 首的四首为例，因为作者全然站在历史成说的对立面，将功德簿上的历史人物和经典故事，一一重新审视和品评，显示了非圣疑古、离经叛道的大胆批判精神。作者讥刺刘邦起于草泽以《大风歌》冒充风雅而威慑天下，实在不过是乘机钻营的跳梁小丑！楚平王听信谗言杀伍员父兄，伍员奔吴隐居，受吴王重用而掘墓鞭尸以报父仇，后吴王受太宰嚭蛊惑，赐伍子胥属镂之剑自尽，但作者却对鞭尸之举有微词，对伍员事吴更有责难：若吹箫乞食甘于清贫，不为复仇之念驱使，伍员何至冤杀，可见做官不如归隐，用事不如乐闲。韩信居功自傲，忘记漂母饷饭、胯下之辱，要挟刘邦封假王而招致杀身之祸，殊不知"鸟尽弓藏、兔死狗烹"是统治者惯用的伎俩。当初封坛拜将多么得意忘形，日后法场餐刀何其惨苦凶险！孟母三迁是早期教育的美谈，但"三迁"违背了丁忧规制，且孟母文过饰非，"问猪"只教会孟子好辩之术，却忽略了就事论事对孟子进行道德教养，而过分强调外在环境对人格养成的影响，耗费生资而得不偿失，显然是拘泥不知通变的愚儒行为。

总之，作者不但对帝王圣贤嗤之以鼻，对名相忠臣怀有訾议，还对隐士将军、孝子贤儒进行了一番摭拾翻检、品头论足，真是自出机枢。作者终于悟出眼底看尽英雄泪、不做英雄做醉翁的人生真谛，于是"买两个丫鬟，自拈牙板，一个歌一个弹，醒时节过眼，醉时节破颜，能到此是英雄汉。"这种有意识的"个人误读"，以尖刻犀利、不留余地的态度，对传统价值体系中一直被推崇备至的权力象征、文化经典和人格风范一一加以嘲弄、反驳甚至翻案，显示出一种强烈的反历史、反传统、反英雄的倾向。

睢景臣的［般涉调·哨遍］《高祖还乡》是这方面更有力的代表。它以漫画笔法绘染了一个无赖子耀武扬威、衣锦还乡的丑态。史典所载的刘邦的慷慨英气在此曲中已荡然无存。作品以乡老视野营造了一种戏谑滑稽的氛围，用极富民间口语色彩的比喻，将乡村常见的飞禽走兽拟人化，对帝王的仪仗、随从肆意丑化：象征威严至尊的仪仗在乡人眼里变成了"白胡阑裹着迎霜兔"、"红曲莲打着毕月乌"、"鸡学舞"、"狗生双翅"、"蛇缠葫芦"的古怪队伍。那一行招摇作怪、横行乡里的乔人物，却受到庄稼人最大的轻蔑。在京都可能万人空巷的皇帝出巡盛典在乡下人看来是那样虚张声势、古怪可笑。作者以一个极为狎黠的称谓——"那大汉"写刘邦的出场，将团团簇拥的帝王从御座上拉下来，充满"飞扬跋扈为谁雄"的民众义愤。这个陋乡愚民毫无臣服意识，以渎圣的犀利直逼天子，洞穿了刘邦华衮之下的肮脏灵魂：正是这个恩典故乡的帝王，昔日却是一个好酒贪赌的莽汉、一个巧取豪夺的骗子、一个油滑虚伪、勒剥贪赃的地痞流氓。此曲在拙朴憨直的民家俗语中透着嬉笑怒骂的淋漓；在兜底刺心的耿率揭露中活画出圣人的龌龊假面，充分表达了底层百姓对君临天下嚣张气焰的蔑视与唾弃，唱出了大胆亵渎圣明、非君疑古的最强音。

黑格尔说："外在事物的纯然历史性的精确，在艺术作品中只能算是最次要的部分，它应该服从一种既真实、而对现代文化来说又是意义还未过去的内容。"[1] 承接着传统诗文中不绝如缕的怀古之叹和咏史之音，元代散曲不是刻意于历史真实的冷静还原、历史人物的客观摹现、历史精神的正面阐扬，而是以谐谑无常、嬉戏无度、呵责尖利、喜怒反复的笔法，对历史倾注了激情关怀和痛心反刍，呼喊出一种离经叛道的反传统心声，抖落出散曲精神的真正底蕴和理性内涵：砍树是为息壤，它以自我意识的高扬，破坏了旧有的政治秩序和既定的社会成规，宣告了一种新英雄人格观的诞生；以反抗神圣、亵渎权威、摧毁成见、自出真言的大胆叛逆精神，预言了一个旧时代的必然失落；以更为尖锐凌厉、直露亢爽的对历史有意的"个性化误读"，唱响了空前启后的理性觉醒宣言。正是这一挞伐英贤、抗辩流俗的否古之词，离经叛道、反驳传统的谬史之音，为元散曲的精神意脉注入了磅礴大气、坚实厚重的养料，昭示了具有俳谐倾向和喜剧色彩的理性精神的崛起。这种理性精神在明清散曲创作中被不断拓展、深化，而且影响了明清两代以徐渭、汤显祖、"南洪北孔"为代表的戏曲创作中交织着艺术狂想与历史反思的浪漫主义潮流，其文学史的价值和影响是重大而深远的。

（原载《唐都学刊》2001 年 3 期）

---

① 黑格尔：《美学》（第 1 卷），商务印书馆 1979 版，第 343 页。

愤世·遁世·乐世

——论隐逸散曲的情感维度

在散曲创作中，以恬退、归隐、乐适、遣兴、逸兴为题旨的散曲大量出现，"曲言隐"成为与"诗言志"、"词言情"鼎对而出的散曲创作主调和情感支柱。这一特殊的创作倾向，虽已受到较多注意，以往人们对隐逸散曲涌现的时代动因及其逃世的孤寂闭守，混世的慵散虚无，玩世的颓废狂颠等消极意识，也有一定的探讨，但对隐逸散曲表现形态的复杂性及主体情志的展开维度，还缺乏进一步的认识，从隐逸散曲情感维度的讨论出发，梳理并把握散曲发展的内在精神意脉，将有助于开掘散曲创作的自体价值。

一、愤世抗辩之思

散曲隐逸题材的情感表达，从元代开始，已显露出一种有意味的变化。隐逸散曲作家往往不遗余力、穷形尽相地暴露黑暗、抗辩流俗，剥露世情真相，抖落生命真趣，宣示愤而逆世的决绝。在具体表现情态上，无论是点拨历史、反顾人生，还是撷拾时事、指斥现实，都烙上了更为尖锐强烈的愤世情感和叛逆之音。其主导情感指向，不是内向的涵咏潜转、逃游退守，而是外在的喷涌，多向度的透发，而隐逸的声音往往隐没在这种抗世的声讨中。

首先，才志难伸的沉郁痛怀与自戒自励的矛盾心态，在许多散曲作家的隐逸曲里或隐或显地积存着。儒心用世的马致远发出"上苍不与功名侯，更才更会也为林下叟"（［黄钟·女冠子］残曲）、"布衣中，问英雄，王图霸业成何用"（［双调·拨不断］《无题》）的痛愤不平。秦竹村［双调·行香子］《知足》则勾勒了元代读书人的幻灭梦："二十年窗下功夫"，原以为"高探月窟，平步云衢"，"功名掌中物，笑取，笑取"，却是"无人枉顾，不遇知音，难求荐举"，于是"慷慨悲歌，空敲唾壶"，细数前贤，诟俗斥庸。蹭蹬老子，为抗流俗，知足敝庐，终焉园圃。曾瑞说："繁华春尽，穷途人困，太平分得清闲运。整乾坤，会经纶，奈何不遂风雷信。朝市得安为大隐。咱，妆做蠢，民，何受窘。"（［中吕·山坡羊］《讥时》）"太平清闲"实是莫大讽刺，"不遂风雷信"，摇漾出"冠世才，安邦策，无用空怀土中埋"（曾瑞［南吕·四块玉］《述怀》）的倨傲狂怒。"竞功名有如车下坡，惊险谁参破。昨日玉堂臣，今日遭残祸，争如我避风波走入安乐窝。"（贯云石［双调·清江引］《无题》）仕路凶险，翻云覆雨的官场儿戏不但使生存状况恶化，简直就是对人生命的践踏摧残。又如"中年才过便休官，合共神仙一样看。出门来山水相留恋，倒大来耳根清眼界宽，细寻思这的是真欢。黄金带缠着忧患，紫罗襕里着祸端，怎如俺藜杖藤冠。"（张养浩［双调·水仙子］《无题》）紫袍黄带这些权势利禄的象征，其实缠带着更多祸乱忧患；藜杖藤冠这些草野清贫的装束，已然洒落着一份对山对水的清灵。"如今凌烟阁一层一个鬼门关，长安道一步一个连云栈"（查德卿［仙吕·寄生草］《感叹》），"想这荔枝金带紫罗袍，刑法用萧曹，鼎镬斧钺斩身刀。轻轻地犯着，便是天条。金珠宝贝休挨靠，天符帝敕难逃。顶门上飞下个雷霆砲，不似恁那初及第时节绣球儿抛。"（邓玉宾［中吕·粉蝶儿］套）官袍加身是隐患，动用刑法祸于身，贪婪贿赂藏恶兆。善恶有报，时候一到，雷霆震怒，天谴难逃。

其次，散曲作家于逃世中迸发的愤世激情，其外向感发的情感指向和省思力度是很清晰的。"忆蓬莱奏赋前年，不揣庸愚，岂系迍邅。鬓首穷经，丹心奉日，白璧成愆。行止虽天，暗想终冤，本是个借剑君游，浪做了依伾宗元。"（康海［双调·折桂令］《无题》）康海不是太平时代的闲散智者，而是梗持是非的一介君子，他在曲中堆积的满怀垒块，并不是耿耿于失路，而是耿耿于失志、枉诬。与"面子疑于放倒，骨子弥复认真"①的元曲家不同，他并没有囿于一己之私恨而不

①　刘熙载：《艺概·词曲概》，上海古籍出版社 1978 年版，第 124 页。

能自解，胸中鼓荡的依然是庙堂奏事、丹心报国的崇高理想："语句狂合遭醉谴，性情真索免挤掀"的真性自持，"本是个借剑君游，浪做了依侬宗元"的愤谗骂奸，"天岂醉，地岂迷，青霄白日风雷厉"的正义呼唤，在质直不文的话语中吐露出热辣的肚肠和自在意气，正如任讷先生所说："康海散曲摆脱明初阗冗之习，力为振拔，有功于明代散曲之作风不少"①。黄图珌说"倦来时戏笔墨聊把升平章奏，权向那丝竹里自淹留"（［仙吕入双调·五马驻山林］）。王景文亦云"天将气骨付吾徒，奈何叹息若啼乌。只因纸帐空山里，把神魂与俱"（［北双调·乔木查］《落梅》）。这些文字游戏笔墨、横竖烂漫地挥洒着亦高亦深、郁勃难平的愤世激情。

再次，不遇之愤并没有淹没社会良心，除了对与一己性命忧思的生存境遇发出强烈抗辩外，隐逸散曲还将更多笔墨集中到了对没落世相与制度痼疾的讥弹与剥露上。如"仗权豪，施威势，倚强压弱，乱作胡为。我劝你，休窒闭，此等痴愚儿曹辈，利名场多少便宜。寻饥得饥，凭实得实，归去来兮。"（腾斌［中吕·普天乐］《无题》）此曲质朴话语满含着咄咄逼人的诘难责骂，毫不留情地揭露了权豪的肆恶行径，劝惩愚顽之徒：善恶终须有报，便宜占尽时，就是报应到头时。全篇不但刺世疾邪，大胆触及元代吏治失控、权豪势要横暴造成生灵涂炭的社会现实，且卒章显志，不仅传达了不甘沉沦、愤世明志的自我心声，而且警醒愚顽，指弊纠偏，用意于扫荡世风。"罗网施，权豪使。石火光阴不多时，劫活若比吴蚕似。皮作锦，茧作丝，蛹烫死。"（曾瑞［南吕·四块玉］《叹世》）此曲以憎恶口气断喝那些有闲阶层：斤斤于官事尘网，将挣不开恢恢天网，最终难逃脱作茧自缚，财禄丧命的可耻下场。"人皆嫌命窄，谁不见钱亲。水晶环入面糊盆，才沾粘便滚。文章糊了盛钱囤，门庭改做迷魂阵，清廉贬入睡馄饨，葫芦提倒稳。"（乔吉［正宫·醉太平］《无题》）浊风熏浸之人，一旦沾惹追名逐利习气，很快就拿着文章搜刮钱财，变ँ手段愚弄良善，逞着威势耀武门庭。世道如此不公，书蠹禄蠹如此之多，不如装痴弄傻，糊

---

① 任讷：《散曲概论》（卷二），中华书局仿宋影印本，第39页。

涂一生，可见其感愤百端，出言激切。面对着奸佞宵小横施淫威、贪官污吏伪诈酷虐、末世纷嚣蝇营狗苟的种种恶状，隐逸散曲作家不是一味地失望、逃避，不是一味地弃世、逃世，而是表现出急则狂躁冲动，嘲则尖锐凌厉，逆则抗辩不已，愤则怒不可遏，刺则犀利见血，骂则疾言厉色的一面；表现出酣畅淋漓抖落胸襟的个人勇气，直出肺腑痛陈忧患的骇世雄胆。大声疾呼抗世除奸的悲厄不平，壮语透着豪情；急切直陈激浊扬清的赤子之心，正气溢于篇外，因为"人吃人，钞买钞"的苦难怪谲，需要勇士斗胆的声讨，因为"不读书有权，不识字有钱，不晓事倒有人夸荐"（无名氏［中吕·朝天子］《志感》）的荒唐悖谬，需要文人直面正视、疾呼呐喊。总之，在隐逸散曲中，亢怒之气、愤争之声、辩驳之词、不平之鸣无论在篇幅和内容上都成为隐逸主题得以深化的基础和前提。

在传统士大夫那里，隐逸大多是循着"穷则独善其身，达则兼济天下"这样一种儒道互补的文化心理错动着。应该说，隐逸散曲作家所描述的儒心用世、往复山林的心理轨迹，虽然接续了传统士人的叹世扬哀之音，却一变个体疏离于社会的情感内求为强烈的抗辩和精神外放，散曲中凸显出的个体生命对社会的抗逆与批判，成为隐逸散曲的主调而不再是伴音。也许有人认为，只有对世界不发生恶感的人，才能过隐居生活，然而丑恶是回避不了的，只有经过对丑恶的暴露、反击与彻底决裂，才能成就真正意义上的隐居。庄子说："相濡以沫，不如相忘于江湖。"① 蒋星煜先生曾认为，凡是隐士，往往产生于乱政时代与衰亡末世，不是个人主义者，便是失败主义者②，但隐逸散曲的思想流向，从某种意义上说，已走出个人主义的自私褊狭与败北主义的失意绝望，不再掺杂着归隐山野、曲求其志的假隐呻吟，不再纯粹是淡泊静心、归于寂灭的方外之音，也不再囿于去危图存以求身家性命自保的个人私语，而具有了政治批判的自由度，时弊指证的尖锐度，黑暗暴露的广泛度，现实抨击的深刻度。正因为隐而逃世是以愤而逆

---

① 《庄子·大宗师》，郭庆藩辑：《庄子集释》，中华书局1961年版，第242页。

② 蒋星煜：《中国隐士与中国文化》，上海书店1992年版，第6页。

世为奠基的，散曲的隐逸之音才被赋予了新质：在对传统的瓦解、破坏与对士君子隐逸言说方式的反动中，宣示了与现实丑恶势不两立的生存姿态，与黑暗世道彻底决裂的人生抉择以及追求个体生命真实性的不屈意志。

二、遁世任真之吟

一般认为，隐逸散曲的精神归宿是道家与道教的。推究"隐逸"二字，"士不见于世曰隐"，符合道家出世的原则，"有德而隐、超凡不群曰逸"①，则多少"逸"出了宗教的苑囿。有德即非"无"，超凡不群强调人的才情、智性的卓荦颖异，也已非"绝圣弃智"。燕南芝庵说："三教所唱，各有所尚，道家唱情，僧家唱性，儒家唱理"②。这一阐述金元时代三教各传其旨的戏曲声乐论，自然也涵盖了属于清唱的散曲创作。然而，即使从宗教精神层面看，隐逸散曲也并非只有向道归真这一种声音。

在散曲隐逸之音中，的确存在着一类神游广漠、寄情太虚、大有仙风道骨、宣教意味浓重的道情曲，如："枕苍龙云卧品清箫，跨白鹿春酣醉碧桃，唤青猿夜拆烧丹灶。二十年琼树老，飞来海上仙鹤。纱巾岸天风细，玉笙吹山月高，谁识王乔。"（乔吉［双调·水仙子］《乐清箫台》）这种高标出世、绝尘弃俗的方外之音，以天籁独响的泉石之乐，隔绝了人世一切攘扰与纷嚣，静极玄寂。又如："一个空皮囊包裹着千重气，一个干骷髅顶戴着十分罪。为儿女使尽些拖刀计，为家私费尽些担山力。你省的也么哥，你省的也么哥，这一个长生道理何人会。"（邓玉宾［正宫·叨叨令］《道情》）如此看破世情，否定生命，长生何在？朱权曰："道家所唱者，飞驭天表，游览太虚，俯视八紘，

---

① 蒋星煜：《中国隐士与中国文化》，上海书店1992年版，第3页。
② 燕南芝庵《唱论》，见中国戏曲研究院编：《中国古典戏曲论著集成》（一），中国戏剧出版社1959年版，第159页。

志在冲漠之上，寄傲宇宙之间，慨古感今，有乐道徜徉之情，故曰道情。"① 点出道情曲的餐霞服日之思、超尘拔俗之趣。道情曲原本起源于唐代宫观内道士唱念经韵的道士曲。道士们以这种七言诗赞体的形式向民间布道，渐渐走出宫观，手拿简板，敲着渔鼓，走村串巷，说唱道情，南宋以后道情曲已多吸收民间通俗曲调，金元时期随着全真道教大盛，道教在走向民间化、世俗化过程中，自觉不自觉地借助了民间说唱技艺，发展成一种新鲜活泼的宗教布道艺术，道情戏和道情曲遂遍及南方与北方。元杂剧中的神仙道化剧、八仙故事剧就常常穿插着一些配以简板、渔鼓的道情曲；而在散曲创作中，亦有许多以"道情"、"乐道"、"无题"、"题隐"、"送人入道"等为题旨的道情曲，其内在的思想倾向较为复杂，道情而慕道求仙者有之，题隐而鄙世自渎者有之，退避而悲观失意者有之，赋闲而慵懒颓唐者有之……有格调不高、糟粕掺杂之作是事实，但其中那些乐道畅情之曲清新明媚的笔调、鲜活可感的生活气息、个性自持的淋漓之趣，可谓别有意致。

朱权在《诚斋乐府》中为散曲分类时，"黄冠"一体便为道情曲②。任讷释"黄冠体"的内容"一为超脱凡尘，一为警醒顽俗"③。道情曲中那些一味沉迷求仙慕道、除情去欲、勘破世相、浮游物外的作品，可能情味索然。而那些宗教意味越来越淡化、山水自娱、逸兴清发，甚至时时流泻着愤世嫉俗之悲愤和赏生适性之欢悦的作品，则很值得人们回味。如"醉颜酡，水边林下且婆娑，醉时拍手随腔和。一曲狂歌，除渔樵哪两个。无灾祸，此一着谁参破。南柯梦绕，梦绕南柯。"（刘时中［双调·殿前欢］《道情》）此曲虽以山中长梦、林中清歌来泯迹人生，但方外之音中俨然跃动着渔樵狂歌、任诞不羁的个性身影。又如"布袍粗袜，山间林下，功名两字皆勾罢。醉联麻，醒烹茶，竹风松月浑无价，绿绮纹楸时聚话。官，谁问他。民，谁问他。"（宋方

---

① 朱权《太和正音谱》，见中国戏曲研究院编：《中国古典戏曲论著集成》（三），中国戏剧出版社 1959 年版，第 49 页。

② 朱权《太和正音谱》，见中国戏曲研究院编：《中国古典戏曲论著集成》（三），中国戏剧出版社 1959 年版，第 13 页。

③ 任讷《散曲概论》（卷二），中华书局仿宋影印版，第 18 页。

壶 [中吕·山坡羊]《道情》）竹风松月，绿绮纹楸，一派青山脉脉相对，缕缕白云依依相爱，是此曲的主画面。酒足饭饱后悠闲地续麻搓绳，雅兴正浓时自得地烹茶饮酒，野游浪子在与旷野对话中发现了自己。又如：

> 公行天理明，私意人心暗。古书读未了，世事饱精谙。图什么贪婪？名利境多坑陷，羡青门瓜正甘。园林茂堪置幽居，山水秀真为胜览。
>
> [梁州] 流水绕一村桑柘，乱山围四壁烟岚。巅峰倒影澄波蘸，遥岑叠翠，远水揉蓝。鸢飞鹭落，鱼跃深潭。偃怡场水府山岩，安乐窝土洞石龛。景不嫌物少人稀，食不厌茶浑酒淡，家不离水北山南。有何、不堪，篮舆到水轻舟泛，稼穑外得时暂闲。饮渔樵酒半酣，阔论高谈。
>
> [三煞] 乾坤向渔父波中浑，日月在樵夫肩上担。处羲皇已上有何惭，将万物包函，至潦倒终身无憾。与时辈作龟鉴，晦迹韬光茧内蚕，再不开缄。
>
> [二煞] 昆岗隐玉石中嵌，蛤蚌含珠水底浑。樊笼得脱再谁监，一味清闲，虽楚汉应难摇撼。懒自懒，不愚滥，把道潜心静里参，乐及妻男。
>
> [尾] 岩穴中虎恶由人探，饱暖外身轻体自安。我将智养做愚，饥忍住饿，携酒一壶，提果半篮。引得诗性浓，哐得酒德憨。教野叟扶，命稚子搀，倚松立绝顶巉岩，开醉眼看人呆大胆。
> （元·无名氏 [南吕·一枝花]《道情》）

此篇以道情体认生命历程，在痛怀、愤懑和无情嘲讽之后，安顿身心于造化奇伟、山水秀媚中，潜心修道、归本成真，在放情自娱中获得一种清赏、一种理悟。

而燕南芝庵所说的"僧家唱性"与"儒家唱理"，在隐逸散曲中则是以吸儒纳道的禅宗风味表现出来的。隐逸散曲的性理之音，尽管也有向儒向佛的不同指向，但其建立在宗教思想基础上的哲理沉思却超越了儒佛交汇、性理糅合的局限，表现出异教的倾向和心性的解放。朱权说："儒家所唱者性理，衡门乐道，隐居以旷其志，泉石之兴。"[①]将性与理统一于儒之下，而就宗教意味讲，儒家之理与僧家之性还是各有出入的：

> 自高悬神武冠，身无事心无患。对风花雪月吟，有笔砚琴书伴。梦境儿也清安，俗势利不相关。由他傀儡棚头闹，且向昆仑顶上看。云山，隔断红尘岸。游观，壶中天地宽。（张养浩［双调·雁儿落兼得胜令］《无题》）
>
> 人生底事苦？枉被儒冠误。读书，图，驷马高车，但沾着者也之乎。区区，牢落江湖，奔走在仕途，半纸虚名，十载功夫。人传《梁父吟》，自献《长门赋》，谁三顾茅庐？白鹭洲边住，黄鹤矶头去，唤奚奴，脍鲈鱼，何必谋诸妇？酒葫芦，醉模糊，也有安排我处。（张可久［中吕·齐天乐过红衫儿］《道情》）

这两首散曲都写到跳出名利场、潜身安乐窝，山水自娱、恬淡安闲。但前一曲有警醒顽俗、乐适傲世之趣，后一曲则有弃绝名利之心，去儒参悟之理；二曲以琢磨穷通寿夭殊途同归，期达事理无碍、格物致知的境界。

"天堂地狱由人造，古人不肯分明道。到头来善恶终须报，只争个早到与迟到。你省的也么哥，你省的也么哥，休向轮回路上随他闹。"（邓玉宾［正宫·叨叨令］《道情》）此曲以佛教轮回说明生死相续、祸福无凭，并以反诘口气戒人修业行善，积功积德，否则善恶有报，终将应验。"诵南华讲道德经，谈周易见天心。察地利明人事，须持心炼己。分宾主，定沉浮。辨疏亲，识老嫩。通造化，别真伪。晓屯蒙否泰交，知消长盈虚意。甚的是先天至极，打破了太虚空，便是那出世超凡大道理。"（范康［双调·新水令］《乐道》尾曲）此套以炼丹求道、心向阆苑保元阳真气，纯一派道教气息。其间援黄老人佛禅，并

---

① 朱权：《太和正音谱》，见中国戏曲研究院编：《中国古典戏曲论著集成》（三），中国戏剧出版社1959年版，第49页。

不是泯灭是非，看淡生死，而是要明辨亲疏老嫩，参透盈虚消长，突破虚无一切的混沌心理，在天地澄明、心腑透亮中超脱凡庸，真正达到参禅悟道、求佛放心，也许这才是所谓明心见性的最高境界。

总之，隐逸散曲在歌舞、风月、诗酒的多向寄托中，捕捉着烛照心灵的生意与真趣；在斋读、宴赏、冶游的多向寻踪中发掘着个体生存的行动力；在醉隐、渔隐、樵隐的多向归宿中满足着不同生存层次的需求，达到了无往不适、无所不隐的高隐境界。他们已不是遗世的隐者，而成为人生的智者，游艺的勇者，返璞归真的悟者。隐逸散曲以道情曲为代表，脱离了宗教窒欲的束缚，歌唱人间恬然至乐、显示出清新狂怪的异教色彩和强烈的叛逆性。"灿烂的'艺'赋予'道'以形象和生命，'道'给予'艺'以深度和灵魂。"① 这"道"更多指的是道家对生命本体自由的追求。这种超旷空灵的思想倾向，在隐逸散曲的作品中，经由道情、禅理而异教，经由"隐"而"逸"而"放"，在辉映着老庄精神的遗响中超越了隐与非隐的界限，将形而上的生命叩问和形而下的生存境遇相表里，过滤生命杂质、激发个体生存意志、实现了心性外放、超圣入凡。

三、乐世归俗之趣

隐逸散曲不仅描摹山水清新可人，颇有恬淡自然之趣；展示田园欢洽多趣，复现人性人情之醇；而且点染民俗风物拙朴天真，充分传达出乐适贵生的思想意趣和投俗反朴的生活理想。无论山林市井、乡野陌巷，无论阁楼书房、农家小院，处处可游，处处可吟，处处亦可隐，处处亦可归去来。从这一点看，隐逸散曲恰恰是出离世相而返归人间的。

"适意行，安心坐。渴时饮饥时餐醉时歌，困来时就向莎茵卧。日月长，天地阔，闲快活。旧酒投，新醅泼。老瓦盆边笑呵呵，共山僧野叟闲吟和。他出一对鸡，我出一个鹅，闲快活。"（关汉卿〔南吕·

---

① 宗白华：《艺境》，北京大学出版社 1987 年版，第 159 页。

四块玉]《闲适》）没有玉斝金樽，没有佳酿名肴，只有野叟为邻，山僧为伴，如此拙朴的鸡鹅宴，有谁能享？超尘拔俗的隐士逸趣，与满足口体之奉的俚民野趣，实在相映成趣。"傍林泉寻一处庄寨，儿女们孝顺爷娘，兄弟们敬重哥哥。买几只壮健的黄牛，耕几顷膏腴好地，种几样得利的田禾。办了粮纳了税其余着我，争了名夺了利一任由他。病叶辞柯，倦鸟投窝，谢了烟尘，离了风波。"（彭泽[北双调·折桂令]《隐居》）天上高寒，神仙寂寞，哪里如我一家儿热热火火，孝悌安乐；仕途凶险，名利惹祸，哪里如我力耕而食，快快活活；脱名利之钩，拒烟霞之惑，平居稳过，天伦谐乐。

在隐逸散曲中，触处可见对山对水的忘形之态、红尘物享的乐足之歌："沙三伴哥来嗏，两腿青泥，只为捞虾。太公庄上，杨柳荫中，磕破西瓜。小二哥昔涎刺塔，碌轴上渰着个琵琶。看荞麦开花，绿豆生芽。无是无非，快活煞庄家。"（卢挚［双调·蟾宫曲］）作者以艳羡的心情捕捉了村哥捞虾、吃瓜、随处歇卧的举动，传达出村居生活中人性的盎然舒卷。而荞麦开花、绿豆生芽这些农事生活再自然不过的景象，却成为远离是非、充满真趣的一种全新生活体验。"杏花村里旧生涯，瘦竹疏梅处士家，深耕浅种收成罢。酒新篘鱼旋打，有鸡豚竹笋藤花。客到家常饭，僧来谷雨茶，闲时节自炼丹砂。"（杨朝英［双调·水仙子］《自足》）茅舍中待客的是一顿山野风味的家常饭，藤架下酬僧的是一杯清明时节的谷雨茶。农事迢递之后的畅快、闲来丹心颐养的安适，氤氲一派芳馥、清拔、和乐而不脱俗的气象。

> 白云窝，守着个知音知律俏奴哥，醉诗鸳帐同衾卧，两意谐和。尽今生我共他，有句话闲提破，花前对饮，月下高歌。
> 白云窝，闲赊村酒杖藜拖，乐天知命随缘过，尽自婆娑。任风涛万丈波，难者莫，醉里乾坤大，呵呵笑我，我笑呵呵。（杨朝英［双调·殿前欢］《和阿里西瑛韵》）

此唱和之作写鸳梦不醒，氛围更加俏艳热闹，婆娑起舞的浪子，垂拖杖藜的老者，傻笑呵呵的愚夫，合凑成一幅玩世不恭的行乐图。

[尾] 买两个丫鬟，自拈牙板，一个歌一个弹，醒时节过眼，醉时节破颜，能到此是英雄汉。（薛昂夫 [中吕·朝天曲]）

宾也醉主也醉仆也醉，唱一会舞一会笑一会。管什么三十岁五十岁八十岁，你也跪他也跪怎也跪。无甚繁弦急管催，吃到红轮日西坠，打的那盘也碎碟也碎碗也碎。（无名氏 [正官·塞鸿秋]《村夫饮》）

前曲历数古人、讥刺前贤后，表白不求闻达，但有清音相赏，小奴陪侍、美酒盈樽，才是英雄归路。无名氏曲家则干脆洋洋洒洒、唏唏嘘嘘，竹筒倒豆子般一气戏说着村夫野竖、形神散乱、杯盘狼藉、枕卧红日的狂荡意态。

吾庐却近沙鸥住，更几个好事农夫。对青山枕上诗成，一阵沙头风雨。酒旗只隔横塘，自过小桥沽去，尽疏狂不怕人嫌，是我生平喜处。（刘敏中 [正官·黑漆奴]《村居遣兴》）

懒云窝，醒时诗酒醉时歌。瑶琴不理抛书卧，无梦南柯。得清闲尽快活，日月似穿梭过。青春去也，不乐如何？（阿里西瑛 [双调·殿前欢]《懒云窝》）

刘敏中傲对风雨，夜吟诗成，自沽清酒，醉醒扶疏，自得江干有农夫叨扰，强似宦途有冗务缠身。阿里西瑛倦理琴书，慵懒甜睡，日日蹉跎，青春快活，任他富贵流走，竟自梦里高歌。

笑新来两鬓生花，载酒看山，乐趣无涯。逐日价稚子牵衣，小姬押酒，老妪烹茶。……（康海 [双调·折桂令]《庚辰夏，晓起临镜戏作》）

窄窄书房，自一种清闲况，小壶天诗酒乡，舞青衣童子双双，歌白雪佳人两两。……（陈铎 [北南吕·一枝花]《夏日秋碧轩即景写怀》）

[叨叨令] 且寻一个玩的耍的会知音风风流流的队，拉了他们

俊的俏的做一个清清雅雅的会，拣一个平的软的衬花茵香馥馥的
地，摆列着奇的美的趁时景新新鲜鲜的味，兀的便醉杀人也么哥，
兀的便醉杀人也么哥，任地上干的湿的浑帐呵便昏昏沉沉的睡。
（施绍莘［北正宫·端正好］《春游述怀》）

在隐逸散曲创造的乐世艺境里，无论是市井浪子、志节君子，还
是贵胄公子、恋花仙子，都可以找到属于自己的自在真趣：康海载酒
看山的逸致，陈铎壶天酒乡的快爽，施绍莘餐花饮露的清奇，都出之
本性、毫无遮拦，符合李贽所说的不必矫情、不必逆性、不必昧心、
不必抑志的"童心"状态。其主要的心理意向是恬退、是乐隐、是自
适，是个体自觉摆脱社会权力辖制和诱惑后的精神外放与愉悦，是士
人对自我灵光的真诚期待与召唤，是真实自然、出之本性的人的生活。

隐逸散曲的情感表达，在隐居方式和隐逸归宿的选择上并非唯山
林不可逆，而呈现出多向度的开放意识："弃微名去来心快哉，一笑白
云外。知音三五人，痛饮何妨碍，醉袍袖舞嫌天地窄。"（贯云石［双
调·清江引］《无题》）抖落出一种天马行空、神魂无迹的纵放情志。
"绿水边，青山侧，二顷良田一区宅，闲身跳出红尘外。紫蟹肥，黄菊
开，归去来"（马致远［南吕·四块玉］《恬退》）挥洒着安享红尘的情
舒意惬。"他出一对鸡，我出一个鹅"（关汉卿［南吕·四块玉］《闲
适》），显示出一种拙朴欢洽的生活姿态。"有心去与白鹭为邻，特意来
与黄花做主"（王磐［北南吕·一枝花］《村居》），透露出一份倜傥不
羁的情思风韵。"浓煎凤髓茶，细割羊头肉，与江湖做些风月主"（朱
有燉［北双调·清江引］《题隐居》），细诉着日常感性的美食享受。
"倒金觥，形骸放浪，到处是家乡"（杨慎［南商调·黄莺儿］《无
题》），挥洒着形迹不拘的快爽狂荡。"地炉中煨芋茶堪泡，收来新稻好
炊糕……煮姜蒸枣，带其毛豆新鲜好"（施绍莘［南北双调合套］《村
居九日》），浮现出农家小院的尝新之乐。"烟水为家山作垣，终日里放
浪其间，渐觉得心胸自宽……倏忽间潮随月光寂寂的已透半，月随暮
潮溶溶的将欲满"（黄图珌［南中吕·渔父吟］《羡鱼》），表露一派天
涯优游、世外寄情的洒落飘逸。"吴头楚尾，江山入梦，海鸟忘机。闲

来得觉胡伦睡，枕着蓑衣。钓台下风云庆会，纶竿上日月交蚀。知滋味，桃花浪里，春水鳜鱼肥。"（乔吉［中吕·满庭芳］《渔父词》）更流泻出桃花浪里春水悠悠，钓鱼竿边鳜鱼鲜鲜的乐适欢洽。

关汉卿以市井浪子的狂放隐于市井、流连勾栏；乔吉以江湖名流的潇洒浪迹山野、时涉青楼；贯云石以山野游侠的豪宕混迹民间、出入市朝；张养浩以持道君子的不屈归于田园、乐于村居；张可久以江南才子的风神离居书斋、冥想物色；杨维桢以铁笛道人的傲拔寄形糟邱、鸣奏心音；康海以归里言官的澹荡偎红倚翠、潜心曲艺；李开先、冯惟敏以家居闲臣的正气素书常抱、醉乡栖迟；施绍莘、赵庆熺、黄图珌以任真之人的坦诚拈花恋草、模山范水……他们遁去的只是官场这一角，却并未弃绝人间的真情；他们极大地摆脱了个体隐逸远离社会所面临的物质生活局限和精神桎梏，以乐世情怀笑对苦难人生，以世俗享受安生归本，充分持守了人的尊严、舒张了人性的自由。

散曲隐逸之思的流动，在情感维度上表现出复杂与浑融的统一，隐逸的题旨与强烈的愤世之情相缩结，因为个人化批评话语的突入与对士君子群体言说方式的反动，而渗透着匕首投枪式的现实批判指征；更与无所不在的乐天精神相激发，追逐着弃道图存、贵适乐生的个体自由与人性理想。隐逸散曲在充满生存力和省思力的个体情志观照下，充分展现了物态之美、色彩之鲜、风物之拙朴、民俗之怡乐，从实用的娱乐、感性的愉悦出发，传达了由表及里、深入浅出的生命体认过程。愤世←遁世→乐世情感维度的展开与激变，恰恰彰显了散曲创作灵动开放的姿态和富有创造力的自体价值。

（原载《成都大学学报》2011 年 1 期）

《新镌出像点板怡春锦曲·新词清赏书集》
收录散曲研究

　　《新镌出像点板怡春锦曲》六卷，据《中国善本书提要》：有北图藏明末刻本，冲和居士选。原名《缠头百练》，《怡春锦曲》乃后来铲改；前有空观子序，"下钤'夏之日印'，当为其真姓名"。从末篇《西厢余韵》看，选者冲和居士，即曲痴子亦能作曲，以钟情人自命，当为风月中人①。是书以儒家六艺之礼、乐、射、御、书、数分六集，前四集与六集所收均为昆弋折子戏出目，共计 55 种 74 出，唯五集收明人散曲套数 25 套。这种剧曲散曲合选合编的方式，从嘉靖三十二年（1553）刊《全家锦囊》分栏收录杂曲小令已显端倪。后《雍熙乐府》、《群音类选》、《增订珊珊集》、《乐府歌舞台》、《乐府南音》、《南音三籁》等选本均剧套散套并列、元明北曲南曲兼收；而收录剧曲宾白或无，收录散曲则着意套数。这与那些明中叶以来专收剧曲和单辑散曲的选本不同，从某种观念上反映了选家对剧曲和散曲文体互动的一种发现和认识。考察《怡春锦》之《新词清赏书集》辑入 25 支散套的选录标准、曲牌体制，讨论其叙事维度与抒情形象呈现的特点，将有助于我们把握明代戏曲文人化与民间化发展进程的丰富面相。

一、编者、序者与评者、作者

　　《怡春锦曲》编者冲和居士，有徐渭、夏履先、方汝浩几说②，虽

---

　　① 王重民：《中国善本书提要》，上海古籍出版社 1983 年版，第 698 页。
　　② 参孙书磊：《南图藏旧精抄本〈歌带啸〉作者考辨》，《戏曲艺术》2010年 3 期；马小明《关于〈歌带啸〉的署名"虎林冲和居士"》，《河套大学学报》2011 年 3 期。

无定论，清溪道人方汝浩说较为可信。序者空观子何人？尚无人留意推究。从《怡春锦》序下所钤"夏之日印"[1] 章，与明天启间杭州爽阁主人履先甫原刊本《禅真逸史》前有傅奕、诸允修、徐良辅、李蕃、施途原、翁立环、陈台辉、徐良翰、阎宗圣、谢五邻、李文卿、李隽卿、夏礼、夏之日、方汝浩等十五篇序跋的信息比对，可以确定空观子为与方如浩有交往的明代文人夏之日。

目前所见善本戏曲丛刊本、四库未收书本均据北图藏明末刻本影印，哈佛燕京图书馆藏齐如山本，从目录顺序误刻和正文编排看也应是同一底本，但版刻较清晰[2]。《怡春锦曲》六集共"出像" 16 幅，版心刻"怡春锦"，各集页下分标礼、乐、射、御、书、数字样，所选曲词加板点并保留宾白。其前四集与六集收录剧曲，与同期前后剧套散套兼收的选本以风花雪月、天地人籁、元亨利贞、庄骚愤乐、日月等分集不同，而取儒家六艺之礼、乐、射、御、书、数为则，或反其意用之以内容分、或标榜作者名望以身份分、或别南北昆弋以曲腔分。首集为幽期写照礼集，录《西厢记》、《水浒记》、《玉簪记》等传奇剧套 17 种 17 出（如佳期、私订、野合、私奔、赠香、踰墙、巧媾、惊梦）；二集为南音独步乐集，收《玉玦记》、《浣纱记》、《金印记》等南曲传奇 14 种 15 出；三集为名流清剧射集，收《还魂记》、《西楼记》、《昙花记》等名家传奇 10 种 13 出；四集为弦索元音御集，专收《红拂记》、《宝剑记》、《焚香记》等传奇之北曲剧套[3] 12 种 15 出；六集为弋阳雅调数集，收《荆钗记》、《跃鲤记》、《四喜记》等弋阳剧套 14 种 14 出。去其剧目重复及有目无剧者，计实收 55 种传奇剧目 74 出剧套。首集 17 种 17 出中，有 13 出前附有艳词 13 首对相关剧目加以评点。如醉花老题《青锁记·赠香》一出〔南柯子〕云："玉宇神仙伴，风流谪世寰，留情青锁废眠餐，就把半天丰韵付青鸾。峭壁云端耸，趑趄上亦

---

① 王重民：《中国善本书提要》，上海古籍出版社 1983 年版，第 698 页。

② 本文所引《怡春锦曲》书集散曲，以哈佛燕京图书馆藏齐如山本为底本，参照善本戏曲丛刊本、四库未收书本、全明散曲。

③ 参酌冯振琦：《中原弦索调与弦索腔辨疑》，《戏曲研究》第八十辑，第324 页。

难，树枝层蹑免盘桓，毕竟携云握雨遍巫山。"这些艳词或着意剧中情事之铺排，或皴染香魂杳杳之情态、或刻绘女子居所与新妆，或剖示结欢了愿之细节，字面染著宫体之趣味，句句不离风流清愿。这些艳词均有题款，却难以考实。经仔细辨认，［山花子］手书"初醒山人"，下钤一印"赤城野史"；［生查子］后书"文魔"，下钤两印，一未辨出，一为"何方国士"；［画堂春］后书"生生子"，钤一印"生子"；［何满子］后钤二印，一为"元美"，一为"宣云室"；［南柯子］后有"醉花老题"，钤三印，中上为"月中楼"，中下为"知秋山人"，尾一为"醉花"；［少年游］后书"风流主人"，下钤二印，一为"良者"，一为"玉仙洞"；［诉衷情］后有"玩世君识"，钤印与题识同；［南乡子］后题"浣华傭"，下钤二印，一为"五道先生"，一为"闲身"；［忆王孙］后题"有仁人"；［秦楼月］后题"巨卿"，钤印与题识同；［渔家傲］后题"有容父"，钤印"允父"；两首《无题》分属"情痴居士"、"利名外臣"（无题识）。这些署名、题款、钤印，或为名号、或为斋号、或为闲章，究属何人尚无从考出。据另一选本《乐府歌舞台》为金陵书林郑元美刊本①推断，"元美"与其他以笔调轻艳流荡的俗词评点剧套者，或是书坊为商业利益假托的名号，或如《禅真逸史》别署"心心仙侣"、"笔心居士"、"烟波钓徒"、"空谷先生"、"绣虎文魔"、"梦觉狂夫"等评订评校为编刊者夏履先，此亦或为冲和居士之别号。

《怡春锦曲·新词清赏书集》选录了15位作者的25首散套，依次为陈大声（铎）5首、梁辰鱼3首、张伯起（凤翼）2首、刘兑（东升）2首、王九思2首、杜圻山（子华）2首、高东嘉（明）1首、王雅宜（宠）1首、杨慎1首、沈青门（仕）1首、李日华1首、周逸民1首、文征明1首、郑虚舟（若庸）1首、曲痴子1首。经与《全明散曲》收录情况比对后，发现散套与作者所属有不少出入。其中高明1首、周逸民1首为《全明散曲》失收，其他16位作者依次为梁辰鱼4首、陈铎3首、王九思2首、文徵明2首、沈仕1首、沈蛟门1首、张凤翼1

---

① 《乐府歌舞台》：书林郑元美刊本，王秋桂编《善本戏曲丛刊》第四辑，台湾：学生书局1987年版，第7页。

首、刘东升1首、杜子华1首、王宠1首、杨慎1首、吴昆麓1首、李东阳1首、李子昌1首、郑若庸1首、曲痴子1首，共计18位作者。其中，梁辰鱼4首居首位，收录散套较多的陈铎、张凤翼退居次后。有八种散套的作者所属有出入，根据《全明散曲》据《乐府先春》、《吴骚集》、《群音类选》、《词林白雪》、《南宫词纪》等曲集及《江东白苎》、《珂雪斋稿》等散曲专集的比对，其中［步步娇·忧闺］的作者陈大声（铎）应为王宠，［北粉蝶儿·咏景］的作者李日华应为沈蛟门，［步步娇·怀旧］的作者王雅宜（宠）应为梁辰鱼，［啄木儿·秋景］的作者杜圻山（子华）应为文徵明，［十二红·闺怨］的作者张伯起（凤翼）应为陈铎，还可确定被误认为刘兑（东升）的［夜游湖·花怨］作者为李子昌，被误认为陈铎的［桂枝香·春怨］、［普天乐·怨别］2首散套作者为吴昆麓、李东阳。这种情况说明这些作品是当时市井坊间非常流行、广为阅读传唱的曲子，而多集反复收录同一曲套，亦可见当时曲本刊刻频繁，行情销量甚好，书林选录为满足阅读传唱者重曲调声情之喜好而模糊了作者信息，印刷刊版难免仓促不加精考之一端。这些作者的生年活动分布于明初至明末，除生平无考的周逸民、李子昌、沈蛟门外，地望铺及湖南茶陵、四川成都、陕西鄠县、河南洛阳、浙江绍兴、仁和、瑞安、江苏邳县、苏州、昆山、长洲、吴县、无锡等地，而以南曲极盛的江浙为集中活动地。他们的散曲创作题材风格各异，但收入《怡春锦曲》的，却都是其名篇佳构，更是当时最为流行的闺思、题情、秋恨、怨别等风情艳词和时尚清曲，符合曲痴子南音"丽曲"清赏的标准。这些作者中，活动年代较早的如高明、刘东升、李东阳，前二人都有戏文传奇存世，唯李东阳套数归属尚可再议。

陈铎、王九思、文徵明、沈仕、杨慎、梁辰鱼、张凤翼、郑若庸、杜子华等人，都是明中叶以来精通音律、或传奇存世或散曲成集的制曲名家和曲坛作手。即使存世作品较少的作家，其知音识律之精也不可小觑。如吴嶽（昆麓）为毗陵（今武进）人，嘉靖二十五年（1546）与曹含斋同中举，能自度散曲，吕天成《曲品》评其为上品，曾往来秦淮歌场中，为嘉靖间昆曲清唱名家。上世纪六十年代路工先生发现的清抄本《娄江尚泉魏良辅南词引正》，收入《真迹日录》手抄本中，即题吴昆麓校正，曹含斋后叙。据潘之恒《亘史外纪》，隆庆四年（1570），曹氏曾约吴昆麓、梁辰鱼往赴南京"莲台仙会"①，品评王赛玉、蒋玉兰十三位赛曲歌女。应该说，冲和居士选择这些散套，主要看中了其南音婉转、情深曲丽，词俊声美、和歌宜唱、知律嗜曲者深爱、善乐听唱者痴迷的特征。

二、选录标准与曲牌篇制

从《怡春锦》前空观子序看，冲和居士即曲痴子，所为"千金买一笑，不惜锦缠头"，是其推崇的赏音之至境。其赏音首中音律，不喜北调聱牙，可知其择曲标准乃南音"丽曲"。序中述曲痴子之"风朝采一调，月夕载一音，敲字于花栏，谱宫于酒榭"之痴状，而至"一宫一商，情辞森丽中，竟尔忘死"，微求南北今昔、丽情弍调相合，又兼调协辞隽、韵永情深、色娇趣盛，遂成六合。"六合调付六合春，谩握缠头，一度徘徊，一度停云，拂拂春风花柳也"。对照《怡春锦》尾篇《西厢余韵》幽凄侧艳的歌调，可以想见其丽曲深情——情怡神和——冲和的清赏习尚，决定了他选择曲套的倾向性和取舍标准。这种选录标准从书集散套的曲牌篇制中还可得到进一步印证。

从宫调曲牌的使用数量看，《怡春锦曲》书集收录的25套散曲中，[南仙吕入双调]5首，[南黄钟]4首，[南正宫]3首，[南仙吕]3首，[南商调]3首，[南南吕]2首，[南北正宫合套]1首，[南北双调和套]1首，[南北中吕和套]1首，[南小石调]1首，[南杂调]1首。这其中，有几点值得注意。

其一，编选者偏好[南仙吕]宫调，尤其激赏[南仙吕入双调]。一则或是此宫调清新绵邈的音乐感情倾向及抒情特质决定的，二则或是仙吕调在南曲体系中受曲家钟爱，创作量及佳作颇丰，可选择性强。[仙吕入双调]是南九宫中的宫调。明代以来，此调作为一种常见的犯

①　潘之恒：《潘之恒曲话》，汪效倚辑注，中国戏剧出版社1988年版，第6页。

调，在南曲体系中长期存在，"该宫调所辖多为仙吕与双调所犯产生的新调，在长期使用中，逐渐与双调或仙吕分离，成为一个约定俗称的新类型"①。清代官修合谱《九宫大成》南曲十三调虽不录仙吕入双调，但其仙吕宫所辖的集曲数量和种类却是最丰富的。可见［仙吕入双调］对曲律乐制的破犯，虽不为曲学雅正观接纳，却透露了散曲创作挣脱曲牌联套体的音乐束缚，演唱风格更加丰富，文体获得更生与解放的信息。这一点恰恰显示了编选者的慧眼和民间立场。

其二、南北合套及联曲方式。《怡春锦曲》选录三首南北合套散曲，分别是沈仕［南北双调合套·新水令］《秋恨》，李子昌［南北正宫合套·夜游湖］《花怨》、沈蛟门［南北中吕合套·粉蝶儿］《咏景》。沈仕套曲以［新水令北］、［步步娇南］……加［雁儿落带得胜令北］、［沽美酒带太平令北］的带过曲一北一南组成，以［清江引］收束。沈蛟门套曲以［粉蝶儿北］、［好事近南］带［尾声］结。这种一北一南间错排列，在北调南腔间移商换羽的联套方式，元初以来即出现，明传奇和明散曲均常用，但以明散曲为繁复多见。李子昌套曲以［梁州令南］、［塞鸿秋北］、［刷子序南］、［脱布衫北］、［山渔灯南］、［小梁州北］、［朱奴插芙蓉南］、［伴读书北］、［尾声南］联套，是《九宫大成》所述通用［新水令］、［步步娇］套、［粉蝶儿］、［好事近］套、［醉花阴］、［画眉序］套之外"余则失传"的一例，且是一南一北、以南带北，与前两曲联套方式都不同。一北一南间错的，以北曲主唱，以北带南；一南一北联套时，主唱调式、转音揭调会发生变化和潜转。作为知音识律的行家，冲和居士编入这一常例外的特例，不仅补入了曲谱所缺之套式，亦可窥见明代南北曲融合中从以北曲为主宰、南北曲争胜到南曲确立自身品格的细节。

其三，套曲中多犯调集曲。犯调，本指北曲突破原有曲牌音乐的结构规律，借用另一宫调"旋宫转调"的曲牌联套方式。但在南曲中，犯调与调式有关的宫商相犯已远，更多是借句犯调，形成集曲，即《顾曲尘谭》所谓"取一宫中数牌，各截数句而另立一新名是也"②，从

---

① 周维培：《曲谱研究》，江苏古籍出版社 1999 年版，第 270 页。
② 吴梅：《顾曲尘谭》，上海古籍出版社 2000 年版，第 17 页。

同一宫调内或属同一笛色的不同宫调内摘取曲句重组新曲、另创新调名。《怡春锦曲》选录散套中，犯调颇多。有直接在曲牌后用"犯"字标明的，如［破齐阵］套有［普天乐犯］，如［倾杯玉芙蓉］套之［普天乐犯］："〔普天乐〕听更筹，频频下，泪滴满鲛鲸帕，料多情别有娇娃，把我认作冤家。〔泣颜回〕当初来嫁，星辰应犯孤和寡，使今朝锦帐文鸳，做了路柳墙花。"同套之［朱奴儿犯］："〔朱奴儿〕镇日里粧（装）聋作哑，捱一刻胜如一夏，问张郎何日眉重画，玉簪儿打得酸牙。〔锦缠道〕觑腰瘦不堪把，饥时不饭，渴时不用茶，弄得人憔悴，一回烦恼一回嗟。"有两曲串名一曲、仿带过相犯的，如［倾杯玉芙蓉］套首曲［倾杯赏芙蓉］："〔倾杯序〕隔墙新月上梅花，绣阁吹灯罢，蓦忽地冷了瑶琴，撒下筌簇，倚了熏梡（笼），放了琵琶。〔玉芙蓉〕那些个春宵一刻千金价，毕竟夜静三更万事差，人牵挂。控心猿意马，这浮云游子，何日别京华。"又有［画眉昼锦］套之［昼锦贤宾］、［贤宾黄莺］、［黄莺一封］、［一封罗袍］、［罗袍甘州］、［甘州解醒］、［解醒姐姐］、［姐姐醉翁］、［醉翁侥侥］，全套仿带过曲而摘句连缀形成了连环套曲。还有一套中诸曲多犯的，如［画眉序］套有［皂罗袍犯］、［浣溪沙犯］、［琥珀猫儿坠］。又如［夜游湖］套由九支曲牌组成，其中就有［朱奴儿犯］、［虞美人犯］、［普天乐犯］、［刷子序犯］四支犯调。甚有犯调多至六、十、十二的，调名不再标"犯"字，而以数字表示集曲。如［六犯清音］套，是由三支［六犯清音］、一支［笑和尚］和［尾声］组成的。作为此套主体部分的［六犯清音］，据《康熙曲谱》，是由分属不同宫调的［梁州序］、［桂枝香］、［排歌］、［八声甘州］、［皂罗袍］、［黄莺儿］六支曲子组成的犯调集曲，明代沈自晋有［南杂调·六犯清音］《旅次怀归》，但所用曲牌、位置稍有不同，［梁州序］后有［浣溪沙］，［八声甘州］牌用［针线箱］，［排歌］、［桂枝香］为尾二曲。又如［绣带儿］套，哈佛藏本是每个曲牌单列一段的，《全明散曲》此套题［南南吕·十样锦］，则在整曲中以小字表出十支曲牌，以〔绣带儿〕、〔宜春令〕、〔降黄龙〕、〔醉太平〕、〔浣溪沙〕、〔啄木儿〕、〔鲍老催〕、〔下小楼〕、〔双声子〕、〔莺啼序〕连成一段整曲，最后加一尾声。又如［十二红］套，哈佛藏本也是每个曲牌

单列一段的,《全明散曲》此套为连贯整曲,十二支曲牌以小字表出:
〔山坡羊〕、〔五更转〕、〔园林好〕、〔江儿水〕、〔玉交枝〕、〔五供养〕、
〔好姐姐〕、〔玉山供〕、〔鲍老催〕、〔川拨掉〕、〔嘉庆子〕、〔侥侥令〕,
后加一尾声。较早刊本留下的这些版刻痕迹,反映了南曲集曲创作最
初的观念样态。南曲创作中犯调集曲的不断出现,实际上是为了适应
文学表达和容含更多叙事性的需要,改变了曲牌联套体旧有的音乐与
格律规则,在保持声情先慢后急、与情感相应的内在规定性的同时,
破宫犯调、联牌创调,并以长拍、短拍、换头、加赚等方式调整着套
曲的内部结构和演唱节奏,使得声情与辞情互相激发,扩大了散套的
叙事表现力、丰富了散套的演唱格调。

  据《客座赘语》:"南都万历以前,公侯与缙绅及富家,小集多用
散乐,大会则用南戏"①。先是多演唱弋阳及海盐腔,后尽昆曲。蒋星
煜《明代南京书林刊刻传奇举要》云:万历金陵富春堂、刊印昆山曲
家郑若庸的《玉簪记》,随后广庆堂、继志斋、文林阁、世德堂刊刻了
大量昆曲刊本②。在风靡一时的众多选本中,《怡春锦曲》无刊刻堂号,
或许是杭州刊本中适宜于面向更广泛受众的底本。《怡春锦曲》所选曲
词加正板板点,可能是考虑到流连曲肆的受众于曲律耳熟能详,不须
繁复标注,所以仅以"、"、"∟"、"—"等符号加头板、腰板和底板
以示板眼和节奏。可以看出,书集散套的选录,与其他几集剧套的选
录一样,有着较为多元的受众指向。作为点板曲谱、名家范式和时调
清曲,此类选本提供给习律作曲者一依定式按谱制曲的门窍,驰骋才
情的秘笈;营造了家班堂会清唱小曲的风雅、幽人韵士领赏清音的逸
趣,亦勾连着曲会曲社征歌赛曲的闹热浪潮、歌女情郎风月行吟的时
尚氛围。

---

① 顾起元:《客座赘语》,中华书局 1983 年版,第 303 页。
② 参见蒋星煜:《明代南京书林刊刻传奇举要》,《南京戏曲资料汇编》第
三辑,《中国戏曲志·江苏卷·南京分卷》编辑室编辑出版,第 76 页。

三、被塑造的女性歌者与私情夜吟

《怡春锦曲》书集收录的 25 首散套，题材倾向性鲜明一致。全篇以文人自陈口吻贯穿、旨在遗世赏景而不涉言情的，只有沈蛟门《咏景》和杜子华《诔虎丘》2 首。另外，除梁辰鱼《佳遇》自拟写情，抒游子邂逅佳人之愁怀，张凤翼《怨别》叙写"错将红豆种愁根"，"何日方酬断袖恩"的另类风情，曲痴子自赋《西厢余韵》，一人而拟两声口、显出张生莺莺联曲对话的别趣外，余 20 首，无论春闺秋怀，无论四时佳节，无论怀旧还是遣愁，无论怨别还是离恨，无一例外，全是模仿女子声吻，倾诉一场情缘成空的苦痛。但仔细读来，这些写来风情冶荡，甚至欲望裸露的情事，却又是些背景模糊、捕风捉影的私情"幻缘"。这种写法、这种趣味，引人好奇之下一探究竟。

以陈铎的〔南商调·莺啼序〕《别恨》来看：

〔莺啼序〕孤怖一点将绝灯，忽地半灭犹明。夜迢迢斗帐寒生，展转幽梦难成。盼雕鞍把归期暗数，怪浪迹全然无准。把前情谩忖，说来的话儿无凭。

〔黄莺儿〕无语对银屏，正谯楼鼓二更。梅花不管人孤零。疏钟几声，残角又鸣。薄衾单枕愁难听。瘦伶仃，岩岩瘦骨，离恨叫我怎支撑。

〔集贤宾〕揶揄鬼病谁惯经，但举步难行。半钿金钗无意整，好梳妆一日何曾。心悬意耿。自古道佳人薄命，凄凉景，盼不到美满前程。

〔滴溜子〕芙蓉面，芙蓉面，泪痕暗凝，杨花性，杨花性，别离太轻。自是东郡薄幸，一树红芳谁管领。浪蝶狂蜂，休要斗争。

〔簇玉林〕天涯路，长短亭，怨王孙芳草青，昼长休把栏杆凭。几番暗把鳞鸿赠，诉衷情，千言万语，犹恐欠丁宁。

〔猫儿坠〕野花村酒，他那里醉醒，冷落谁怜冬暮景。奴觑寂寞恁飘零，薄情，不记得花前月下，海誓山盟。

[尾声] 风流惹下相思病，只索把那人痴等。他没真心，我须办至诚。

故事的起点始于幽梦难成。在漫长的暗夜里，一个忆旧梦、数归期的女子，守着孤灯残角，心耿意悬，鬼病恹恹，低吟情伤。芙蓉面抵不过杨花性，海誓山盟架不住浪蝶狂蜂。一树红芳任飘零，怨尤之下不忘细诉衷情，明知负心薄幸，还要痴心妄想地等。陈铎此曲，以清圆工丽的字句，借景借地的模糊叙事，展露了一个淘尽苦涩睹幽芳的女性主人公徐徐荡开的柔密幻想，靡丽而温婉，遣恨而有节，在书集所录散套中，颇具代表性。陈铎散曲在当世宴饮歌场是广受欢迎的时曲佳品，更多搬诸场上，可以想见汪廷讷刻《陈大声全集序》所言"其韵严、其向和、其节舒。词秀而易晰，音谐而易按……借使骚雅属耳，击节赏音，里人闻之，亦且心醉。其真词坛之鼓吹，而俳谐之杰霸"的风度。

在书集散套其他作品中，作为抒情主人公出现的，也大都是这样的女性歌者。作者在描写女子的身体姿态和情绪心态时，用了许多富丽香艳的辞藻装饰，笔力集中在展露一场情缘的离恨之苦与遥遥无期的等待。因男性曲家写作意念的包裹，女性故事在轻歌慢吟中似乎呈现出欲望表达与道德谴责的矛盾性。置身画屏绣帐、玉瓯鸾镜、金炉香篆、鸾笙象管氛围中，为情所苦的女子或是"纤腰瘦怯愁如海"、"泪痕儿界破芙蓉面"，或是"汗湿酥胸睡初醒"、"弹粉泪湿香罗帕"，或是"香肌瘦损罗带宽"、"春纤未举先倦倒"，或是"尘蒙了锦被鸳鸯绣，弦绝了瑶琴凤音，篆尽了玉鼎狻猊兽"。这些道具包裹和身体符号的背后，透露着为女性情欲发声的意味："枉就着闲懑闲愁，不在心头，定在眉头"，却不知"向晚来空倚定危楼望，朝云暮雨和谁讲"。"呜咽怨声高，令人越焦躁，短叹长吁挨到晓"，直等得"窗掩楼儿上，绣帐垂似桃花，浪里鸳鸯对偷香"。"夜深露春衫湿冷，悄把寒窗半扃，伤心跌碎菱花镜，振灭瑶台一盏灯"，都只问"怎能彀箫韶共奏秦台上，怎能彀云雨同行楚岫间"。"玉减香消，燕来鸿去无消耗，委实的叫我心痒难挠"，盼的是"挽青鸾翅入重楼，亲受用香温玉软，一时缱绻，钗横鬓偏"。这些女性歌者反复咏叹歌唱的寂寞、哀恸、焦心、煎熬，其实都指向了"合欢带共谁同绾"的情欲声张。

乍看上去，这些散套与明中叶以来受民歌影响产生的时调小曲大胆张情的写法似乎一路，但仔细分辨，我们会发现，故事的套路婉曲，开放的叙事结构，原本可以容含更富张力和激变的情感冲突，最终却引向"诗化"的结局扭转：曾经邂逅一场情缘的女子为情所困，一面陷入追怀昔日欢会的依稀惝恍中不能自拔，一面又因不堪离别苦恨而对薄幸浪子产生了抱怨和指责；一面在顾影自怜中揣测着负心人的另一场艳遇，一面又期待浪子回头再一次的重合。虽然说，女性的个人欲望，在情事追忆中透过"弄玉箫"、"交股金"、"连环套"、"凤凰簪"、"鸳鸯被"、"销金帐"这些颇富感官挑逗意味的意象获得了极大张扬，显示了溢出正轨的女性私情敢于向道德禁忌挑战的姿态，然而，这种为女性情欲发声的书写，看上去却前瞻后顾，举步维艰。一旦回到离别情境里，这些女性又以对男性薄情的指责转换为道德化身而存在了。对于这些大胆叛逆的情欲追逐者，过去是梦，未来是幻，私情只能在暗夜里孤吟，而且在必须回归并维护这个道德世界的前提下，在表达对男人薄幸的谴责后，又一再抒发对男人无限的钟情与厚意。这里存在一个暗故事的维度：女性歌者试图反抗不对等的人生境遇带来的情感困扰，从而萌发了抱怨、指责和私恨，但最终无论男子如何薄幸、都一厢情愿、痴心不悔地等待重合。这种创作动机与叙事潜转的矛盾，只能说明，男性曲家笔下的女性歌者，是按照男性作者的愿望被刻意塑造出来的。她们在朦胧的艳情故事里，诉离情不忘相思，怨负心又盼重合，还别出心裁，甚至期望私情"撰成一折青楼记，羡才子佳人双美，留取他年作话提"。这里有了却欢愿的痴心祈祷，却没有誓死期嫁的婚姻奢望；这里有误尽归期无下梢的絮叨责怨，却没有妒辣出泼、诅咒罚愿的攻击性报复。欲望表达与道德谴责的矛盾性，最终被隐含的男权话语所消解，不便与人言的私情被有意搁置，了无终局。女性无处寄托的情欲苦闷，被刻意放大以适合向座中假想的听众倾诉，进而转化为在饮宴歌场公开歌唱的韵事，转化为烛光灯影里引人领赏的诗酒风流。

在这种情事书写与暗夜梦忆里，隐含着一种特定的人物关系场：邂逅私情的女子与另一场艳遇的心理较量。而所有的对手都隐在幕后：她们情感的寄托对象，那些游子、浪子、荡子，那些"短命秀才"、"乔读书人"、"谁家公子"，却是模糊的、不具体的、行踪不定的过客；与她们形成情场竞争关系的另一个女子，又在"梨花貌与桃花并，洁白妖红两斗争"中开始另一场艳遇。对于这些女性来说，热烈期盼的重合，却不是向着一条由爱铺成的缔结婚姻的终路；私情、越轨，必须纳入社会规范和道德正轨。道德谴责其实不是对男性艳遇的约束，而意味着对女性欲望的警戒——放纵情欲，必然导致惩罚。对于男性来说，拟卿卿此词，却把妖娆粉黛推杯送盏，做了诗朋酒侣风流映衬；诗酒酬合，追欢买笑，只为流连风月，却可以不虑道德之忌。正曲痴子所谓"漫握缠头，一度徘徊，一度停云，拂拂春风花柳也"。"曲痴子纵无是想，观者实有是因"，借景借地故事夜场与歌场的重叠，其实是文人追求诗酒风流、适意人生的时尚写照与虚拟写生。

明代以来众多戏曲选本中，《怡春锦曲》剧套散套兼收、南北曲兼顾而以南曲为主，显示出自身的艺术趣味与审美倾向。讨论其编者序者与评者作者，其实是为了考量其书集散套的选录标准和曲牌篇制，而关注书集散套中那些被塑造的女性歌者的情路磋磨及受众审美意向，则是为了更深入地开掘曲痴子六合之下重丽情的品曲观及文人化倾向之意涵。"桑濮之音，芍药之谑，狂痛艳姬，三百篇首而不废"，从曲痴子序言的自我辨难看，《怡春锦曲》书集收录的散套，道私情美艳温婉，叙闺怨凄楚哀苦，记韵事风流逸荡，洵为明代散曲之清雅一流写心。然"首丽情，淫而荡"，为女性情欲发声的欲望表达，却转成道德谴责的变调，丰富的叙事张力终为"诗化"的结局所消解，正可以见出文人曲家的自我意识和曲品观如何影响着散曲创作的情貌，亦可进一步探解明代散曲与剧曲互动中散曲叙事功能的强化与弱化。

（原载《东南大学学报》2013 年 6 期）

啸声秋韵中的生之呐喊

——谈元散曲文学的生命情态

现代艺术家傅抱石说过："一切艺术的真正要素乃在于有生命，且丰富其生命，有了生命，时间和空间都不能限制它"。① 散曲文学所处的时代已是古典文学的生命之秋，在经历了唐诗的勃发与宋词的绚烂后，散曲文学所面对的文学传统，已积淀了太多太深太久的关于生命的回想与反思，以及人类最终不能跨越有限之生命的无限悲情与感愤。这样一股不可遏止、一发难收、天地不能包容的无限悲情与生命感愤，奏响了散曲文学捕捉生命真实、展现生命活力的独特旋律，显示着散曲文学低回而又昂扬、亢奋而又不乏理性的精神意脉。追索这支生命旋律的主调，厘析这支生命旋律的情思意理，对于散曲文学价值的开掘是一个重要的不容回避的课题。

一、末路之啸：困厄与伤惘

在封建末世，散曲作家实际上处在一种非常塞涩尴尬的生存状态中。元代有七十八年废科举，士人大多沉沦下僚，跻身仕宦成一代名儒大贤者，其政治生活也是在夹缝中斡旋的；明清两朝士人群体更是无可挽回地走向衰败的末路。作为依附于封建体制的一个特殊社会群落，他们既无法跨越传统的生存境遇，又不能自觉寻找到新的精神武库，所以无论是流连官场、蹭蹬失意，还是弃绝仕进，诗酒自娱；无论是沉沦下僚，与艺人为伍，还是不屑仕进，浪迹市井，总而言之，他们的政治生涯是很落拓、尴尬甚至绝望、危险的。而失去了"衣食

---

① 傅抱石：《壬午重庆画展自序》，见《傅抱石美术文集》，上海古籍出版社 2003 年版，第 324 页。

父母"生资依凭的士人生存状况可谓急剧恶化，这种物质生活境遇的困厄与苦难感，绞扰着曲家的心灵，因而在他们的散曲中，感慨衣食寒酸窘迫、生计蹇促困乏、身世畸零不幸、命运悲厄难凭的情绪就比比皆是。

曾瑞的［正宫·端正好］《自序》套数写道："既生来命与时相挫，去虎狼丛服低挲。"他深深体味到男儿贫困被人看作"斗筲之器"般微末的屈辱，正所谓"道不行，气难吞吐，时不遇，落魄忍饿"。在生计贫乏的胁迫之下，如此这般自怨自艾、自卑自陋的声音，杂乱无序、交迸无节地在散曲文学中此起彼伏、反复回荡。马致远"闲愁愁得人白头"，花酒难忘忧的煎熬感，更切实地传达了生命在无所事事中空空耗费的沉痛。"一品秩长犹无嗣，百年翁又苦担饥，才学贯世有人嫉。早发的还先萎，四足的不能飞，因此上受清贫闲坐地。赤松岭堪为活计，未央宫怎吃宴席，清风两袖子房归。闻鹤的空叹息，种柳的得便宜，因此上受清贫闲坐地。"（王九思［北中吕·红绣鞋］《阅世》）此曲说老翁忧饥，已告白生计艰涩，言"赤松岭""未央宫"更倾诉着读书人渔樵生涯的勉为生力、苦不堪言和低贱生活的远离琼筵、一贫如洗。结尾自语"受清贫闲坐地"，其实含有多少为生计所困的悲苦辛酸。陈所闻［北双调·新水令］《驻马听》所言"常则向韭酸瓮底把姓名藏，蒋柳守薛罗乡"，似乎在表白自己安贫乐俗，但咸菜、韭汁维持的生活却点出了曲尾"占秋霜白发三千丈"的个中情由，为穷愁所苦、潦倒失意之态毕现。清代王庆澜的［双调·八不就］《咏怀》也写下了如许生涩的文心："问甚日天道持平，扶起俺瘦骨伶俜，不认做世上，世上畸零"。一个乱头粗服、形容枯槁、身形瘦削、神情憔悴的读书人影然索立，笔笔写尽末路穷途的哀惨与浸透灵魂的颓恨。

"叮叮当当铁马儿乞留玎琅闹，啾啾唧唧促织儿依柔依然叫，滴滴点点细雨儿渐零渐留哨，潇潇洒洒梧叶儿失流疏刺落。睡不著也末哥，睡不著也末哥。孤孤另另单枕上迷飚模登靠。"（周文质［正宫·叨叨令］《悲秋》）周文质写秋声，全用繁复笔法、叠词勾当。秋雨绵绵，秋夜昧昧，如暗夜里的切切哀嚎，似长路上的苦苦打熬，浸透肺腑，煎迫人心。马致远［越调·天净沙］《秋思》更在一幕幕相互割裂、枯寂残缺的景象中，透出游子天涯的断肠之情。荒秋衰败黯淡的物象与生命无所归依的悲切绝望错动交杂，仿佛一个性情执拗的浪子风餐露宿、受尽磨难，迫于生存的需要，执意在追赶生命的机缘，但旧恨未弥，新愁滚涌，磊块难消，郁勃不平。

我们不能苛求元代的散曲作家一个个都如盛世李杜，要么偃仰啸歌，寄托大鹏之志，要么忧国忧民，一泻民生之苦叹。"退毛鸾凤不如鸡，虎离岩前被犬欺，龙居浅水虾蟆戏"（无名氏［双调·水仙子］《无题》）的生存境遇，确实说明有一批散曲作家在现实生活中受到了来自物质世界、生活条件的种种限制，连衣食生存的起码要求都很难保证，常常食不果腹，衣难蔽体，没有家业，游荡寄食，难免就要流露出穷酸恶相与鄙俗习气，难免就要产生一己生活之嗟怨和个体生存之危机感。这种生路的窒促恰恰是士人寄居窘境与篱下之心相缠绕的苟延残喘的时代病；是士人斯文扫地、面子又不愿放倒，不能再抱残守缺、又无力投入生存竞争的没落情绪；是士人顽强的求生意志与衰残朽退心理症候相搏的真实表现。如果说，晚唐杜荀鹤一流表现的生之艰涩是属于底层百姓的，那么，末世散曲作家采写民生疾苦的却不多，他们中有一部分人首先面对的是士人阶层下移、生存跌落后的"贫贱摧骨气难聚，沦落底层百事哀"的现实生存需要。衣食挣扎的龌龊卑琐，求生之艰的庸碌奔忙，与高傲的心性为俗物所役、走投无路的切切悲凉，也就成为散曲文学表现生命价值内向冲突时吟唱的一支灰色调子。

二、秋韵之趣：拙朴与荒寒

散曲文学中大量涌现的秋景小令，透露了散曲文学的时代忧郁与生命悲情。如果说宋玉悲秋打开了中国文人悲秋的洞闸，欧阳子的秋声成为宋替唐变、转落转衰的历史征兆，那还只是个别诗人对生命之秋的敏感预约的话，占到散曲创作总量七分之一强的秋景之作，则已不是个别曲家的个人体验，作为散落在散曲创作中的一种时序之感，它意味着散曲作家共同的命运之叹与生命之悲。

"芙蓉映水菊花黄，满目秋光。枯荷叶底鹭鸶藏，金风荡。飘动桂枝香。［幺］雷峰塔畔登高望，见钱塘一派长江。湖水清，江潮漾。天边斜月，新雁两三行。"（贯云石［正宫·小梁州］《秋》）"水影寒，藕花残，被西风有人独倚阑。醉眼遥观，北渚南山，映照锦斓斑。利名尘不到柴关，绰然亭倒大幽闲。共三闾歌楚些，同四皓访商颜。笑人间，无处不邯郸。"（张养浩［越调·寨儿令］《秋》）这两支曲子分别写秋光、秋影、秋声。贯云石写秋光，贯注笔力在鹭鸶轻漾于枯荷香霭、新雁翩然于浩荡清天的钱塘月色，通过色彩的映衬、动静的移易、高下的挪转、江天的沉浮，传达出作者绿水青山乐逍遥的沉醉心境和亘古人生转瞬倏忽的孤清臆想。张养浩写秋影，起首就挥斥萧萧西风、郁郁残景，虚影接对笑谈，以高隐大贤的意兴去名利沾濡的机心，以迷离的醉眼洞观人世忧欢，尽享此生之快意。二曲虽然各有侧重、笔力不同，但秋光触目、秋影入神、秋声惊心，都在寂寞、感伤的境界里，渲染出一种强烈而激荡的生命体验和心灵波澜。当我们在领赏秋光的清韵、秋影的澹荡、秋声的复沓时，也与作者的神灵遇合，共同体验那生命里最真实、最感动的一份玄想。

这种借助秋景表达生命无所皈依的意念，在许多散曲作家那里不断出现，如明代唐寅［南仙吕入双调·步步娇］《秋景》："宿鸟惊枝去，残灯落烬时。满地繁霜天将晓，篱落黄花小。墟烟淡欲消。送别河桥，忆昔曾同到，草木脱青梢，睹园林萧索惊秋草。登高闲眺，云边路遥，苔蒙旧馆，烟迷野桥，刘郎何日悲重到。"全曲极力描写重重繁霜、飕飕冷风，风搅云飘、弥漫天地，悠悠世事、迷乱秋思。那一股无可排解的懊恼、不断攒集的伤感和刺透心肺的隐隐创痛，真是怕黄昏偏偏天暗乱萤高，奈离情颇颇断鸿无定巢。其间掺杂的有别后相思的情恋，有游子怀乡的苦恋，更有晚明士人生命无所归依的沉痛和冥冥之中对群体末路厄运的惊恐忧惧。又如："千里望云心，九叠悲秋辩，落日山川虎兕号，长风洲渚蛟龙战。瘦马凌兢蝶梦残，雾愁风屏，怎消遣？断角残钟，几度孤城晚？回首送衡阳雁去，忍泪听泸溪断猿。乱云堆，何处是西川？"（杨慎［北仙吕·点绛唇］《天下乐》）朝堂直言政事而被贬云南，杨慎身处野兽出没的蛮荒之地，不复再有苏轼

"不辞长做岭南人"的豪情逸兴，而表现出身遭大挫而心力交瘁的疲惫，欲做韬晦而心志难灭的沉痛，才情亢奋而兀傲不平的愤激。清代赵庆熺［南商调·二郎神］《书窗独坐》套这样倾诉："［黄莺儿］偏不醉如泥，一更更漏鼓低，风尖灯颤光儿细，见流萤暗飞，听寒螿碎啼，秋声耳畔便挨挤。闷难医，怕聪明绝顶，头一个难题。［琥珀猫儿坠］时辰十二，暮鼓又晨鸡，一到秋来越惨悽。青山两座皱双眉，稀奇，把愁细思量，怎样东西？"字里行间，细细吟味书斋生涯挥之不去、拂之还来、斩之不断、却之又近的秋惨秋凄。笔笔工描那种感时而情起、应声而色变、不由理路、难以说清的潜存在生命里的孤寂愤懑。除此之外，冯惟敏、梁辰鱼、施绍莘、沈自晋、厉鹗、朱彝尊等明清散曲作家也都反反复复地吟咏秋意、诉说秋情、点缀秋趣，往往借一曲秋歌饮人生病酒，借一月秋怀表万叶秋心。这种异乎寻常的同调歌吟与题材趋向，说明散曲文学在古典文学的生命之秋里，更直接感受到和体验了生命潮头落下时的沉寂与悲凉。

清代的笪重光在评论明清时期的山水画时，描述了这样一幅画面："楼头柳飏，陌上花飞，散骑秋原，荷锄芝岭。高士幽居，必爱林峦之隐秀；农夫草舍，常依坎坷以栖迟；推书水槛，须知五月之江寒；垂钓沙矶，想见一川风静；寒潭晒网，曲径携琴，放鹤归山，牧牛盘古……"这是中国晚近山水画常常采写的标本。这些标本染上了浓重的出世色彩，不刻意追求形似而重在内里情志寄托，形成一种苍茫凄冷的境界，这就是明清时期山水画的艺术时尚，而明清时期的许多散曲作家本身都是诗书画会通的。受到明清绘画艺术时尚的影响，散曲文学也呈现出拙朴与清新、诗意与悲情交糅的幽峭荒寒情调。如："满林红叶乱翩翩，醉尽秋霜锦树残。苍苔静拂题诗看，酒微温石鼎寒。"陈所闻［南南吕·懒画眉］《秋酌啸风亭》曰："丹枫黄菊照空门，能解闲行有几人？我来长啸倚秋云，天风遮莫吹双鬓，山色江光满绿尊。"山花烂漫，却寂寞开无主，长啸独行，却兀傲心难宁，天风吹来，生意满怀，于是渴望天齐地齐、知音常伴、诗酒相赏，以慰孤魂的别一种境界。王仲元［中吕·粉蝶儿］《道情》："［醉春风］玉露润菊花肥，金风催梧叶老。黄花红叶满秋山，此景畅是好、好、好。野水横桥，淡烟衰草，晚峰残照。"李致远［南吕·一枝花］《送人入道》："白云留故山，晓月流清涧。西风吹渭水，落叶满长安。"前曲回旋、对垒着两种生命的体验：一面是色调浓艳可感，生命在争奇斗艳，一面是景象清疏萧飒，日照在冉冉而逝。也许绚烂之后即归平淡，成熟之时就意味着凋落。后曲则用曲笔在入世的路上把行者的脚步送到出世的边缘。

从某种程度上讲，荒寒的情调是人从出世的狂想中走向灵魂外放必经的痛苦挣扎和激情沉淀，是一种人在寂寞天地间寻求内在力量和心灵回音所领受的旷野考验和孤独意境。当散曲作家们以儒理参世、以庄禅超物，随时随地、随遇而安地安享生命时，他们既汲汲于拙朴可爱的世俗生活，又风流超迈获得心灵的解脱，既歌唱着濯足清流、行吟绝壁的尘外之音，又营造着樵子负薪、渔舟横渡的世间气象。儒释道三教在这里获得了沟通和认同，儒家的修身养气、格物致知，道家的任纵自然、超脱物外，禅宗的虚静觉悟、明心见性，统一于以"道"为旨归的哲理情思中，形成一种伦理的愉悦与道德的满足、天放的情怀与内在的生命律动相一致的、以一己之私齐天地大化的灵魂飞升。持有这样逸乐的襟抱，这样赏爱的情怀，绘山水则山水出巧，抹风雨则风雨得势，正所谓内无累、外无待，放逸其能，纵横其情。记得明僧憨山曾说：不知春秋，不能涉世；不知老庄，不能忘世；不参禅，不能出世，知此，可与言学矣。从这一角度看散曲文学中与道情、体性、唱理的宗教意味相联系的隐逸之音，其在准宗教心态下笃真情、重知性、畅生趣的山水之旅，恰恰是隐逸之音的真正内涵，是散曲文学以退为进、激赏人生的低昂号角。

在古希腊人的哲学里，先哲们认为人最好的生活乃是在沉思中的生活，退隐所必然带来的内求，使人在一种绝对宁静超脱的境界中返归自我，在内心生活中寻求潜存的力量，从而使生命趋向自由与完美。汤因比说：退隐使人首先"离开行为进入狂想的境界，然后又从狂想的境界中走出来，达到一种新的和更高的行为水平"。① 正是通过一种

---

① 汤因比：《历史哲学》（上），上海人民出版社 1997 年版，第 274 页。

类似癫狂的幻想、类似虚静的体验，散曲文学的隐逸之音，冲淡了信仰的危机和道义的局限，以忘形的方式体验了一种充满愉悦感的个人生存冒险；在精神支柱即将坍塌的末世迷途上，实现了一种奇崛的精神漫游，从而在一种齐天地之乐的和谐和永恒中，获得了对自己灵魂的某种征服，在有限的时空中升华了他们的人性与人生。

三、呼告之魂：激情怒放与豪情扬厉

散曲文学作为一种文体，常有为人诟病之处，如其意境表现，从对诗词意境传统的继承来看是失败的，但这恰恰又是它的创造性所在。它不再依凭情景的二元质，而是以事牵情或直陈情感，以叙事的手法表现情感内容，把着眼点放在情感与心理变化过程的酝酿、铺叙和淋漓尽致的展现上，这恰恰形成了散曲情感叙事的细腻圆转和生命情态的原汁原味。我们捧读散曲，常常会觉得，散曲生命情态的流露是单纯之下演绎着深沉，直白之中包含着妙理，天真习气融着老成，玩笑话语透着肃穆，惊喜与狂怒相伴，欢意与悲情交迭。散曲生命意识的具体表现是不合常规的、非常态的——一种生命的激情怒放与豪情扬厉。

"恨重叠重叠恨恨绵绵恨满晚妆楼，愁积聚积聚愁愁切切愁斟碧玉甃。懒梳妆梳妆懒懒设设懒艺黄金兽，泪珠弹弹珠泪泪汪汪汪不住流。病身躯身躯病病恹恹病在我心头，花见我我见花花应消瘦。月对咱咱对月月更害羞，与天说说与天天也还愁。"（刘庭信《双调·水仙子》《无题》）全曲用反复体，以情选景、造景、又统摄景。喁望的妆楼、熏香的金兽、脆弱的花月，这些物景只是抒情主人公如水奔涌的情感洪流中点缀着的些些浪花。通过情感的铺叙陈说，我们看到一连串暗示性极强的心理动作：登楼远眺遣愁恨，愁恨未消，愁云攒聚；下楼小酌驱撩乱，撩乱斩截，满心无绪。天地沉沉，难解难慰一颗哀情浩森的悲心。抒情主人公百感交集的思绪通过字面的颠颠倒倒、反反复复，急切地翻卷、迸溅，一波波卷涌而来，又一波波奔掠而去。情感的潮头决不潜隐，而是在膨胀中回旋，在动荡中高扬，仿佛随触即发、随引即爆，然而就在激情迅疾爆发的万钧之机，全篇戛然而止，以天地不言的沉默忘情断愁，收束全曲。如果说诗是写出来的，词是吟出来的，而曲的确是像这样吼出来的。

　　散曲作家将他们积存在心间的、在现实中不能释放的生命能量，以排山倒海的气势倾泻在曲中，形成了散曲的气力交进不相让，激情豪气两出彩的壮观局面。如："草茫茫秦汉陵阙，世代兴亡，却便似月影圆缺。山人家堆案图书，当窗松挂，满地薇蕨。侯门深何须刺谒，白云自可怡悦，到如今世事难说。天地间不见一个英雄，不见一个豪杰。"（倪瓒［双调·折桂令］《拟张鸣善》）全曲以清拔之气绾提睨傲之志，落拓的狂气与自信的朝气在对历史不动声色的追思，与对友人的品评激赏中袒露出来，真可谓使气则气贯长虹，骋怀则气畅神明。又如："鹏搏九万，腰缠十万，扬州鹤背骑来贯。事间关，景阑珊，黄金不富英雄汉。一片世情天地间，白，也是眼，青，也是眼。"（乔吉［中吕·山坡羊］《寓兴》）玩世不恭，放任自流、纵情适意，情感状态完全是解脱态的。

　　"闲时高卧醉时歌，守己安贫好快活。杏花村里随缘过，胜尧夫安乐窝，任贤愚后代如何？失名利痴呆汉，得清闲谁似我？一任他门外风波。"（杨朝英［双调·水仙子］《无题》）

　　"宾也醉主也醉仆也醉，唱一会舞一会笑一会。管什么三十岁五十岁八十岁，你也跪他也跪恁也跪。无甚繁弦急管催，吃到红轮日西坠，打的那盘也碎碟也碎碗也碎。"（无名氏［正宫·塞鸿秋］《村夫饮》）

　　杨朝英奉行闲醉高歌、守己安贫的处世准则，就是看透了宦游风波、人生凶险，看淡了贤愚名分、福禄衣钵，所以才意会到生命如此的真趣奇乐。而无名氏则全然一副歌舞谐态、碗碟疯狂，不避主仆、不论年享，无有尊卑、打碎幻想，实实在在浪荡醉乡、地地道道神游村巷。这样彻底的无累无欲、无思无想，只能属于元代，属于无名氏曲家。明代王磐［北南吕·一枝花］套："不登冰雪堂。不会风云路。不干丞相府。不谒帝王都。"连用四个否定句，执拗地表明自己不随俗所趋、俯仰权贵、奔营宦事的至死不悔之心。接着承认自己是个进士，却又正话反说，是个不登科的、逃名的进士，说自己是个农夫，但又不力耕农事，是个神仙，又是上界漏注了仙籍的神仙，最后，以"清风不管、明月无拘"来表现身心获得自由后那种极情尽致的快乐与惬意。在承认自己生计尴尬的前提下，玩味着一种狂才与盛气支配生命的无碍无累境界。李开先在［南南吕·一江风］《无题》中陈词："病难挨，顿改乜斜态，碎补囤囵债。几曾来，不识低昂，不论贤愚，不辩清浑派。青萍一剑抬，寒芒两刃开，谁许奸雄在。"大声疾呼不能抗世除奸的悲厄不平，壮语浸着豪胆；急切直陈定要激浊扬清的赤子之心，正气溢于篇外。冯惟敏［正宫·塞鸿秋］《乞休》："论形容合不着公卿相，看丰标也没有搠模样，量衙门又省了交盘帐，告尊官便准了归休状。广开方便门，大展包容量，换春衣直走到东山上。"以偏激的口吻说自己因长得怪异没有当官的面相和派头，不如准了他罢命归休，山林遣兴。实际上充满了对官场虚与委蛇和肉食者装腔作势的极端憎恨与蔑视。"一拳打碎凤凰楼，风雨何愁？"（常伦［北双调·庆宣和］《无题》）酒酣畅意，豪气凌云，大有歌舞东山风度、一飞出越江湖的蛟龙之态。"叩苍穹，为甚地裂天崩，天崩也一似朽枯飐亡？惊惶！"（沈自晋［南商调·字字啼春色］《甲申三月作》）在许身无望、断魂不归的呼号中，抒发着肝胆俱焚、血泪交迸的亡国遗恨。

散曲中作为生命表征流动的情感是无序的，而且包容浩杂，态势激烈，力度强悍，正所谓"铺眉苫眼，抟袖揎拳"（张鸣善［双调·水仙子］《讥时》），不仅单向度喷射，而且多向度透发。散曲的情感表达方式是直白刻露的，甚至是怪谲荒诞、不合思维逻辑的。散曲的情感呈示样态也是非和谐的、不平衡的，甚至是矛盾对峙交锋下的一种情感激变状态。任讷说："放开眼取材，得元人之光怪陆离，撒开手下笔，得元人之奔放恣肆。"① 散曲创作的这种无事不入、无格不备，终是一种生命体验丰富性的展示，一种情感原生态的躁动，一种生命的真实、自然、自由而合目的性的展开。这种激荡奔突的心理时空的放大、情感细节的展开，本质上崭露了人在追求生命自由时必经的一种情感煎熬与心灵搏斗，是人在开放状态下无所顾忌的人性表白，非理

---

① 任讷：《散曲概论》（卷二），中华书局仿宋影印本 1930 年版，第 6 页。

性的情感宣泄却也不乏有生命的冷静反思与回省、道义的愤怒与不平之鸣、激浊扬清的正气与愤激抗争的风雷之音。正如元代曲家曾瑞在［正宫·端正好］《自序》所说：当名入凌烟阁、挥鞭登剑阁、举棹泛沧波的人生出路均不可能之后，经过一番自嘲自省，终于决定"携杖策壶，樵歌独唱，瓦盆香糯乐闲身"的抒情主人公，似乎瞩望着广植桃桑、饱养鸡豚的一种乐道于穷途的不得已的归隐，但"骨角成形我切磋，玉不为珪自琢磨"的精神气格却透露了一种新的务实的生活态度和自我磨砺的生命意志力。"恢恢，试问青天我是谁！飞飞，上的青霄我让谁！"（常伦［南商调·山坡羊］《无题》）急切地在呼唤一个孕育、蝉蜕着奇思妙想的新我，以啸怒之风、流走之云的大象无形，来显示个体生命冲破迷雾、博取生命光彩的高昂意念。正是散曲情感表达的无选择性和无节制性，造就了散曲抒情一览无余、一气呵成、尽诉尽泻、气贯全篇的气势之美。说散曲谓之气长，毫不过分，谓之韵短，却并不恰切。按任讷在《散曲概论》中的说法，与词的内旋、尚意内言外相比，曲是外旋的且言外意亦外，但所谓的"韵短"并不是散曲的弊病，而恰恰是其特长。

散曲文学中积淀着厚重的生命能量，其生命情态是丰富多样的。散曲文学的生命自省与觉醒意识，可以说经历了三个标志性明显的阶段：生存的困厄、末路的伤惘，是散曲作家们在士人群体生命价值沦丧时怀疑绝望、感伤低沉的生命回声；荒寒秋韵，是散曲作家伴随着个体生命蜕变而面向自然的沉思；而激情的呼告，则是一种向传统发难、向命运挑战的姿态，一种在积久的沉闷中爆发的、重新寻找生命支点的强硬生命力，它标志着生命觉醒的姿态与宣言。

（原载《湖南工业大学学报》2015 年 2 期）

以曲论曲　以曲赏生
——萧自熙散曲创作与研究论

　　萧自熙（1931—2008），字剑岚，笔名磐石剑岚，别号风光富有翁、不漏天蜗居主人、负行窝先生、舐笔叟，四川资中人，1949 年高中毕业，先后就读于西南俄文专科学校、四川大学中文系，1962 年毕业留校，执教于四川大学图书情报学系，至 1991 年退休，为四川大学教授，四川省作家协会会员。先生四十年潜心创作研究散曲，出版著作有《蜗居散曲》、《磐石剑岚小令》、《负心窝散曲》、《风光富有散曲选》、《萧自熙散曲全集》等散曲集，有《散曲格律》小令曲谱，并发表《〈元人散曲对仗纲目〉提要》、《〈元人散曲对仗纲目〉序言——元人散曲对仗特性探索》、《多向发展的元人小令借对》、《全方位拓宽的元人散曲隔句对》、《散曲絮语》等多篇论文。萧自熙是继赵朴初后潜心研习散曲格律并身体力行创作散曲、出版散曲专集最早、用力最勤、数量居首的当代散曲大家，又是另辟蹊径、拓出散曲研究民间语境的散曲学者。值第十四届散曲研究会议在成都召开之际，追思与总结先生作为曲家学者习曲度曲、论曲救曲的学缘与心路，及其研究与创作融为一体、臻达妙境的治曲实绩，有助于发掘当代散曲研究不为人注意的民间路向，进一步考量民间的声音在当代散曲创作与研究格局中的意义和价值。

一、以曲论曲　游艺传学

　　对一种旧学，从理论上加以探讨和廓清，是一种研究路向；而能够囊括理论，运化胸中，并经由创作实践反观透悟，使旧学发新枝，是另一种研究路向。相比之下，这另一种研究路向或许是更难驾驭、不易臻达的一种化境。萧先生研习散曲，始于从曲谱曲律入手填词度曲、按谱问对，以求今声为曲律发微、对仗于古体突越、拟笔为古曲别裁，创调为古韵添彩。这种学缘，不仅得自其师半塘诲学之一脉真传，更建立在先生对传统韵文变迁中散曲文体独立性和开放性的自觉理解上。

1. 识谱探律　精研对仗

研习散曲，数十年倾其心力，将现存元人小令格律做精细推求，撰成《散曲格律》小令曲谱，以今声为曲律发微，实先生一人而已。先生在阅读比勘元人小令全部样本基础上，就散曲小令的字句定格、平仄上去、押韵韵脚、对仗位置和品类作分层统计，按个别 1%—9%、极少数 10%—20%、少数 21%—49%、半数 50%、多数 51%—80%、大多数 81%—90%、绝大多数 91%—100%[①]的出现频率做了概率比较和综合分析。在元人小令中精选 62 个常用曲调，以周德清《中原音韵》为的，按宫调排列为之定谱；用于曲谱定例举证的并非散曲古曲，而是作者自 20 世纪 70 年代以来格谱定律、匡谬正讹、遵调拟声而有所增创的自撰散曲。具体说来，即在每首自撰小令句后，标明平仄韵脚，并按出现频率百分比标明元人填曲每字每句之平仄用韵、对仗位置、句法节奏、衬字叠句的常法与变例，并注解曲调异名与宫调出入，以详明曲调之源流与用度。

如［黄钟·红锦袍］《我与增桓兄》："望峨山岩畔月，想岷江源上雪，效渔樵把话说，数俊杰建功业。他吐三百珠玑，我歌几支元曲，朝着汗青中踏去也。"通篇每句标平仄、对仗、韵脚等，其释第二句：

"想岷江源上雪"，标为：平平平去上（少数首字作仄；少数第二字作仄，少数第三字作去；少数第四字作平或上，少数用去韵）

△

---

①　萧自熙：《散曲格律》，中国三峡出版社 2002 年版，第 4 页。

又如〔仙吕·后庭花〕《画里画家》："映松风醉早霞，任梅魂梦晚花，喜桂子飘诗味，爱幽篁隐画家。拨云纱，葱林山下，晨取清泉煎素茶。"亦通篇标注，其释第四句：

> "爱幽篁隐画家"，标为：平平仄仄平（多数作此，少数作平平平仄平；个别作仄平仄仄平；一二两句大多数用对仗，三四两句多数用对仗，一二三四句极个别同时用对仗）①

△

这种精研比勘、以身作则、以曲论曲、通变古今的做法，既为研究小令格律者提供了言简意赅、深入浅出的小令曲谱，亦为当代散曲创作者提供了鲜活可感、实用可学的摹本，于曲学之当代解读与发明可谓独出机杼、于散曲格律知识之普及与习得可谓殚精竭虑，为时人研究与摹写散曲提供了一种不可多得的范式。

先生在识谱探律、创定曲谱的同时，对元人散曲对仗品类尤潜心专攻，发表了一系列论文。收入先生《散曲格律》的一组文章，以近体诗和词作为参照系，按韵、字、词、句、篇、修辞、位置、综合八大类对元人散曲对仗的"三十六式"，做了提纲挈领而又条分缕析的归纳，以名家名篇摘句点评的方式依类举例，梳理其出现频率，常式与变式，讨论了散曲对仗的多样性、多层次性、多角度性与继承性、开拓性与独创性。如马致远《拨不断》"伴虎溪僧鹤林友龙山客，似杜工部陶渊明李太白，有洞庭柑东阳酒西湖蟹"之句，萧先生解道：第一层是鼎足对；第二层是构成鼎足对一字豆句中的鼎足对自对；第三层是构成"一字豆句中鼎足对自对"的句中鼎足对自对；第四层是构成句中鼎足对自对的对仗；即一句中的鸟兽虫鱼对（虎对鹤对龙）、地理对（溪对林对山）、人伦对（僧对友对客）、二句中的人名对（杜工部对陶渊明对李太白）、三句中的地名对（洞庭对东阳对西湖）②。如此逐

---

① 萧自熙：《散曲格律》，中国三峡出版社 2002 年版，第 8、32 页。

② 萧自熙：《散曲格律》，中国三峡出版社 2002 年版，第 123 页。

式辨析、掘幽探微，从而发现和体认了散曲对仗涵盖近体诗之所有，而突出近体诗之所无与避忌，精密瑰丽，韵对借对，回还错综，层级展开、结构紧密的对仗"套层空间"。又如汤式《蟾宫曲》"静巉巉，花影下，见一番月明，立一番月明。孤零零，枕儿上，听一点残更，捱一点残更"之句，先生解道：一五两句相对，二六两句相对，三七两句相对，四八两句相对，相对两句中均隔三句对，是对于近体诗罕见工对之"一三两句相对、二四两句相对"隔句对的拓宽。又如汤式[醉太平]《书所见》"脸慵搽倚窗纱翠袖冰绡帕，步轻踏浣尘沙锦勒凌波袜，笑生花唤烹茶檀口玉粳牙"之例，先生解道：韵脚帕对袜对牙，句中节奏点搽对踏对花，纱对沙对茶，均家麻韵中的韵字相对①，从而肯定了近体诗与词均无、而惟散曲所有的竹节韵对的独创性。萧先生对元散曲借对、隔句对的研读创获尤多，可以说全面开掘了散曲对仗表现出的开拓性与独创性。借对原本是近体诗中借义借音的工对，元人小令将其发展为单、双借义对、三借义对，单、双借音对、音义俱借对、辗转借义借音对等繁复变化的对仗程式。如张可久[红绣鞋]《帽衫疏翁索赋》之"小洞幽花何处，矮墙颠草谁书"句，是"借'草书'之草与另一义'草木'之草，与花形成草木花果工对"②；乔吉[折桂令]《湖上道院》之"贪看西湖，懒诵南华"句，是"借地名'西湖'之西的另一义'西方'之西，与借经名'南华经'之南的另一义'南方'之南，形成方位双借义对"③；张可久[骂玉郎带过感皇恩采茶歌]《为酸斋解嘲》之"学炼丹，同货墨，共谈玄"句，是"借'仙丹'之丹的另一义'丹色'之丹，与借'墨家'之墨的另一义'墨（黑）色'之墨，借'玄学'之玄的另一义'玄色'之玄"，新产生了三借义对④。萧先生还发现了散曲借音对从近体诗的颜色对发展出鸟兽虫鱼、数目、人事对等单借音对和双借音对的创式。如"千里思君，午夜挑灯"（任昱[折桂令]《饯尹希善之宁国尹》）是借"午"之同音

① 萧自熙：《散曲格律》，中国三峡出版社 2002 年版，第 135 页。
② 萧自熙：《散曲格律》，中国三峡出版社 2002 年版，第 140 页。
③ 萧自熙：《散曲格律》，中国三峡出版社 2002 年版，第 141 页。
④ 萧自熙：《散曲格律》，中国三峡出版社 2002 年版，第 143 页。

非颜色词"五",与"千"形成单借音数目对;"归燕年年,离恨绵绵"(张可久〔朝天子〕《春思》),借"归燕"之归与同音字"闺"、燕与近音字"怨",与下句"离恨"形成双借音人事对①。更为复杂的还有"新蝉风断子弦琴,古鸭烟销午篆沉,孤鹤梦觉三山枕"(乔吉〔水仙子〕《瑞安东安寺夏日清思》),是借"子弦母弦"之子的另一义"子丑寅卯"之子,与下句"午"形成干支工对,"午"又借同音字"五",与下句"三"形成数目工对,如此形成辗转借音借义对②。萧先生在梳理和对照"必须由两联构成,而又须四句两两隔句对、相对两句间须隔一句"的近体诗隔句对要素时,对元人散曲隔句对的开拓之力给予了深度挖掘,归纳出联数增加(三联隔一句对、两联半隔一句对)、相对句数减少(二四句不对、一三句参差变化对)、隔句句数拓宽,创通篇隔句对、隔调对、句调俱隔对、参差错综对等琳琅满目的对仗程式。汤式《蟾宫曲》"冷清清人在西厢,叫一声张郎,骂一声张郎;乱纷纷花落东墙,问一会红娘,絮一会红娘。枕儿余,衾儿剩,温一半绣床,间一半绣床。月儿细,风儿斜,开一扇纱窗,掩一扇纱窗。荡悠悠梦绕高堂,萦一寸柔肠,断一寸柔肠"之对仗创格,为萧先生命名为"隔多句对",可谓见微知著,化入曲体妙境。

《文心雕龙·知音》言:"观千剑而后识器,操千曲而后晓声",萧先生的曲律研究功力殊异,手眼卓尔,而其所探掘的散曲对仗散化及语面趣味亦几成散曲绝学③。能以诗词曲会通的理念,观照散曲体式独创性,绝非游戏笔墨可概而论之。正是对散曲文体外在形式开放性与内在生命感发力的浸润与创作体验,使得萧曲在游艺骋心之际,酝酿出由体式研究带入散曲趣味品格探佚的创变自觉。

2. 步韵隐括 运化创变

萧先生以曲论曲,在追觅散曲活水源头之中以求复振当代散曲流风,呈现出步韵效体、延续意脉、隐括集句、运化创变的清晰一脉。

---

① 萧自熙:《散曲格律》,中国三峡出版社 2002 年版,第 145 页。
② 萧自熙:《散曲格律》,中国三峡出版社 2002 年版,第 147 页。
③ 关于散曲对仗,朱权的《太和正音谱》、任讷的《散曲概论》、羊春秋的《散曲概论》有所涉及,亦未及细论。

《萧自熙散曲全集》中大量按谱度曲之作，是作者遵音调探格律之精品，更是当代散曲焕发生机难得的佳作。其中有些篇什，如步韵体 5 首、效云庄体 1 首、集句半集句体 4 首、隐括体 12 首、自创新体 25 首，或许从运化创变的角度更值得讨论。

度曲步韵，原本常见，然萧曲中仅见的 5 首步韵，却特地标明是步白贲〔正宫·黑漆弩〕原韵的。黑漆奴乃词调，徽宗时大晟府乐令田不伐作此调六首，然词调已佚，《全宋词》无录。白贲此曲调名为〔黑漆奴〕，元曲家姚燧、刘敏中、王恽、卢挚、张可久均有赋题，而〔鹦鹉曲〕调名则得之于冯子振即席赋和之三十八首。《太平乐府》录此调为〔鹦鹉曲〕，亦因白贲官至学士而称〔学士咏〕。萧曲标〔黑漆弩〕，是于此调去脉了然于心而不用，寄望读曲君子考镜源流之意不言自明。据《尧山堂外纪》：〔鹦鹉曲〕音律极严，二句须上三下四，句末须"父"字；末句首字"甚"须去声、六字"我"须上声；一二四六八句末字住、父、雨、去、处不便变换①。此曲有〔幺篇〕换头，须连用，通篇押去声韵。与元曲大家王恽《游金山寺序》所述下语不易、改调未成相对照，萧曲则弃雅返俗、步韵精严，畅情自叙、笔底掀澜。而萧曲中的隐括集句，虽是摘诗词曲成句入曲，却不止着意于字面修辞、格律韵度，而能撮盐入水、化雅为俗、章法顿挫、意境跳脱。如〔仙吕·寄生草〕《隐括马致远〔天净沙·秋思〕》一首："秋来到，家尚遥。枯藤儿缠老树昏鸦聒噪，小桥儿跨流水人家烟冒，西风儿驰古道频催马跳。夕阳静静落天边，天边上寻梦人草丛睡觉。"②赋秋之作往往蘸染着传统文人比较浓厚的羁旅漂泊、日暮穷途之感。此曲开篇虽亦发抒行旅无家之感，但却以拈头去尾的方式，择取原曲中的八种意象，脱去了原调可能带来的"冷"色彩，以儿化音、衬字"聒噪"、"烟冒"、"频催马跳"点缀出嚷嚷声响、缕缕尘烟和马儿矫健劲拔的形象，曲境即刻荡开一层，铺展出浓郁的生活气息和跳荡的生命力。再次，用"静静"二字滤去"夕阳西下"的滞重愁思，平添一份静谧安

---

① 蒋一葵：《尧山堂外纪》卷十七，《四库全书存目丛书》，齐鲁书社 1997 年版。

② 《萧自熙散曲全集》，天地出版社 2003 年版，第 112 页。

详，当抒情主人公终于出现，不是"断肠人"奔波天涯，而是"天边寻梦人"酣眠草丛，这一派清和澹荡，真乃是心底无私、无住无往。又如［正宫·小梁州］《集句体，舟行吟咏》："断云依水晚来收，有树维舟。新诗题满凤凰楼，春如旧，消尽古今愁。［幺］三更归梦三更后，寄相思日暮东洲。含笑花，长桥右。棹歌齐唱，月上柳梢头。"①此曲善于在遵音调、审题目的前提下裁截语面材料，集十一位诗词曲家名句而参差迤逦、不显堆垛，句句押韵，交相辉映，不露补缀痕迹。萧曲隐括之作，不仅化用李白、李清照、刘克庄、张可久、乔吉等名家诗词曲句成集句体，以锦心绣口趣解古人之愁，且摘《西游记》、《陈姑赶潘》（《玉簪记》）川戏等小说戏曲题材入曲，以轻隽之笔歌咏信仰与爱情的力量，而都能做到合律和韵、周顾全篇而声情浏亮、意趣爽利。

难能可贵的是，萧先生的治曲之路，并未驻足于步韵效体、隐括集句、提供摹本以证曲律韵度之处，而不断对散曲旧体加以创造性生发，撰自创新体散曲 13 式 25 首：即创平上韵体 2 首，创增句增韵体 1首、创竹节韵体 1 首，创四维对 3 首，创增句竹节韵体 3 首，创顶针循环体 1 首，创反复格对 2 首，创通篇隔六句对 1 首，创通篇数目对 1首，创走马对 1 首，创顶针循环体 7 首，创通篇方位对兼通篇隔两句对1 首，创通篇反对兼鼎足对 1 首。如创"增句、增韵"体［黄钟·人月圆］《咏此生》："逍遥散诞人生路，赤足共登攀。看惯他雁书秋去，荷苞夏梦，燕侣春还。［幺］俺这搭懒腰哈欠，沙喉左嗓，舞态蹒跚，昔唱走坡坡坎坎，筋筋绊绊；今舞来诗诗画画，绿绿丹丹。"②曲中"筋筋绊绊"句为增句、韵为增韵。如此措置，末四句自然成扇面对，因韵脚变化、句意扩容、叠字顿出，而带来曲境的随处点染、跌宕迁转。散曲中独有之竹节韵体，是萧先生的一大发现。如何运化如竹之两节的句中句末套韵？以其［仙吕·那吒令］《创"增句、并句竹节韵"体，野餐》为例来看："草上卧风儿暖和，坎上坐鸥儿戏波，叶儿裹腌鸡卤鹅，调儿左他弹我歌。直吃得碗儿破盘儿棱酒儿浊，醒一伙醉半

---

① 《萧自熙散曲全集》，天地出版社 2003 年版，第 55 页。
② 《萧自熙散曲全集》，天地出版社 2003 年版，第 11 页。

坡跌三个，堪笑他滚草窝体似田螺。"① 增"调儿左他弹我歌"句，改并"叶儿裹腌鸡卤鹅"平仄式，除句末韵外，"卧"、"坐"、"裹"、"左"、"破"、"梭"、"伙"、"坡"、"窝"均形成句中韵，不仅韵调锵锵，吟来透爽，而且句意呼应、生气贯注。除此之外，萧曲尚醉心于引入反复、顶针等修辞格自创新体，如"书中端的有仙狐，狐走听而顾。顾影溪边访鸥鹭，鹭求鱼，鱼鹰唤取他飞去，去时甚装？装多缟素，素色少陵书。"（[越调·小桃红]《创"顶针循环"体，白鹭》)②。全曲首衔尾接，走笔珠玑，鹭影狐踪，往复牵绊于书卷书生，曲境诙诡奇崛、引人入胜。当然，萧曲创体，更重其潜研深得之对仗的扩展与发明。如[正宫·叨叨令]《创四维对兼隔句对兼反复格对、竹节韵对体，一声声》："听一声声鸟语一声声慕，共一声声风雨一声声诉，我一声声词曲一声声赋，有一声声钟鼓一声声助，滴泉儿乐了也末哥，滴泉儿乐了也末哥，他一声声伴舞一声声玉。"③ 此曲前四句相邻、相互对仗成四维对，同时一句与三句、二句与四句亦一重隔句对；而全曲之一、二、三、四句与七句分别隔五、四、三、二句相对，成二重隔句对。隔句相对句中"一声声"反复出现，成反复格对；而"语"、"雨"、"曲"、"鼓"、"舞"句中韵自然成竹节韵对。看上去，此曲较原谱更添语料规则，然萧曲却能于种种限制中运化"雨滴漏顶坠纸"的生活困境为"滴泉儿乐了"的浪漫玄想，且惊且奇、且喜且歌，可谓神来自得、曲尽其妙。又如[商调·碧梧秋]《创"通篇反对兼通篇鼎足对"体，夏》(三)："夏日晴阴路，浮沉雨雾山，缥缈晦明关。歌罢高低涧，曲落远近滩，催动往来帆。寻究竟雷公带火伞。"④ 前六句句内构成反对，而前三句、后三句自身又构成鼎足对。字面的错综相对，衬托出变幻明灭、起伏动荡的物象，结尾一句以"雷公火伞"暗示暑气与暴雨的交集，曲境的酝酿可谓饱满而富有张力。

这些自创新体散曲，涉及了衬字衬句的增损、平仄的推敲、韵脚

---

① 《萧自熙散曲全集》，天地出版社 2003 年版，第 103 页。
② 《萧自熙散曲全集》，天地出版社 2003 年版，第 500 页。
③ 《萧自熙散曲全集》，天地出版社 2003 年版，第 17 页。
④ 《萧自熙散曲全集》，天地出版社 2003 年版，第 525 页。

的实验改造，对仗的扩展发明、修辞的引入等方面，其创造性绝非仅在形式体制的运化，更营造了别出心裁的曲味妙境。萧先生曲学之真知灼见，得自于如此苦心孤诣的践行，正是出于对散曲文体生命力的开掘及其贯古通今意脉的把握；萧曲揣摩涵咏之功力，则引路曲坛后学习曲之道——经由操习悟入，散曲之可读可赏、可学可写、可创可变。所谓"悠悠散曲一路拯救"，深处自浅，浅处自深，萧曲游艺会心之际会，遂成传学后人之事功。

二、以曲赏生　风光富有

通观《萧自熙散曲全集》收录散曲，不仅可见出其揣摩涵咏曲调格律的具体实践，还可窥见其独特的创作心路与审美取向。其作以上世纪九十年代休居期的创作量 503 首最丰，占到其散曲创作总量的 90％多。按宫调计，以双调 213 首，中吕 83 首，正宫 80 首，仙吕 67 首居多；按曲牌计，以折桂令 64 首、塞鸿秋 36 首、寄生草 27 首、拨不断 25 首、殿前欢 24 首为多，共计 66 个曲牌 545 首，除此之外，散佚未入集的作品尚在百数以上。萧曲所涉题材，举凡世情俗趣、民俗世象、友朋邀赏、自叙行游，大都撷拾成趣、涉笔成章，不仅以个性化书写开拓了散曲创作的当代语境，而且真切地透发着萧老冷峻幽默、闲逸澹荡、素心立世的情怀。

1. 嬉笑时评与至情书写

萧曲不多涉咏史曲笔，而大书特书当代世情。其世情之作，于世俗恶浊、人性贪欲、权势污滥用力尤勤。萧先生以物外之闲身，观朝野之乱象、尘世之营营，而往往能点化人性缺憾出其不意，剖解社会痼疾冷峻犀利，而又浸透着萧曲独有的幽默意趣。

如［正宫·塞鸿秋］《录像再录》（三）："红眼儿羡煞黄金锭，黑心儿策划偷车径，马脚儿久患流脓病，假话儿怎掩西洋镜？浑身布满金，难换三天命，伏刑儿饮弹儿今日铛铛罄。"① 全篇以色彩对比入题，

---

① 《萧自熙散曲全集》，天地出版社 2003 年版，第 39 页。

所谓红眼黑心，直指贪得无厌的恶习，所谓马脚假话，直揭伪诈祸身的机关。瞒心昧己，全不顾荣华一旦枯、灾殃一霎殒的下场头。最后以声响聒噪收笔，触目惊听，敲醒人心。又如〔正宫·塞鸿秋〕《我与他》："我曲儿诗儿唇儿舌儿卖一生清清白白的唱，遇人儿面儿兽儿心儿上一次弯弯拐拐的当，他手儿指儿珠儿盘儿算一笔狡狡猾猾的账，弄眉儿眼儿身儿腰儿现一副欺欺诈诈的像。我堂堂正正生，他切切悲悲丧，有枪儿弹儿声儿韵儿送一回轰轰烈烈的葬。"① 一生清白的"我"屡屡上当受骗却堂堂正正活着，与人面兽心的"他"费尽心机、狡诈钻营而饮弹暴亡的结局，形成了鲜明对比和讽刺。此曲对读对解之妙趣，全在以儿化音与叠字词之转捩，玩味财气物欲之嘴脸扭曲——馋涎一世、下场难看，机关算尽太聪明，反误了卿卿性命。又如〔双调·水仙子〕《书所见以警世》（二）："甚分明八成假意两成真，你却道一日夫妻百日恩，到头来七分仇怨三分恨，几多回半鬼半人，四十秋万苦千辛，纵熬得单清独净，憔悴煞五脏六神，剩孤坟九夏三春。"② 句式以五六、七三、八二、一百、万千等数目对，串起恩怨夫妻一辈子的虚情假意、仇熬恨煎，嘲谑造化之弄人，恶姻缘之误人害人；从而警醒世路夫妻莫要消耗形神、磋磨一生，忘了执手偕老、守分重情。与讽刺世俗浊念之曲大多抱着玩味与调侃态度不同，萧曲世情之作中那些揭露官场龌龊的散曲，则往往一针见血、冷峻犀利。如〔双调·得胜乐〕《下梢》："争霸主，蛛丝上，恰便是人间战场，蜘蛛儿腹穿孔浆流魂丧，黄蜂儿尾丢刺气断身亡。"③ 此曲纯用曲笔，只第一句点明"争霸战场"之实，其后则用蜘蛛营网、黄蜂螫刺作譬，活画出官场蝇营狗苟之徒追名逐利、勾心斗角而不知危险在即、魂飞魄丧的景况。而"骄奢淫逸王孙状，吃喝玩乐翻新样；婚丧嫁娶超时尚，妻儿老小人人胖。三朝费万金，道是穷酸相。全都记的公家账！"④ 则以日常饮

---

① 《萧自熙散曲全集》，天地出版社 2003 年版，第 41 页。

② 《萧自熙散曲全集》，天地出版社 2003 年版，第 373 页。

③ 《萧自熙散曲全集》，天地出版社 2003 年版，495 页。

④ 《萧自熙散曲全集》之〔正宫·塞鸿秋〕《电视透视》（三），天地出版社 2003 年版，第 40 页。

食起居之"行状"，刻绘了一人得道、鸡犬升天的社会蛀虫，直击大把用公款消费、肆意揩国库油的罪恶手段。又如"功名利禄谁捞够？别怪当休总不休，世间自有抱官囚，权在手，出汗也流油。"① 用"抱官囚"形容贪恋官位俸禄的人，只见握权之手心微利，欲罢不能而以身试法、沦为阶下囚的可耻行径。"这权，那权，畅好装门面。天花乱坠尽圈圈，许的空头愿。溜似泥鳅，滑如黄鳝，筐筐顺手编。以权，换钱，魔术真能骗。"② 则用富有时代气息的魔术表演，勾勒官场上以权谋私、招摇撞骗、玩弄权术、欺世盗名的权臣贼子。又如〔中吕·山坡羊〕《观木偶戏》："车儿豪气，庐儿官气，排场举止多神气。任你步丹墀，我自泛清溪，只缘识透其中戏。君不见傀儡棚中操棍的，东，耍弄你；西，耍弄你！"③ 用木偶戏作引子，前台排场豪阔、趾高气扬，后场却如牵丝傀儡、丧心病狂，使利欲熏心之官场中人穷形尽相、画皮落尽。更有〔双调·秋风第一枝〕《官况》云："你当官未雨绸缪，济困扶贫，几度春秋，他却是眼盛贪婪，腰缠铜臭，衣带流油。贪污辈朝官暮囚，保清廉月笑风讴，官是船舟，民是江流。水可浮舟，水可沉舟。"④ 以铮铮利语，禁诫官场贪赃枉法之辈莫兴风作浪，浊者自浊遗臭，清者自清流芳；民间正义在，岂容宵小狂。

　　面对浊乱世相、污淖官场，萧曲总是以世外之法眼点化剖解、发人深省；但萧曲并未忘情于人间，不仅对诗朋曲侣意气相交、对老母幼女赏爱有加，对底层生活中的真醇人情体恤备至，且因蜀风蜀韵的熏陶，对其所生活的这片土地及其风物民俗充满了热爱和沉醉之情。萧曲中有不少与友朋诗酒唱和之作，如〔黄钟·红锦袍〕《我与增桓兄》："望峨山岩畔月，想岷江源上雪，消渔樵把话说，数俊杰建功业。他吐三百珠玑，我歌几支元曲，朝着汗青中踏去也。"以此曲为代表的

---

① 《萧自熙散曲全集》之〔中吕·喜春来〕《悟事五》，天地出版社 2003 年版，第 220 页。

② 《萧自熙散曲全集》之〔中吕·朝天子〕《高超魔术》，天地出版社 2003 年版，第 239 页。

③ 《萧自熙散曲全集》，天地出版社 2003 年版，第 247 页。

④ 《萧自熙散曲全集》，天地出版社 2003 年版，第 439 页。

萧曲唱和之作，或祈祥祝寿，或结伴尝鲜，或烹茶论道，或携手同游，或赠别留题，或奇文相赏。看得出，与之游者可谓林下之同道多，宦路之"瘾君子"无。这就使其唱和之作滤去了传统文人酬赠唱和散曲中因物质窘困与怀才不遇而蒙上的黯淡悲戚的穷士悲怀，大多表现出与意气相投的知音君子相互砥砺、淡泊守志而又意兴盎然、生趣勃发的朗朗情思。传统散曲较少涉及的亲情题材，在萧老笔下写来更是有声有色、润物无声。如［中吕·朱履曲］《忆母二》："算得上咱家脸面，未读书礼义连篇。不求仙苦渡自撑船。饿则饿精神硬肘，贫则贫志气新鲜，俺家娘独立腰未软。"① 萧曲的数首忆母之作，对母亲在凄风苦雨、儿孤妇寡的苦难生活中打点衣食、补缀生活的勇气非常感佩；也不忘对母亲期待幸福生活的一片冰心和梦里春光记上一笔；更对母亲几十年如一日自食其力、辛勤操劳、树起门风、撑起家业的生存意志和独立担当精神给予了极高的称誉。"精神硬肘、志气新鲜"，这种朴素的情怀，正是底层人的无字天书和道义力量。又如［仙吕·那吒令］《创"增句、并句竹节韵"体，盼小女除非归》："忆往昔除非扫非，似见鬼当归未归。似入睡魂随梦随，似饮醉巾挥涕挥，似演戏他悲我悲。待佳期重相会，妇女俩色舞眉飞。"② 观此曲小注，知元人散曲中［那吒令］与［鹊踏枝］、［寄生草］组成带过曲，不独用，而此曲不仅独用，且并句增句增韵，形成"昔、非、费，鬼、归，睡、随、随、醉、挥、挥，戏、悲、悲。期、会，飞"的句内竹节韵对，在往复回还的句式跌宕中，既暗隐着政治运动摧残人性的无道，更包蕴着父女思忆化不开的浓浓亲情。不仅如此，因为沉潜底层，萧曲对于底层生活的挣扎苦况，以及未被苦难磨蚀的人性光彩，也推己及人、感同身受地充满了理解和同情。如［双调·蟾宫曲］《连续悲喜剧》六首③，分别记述了两个家庭在天灾人祸接踵打击下几乎家破人亡、妻离子散的悲惨情状，而萧曲能像电视连续剧一样，独摄"鳏夫育子"、"孤子怜父"、"翁媪怜媳"、"寡妇却爱"、"翁媪解忧"、"良方解难"等

---

① 《萧自熙散曲全集》，天地出版社 2003 年版，第 197 页。
② 《萧自熙散曲全集》，天地出版社 2003 年版，第 102 页。
③ 《萧自熙散曲全集》，天地出版社 2003 年版，第 446 页。

真人真事的特写镜头和集锦片段入曲，一番番代父征婚、代媳提亲、寡妇拒爱、翁媳悬梁的磋磨，抖落出人间冷暖、底层人的悲凉与温情；两家和合团圆的结局也宣示出底层恤老怜贫、扶孤救弱的道义逻辑。萧曲中还有一些民俗世相、风物民情的书写，带有蜀地特有的风韵与川味，是当代散曲不可多得的佳品。如"羞愧煞辣椒中肉虫无数"的巴蜀奇趣《吃辣椒》，一口气数落出龙抄手、钟水饺、麻婆豆腐、胖哥卤鸭、蛋烘糕、赖汤圆、麻辣烫的《成都小吃》，"喜蜀中四处茶园，有茶盖茶壶，茶碗茶船，茶客声喧，高朋茶友，争付茶钱，江心水煎茶状元，雾中茶蒙顶神仙。闲快活听茶唱茶言，悟茶趣茶禅，读《茶传》《茶经》，慕茶圣茶贤"的［双调·折桂令］《茶》①，无不充溢着扑面而来的红尘闹热景象，蜀地生活气息，表达出萧老对生活的一片赏爱至情与知乐天性。还如"望江楼，望江流，目断西山岭上头，杜甫雪诗今未化，涛魂隐约竹林幽"的《望江楼》；"爱把山泉听，云中高卧画中行，攀树游山兴，伴竹欢欣、倚梅吟咏"的《大熊猫》；端午龙舟、投鸭江心、群舟竞煞、腾空扑夺的《龙舟抢鸭》，像一幅幅写生画，展开了清新活脱、风调独奏、惹人惊羡的蜀地风物长卷；而"青城幽静、峨眉秀装、九寨奇观，三峡水狂"的《巴蜀行》，"古巴蜀，世情殊。怎剑门风、峨眉雪、嘉陵雾，把泸州酒、蒙山茶、雅水鱼，变东坡词、升庵曲、相如赋。怪不得这搭儿俊才无数"的《咏巴蜀》②，更是对山对水的自豪吟哦，天降才人的世外奇想。

萧曲之一幅幅世情图、写生画，在表现世相人情之时，藐视黑暗，揭橥痼疾、刺中有戒，而又充满希望和眷恋、轻哀重喜、去愁谐欢，蕴藏着川地特有的幽默奇峭。其俯瞰世事的姿态，寄托着打量世情的达观自省，有劝世讽世之真诚，而无愤世骂世之激怒，是因了萧老自在的乾坤清气。其悲悯众生的情怀，历练出言语之下的谑而不虐，有道义之衡量，而无精神之重累，是因了萧老坚信的人间正道。其沉醉川人的风神，则游目骋心，淘尽苦难，生趣毕发，如"原野高腔，江

---

① 《萧自熙散曲全集》，天地出版社 2003 年版，第 230、37、420 页。

② 《萧自熙散曲全集》，天地出版社 2003 年版，第 74、236、456、168、351 页。

湖渔唱，恰似那酥脆花生味道长"，究其实，萧曲幽默诙诡的审美倾向，来自其精神气度的超迈奇峭。

2. 自叙行游与以曲赏生

如果说，剖析官场、驻笔市井、勾画山水，描绘民俗，是萧曲对于多姿多彩的外部世界的审美与探索，那么，作为萧曲重要组成部分的自叙行游之作，则更多地展露了作者内心世界的"风光富有"——儒丐而隐于蜗庐、诗魔而隐于诗书、渔樵而归于达隐的心路历程。

如［双调·凯歌回］《儒丐》："俺也曾菜圃乞黄瓜，俺也曾酒肆唱流霞，俺也想蜗室圆佳梦，俺也想蟾宫折桂花。夸咱，有诗词歌赋琴棋画；羞咱，无柴米油盐酱醋茶。"[①] 当众生都被"冠巾鞋袜衣裙裤，油盐酱米茶柴醋"的衣食住行"二十八物"[②] 缠住，变成或浑浑噩噩、或蝇营狗苟的"风魔妇"时，作者却自豪地谑称儒丐：虽乞食而居，贫寒清苦，却能甘贫如饴、曲唱果腹，以蜗居之梦夺文人魁首。有诗词歌赋琴棋画陪伴的曲壮元，其精神领地多么富有！又如［双调·折桂令］《儒丐》（三）："蜗庐儿地处山庄，羞涩钱囊，乐煞诗囊。杨柳枝词，莲花落稿，本色当行。看今世舐笔叟儒中丐帮，料前生唱曲人丐里萧郎。无限风光，牵我衣裳；有味诗词，焕我容光。"[③] 蜗居山庄，钱囊羞涩，作者甚至突发奇想：不仅走笔诗词曲赋，而且高歌杨柳枝词，说唱莲花落稿，真乃是蜗庐虽小、诗囊独有，雅兴不减，俗趣倍增，舐笔情深、风光连城。萧老自标儒丐精神财富所从来——前生唱曲丐郎转世，乃成就了今生沉溺诗书而又能超逸诗书的诗魔生涯。如［中吕·山坡羊］《书》："题桥头柱，歌长门赋，书生漫步青云路。慕鸿儒，五车书，自由运转撑船肚。有味诗书甜共苦，浮，引导汝；沉，打救汝。"[④] 此曲刻画了一位慕鸿儒而神游书海的书生形象：以题柱长桥、歌赋长门、怀才求遇的蜀中文人司马相如为戒，有漫步青云之想

---

① 《萧自熙散曲全集》，天地出版社 2003 年版，第 369 页。
② 《萧自熙散曲全集》之［正宫·塞鸿秋］《人生：二十八物》，天地出版社 2003 年版，第 24 页。
③ 《萧自熙散曲全集》，天地出版社 2003 年版，第 465 页。
④ 《萧自熙散曲全集》，天地出版社 2003 年版，第 253 页。

而不汲汲于功名，有运转乾坤之念而不违拗性情。此曲真乃可做萧老鲜活的人生自画像来品读：无所依傍而执守诗书，入出五车而了知千古，横舸中流而看淡沉浮，达成精神的超越和灵魂的自救。这种诗书牵绊的生活，在另一首［双调·折桂令］《诗》中，被作者用嵌字体敷染到了极致："诗来诗往飞梭，不尽诗情，诗友诗哥。诗可回春，诗能冶性，诗解投戈。诗飘处清江净河，待诗归竹野松坡。诗惹莺歌，诗抖渔蓑；诗染云霞，诗伴诗魔。"① 当作者与一群诗友徜徉诗海，真正领受了化沐干戈、陶冶性情的诗国熏风，不仅江河为之清净，岁月为之回春，莺歌燕舞、云蒸霞蔚，天地氤氲为之动容，而且"那老子谈经论史清贫共，那老子唱曲吟诗笑米虫，那老子乘霞驱雾舞春风"② 的诗魔，更是天人合一，意气洋洋，归心林下，襟怀婆娑。

萧曲中所表达的文人理想，看上去似乎是追步传统士人渔樵人生的一种回归；但萧曲透发的精神意趣，却在回归传统的同时，又指向了当下、民间和未来。如［中吕·朝天子］《不漏天蜗居主人负行窝先生知非年自叙》："笔畅，意长，蜗室儿添新光，不漏天却会漏春光，更把新诗唱。醒后行窝，眠时鹤帐，庐中日月长。嗤左角触氏王，笑右脚蛮氏王，我也不是陶元亮。"③ 作者在知非年环顾一生，乐在蜗庐行吟、鹤帐独眠。其追慕的传统文人原本不出陶渊明一类的古代隐士，但从曲尾的斩钉截铁语不难看出，萧曲从精神气质上又走出了桃源幻境，弃绝了具有自我优越感的士人身份，因为看透了蛮触蚁食之可鄙可怜，而坚定地下移了沉潜底层、驻足红尘的民间"无名氏"立场。"品乐府酸甜斋舌头上火，王西厢哭宴时血泪滂沱。拜访罢郑德辉，往白朴家中坐，马致远那《秋思》四处皆歌。关汉卿废寝忘餐说窦娥，张养浩他每日殷勤教我。"④ 萧曲从元曲八仙那里汲取了丰富的精神养

---

① 《萧自熙散曲全集》，天地出版社 2003 年版，第 453 页。

② 《萧自熙散曲全集》之［中吕·卖花声］《自熙自录像》，天地出版社 2003 年版，第 259 页。

③ 《萧自熙散曲全集》，天地出版社 2003 年版，第 27 页。

④ 《萧自熙散曲全集》之［双调·沉醉东风］《梦元曲八仙》，天地出版社 2003 年版，第 304 页。

料，在奏响元曲隐逸精神的复调时，在审美取向和人格底色上却更接近贯酸斋和关汉卿的结合体。如萧曲之〔双调·殿前欢〕《不漏天蜗居主人负行窝先生耳顺年自叙》："负行窝，星朋月友舞婆娑。我愚他圣舒心坐，尽日呵呵。哼三声不焦不愁掉齿歌，免一世不死不活伤身祸，讲几节不外不今提神课。蜗牛是我，我爱牛窝。"还有〔正宫·塞鸿秋〕《知足乐》："衣儿裳儿鞋帽儿随我身心用，酒儿茶儿饭菜儿听从指挥动；床儿席儿枕被儿最爱圆诗梦，马儿车儿日月儿总是穿梭送。春夏与秋冬，我自狂吟诵。学甚么忧儿愁儿苦闷儿咱还没有空。"① 负行窝堪比懒云窝，圣愚不分，知足至乐，落齿歌顺从天命，没空忧愁，有处行乐，"醉袍袖舞"，天空地阔，一如"老瓦盆边笑呵呵"，此二曲之精神格调，即掺入酸斋乐府与汉卿小令，亦难辨他我。当萧曲回溯传统士人的自我探寻之旅时，渔樵人生自然成为一种精神漫游与思考的归宿："纵会寒暄戏，难学笑里刀，阮小七归家弃锦袍。篙，一行白鹭高，渔家笑，卖鱼三洞桥"（〔南吕·金字经〕《打鱼人》）；"早听得棋声漾，这沧海怎位众桑？久观它车马兵擒相，则不如你我摸麻将，倒叫人眼笑心舒畅。唱今唱古唱明朝，斧柄儿烂不烂新樵都唱。"（〔仙吕·寄生草〕《新樵唱》）② 这两篇作品让我们领略了渔樵人生的趣味：为避开人世的尔虞我诈、兵擒马战，依渔卖鱼、依山唱樵、自食其力、优游物外的渔樵人生，似是引人艳羡的美景。何况，渔家呵呵、眼笑眉舒，棋声漾漾、唱今说古，也仿佛映现了天人合一的佳境。但这却不是萧老最终希求抵达的至乐境界，他还在不断地反躬自问："玉兔金乌，来往守山居；绿草清渠，日夜绕茅庐。芭蕉儿写就书，山枫儿抹就图。煞似儒，怎走进白云路？渔？却不近沧波渡！"③ 既不是"煞似儒"的书生，也不似"近沧波"的渔父，正如〔正宫·黑漆弩〕步白贲原韵的自我写真一样，萧曲虽继承了鹦鹉洲边"渔父"散淡逍遥的个性和文人向往桃源的清趣，但癫狂老九之贫父，友竹而居之痴父，

---

① 《萧自熙散曲全集》，天地出版社 2003 年版，第 383、35 页。

② 《萧自熙散曲全集》，天地出版社 2003 年版，第 109 页。

③ 《萧自熙散曲全集》之〔双调·碧玉箫〕《天人合一》（第二），天地出版社 2003 年版，第 237 页。

吟诗卖唱之盲父，鲲鹏无双之独父，引渡四时之园父的自述，却沾染着鲜明的时代精神和民间高人杰士自立天地、激谲冥顽、砥砺义气、济度民生的诙诡气象。

萧老的散曲创作，在呈现斑驳世相时，却映照出单纯的性情底版——有遁世之安恬，而无弃世之虚无，有乐世之闲逸，而无溺世之颓惰。所谓无名与高名、贫与富、糊涂与聪明、喜与愁自是无须掂量之时，现实生存的穷迫窘境亦无须突越而自解①。如〔中吕·普天乐〕《贫与富》：“纵寒酸，精神富。莫问我聪明何用，我只知用作糊涂。咱自有词曲欢，诗文趣，笔砚琴书蜗庐住。断难为这等安居，钱眼里修巢蚂蚁，耳环内蜘蛛织网，钞票中嚼纸衣鱼。”以诗文为趣、有谈笑鸿儒，以词曲立身、无往来白丁，参破了这是非禅，“清风明月，不费张罗。浊酒斟，篱边坐，大饼葱油叠成垛。你嘻嘻我也呵呵！莲花落唱

---

① 此文写作过程中，深得赵义山先生〔双调·凌波仙〕《吊萧自熙先生并序》之启发，其序可作萧先生小传品读，特录于此，亦一抒纪念之意，二表感谢之情：自熙先生，余忘年友也。先生字剑岚，笔名磐石剑岚。别号风光富有翁、不漏天蜗居主人、负行窝先生、舔笔叟，其室名不漏天蜗居。余识先生，先见其文，后见其人与曲。其文，似无特别可称，其人其曲，则有令人心悸而魄动者。其人，蜷曲一陋室，风雨时有不蔽，不以为苦；薄微仅供三餐，家无余财，不以为贫；怀才不遇，为俗世遗忘，不以为意；先生独乐者，曲而已也。先生似达，似狷，似隐，乐天知命，徜徉逍遥于锦江河畔一孤独老者也。其曲，自书者饶性情，写时者寓感愤，赠答者见衷肠，忧思嗟叹，苦乐悲凄，又分明一性情中人也。昌黎曾云：“不平则鸣。”先生以曲鸣，当有不平者耶？何以其人又温雅平和如此耶？抑或不平之气，既发之于曲，而心境遂归于坦荡平静者欤？倘如是，则先生当以心性为曲，以躯命为曲者也！先生病一目，因戏称独眼儿；病一耳，又戏称独耳朵；病一腿，又戏称独脚儿；每饭，一人食，又戏称独食客；常年一人，别无伴侣，又戏称独居叟；因谑称“五独俱全”。先生嗜酒，每餐必饮，然饮无多，亦不至醉。余偶往拜，则对饮一杯。相与言，则无一而非曲也。如先生者，谓之曲痴可也。数年间，余获先生所赠，积四十余首，因牵于俗务，心不得闲，回赠者十无一二。今闻噩耗，愧悔甚矣！展玩旧赐，见墨痕历历，笔势苍然，点画之动，仿佛其举手投足。然则，先生之神情语态，即永在案头矣，余又何悲！因作〔凌波仙〕吊之。衰残贫病五独全，陋室蜗居百意宽，玲珑曲作千夫羡。负行窝不漏天，舔笔叟磐石剑岚。巴国鹃声细，蜀江月影圆，唤曲魂万水千山。

我，逍遥词说你，散诞曲归他。"① 吟风弄月谁运筹？赴林泉当会首，舔笔叟风光何其富有！"酷爱诗，懒爱愁，偏爱走"的《自熙写真》②，以隐于野、隐于诗、隐于蜗庐、隐于曲乡的无往而不在的达隐心态铸就了曲家人生。自叙行游，濯足击壤，素心立世，外无求而内无待，帝力于我何有哉？正所谓世间无乐土，底层有真气，萧曲在开悟一己、纵浪大千之际，拘儒的面子放倒，达隐的骨子弥真，自叙赏生，既承接了传统士人的精神意脉，更传递了潜在的民间文化能量。

钱钟书云："大抵学问乃荒江野老屋中，二三素心人商量培养之事"。正如〔正宫·醉太平〕《自熙为己准备之辞世歌》所言："我朝朝快活，任日月飞梭。有琴弦箫管伴咱歌，顾不得喉儿沙调儿左。酿诗情访松梅桂竹舒心过，交友朋共鹤鸥鹭鸟无灾祸，把风光换诗词曲赋笑呵呵，了此愿萧郎去罗！"③ 萧郎与松梅竹、鹤鸥鹭、诗词曲素心相与，无憾此生；萧老以曲唱为人生至乐，以曲坛为不死仙乡，赢得曲坛一片齐筋共悼之声；萧先生以幽默精神观照散曲创作，讥谑世事而不乏理性，揣摩人心而蔼然相与，则铸就了另一部活的曲史。然萧曲求今声以和曲律、创新体激活古韵的别调能否续奏？其实更值得我们关注的，是对散曲研究贡献的背后，萧先生对散曲文体独立性和开放性的认知。正是基于这样的认知，萧先生集儒丐、诗魔、渔樵于一身的自我形象的塑造，凸显出散曲精神意脉之更生与当代散曲话语生成中人的主体性自觉。而将形而上的曲体论与形而下的曲作法融汇起来，关心散曲在民间的生存血脉，为散曲存亡大声疾呼，虽已透露出散曲承接韵文传统又向着未来展开的一脉面相，然由此出发、引领我们省思散曲观念形态的解放，依然任重而道远。考究这部活的曲史，探佚萧曲的学缘与心路，有助于我们重新审视当代散曲创作与研究多元格局中来自民间的声音，并可以进一步思考这一格局中本有的民间文化力量对于散曲存续的意义。

---

① 《萧自熙散曲全集》之〔中吕·普天乐〕《乐闲》，天地出版社 2003 年版，第 204 页。

② 《萧自熙散曲全集》，天地出版社 2003 年版，第 263 页。

③ 《萧自熙散曲全集》，天地出版社 2003 年版，第 69 页。

（原载《西华师范大学学报》2013 年 2 期，发表有删节）

古诗与新诗

试论阮籍咏怀诗的内在心象

病态的社会往往滋生虚无的情绪，痛苦的时代常常造就独特的诗人。阮籍就是栖生于魏晋易代之际血色土壤中一位独特的诗人。他除了那放浪形骸、任纵无羁的一生外，还留下了82首后人每以为"厥旨渊放，归趣难求"① 的五言咏怀诗。这不仅是建安以来五言诗创作的一个有力承续，更是阮籍弹醉飘零、发慨述怀的个性记录。从其一"徘徊将何见，忧思独伤心"到其八十"忽忽朝日聩，行行将何之"、从其三"繁华有憔悴"的苦闷忧惧到其三十三"谁知我心焦"的自伤自问，无论是伤春悲秋、抚今追昔，还是思亲念友、离愁别绪，几乎无一例外地攘抚着一种欲罢不能、欲说还休、缕不清、道不明的感伤悲戚、苍茫无序的耿耿隐忧和无限悲苦。以至论者多言隐晦，甚而认为其思想内容"百代之下、难以情测"。但如果仔细分辨咏怀诗的思想状态与情感层面，联系汉末名士的处境、心态以及阮籍的个性经历，来探究咏怀组诗之内在心象，即由具体的思想状态和情感层面表露出的发慨述怀、明心见性、曲尽所咏、以论情怀的一种心灵境界和精神意向，是可以求实以凿之的。

一、鉴真儒以自勉　嘉奇士韬人格

阮籍生活的时代，始于曹魏王朝的末期，政治上的突出事件是宗族血缘关系恶性发展导致的翻云覆雨的阶级对抗，立主闹剧的一再上演使政权步步旁落于擅权专断的司马氏。此后数年间，杀戮肆行，诛

① 钟嵘：《诗品》（上），见《魏晋南南北朝文学史参考资料》，中华书局1962年版，第205页、206页。

异无端，朝野上下，人人自危。而在东汉封建大土地所有制基础上崛起的门阀势力迅速壮大，伴随着清淡清议玄言之风的盛行，积极入世、务实进取的儒教传统开始失去它神圣的威力。一时间社会现象光怪陆离，名士心态纷呈各异。他们或反叛，如夏侯玄、嵇康，或妥协，如山涛、向秀，或退隐或逐流。而曾为"竹林七贤"之一的阮籍，实际上全不在这叛逆和屠头之列。其父阮瑀承禀于建安七子慷慨激昂的用世之心，作为言传身教的家训从小为他引领了一条封建士大夫的人生之路。他既不能摆脱儒教传统根深蒂固的影响，又多少耳濡目染了玄道时风。这样，他既没有走向彻底反叛，也没有一味卑躬屈从，在出世与入世之间，他犹豫徘徊；在怀才不逢时与屈己仕不贤之间，他无一可为，只有在他倾全力创作的五言咏怀诗中，在这一块精神的栖息之地上，残酷现实的心灵重负、志与世乖的苦痛之思才借助诗意的形象获得宣泄。

"昔年十四五，志尚好诗书。被褐怀珠玉，颜闵相与期。"（其15）从小立志尚读儒教经典，以甘贫乐道、好学深思的颜回和孝悌信友、不苟出仕的闵子期等孔门高徒为楷模。认为只要以德行为重，内心高尚，贫贱清苦何妨。他为自己竖立了一个立德的真儒偶像："儒者通六艺，立志不可干。违礼不为动，非法不肯言。渴饮清泉流，饥食并一箪。岁时无以祀，衣服常苦寒。屣履咏南风，缊袍哭华轩。信道守诗书，义不受一餐。烈烈褒贬辞，老氏用长叹。"（其60）他以圣贤之德自律，严格尊奉儒教至理名言和礼法观念，以为真儒不仅要信守诗书、精通六艺，而且要以贫贱不能移、富贵不能淫、威武不能屈的至诚衷心正修明德，结句尊儒于老氏之上，足见其向儒之心。

然而，在假儒横行的世间乱象中，尊圣贤而立德谈何容易。"洪生资制度，被服正有常。尊卑设秩序，事物齐纪纲。容饰整颜色，磬折执圭璋。堂上置玄酒，室中盛稻粱。外厉素贞谈，户内灭芬芳。放口从衷出，复说道义方。委曲周旋仪，姿态愁我肠。"（其67）作者对那些委曲求全地周旋于权奸，姿态百转地授讲仪礼的儒生，充满鄙视、悲悯。对他们的迂腐不察、循规蹈矩、仕于不义而又伪善自诩、尊鸿儒之制、奉洪生之度予以了冷静的讥刺，由嬉笑，詈骂至仇愁不消，表现了在现实压抑之下对自我人格规范的一种怀疑和否定。

当士君子之高致、不易之美德因现实的恶劣不能完达时，他并未被高名所惑。他将这种品德的自律深藏于内心，转而直面现实，开始向往行为实践上的充实，即练奇术而致高行。"少年学击刺，妙伎过曲城。英风截云霓，超世发奇声。"（其61）歌颂那些身怀绝技、志气慷慨、为国捐躯、扬名千古的壮士雄杰。"炎光延万里，洪川荡湍濑。弯弓挂扶桑，长剑倚天外。泰山成砥砺，黄河为裳带。视彼庄周子，荣枯何足赖。捐身弃中野，乌鸢作患害。岂若雄杰士，功名从此大。"（其38）"壮士何慷慨，志欲威八荒。驱车远行役。受命念自忘。良弓挟乌号，明甲有精光。临难不顾生，身死魂飞扬。岂为全躯士，效命争战场。忠为百世荣，义使令名彰。垂声谢后世，气节故有常。"（其39）这两首诗以浩大的气势、艳羡的激情描写了意气昂扬、威震天下的雄杰和受命捐私、气节盖世的壮士。仔细解读，这种以天下为己任的事功之心，并不是那种"学成文武艺，货于帝王家"的心态寄托。"王业须良辅，建功俟英雄"，而时事并非是王业，立功岂堪从奸臣。"仇敌不在吴蜀，而在堂廉之间。"① "志在济世，而迹落穷途。情伤一时，而心存百代"②，阮籍只有将挂弓服甲、出入危难的雄壮气魄，赴战投戎、视死如归的忠义气节，化作既符合儒家仁爱精神，又溢满崇高爱国情操的一种气概豪情，通过咏怀内化为一种心灵境界的造养，不但道出自己欲求事功而不求富贵、欲佐王业而非谋名利的志向，而且将不能忘怀旧志又难能保全真节的矛盾处境化作诗意的人格美的正面追求。

从士君子之高致到雄杰士之气节，从明德到修志的切实调整，双重地充实了他咏怀的创作和人格的追求。这种修人格之美塑心志之象的过程并不是正面地一以贯之的。他也几经曲折，曾羡东陵种瓜之隐士，曾慕射山之阿的仙人，曾随仙姐之列以逍遥，曾追凌虚佳人而高

---

① 见阮籍著、黄节注：《阮步兵咏怀诗注》，人民文学出版社1984年3月第1版，第2页。以下所引咏怀诗均见此书。

② 李善：《文选》（二十三）《咏怀诗注》，见《魏晋南南北朝文学史参考资料》，中华书局1962年版，第206页。

翔，曾寻河畔葳蕤之幽兰，曾觅山阴亭立之修竹，曾歌剑侠之意气，曾颂奇士之声名。在路漫漫其修远而上下求索的路上，他重履屈子之迹，搜求天地之正，心怀烫火之心，抗世发扬哀声。"长剑倚天外"，"挥剑临沙漠"，"拔剑临白刃"的奇士豪气冲天，走出了美人香草的阴柔，而以一种奇崛雄悍的精神姿态，成为作者人格的个性隐喻。他往往以一种形象的象征，以奇士比喻治世奇才，以修容逸志自比于光明美好的德行，以良弓明甲暗示高才大略。他以飞扬天下、驰骋海外、拔山盖世、立功彰名象征情操的高尚动人，通过种种细节和整体形象的象征，追求一种超越尘世的精神之美。这种精神之美，已不再含有儒家注意现实政治性和伦理性的事功之念，从好诗书以成事功到辅王业而立生，从英明显达到冥想至圣，已不再以实际的建功立业为期宿，而升华为一种弃却尘世攘扰，不计是非功过的怀逸志、修明德、练奇术、致高行的大美。

正如《晋书·阮籍传》所说："籍本有济世志，属魏晋之际，名士少有全者，籍由是不与世事，酣饮为常。"从儒家的济世理想走向不与世事，不拘礼法，酷好玄老，酣饮为常，这大约是阮籍一生思想发展脉络的通行看法。但儒家的济世理想是通过修齐治平的不同层次最后达到最高阶段的理想。阮籍实际上退守到了儒家理想的最低防线。当儒家的济世理想被现实的急风骤雨浇灭时，他并没有抛弃儒家至高无上的仁爱精神，修身待己的人格造养，同时受玄学影响，崇尚老庄的清静、自然，但却并不领受无为而治的道家信条，而只是把道家任从天成、不拘礼法的意识作为一种与异在环境抗衡的精神武器。但他终不取隐者的退守，不取薪者的安命，而是一面在逢乱难为、天与相择中固守真儒之仁爱、至尊，一面又静虑修身，嘉奇士以韬人格，沉醉于奇幻冥想，求虚美大德于自然万象，呈现出一种由儒到玄、由积极向虚无而又非儒非玄，既不入世、也没出世，远离尘嚣，亲和自然，求取诸美，以心相格的特殊心路历程。

二、写境的困惑　醉境的逍遥

起于汉末、绵延数百年的社会大动乱，使得人们对旧有的一切秩序都产生了怀疑。从古诗十九首开始，那种生命短促、人生坎坷、欢乐少有、悲伤常多的生命感喟，在三曹、七子、正始诸贤中，在相当长的一段历史时间里成为相当普遍的创作主题。一朝一代的文士们吟唱着动乱时代沉郁悲凉的人生挽歌。阮籍的咏怀诗即是这支挽歌中不可或缺的一组音符。

作为序诗的"夜中不能寐，起坐弹鸣琴。薄帷鉴明月，清风吹我襟。孤鸿号外野，翔鸟鸣北林。徘徊将何之，忧思独伤心。"（其1）整个渲染着一种夜色如磐、危机四伏的沉重氛围，一位辗转无眠、起坐徘徊的愁苦诗人，虽有清风明月相伴，内心却备感孤鸿翔鸟之孤寂喧嚣。通篇写忧，忧什么？无由明言。没有实在的行为因果，只是从秋寒萧飒中透出对异在环境的隐忧和对命运裹挟的哀绝。

由于诛异肆行所造成的惊骇忧惧，也由于受道情重生、颐养天年的道家影响，在阮籍的咏怀诗中充满对生命的挽留、眷恋，以及由保真节与全性命的两难而产生的对生命存在的沉重思虑：以自然命题、无实指的普遍道德主题或深奥的历史典故，在推移的时序、炎凉的世态、离散的友朋、历史的遗响中孤味自玩、孤芳自赏，并在这种典型情境中流泻他可以无可奈何地抛弃自己曾极力追求的生命实在内容，但却不能安详地面对死亡的一种深渊似的恋生痛苦。

"一日复一夕，一夕复一朝。颜色改平常，精神自消损。胸中怀汤火，变化故相招。万事无穷极，知谋苦不饶。但恐须臾间，魂气随风飘。终身履薄冰，谁知我心焦。"（其33）"一日复一朝，一昏复一晨。容色改平常，精神自飘沦。临觞多哀楚，思我故时人。对酒不能言，凄怆怀酸辛。愿耕东皋阳，谁与守其真。愁苦在一时，高行伤微身。曲直何所为，龙蛇为我邻。"（其34）这两首姊妹篇，前半何其相似，都写胸中郁闷焦虑之情，身披险恶，内心又不愿屈从恶势力胁迫，容颜为之憔悴，精神为之消损。念及世事煎熬、人情悲苦，至于战战兢兢，曲直难言，欲全性命恐真节有失，欲持真节又患无常悠忽，百般无奈，就是不敢触及政治高压与人身迫害的现实症结。

这种忧生惧祸的曲尽所咏，也常通过感慨亲友离散，怨愤小人离间，谴责炎凉世态表现出来。如"嘉树下成蹊，东园桃与李。秋风吹飞霍，零落从此始。繁华有憔悴，堂上生荆杞……"（其3）通篇以桃李花开花落作喻，陈说世事有盛有衰，繁华难能持久。盛时众人蚁附，如桃李之树下成蹊，及至衰落失势，则众叛亲离，无与相助，堂生杂草，户外凝霜。客观上环境的险恶是一层，人间世相无长乐之乡是一层，个人出处有起落沉浮又是一层。又如"独坐空堂上，谁可与欢者。出门临永路，不见行车马。登高望九州，悠悠分旷野。孤鸿西北飞，离兽东南下。日暮思亲友，晤言用自写。"（其17）写自己独坐家中，无人相与悲欢；出门远游，无人携手同行；登高望野，只见孤鸿离兽；日暮愁多只为思念亲友。他无由援笔，自遣内心。一面是不合于世，孤寂无奈，一面是心之所忧，自写自慰；一面是不能忍受孤独，一面又在玩味孤独中获得快感，孤味自玩，孤芳自赏，万般感念游于玄想。

阮籍在一些咏史诗中亦以旧事、陈迹、史典借咏愁心。"三楚多秀士，朝云进荒淫。朱华振芬芳，高蔡相追寻。……"（其11）古楚世风衰败，贼臣替乱至荒淫丧国，今魏求奢不顾后患、假儒奉媚弃抛节操，历史的惊人相似让人触目惊心。"驾言发魏都，南向望吹台。箫管有遗音，梁王安在哉。战士食糟糠，贤者处蒿莱。歌舞曲未终，奉兵已复来。夹林非吾有，朱宫生尘挽。军败华阳下，身竟为土灰。"（其31）南向而望，空间上战国魏城遗迹尚在，而魏明帝不求贤讲武，国道废弛，不亡于敌国而亡于权奸的历史云烟已散。吊古之殷鉴牵起逢乱之感慨，使短歌充满历史的肯定内容。阮籍的咏史诗主题集中于责小人，仇奸佞，尽表自己不惜终身憔悴、绝不随俗的心愿，暗合时事而避影射之嫌，忧焚衷心而语淡旨奥。

实质上，阮籍之所以没有像许多名士那样遭到杀身之祸，无疑与他对统治阶级不是正面冲突，而是一定程度上回避矛盾、周旋权变的态度有关。如大醉六十日拒不与帝族联姻。在大节不伤时也写状表应和朝臣，还曾写过劝进表曲恭晋王。他不仅"发言玄远，口不臧否人物"，而且因才情识度深得晋主景帝、文帝庇爱，虽不拘礼法但终免致祸。在咏怀诗中他常自比于孤鸿、翔鸟，力不振翅，失路离群，常欲"一飞冲天外，抗世扬哀声"。但实际他面临的却总是"失路将如何"（其5）"中路将安归"（其8）这样十分尴尬的境遇。他为自己保全性命不得已的妥协付出了惨重的精神代价，违背初衷的屈曲，加深了自责和磨难，谨守真节决不是在任何时候都作为高于保全性命的生活宗旨而被他尊奉的。这样"言在耳目之内，情寄八荒之表"，咏怀诗就反复不定地、意味深长地着眼于境遇危险、人生无常、荣华易逝、富贵难凭、宠禄难赖、布衣无患、醉中忘忧、灰心枯宅等等大而化之的世态人情主题，而很少正面描写当时的社会状况、政治风云，更少涉及当时重大的生活变故、历史事件和纷纭人物，用典深隐不露，以孤鸿翔鸟哀鸣于风雨如晦、残阳沉雾的自然物象和难以确指的忧生之慨、闵乱之悲极力淡化隐晦了社会政治内容和时代生活背景。

但是，这种自以为在写境的困惑中被渐渐抑制、淡化、淘洗甚至泯灭了的悲感意识，却在醉境的逍遥中以另一种更加沉痛而难以驱遣的体验泛滥开来。尽管他常以嗜酒长啸全身远祸，避乱去嫌，但"时率意独驾，不由径路，车迹所穷，辄恸哭而返"①，求助于醉酒佯狂与创作梦的不尴不尬，使他逡巡于精神与肉体之间。个体生命的短促无常，使他对儒家不倦地履行仁义，至"杀身成仁""舍生取义"的准则存有怀疑，"谁言君子贤，明达安可能"？跨越短暂以至永恒，以有限求无限的人格追求，如果没有生命实体的依存又岂不是一片虚无。虽然他并不完全如尼采是一个怀疑论者，但存在与虚无的矛盾，物质生命的现实性和心灵境界的超越性浸透在创作与生活中，就表现为在写境的困惑中极力淡化隐晦社会政治内容的同时，又在醉境的逍遥中深隐着个人灾难感的沉重忧患。

要之，这82首五言咏怀诗透过忧己患志、忧时伤世、忧生闵乱种种征象，显示了人在困境中积存的生命激情，饱含着对黑暗现实不怀任何希望的决裂，从济世理想的悲怆挽歌到人格求失的愀然焦虑，从深渊似的恋生痛苦到心灵的自我提升净化，进而显示了被鲁迅称为"文的自觉"时代魏晋名士的个性觉醒。

（原载《宝鸡文理学院学报》1995年2期，属笔名"丁宁"）

---

① 王天之：《古诗评选》卷四，见《魏晋南南北朝文学史参考资料》，中华书局1962年版，第206页。

北宋初文人词境例说

　　一般认为，在以欧阳修为中坚的北宋诗文革新运动波澜即起之时，北宋初的词坛则显得相对平稳而沉寂。范张、二晏、欧公这样一些词家们直承南唐、西蜀词风，抒发着作为长辈重臣的官场闲愁，似乎非艳即愁——不是女性柔情的低吟就是男摹女吻的絮说，不是自然物象的把玩就是时月倏忽的怅愁，整体风格上未脱"艳科"、"小道"之闲庭信步似的雅愁。然而，我们也不能不注意到，与承平之始宽洽、儒雅的社会氛围相对，北宋初词人因身居重位而常常赋闲的政治生涯的影响，在他们的词作中或隐或显地积郁着一种生存的尴尬与内心深处隐隐躁动的矛盾与不平，这使他们的词作呈现了与五代词大异其趣的艺术境界。本文拟从五词人在这种特定生活情境影响下的意象选取与语面材料的施用入手，对潜存在他们词境中的质重沉厚的生命意绪和不苟维传统的词艺追求作一初步的考察。

一、选象涉趣　理悟拓境

　　以个人独特的审美眼光，选取最能传达个性声情的审美意象，构成独具情韵的艺术意境，是中国古典诗艺的传统。屈原以香草明节，渊明饮醇酒静心，李白咏月抒情，杜甫画马传神，无不贯注个性声情。北宋初几位词人秉承这种传统，以个性的顿悟将隐喻性的精神意蕴化为有意味的形式，以他们各具特色的意象选择，呈现出声情各异、佳趣相成的词境。

　　曾为守边大将、后居宰相重位的范仲淹，其词交杂着报国之豪与乡思之怨。从［渔家傲］和［苏幕遮］两首词作看，无论是胸中数万甲兵的帅任之重，万里家山、乡魂梦绕的征夫之泪，还是离人别后的满纸柔情，幽怨感伤的丽语秋韵，都充溢着一种在壮迈的边关与沉闷的朝野之间，在身兼国任与心系家园之间回旋往复的沉毅、痛切、悲戚的情感基调。孤塞边声的苍凉与羁愁别情的黯然萦绕着一种张力饱满而又底色相近的悲慨之愁。而时人称为"张三影"的张先，不曾特别的飞黄腾达也不曾特别的贬谪落难，作为宦海平稳的一位诗人，他的情思眷顾集中于"心中事、眼中泪、意中人"。为了表现这种飘忽的情思，他在有形与无形之间捕捉到灵趣自在的意象，以"影"的虚实布置构成他"诗人老去莺莺在"① 的词境。"云破月来花弄影""隔墙送过秋千影""浮萍破处见山影""无数杨花过无影"……②句句写来玲珑剔透、袅娜动人。怪不得周济说"子野生清处，生脆处，味极隽永"。③究其独特之处，倒不止于他选择了"影"这一物象，而在于他选择之后对"影"这一物象和与之相联系的特定情景动静虚实的经营布置。"影"本身是一个处于灵动状态的物象，作者却以弄、卷、堕、过等特意减弱动作强烈幅度和忽略动作呈示过程的动词，跨过状态直接寻向结果。不是再现光与影的线条之美和生动画面，而是透过"影"象直追神趣。在轻风掠过之际、山水点缀之时、秋千荡漾之处、萍絮轻扬之间，作者用透视的目光定格刹那闪现、摇曳生姿的"影"象，化动为静，然后又以静启动，灵犀一点，心神即会，倾泻他特有的夏日午后、临老伤春之叹与醉后伤别、慵情病绪之思，刻意传达流动于感性的体悟和理性的沉思之间那种缥缈的物我神游与温柔的生命情怀。也就是说，他无意描摹有形的"影"，而属意层染无形的情，无心推静妙优美的景，而精心传生趣撩动的韵，通过动静的潜移、虚实的映衬，反复把玩一个一生寂寞的老者那一串串转瞬即逝、难以捕捉却又轻柔盈溢、耐嚼耐刍的心灵絮语。

---

① 苏轼：《张子野年作八十五，尚闻买妾，述古令作诗》，《苏东坡全集》，中国书店 1986 年版，第 92 页。

② 张先：［天仙子］、［青门引］、［木兰花］，唐圭璋编《全宋词》，中华书局 1965 年版（以下所引宋词均见此书）。

③ 周济：《宋四家词选·序论》，中华书局 1985 年版，第 3 页。

晏殊是一位仕途顺达的台阁重臣,他一生的太多时光消磨在太平宴享的官场应酬之中,这使他的词作离不开宴饮之间一个必须面对的生活触媒——酒。当宴饮不仅成了他生活的主要内容,而且成了他词作情有独钟的创作主题时,"酒"这一意象就担负起了传递一颗莫明愁心之使者的角色。在歌席佳宾的唱和中,酒与他结下了不解之缘,"泪滴春衫酒易醒"([采桑子]),他以酒来回忆;"酒筵歌席莫辞频"([浣溪沙]),他以酒来忘却;"座有佳宾尊有桂,莫辞终夕醉"([谒金门]),他以酒来邀朋;"不向尊前同一醉,可奈光阴似水声,迢迢去未停"([破阵子]),他用酒来酬己。在迎来送往之间,难免兔死狐悲的自怜,而冗芜的官场宦事,更添忧生伤时的惆怅。酒成为他情感上一个无形的伴侣,这个忠实的伴侣招之即来,挥之不去,常常依依相伴,不仅填补着他敏感多情的心灵空地,更成为他得来不费、玄想自慰的精神寄托。"一曲新词酒一杯,去年天气旧亭台"([浣溪沙]),在回味与吟望中,他因酒而孤独,亦因酒而充实。孤独的是一个看似顺达的宦者一生亲历的人事更迭及由此激起的生命空乏的内心悲伤;充实的是在反复嚼味生命漫长中领悟到的游赏乐趣和自我愉悦的精神胜利,以及脱却尘世羁绊、徜徉艺术殿堂的心灵自由。正如叶嘉莹所说:晏殊将理性和思致与词的"要眇宜修"的特质作了完美的结合,使其词之风格,在圆融莹澈之光照中,别有一种温柔凄婉之致。[①] 晏殊的小词在情有独钟、以酒佐词、知音相赏的生涯中透散出一种外在的厌弃与内心的眷恋相颉颃的沉漾之愁。与其父的宦达相反而蹭蹬一生的小晏,属意的是往昔情恋的佳人。与其他几位词人选择物象不同,彩袖殷勤的歌女、踏云归去的小蘋,这诗意朦胧的对象几乎成为他唯一关注的焦点,在往事低徊中浓重地渲染了此际的失意与哀恋。往日欢洽的情恋、曲折动人的情事,远去佳人、守望的才子,在今昔逆挽、人我两照中更多酿出的是他人情浅、我自情多的风月炎凉和情宦两无凭、才子却零落的孤苦相炙。而这种冷静和悲凉的色调并不显得特别肃穆,却因得益于小晏习用的清词丽句的裹饰而转呈为纤柔之愁网。

---

① 叶嘉莹:《唐宋词论稿》,河北教育出版社 1997 年版,第 57 页。

欧公之词，得缠绵执着的冯延巳词之深。"溪桥柳细"、"杨柳堆烟"、"飞絮濛濛"、"垂柳栏杆"，他钟情于细柳烟絮，虽然也是小庭深院，幽景柔情，但在柔和的色调中，情感的抒发却并不少有力度和深度。飘拂的细柳斜映着高楼上的闺人与春山外的游子，也搅动三月风雨的横狂与暮春黄昏的穷愁，空间上的突兀与辽阔将柳丝与情丝绾结起来，将传统的游子思妇题材开掘得深细，采写得新妙。欧词并不因为用了柳絮这种轻飘柔弱的意象而减损了词境的深阔，反而因为回旋着的盈盈春山、绵延着的迢迢远道和风絮不飞、濛烟如丝的对比而增强了情感的执着、坚韧与沉挚、语浅而意深。"柳絮"的意象所烘托的不是悠悠荡荡的闲愁，而是一个在位谋政的重臣屡遭迁贬的苍茫与阅尽人间的沉思，是一个才子词人苦吟人生的迷乱思绪与浩渺悲情。

范词在边声秋韵中透发的悲慨之愁，不同于花间词人徒享生命的轻艳浓愁。张词在虚实之影中闪动着一生寂寞的老者似轻实重的心灵呓语、理悟之趣与温柔的生命情怀，这与南唐词人在富贵荣华自得、江山美人双拥时的慵倦之愁亦有区别。二晏在美酒与佳人中怀思轻吟、委婉顿挫出的纤柔沉漾之愁，更不同于温词在自然物象与女性世界的精雕细刻中沉醉于身心的放纵与女情柔情的兴趣。而欧公之词在滞重的柳絮中饱浸着的迷乱浩渺悲情，其境界也与五代词欣赏女性美的同时沉入精艳柔美之潭的直腻大异其趣。大致说来，北宋初词作所表现的伤春悲秋、忆旧忧生的普泛情感，也因为时代环境的影响，与后主江山美人俱失的自怨，与花间词人在遁世与逸生之间的精神跌落，都有本质的不同。之所以形成悲慨、飘旷、沉漾、纤柔、迷乱浩渺的悲情愁绪，一方面是因为承平宴乐、恣情适性的生活使北宋初词作在或浓或淡的"艳""愁"色彩缀饰下，承接了早期词的传统；另一方面，这种词境风调，源于北宋初词人宦场、情场、词场三者并栖的生活情态；时代的变迁、生活内容的替变，注重人文的精神舒展，使得北宋初词人能辗转于无情多难、变幻莫测的官场，多情多愁、悲欢离合的情场与炫展才思、尽吐心怀的词场；三种生活情境的并存互为表里，各具机杼，共同维系于一脉闲愁最苦、生事又冗的生命感喟；务实的官场、寻真的情场与审美的词场具有的不同情感指向，笼系在质重的生命情思与共同的艺术趣味中，创造出交合一气、声情饱满、浑融圆转的词境。这一切消释了南唐、西蜀词作中那种精微而堆砌的艳情和轻飘而遮隐的闲愁，使北宋初文人词境以雅愁入而以浓忧出，将情影的把玩置换为生命悲感的宣泄、艺海游赏的行吟，在纤细幽微的艳雅柔情中升华出深沉、优美的艺术境界，充实了"艳""愁"的具体内涵，一定程度上拓展了当时还被视为"小道"的词的表现领域与抒情空间。

二、寄语显异　内省出俏

如果说，意境风格是内容与形式结合而成的一种氛围和倾向，这种氛围和倾向联结着个性思想的逻辑法则与语言材料的逻辑规则的话，那么，以上的理悟涉趣、选象绘境即是对个性思想的逻辑法则所进行的筛选、过滤和规范过程的探讨。语言材料的逻辑规则不是实现个性顿悟的辅助手段，也不是作为形式的选择处于次要地位。作为与个性思想的逻辑法则相辅相成的对等因素，它以同样重要的地位参与了特定氛围与倾向的营造。这样，从语言材料的逻辑规则去了解内化到作品中的精神差异，就是我们进一步把握北宋初文人词境非常有益的一条蹊径。

语言材料的逻辑规则处在既成的共有的语言体系与个人话语的交融变化中。意象作为隐喻、象征的语言材料承担了集体话语与个人话语的双重功能。拿"酒"这个备受文人青睐的意象来说，北宋初词人的仕宦于承平使他们大多青睐这一意象，但具体的施用却很不同。"浊酒一杯家万里，燕然未勒归无计。"（〔渔家傲〕）范词将"酒一杯"与"家万里"相比出，数量词却倒置于中心词之后，刻意透示出空间的寥落，并置在一句之中的意象紧凑而醒目；下句从历史中捞起一个久远的典故，伸展了时间节奏，以否定的语气回应上句，使得戍边之任成为一个漫延于历史中又按某种规则寻向结果的现实问题。它不遗留，而是寻求解决，不是静止的对立，而是延宕中的对照。"一曲新词酒一杯，去年天气旧亭台。"（晏殊〔浣溪沙〕）大晏用的是相似的手法，"酒"不但对应着"新词"、也对应着"去年的天气"与"旧亭台"，上句的结构别出心裁，将数量词置于一句之尾，造成句内结构平衡的调整。酒与词在距离的亲和中从句中耸起，不仅激活了属对所固化的语言形式，而且对比还未完全形成即已消解，然后转与下句中的两个意象交错成比，暗示出同样有酒有词的两种情境：旧词、醇酒欢宴于昔时，新词、淡酒独酌于今日。"彩袖殷勤捧玉钟，当年拼却醉颜红。"（晏几道［鹧鸪天］）小晏巧于设色，彩袖与玉钟，醉颜与酒红，虽分置两句，各指器物与情态，但"酒"的潜意象却通过衣饰、酒具、面容被反复点染而形成一种缤纷交叠的美。"梦后楼台高锁，酒醒帘幕低垂。"（晏几道［临江仙］）酒与梦的对照因工对、更因景衬而被具象化。"酒入愁肠，化作相思泪。"（范仲淹［苏幕遮］）在出入之间，酒与泪形象地被转化。"水调数声持酒听，午醉醒来愁未醒。"（张先［天仙子］）将酒醉与梦醒暗示在歌与愁的缠绵中。

军中一范，酒之豪兴中有家思之悲；台阁重臣，酒之醇淡中有离合之愁；蹭蹬士子，酒之醉醒中有失路之苦。不同词人采用明对、暗对、亲合、交错、并置、叠加等手法，使得酒的意象成为他们入仕与为宦、多情与多思的心愁之镜，照出他们片刻的放纵、瞬间的欢愉，也照出他们生死的忧患、荣辱的积虑。酒作为一种集体话语，已成为他们生命之旅中一个相从的知己。酒作为个人话语，又的确是他们艺术行吟中邂逅的新交。再看一组写景名词。

无可奈何花落去，似曾相识燕归来。	垂下帘栊，双燕归来细雨中。
——晏殊：［浣溪沙］	——欧阳修：［采桑子］
落花人独立，微雨燕双飞。	罗幕轻寒，燕子双飞去
——晏几道：［临江仙］	——晏殊：［蝶恋花］
燕子来时新社，梨花落后清明。	泪眼问花花不语，乱红飞过秋千去。
——晏殊：［破阵子］	——欧阳修：［蝶恋花］

花开花落，燕去燕归本是自然现象；落去之花不能再，双飞之燕归去来，却引发了词人们有情有义的联想。落去之花之不可追，飞溅的乱红之不能语，与无奈、孤独、茕茕孑立的人造成一种两难对照，

视觉的刺激在时间上不可逼，空间上不圆满，造成一种无法沟通的空缺，寄托着大晏与欧词抒情主人公物是人非的惆怅与欲诉无言的沉痛。双飞之燕归去来，伴着细雨柔风，瞻于庭外帘前，显得燕偎人亲、相映成趣，春景秋时，归去又来，在时间上自足，在空间上饱满，造成一种小鸟依人的情致，寄托着二晏、欧公抒情主人公沧桑不移的激情与寻求圆满的盈盈期待。"花"、"燕"、"雨"、"人"在背景中的不同措置，中心词主——宾式的位移，通过句子成分的调整所形成的圆形环绕、双线平行、单线伸展的句法结构，以及抒情主人公的时隐时现所造成的旋律张力，使得不同的词境在或比花为人、或兴燕托人、或赋雨衬人、或拟人于物的表象置换中情景相生，各领情韵。

在北宋初文人词境中，情景的二元质在上下片中是各有侧重、敷衍增饰的，大体情势有三种。其一，通篇以写景为主，即景抒情，而将议论的片断和零星的叙述穿插其间，由景而起，情在景中，或由景及情，情烘染景。大晏的［浣溪沙］（"一曲新词"）即在自然物象与节令变化中以鲜明的画面加重了婉惜流年的惆怅意味。欧公的［蝶恋花］（"庭院深深"）选取几个富有典型特征的景象，以深庭、烟柳、重帘、危楼、乱红等以点带面，将留春的泪眼层层皴透，深致而浑浩。其二，上片重在写景，下片多以描写的口吻或回忆性的叙写转换笔调，来铺叙情感。如小晏的［临江仙］（"梦后楼台"），上片写酒后梦醒所见之萧瑟物景，双飞之燕反衬孤处之人，下片即回忆昔日的欢聚，描写小蘋的形象，心字罗衣，犹抱琵琶，宛然可爱，写来形神逼肖，情事相谐；月华似水，步履轻盈，如梦归去，情愁托景，情境婉妙。其三，比较少见，如张先的［天仙子］（"水调数声"）词，上片以抒情为基词，痴心送春去，伤心从中来，酿情造境。下片则由情入景，从视线和足迹的推移，将远景与近景、动景与静景、实景与虚景布置得疏密有致，情韵透脱，使清愁融化于宁静和谐的自然物境中。

从整体风格上看，范词在悲慨中显得苍劲与柔婉并驰，二晏在沉漾与纤柔中兼具清丽与委婉，张先沉吟着他飘旷中的纤微秀婉，欧公则在迷乱浩渺中自具疏朗深婉，整体上趋向婉丽的风调与个人的风格特质就是这样并行不悖地依存着。他们将精神世界中深沉优美的一面滤出并内化于景色物象中,以文人特有的典雅气质使词境清雅化,由丽到婉,渐脱浓艳的视觉装饰,把关注的重心由外在移向内在,由遣玩转向激赏,从而形成外柔内刚、以实注虚的资质,以清丽的文笔和饱含丰富心理意蕴的内倾的悲愁消弭着词在宋前所沾染的享乐意识、赏玩心理、游戏笔墨、沉醉柔情、精艳巧饰,以及凡此种种构成的过分注重外在形式表现的美、倚重声色的单纯直腻的倾向,使短令在纠浮躁之弊中走向圆熟。从一定意义上说这正是北宋初平稳过渡期的词坛酝酿着的细部调整和内在变化。

最后还应注意到一个有趣的现象,这就是在构成词境的文化背景上,北宋初文人词初步显示了南北文化交融而非对峙的一些特征,这对我们理解古典文学的地域文化色彩和南方与北方交流与对峙的文化母题颇有启示。范仲淹生于江苏苏州,入汴为官,出延州为军帅,又返京升任宰相。二晏来自江西抚州,多年滞汴为官或应举。张先是浙江湖州人,一生许多时光掷于汴京。欧公起自江西永丰,在汴为官多年,曾有江浙外放经历。以他们一生经历而言,以汴京仕宦为共同焦点,其人生足迹实际上是在长江流域为主的南方与黄河流域为主的北方替转延伸。苏杭的秀美,长江流域自然景观与人文景观相映生辉的状况,表现在北宋初文人词境中就是一个外南内北、似虚而实,伤惘之中溢满豪情、华奢之下攒聚哀纵,悲柔与艳雅、赏爱与愁慨相交杂的心理世界与艺术时空。

北宋初文人词家在开宋词风气之先的创作局面中,以他们不苟维传统的个性顿悟与内省差异,为后起的词家提供了创造的契机与艺术的启悟。他们对官场、情场、词场三栖的特定生活的体验与特殊方式的宣泄,不但使得他们的词作内蕴充盈而灵趣自在,而且对于词在宋代向着与诗同源异流的文体独立方向的发展,有了一份实在的贡献。

(原载《伊犁师范学院学报》2000 年 2 期)

太阳和土地的雕像

——新边塞诗象征艺术研究之一

一、宣言与预言：新边塞诗

在中国西部这块曾爆响过高适、岑参苍凉豪迈诗章的悠远而又广袤的土地上，时代的地平线又捞起了一网希望的星群——"新边塞诗"。

新边塞诗意味着什么？是野性的北方泼洒的朗声大笑，还是崛起的边塞对历史的深沉恋歌？是大规模拓进的现代文明对荒原蛮野愚昧的纵向扫荡，还是一步步腾跃的现代意识对拙朴民情的横向清濯？是，又不仅仅是。丹纳说："每种形势产生一种精神状态，接着产生一批与精神状态相适应的艺术品"。① 时代决定了他们不是行色匆匆的过客，他们就要写出无愧于这块土地的当代史诗。

谢冕在《断裂与倾斜：蜕变期的投影——论新诗潮》中说："一代人早熟地感受人生的忧患，新诗潮凸现了情感和情绪的低音区，……忧患意识体现了中国哲学的自觉精神，而新时期诗歌发生的变化，最具本质的是这种从内在精神上向着东方哲学的自觉意识的逼近与复归"②。新边塞诗，作为新诗潮，是渐渐从怀疑、不满与失重的低音区腾飞起来，从伤痕思辨走向昂扬乐观的实践的一支劲旅。应该说，新边塞诗是时代的产物，是西部精神的体现，在自然的严酷威胁和历史

① 丹纳：《艺术哲学》，傅雷译，人民文学出版社 1983 年版，第 66 页。
② 谢冕：《断裂与倾斜：蜕变期的投影——论新诗潮》，《文学评论》1985年 5 期。

因袭重负的双重作用下，西部伴随着美好纯朴人性的凝聚，也沉积了野蛮落后的色素，处在全民族思想解放和经济开放的今天，这块土地需要一个现实的清理和发掘。而长期形成的自然、历史与人三足鼎立的稳固心理也面临一个从真空到调整的动态平衡。西部找到了诗歌这种最迅速地传达动荡现实的艺术形式，新边塞诗成为具有开拓精神和现代意识的西部文学的先声，以它既充满原始质感而又不乏理性光彩的个性多重奏，对人生忧患意识最深层也是最基本的内涵——生命、爱与死亡，对自然与人、过去与未来、善与恶、青春与衰老这些人性主体意识，进行着多角度的思想透视和全新的艺术注解。

面对这漠土般浩瀚的诗海描一己之见，不免妄言，这里仅就新边塞诗的象征艺术手法谈点浅见。

二、作为太阳的象征——陨落与喷薄

人类自诞生以来就以其强烈的主观性影响着自然，铸造着历史，而自然也以其繁复多变的形态对人的思维、情感施以制约。人与自然无时无刻不存在着深刻的联系与矛盾。随着人类历史的演进，相对永久性的自然物就成了人们观照自身、寻找本体确证的共同参照物。新边塞诗作为反映时代生活的艺术也延续了这一表现模式，这就是：新边塞诗人们不约而同地选择"太阳"这个永恒的发光体解释历史，见识时代，瞩望未来，更深层次地挖掘自然物的社会内涵，再来烛照人的内在本质。在西部这块奇崛的土地上，极目尽是无涯的荒沙、无羁的漠风、孤傲的天山、忧郁的古道。绿洲似乎被淹没了，那种在人生旷野上奋力拼搏而又不知对手的渺茫、孤独与悲凉，以及十年离乱留下的太多的流放屈辱与心灵空白，使人们仿佛走进了一个打开所有的灯却同时把世界推向黑暗的所在。新边塞诗人们肩负起了为西部土地上这个繁衍着几乎所有阶层、所有类型、所有职业和经历的中华民族的特殊人群，为他们在稳固的社会平衡被破坏后的困惑、迷惘与渴望光明的焦灼心境寻求一种精神寄托的重任，他们已不是当年沿着红色大街疯狂地奔跑着寻找钥匙的孩子，他们找到了太阳这个自然与人忠贞的儿子，赋予这一实体以抽象的延展和复杂寓意，不仅使太阳的东升西落这种司空见惯的自然规律对应于人类心灵世界瞬息万变的思考，对应于生与死的理解，对人类发展进程的认识，以及对人类生存命运的忧虑和繁衍更新的不懈追求，而且将太阳与其它事物的关系变成了包含现实社会人生复杂层次的隐喻。那太阳的巨大、辉煌和人类的渺小、暂存的巨大反差引发人们对大自然奥秘的追索，在了解自然并与之抗争的同时更多地注目人类自身，在自然、历史与人中寻求新的主客观对应。这就是属于西北但并不囿于西北的新边塞诗人赤子的忠诚、痛彻的爱。

　　杨牧在《老人与鼓》和《她骑马走向晶亮的雪山》①里以皮鼓与跋涉的民族喻为夕阳，又以夕阳隐喻整个民族和它的后代把死神撞碎在落日里、以新生驾驭生命的不屈信念的简单二层象征，点染了西北民族在荒野峡谷中跋涉的艰辛。游牧生活中那深厚而博大的母爱所凸现的民族个性的坚毅与自信，以及在这种个性生命的新陈代谢中积聚的顽强的生的意志，揭示了这一民族世代生息壮大的历程及个体与民族、生与死的辩证关系。而他的另一首《死神与将军》②和林染的《预言刻在嘉峪关城头》③则以较含蓄和更抽象的象征层次，在历史的风云变幻中披露生与死的本质，在历史征战和严峻现实的对视下预言时代的强力，通过太阳的夕降晨浮印证民族的更生与希望。诗通过夕阳——陨落与复活，棺材——死亡与新生的复式象征把握了历史，又以尾句的"中国人"滑向现实，用个体的死亡铺垫一个民族前进的路基，古老而又年轻的主题，悲壮而又诚挚的礼赞，历史和现实完全不是强合地连缀起来，使我们由古及今地联想到这块土地上的人们开始摆脱心灵的幼稚、狭隘与怯懦的羁绊，自觉地把个体生命纳入世界的永动和生命的轮回之中，过滤着民族素质，推进着历史进程。于是，"嘉峪关城楼静默着/这高高昂起的深褐色驼首/静默着注视大漠落日/沉重的夜色从四面来/万里长城拱起脊梁/它将急促地摇动驼铃/喘息着翻越巍峨的时

---

① 杨牧：《野玫瑰》，四川人民出版社 1983 年版。
② 杨牧：《野玫瑰》，四川人民出版社 1983 年版。
③ 林染：《敦煌的月光》，重庆出版社 1985 年版。

间/它将追回太阳圆满的壮丽/镶嵌在贮满艰辛的脊峰上"。如果说杨牧的诗在一种事件的追溯中注入自己对太阳即生命的理解，那么林染在这里则完全是一种立体画面的展示，没有过程，没有叙述，万里长城这个历史沧桑的见证，面对四面而来的"压力"，带着情感外射时那饱满的张力复活了，我们从文字间构中感觉到一种挤压、错动和再造，那个"拱起"的半圆世界打破了静与动的和谐，空间的陡然隆起使得时间节奏仿佛变得缓慢而又渺茫了，情绪的陀螺仪从积聚、高涨到外射、由具象层次到抽象层次、再由抽象层次复归具象层次，而太阳这个屹立在立体层次顶端的人类生命的最高象征，则在经历了黑夜的躁动之后返璞归真，对应于人的整体世界，昭然于人类追求自由的艰难跋涉和永恒信仰。这一视觉动态展现给我们的是：塞外土地上正孕育着一场席卷灾难、不平、穷困与忧郁的人生风暴，它将震撼每一颗灵魂，使之深处发生无形的裂变，顺应全民族的变革，让历史和现实的交战补救某种心灵和思想的断裂与空白，让这块土地在经受过裂变期的痛苦、茫然之后对现实作出冷峻的回答。

回溯民族历史进程，是为了总结祖先的遗训，为了更新的发展。新边塞诗人们自觉地把视角转向了当代生活，以太阳为思索的焦点，反映新时代西部开拓者的生活、事业与爱情。舟墙的《黑太阳》和李松涛的《年轻的太阳神》[①] 及李志清《请燃烧的太阳传递》[②] 里写到的那一群不满足太阳大度的施舍，以黑太阳自诩的司炉工，为改变生存环境流汗、深思，企盼太阳能时代的能源与光芒，表现出征服自然、造福人类的博大胸襟；而另一群与阳光久违的矿工和采煤者沉默得太久了，他们懂得自己的价值，敢于与太阳媲美，为寂寥的荒原带来光明与温暖，还有那位高原织毯女工与潜艇水兵为天地日月所感奋而殷勤传递的深沉爱情，那种抹去年龄和职业界限的富有黄土的北方如大漠般朴实浑厚的气质。诗人们选择了这些特殊的工人，描写了他们的生活与理想，忧郁与痛苦，也表现了他们辛勤的耕耘和蓬勃的活力，他们的主体意识没有因历史的久远和生活的压抑而被封闭，他们深明

---

① 《绿风》1985 年 5 期。
② 《绿风》1984 年 3 期。

创造的价值，他们是普通人，他们又是阿波罗，他们爱这块土地，为这块土地而献身，人与自然就这样的相互寄托相互期待并深刻地交融再铸。正是这样的人生贯注给新边塞诗以神圣的使命和奔涌的灵性，使它在外形的狂放中延展了意味深长的内意境。这里的太阳又成为劳动与创造、光明与希望、南方与北方、现在与将来、爱情与幸福诸多抽象概念的集合，通过反复的作比、粘连，使太阳的内蕴不断在丰富、扩张而成为一种飞腾超拔的立体交叉式的多层象征物，成为幸运地驻足天涯人生的年轻开拓者的生命塑像。

对历史的回顾、对时代的歌颂实在是一种心灵的艺术的选择，然而通过反复象征，太阳已成为一种"人"的形象，西部人用艰辛和血泪铸造了属于他们的"太阳"——即英雄，他有巨大的力量，崇高的理性，追求自由与创造，充满自信与乐观，奔突着激情与沉勇，是一个高度自觉的人。新边塞诗人们并不囿于这样的认识，颜光明的《保姆》①、王辽生《需要太阳》② 和章德益《西部的太阳》③、扬然《升起重新命名的太阳》④ 以清醒而冷峻的姿态与手笔探向人的内心世界和精神领域，试图通过这种艺术的整体性期待，对这块土地进行高点透视，确定西部人在当代的生命坐标系，寻求物质的更是精神的适应与超越。章德益在发问"那于黄土中爆蕾/于血滴中抽芽/于汗液中膨胀的/是西部的太阳吗/那于高原上紫熟/于黄河间灌浆/于冰峰间冷藏的/是西部的太阳吗/……/那令江河律动/令山岳怒放/令灵魂芬芳的/辉煌的光之神/是西部的太阳吗?"在那排炮一样射出的种子、冰雪、红狮、古镜的具象叠合和那暴虐温顺、妩媚酷烈得使人深深体味得到而又无法一一明了的抽象意念爆发里，涌动着爱的渴望与美的呼唤，而诗在形式上未解方程式的只问不答增值了情感力量，句式的横向建筑群落在快速的闪动与间歇的断离中形成了空灵而质实、凝重又奔放的心理氛围，"太阳"是西部的图腾，是西部人无数次提纯的人生信仰，是使永恒在

---

① 《绿风》1984 年 3 期。
② 《绿风》1986 年 3 期。
③ 《绿风》1986 年 1 期。
④ 《绿风》1985 年 2 期。

一刹那收藏，无限在咫尺间缩为有限的现代人的心灵缩影。

章德益在大自然的神奇豁达中寻找着属于西部的太阳，王辽生在高原的多声部合唱中添加进需要太阳的炽烈呐喊，扬然在从容而真诚地呼唤新生的太阳，颜光明则满怀信心地用新鲜的乳汁喂养一轮金色的太阳，这种不期而遇的艺术触角，使太阳失去了它瑰丽的独立，成为人类心灵的俘虏，太阳已成为一个包含深切的内心体验、蓬勃的时代情绪和明确的创造意识的人的象征的抒情主体，融注了西部人对自然与历史的反省、对当代现实的理解，对人自身的审视与剖析，暗示了人类思维从隐喻依附自然到以自然象征反证人本身的外在自然向内在自然的批判。

三、作为时空的象征——并非挽歌式的祭奠、并非演绎式的反思

当古老土地上的片片云霞被时代的疾风暴雨浇淋而骤然灰暗时，诗人们首先而且急切地寻找的是一种精神适应，在找到维系心灵平衡的支点——"太阳"之后，他们开始为这种刚刚萌芽的精神拓展一个驰骋的空间。面对历史无形的雕力留下的这块干涸而龟裂的土地，比之于高适、岑参的客观描绘及边塞风情、军旅生活的写照，新边塞诗人们则将更多的笔力灌注在主观情绪的把握上，以时间、空间的宏观象征，以荒原、大漠、地平线、古丝道、今天、当代等没有明确趋向的多重意象，从爱的基调中生发出冷峻的评判，诗歌也由颂歌主题走向更深层次的剖析、批判，从而也就更深刻地反映了西部的前进、西部的不辍耕耘、勇敢创造和西部在精神层次上的本质飞跃。

周涛的《荒原祭》、《古战场吟》[1] 和章德益《大漠之静》[2] 表层在描摹自然，实在为揭示人的价值、时代的底蕴以及善与恶的矛盾、野蛮与文明的嬗变。张骞的旌节、解忧的凤冠、玄奘的衣钵这些曾给这片土地涂抹过神秘而美丽色彩的遥远传说已成了过去，唯有这浸润了

---

① 《上海文学》1983 年 1 期。
② 《上海文学》1982 年 1 期。

祖辈无数雪夜霜晨求索的土地在沉静中积聚着生命的爆发力，等待着拓荒者的铁镐。周涛说："我愿以开拓者的测杆为一炷高香/以烧荒者的火炬为袅袅青烟/………/舀一壶河水权当素酒/面对昏黄的落日/祭奠在荒原留下过足迹的祖先/……/请允许把这价值万金的土地/当作一无所有的荒原/我们不想让自己的时代/成为历史的一声长叹"①。这是誓言，但绝不虚妄。西部的抉择既是历史的，同时又是时代的，以荒原作为历史的祭坛，以祭奠求得新生和复活。祖先说：走过嘉峪关，他们说：不仅仅如此。多难的民族跋涉了多少年，这一代人就有多少年后站起来比父辈还要顶天立地的威严，这是洞悉这块土地历史的儿子们豪壮的人生宣言：高昂而不失沉勇。

杨牧《我骄傲我有辽远的地平线》②和章德益《我应该是一角大西北的土地》③以一种情绪的外射赋予自然以特定的精神显现，表现一种粗犷深远的崇高美。正是这片有着太多贫瘠与混沌的纠集、太多封闭与遗弃的蹂躏、太多发配与流放的屈辱的土地，孕育了西部的坚韧不拔与热烈旷达，也同时郁积了单调迟缓、闭塞隐忍，原生的美与原始的恶相息相悖，无疑形成了积重难返的历史惰力，深深眷恋着这块土地的诗人们在走向理性的深层挖掘中，肯定人性的善的一面，否定了人类的自私与愚昧，标识了时代的崭新道德评价和价值尺度。

在以荒原大漠为空间象征的纵向剖视的同时，诗人们又对时间这个意象予以透视，杨牧在《今天》、《当代》、《站起来，大伯》和诗剧《在历史的法庭上》④将时间的单向性延展回缩，那如玫瑰色少女般的"今天"，似彩排的戏剧样的"当代"，那以明星大聚会的形式，自然物人格化夸张的手法推出的历史审判与时代裁决，大胆奇特的想象与联想被渗透进强烈的时代精神，一种苦涩，一种诙谐，一种激愤，一种宽容都归于静穆的剖析定夺。而那位父母般相熟、土地般蒙受凌辱的大伯，共和国四分之一土地上的一个"人"，却在共和国第一个欢腾的

---

① 《上海文学》1983 年 1 期。
② 杨牧：《复活的海》，人民文学出版社 1983 年版。
③ 《绿原》1983 年 3 期。
④ 杨牧：《复活的海》，人民文学出版社 1983 年版。

日子——开国大典上虔诚地跪了下去,这是多么辛酸而又令人深思的举动啊,一个制度靠政权可以建立,人类的思想却具有无法割断的延续与承继性,历史长期形成的得天下者伏众生的封建尘埃是如此地存于民心,那种小生产者企望主宰一切的无上权威赐予雨露阳光的愚昧,还根深蒂固地潜伏在民族意识之中,所以那位大伯后来又在忠字舞的行列里严肃而尴尬地忏悔着。作者对历史因袭、现实积弊的无情唾弃,对小生产者思想,封建迷信及民族劣根性的揭露,对在极左思潮中受到摧残的圣洁人性美的洞察,深刻地揭示了人类无意识的自戕及历史与人更深层的关系,廓清了几代人灵魂深处经历的风暴与虹霓。

新边塞诗艺术地表现了西部人从生命、爱与死亡的自觉朴素的人生意识而经历的忧患痛苦、积淀的沉勇不屈和迸发的竞争求异精神。当一个荒唐的时代结束,一个奋发的时代开始之时,敢于与自然的荒漠作生死较量、与心灵的荒漠拼搏决斗的气概,不正是全民族自信自强的精神体现吗?新边塞诗并没为那些即将被时代摈弃的旧事物和观念大唱挽歌,而是以祭奠求新生,从抛弃求发展,也并没有对自然、人与历史作简单的逆向演绎,而开始超越传统的局限,从爱的本能走向理性的思辩,在历史陈迹的追溯与现实的对比中烘托出那些超越时空的感性与理性完美统一的永远闪烁的生活光点——人性的美:人的自尊、善良、豁达与饱尝苦难的自强不息。

四、作为土地和力量的象征——水与沙的搏斗、鹰与马的回应

新边塞诗的诸多词群,鲜明地绘出了西北的自然状态——自然物之间在色彩、线条、声音、形状等方面都呈现为一种明朗化的对比和对立:漫漫荒漠、茫茫冰峰、仙姿逸荡的雪莲、铁梗含情的沙枣、冬不拉的哀怨、百灵鸟的欢畅……这一切诚然是特殊的历史地理作用形成的西部人生情绪大痛大乐的两极化表现,却更是人与大自然休戚与共所唤起的人类精神与肉体、精神与精神的矛盾与拉锯。诗人们以山川草木的人格化活动,揭示人的优越感与自制力,在提醒人生责任时

强调了人权和个性，并彻悟到人在与自然的矛盾对立中自身不断扬弃的发展过程——即辩证的肯定与否定的过程。

所以杨牧写《天山，一个不协调的形象》①，周涛写《角力的群山》、《神山》② 和《一座名叫博格达峰所塑的雕像》③，他们从耸立大漠的群山看到了一种力量、一种征服、一种雄视一切的精神力量，而不仅仅是外在形象的力度与力感。周涛写道："沉默不等于死亡/冷峻也不意味着爱的枯竭/……/披满白发的头颅伸进高空/在严寒统治的领域里思索/身躯牢牢焊接在大地/以金字塔宽大的底座/保证思想的高度"。大山那浪漫而沉稳的个性，舍弃平庸，在雪西线以上的生命禁区里备尝痛苦，无时无刻不在追求人生新高度的生存选择；在对峙与友谊中战胜自我屹立世界的强者姿态，无不折射社会人生的崇高美、英雄美，渗透着主体意识力图在与客观规律的冲突中掌握规律，在不平衡中求平衡，在不自由中求自由，在闯荡自然中领略心灵力的律动的时代氛围，这不能不说是一种升华了的忧患意识。

所以雷霆写《伊犁河的涟漪》④，杨牧写《给复活的海》⑤，车前子写《海之魂》⑥ 写"水"与"沙"两种成分的"海"，在肯定水的价值的同时更推崇沙的清醒与明智；又将水与沙的对抗消融，赞颂这沙海的复活，生命的飞跃。诗人们从亘古的大漠捕捉到一股不可战胜的野性生命力，肯定水和沙两种生命力和它们以各自据有的空间持久地抗衡于外力的顽强。他们从死寂的"静态"中抽取到运动的生机，这种从否定大漠荒山的寂寥空旷到肯定它内在的富有和强大的过程，是人对自身的认识飞跃的第一个层次。

这一辩证认知的另一层次表现在新边塞诗人对诞生并成长于这里的动植物认识的转机，并在诸多诗作中渐渐出现这样一种质变：即由

---

① 《绿原》1983 年 8 期。
② 周涛：《神山》，解放军文艺出版社 1984 年版。
③ 《绿洲》1984 年 1 期。
④ 《绿风》1985 年 2 期。。
⑤ 杨牧：《复活的海》，人民文学出版社 1983 年版。
⑥ 《星星》1982 年 6 期。

称许骆驼刺、骆驼的不畏艰险到否定它们的消极避世和适应环境，更不屑于骆驼的忍辱负重和慢性死亡（周涛《我不想赞美骆驼》）①，从否定野马和天鹰的放浪阴鸷到肯定它们自由的天性和驰骋的鸿志。因为那神往天山的雄鹰、奔腾飞扬的野马、老辣而自信的野狼、机警而凶猛的野犬，象征了一种速度和力量，一种勇敢的牺牲，一种在灾难重压之下不失顽强个性的生存抉择。它们在类本质上更接近人类自身的灵性，使人类在这样一个受制于自然又受制于历史的环境中，心灵更能体验到自由的快乐，这又是人在自然界找到的一种精神对应。世界总是这样，反包含着正，否定命题总预先假设着肯定命题，人类与自然相濡以沫，息息相关。巨变的时代需要一批叱咤风云的猛士，需要一种观念的更新，所以这种否定不是一种冷漠虚无的扫荡，这种肯定也不是一种缥缈无着的幻想，而是一种自觉的创造和人格力量的体现。

于是，由《鹰笛声声》②、《鹰之歌》③、《鹰群掠过褐色瀚海般的苍穹》④、《放鹰》⑤ 和章德益《鹰啸》诞生了"鹰"的家族系列，又通过一种时代和历史背景的虚化、一种形象到抽象的自由联想，实现了人类主宰客体、更新自身的创造自由。那遥远的传说、激烈的角逐、重创的痛啸，那流自灵魂的声音使"群山寂然/凝云悄然不动/云杉收勒住墨绿色的放纵/涧水微喘/峭壁倚天静听"。整个天地为之动情，与之共鸣；它本身不再仅仅象征一种竞争和搏斗，而成为伴随真与假、善与恶的道德评价的人类正义与自由之不死的雕像。那纵揽长天、拥抱日出的气魄是美与力的象征，是人类企盼征服自然的不懈不屈的追索。

仰视蓝天上那振翅翱翔的雄姿，俯瞰大地那狂傲不驯的野马群正与天鹰崇高的希望投以殷实的遥遥回应。那《天边驰过火红的马群》中如慢镜头一样推移的幽远意境中的红马群、那《我寻找火红色的伊

---

① 《中国西部文学》1986 年 1 期。

② 周涛：《神山》，解放军文艺出版社 1984 年版。

③ 《飞天》1983 年 5 期。

④ 《上海文学》1982 年 2 期。

⑤ 《绿风》1985 年 1 期。

犁马》中臣服于人类而庄严等待强悍驭手的伊犁马①、那《腾飞啊红鬃马》② 中突破封锁、超越土地、与雄鹰一起追赶太阳的红鬃马、那"兀立荒原/任漠风吹散长鬃/引颈怅望远方天地之交/那永远不可企及的地平线/三五成群/以空旷天地间的鼎足之势/组成一幅相依为命的画面"的野马群（《野马群》）③，都与褐色的荒原、冻结的雪线、湛蓝的天空，构成一个色彩绚烂、背景庄严的生存空间——一个活生生的"人"的世界的写照，白雪、蓝天、黄土、黑岩种种对比度鲜明得近乎变形的色块堆积，给人一种荒谬而又合乎理性的视象，透露了马家族苦难而又洒脱的求生历程和浪迹天涯的倔强野性，窥见了它们内心向往温暖和平的隐秘和相亲相聚的群体意识，那种原始的活力在欷疚的节奏中伸展离合，最后投向现代文明以一束隐隐的光柱，而最终萦绕的还是生命体内部蛮勇与萌醒的厮杀，从而深层勾勒了我们民族在长期生活中积淀下来的最敏感、最捉摸不透的心理素质——善与善的矛盾，体现了西部特有的集体意识的凝固和个性力量的滋长的矛盾弥合。

对山河湖海、水草花树、鹰犬马狼的肯定与否定，实际上是对人自身的肯定与否定，是对人自身思维趋向、情感方式、审美判定的肯定与否定。新边塞诗正是在这种自然与人的反复对应，顺逆互释中呼唤一种强有力的人格力量，一种并非盲目的自信和勇往直前。通过这一系列的自然物隐喻与人的心灵物态化象征，诗人们塑造了一个当代西部的浩大生命，他从红色的黑色的黄色的土地来，大自然龙父般养育了他有如章德益"超级巨人"型的高瞻远瞩和博大深沉，他有着属于边地开发者的惊心动魄的壮丽人生，有着在困苦和艰难中开拓美好未来的坚定信念和在痛苦的洗濯中得以净化的男子汉灵魂。这才是山、石、沙、海、水草、花树、鹰犬马狼多种繁复象征的真实意义和精神内质——以艺术完美人性与人生。作为自觉的艺术家，新边塞诗人主动把主体纳入到对象客体之中，以求萌发主体的能动意识和预见能力，这是艺术的同时是人生的宏大实践。我们从太阳的炽烈、土地的深沉、

---

① 《绿风》1985 年 4 期。

② 《上海文学》1983 年 1 期。

③ 周涛：《野马群》，上海文艺出版社 1985 年版。

刺向青天的雄鹰、驰往地平线的野马群；从飞天女神缭绕的飘带、拓荒者浅紫色的身躯，分明听到的是太阳和土地的子民们水淬火浴的忠贞恋歌。

西部荒漠造就了西部的魁伟粗犷，西部忧患张扬了西部的激越狂放，西部气质蔑视病态的感伤情调，因而太阳与地球，时间与空间，水与沙，鹰与马这些自然物才成为新边塞诗人挥洒心灵世界阴晴风雨的现象世界的个性隐喻，通过个性隐喻印证着人类精神世界与客观自然的神奇遇合；而所有这些意象之终极象征：这种崇拜太阳又虔敬土地的"天苍苍、野茫茫"的古老忧患；这种征服自然、反思历史的超越的意识，才是西部从陨落与复活的自然境界中走向本体意识复归的内在动力，才是新边塞诗绿树常青、硕果可睹的艺术灵光。

（原载《新疆师范大学学报》1988 年 4 期）

思潮与风格

身份的印迹

——透视 17 年小说的一个思路

"身份"，是一个作家在时代潮流中所处的特定位置，也是由作家的个人历史、生活体验、文化素养、艺术追求等因素所"铸造"的标识。身份不同，其对时代的召唤、对生活的感悟、对文学的理解也就不同，相应地在创作姿态上即在题材选取、人物塑造、情节设置、视角选择等艺术追求上也各自有别。

新中国诞生于硝烟炮火之中，由无数人民与英雄缔造的新政权需要人们为这个英雄的时代而纵情歌唱。时代的需要与作家的使命使他们不约而同地拿起笔来加入到讴歌者的行列。面对革命战争历史，从国统区来的巴金虽没有再体验的可能，但他很快把新体验的目标选择在朝鲜战场上，并于 1952 年和 1953 年两次赴朝鲜体验志愿军战士的生活，长达一年之久。正是巴金这一行动上积极参与、思想上主动跟进的脱胎换骨般的转变，使他在建国初期的创作"再没有忧郁、痛苦的调子"，"字里行间也或多或少地闪耀着人民的胜利和欢乐"（《一封信》）。一批表现志愿军战士英勇顽强的优秀小说，如《黄文元同志》、《坚强战士》、《团圆》等相继从巴金的笔下走向读者。其中，《团圆》改编为电影《英雄儿女》后更是广为人知。在这些以朝鲜战争为题材的小说创作中，特别是代表作《团圆》里，巴金一方面以钦慕的心情，敬仰的视角，着重表现英雄战士顽强的毅力、坚强的意志和他们敢于牺牲的崇高品格，另一方面又小心翼翼地以他惯常的构思方式——通过儿女情长、父子情深来展示人物的人性美，以探寻原有的创作个性在新时代的契合点。囿于身份，巴金不触及现实中那迫切而尖锐的矛盾，更不涉笔英雄人物的缺点。被改造的阴影使他滤去任何负面的素材，剔除并净化生活的杂质，重要的作品均在征求相关人员的意见并反复修改后才谨慎地发表。这看似提高了人物的纯洁性，但色彩单一、缺乏个性的不足也随之暴露出来。

战火中成长的杜鹏程、吴强、知侠、曲波等作家有着光荣的历史经历。长期的军营生活使他们与战士们融为一体，他们与战士们一起摸爬滚打，一起驰骋在硝烟弥漫的战场。他们亲眼看见了身边战友的英勇与牺牲，亲身经历了部队克敌制胜、转危为安、由弱到强的过程，血与火的考验涤荡了他们的心灵。在部队，他们更多的时候是军人而不是作家，战争的胜利为他们提供了在文学上施展的可能与崭露头角的机缘。他们的创作不是外在的压力，而是内心生活的强烈冲动，责任感和使命感使他们充溢着英雄的情结。英雄的赞歌从他们那不可遏止的喉咙中唱得格外顺畅，不用过多的夸饰就是一首激情澎湃的壮丽颂歌。凭着部队的熔炉中冶炼出的那股韧性和勇气，本着他们胸中急切需要宣泄的热望，他们来不及多想主客观条件是否具备，就开始了英雄史诗的写作。

参加了大西北战役又在连队与战友们朝夕相处的杜鹏程，选材就集中在保卫延安这一牵动全局的关键战役上，通过一个连队在战争中的表现，揭示出陕北战争之所以取得胜利的本质和人民战争思想光辉胜利的主旋律。亲身经历了国民党王牌军 74 师在孟良崮全军覆灭的宣传部长吴强，首先想到的就是怎样通过一个团的战史，将这一过程艺术地近乎全景般地呈现出来。在敌后抗日根据地，活跃着一支机智勇猛、浴血杀敌的铁道游击队。肩负着战友的重托，对他们有着系统了解的知侠，义不容辞地完成了这一使命。再如曲波，小分队剿匪的战斗历历在目，战友的功绩铭刻于怀，当他拿起笔时，自然地将题材锁定在林海雪原中。

在人物塑造上，杜鹏程以他最为熟悉的连队指战员为中心上下辐射，既在深度与广度上再现了当时历史的真实，又在人物形象的塑造上努力实现艺术的典型化。连长周大勇也成为全书颇具光彩的英雄形象。他根据自己多年来在实际生活中的观察与感受，第一次塑造了彭德怀司令员的形象。与巴金在作品中注重彭德怀的刚毅、坚定、恳切的外部神情相比，杜鹏程注重的是彭德怀正直、笃诚、谦逊的内在品质。一个和蔼中透着敬仰，平和中透着尊崇；一个亲切中透着理解，质朴中透着崇高。吴强便捷地制定出更为全面的以团职干部为中心，上连军长，下接普通士兵及广大群众的英雄群谱，也为他加工、概括军级首长沈振新、梁波的形象打下了基础。他亲历了骄横的国民党74师失利、胜利、覆亡的全过程，亲眼看到了国民党师长张灵甫的结局，多年后仍印象深刻，塑造这一反面形象时就不像杜鹏程写国民党高级将领时那么模糊、空泛，而是真实、深刻，具有典型性。杜鹏程塑造转变兵宁金山的形象时，还心存顾虑；吴强写《红日》时，恰逢1956年提出"百花齐放"的方针。实际生活与宽容的文学环境相汇通，石东根这样一个有缺点的英雄形象就是一个完全抛开了任何条条框框的真实写照。《铁道游击队》和《林海雪原》都富有传奇色彩。知侠通过多次采访，对英雄的故事熟稔于心。为了完成重托和内心的需要，他勾勒了战斗在铁道线上的抗日英雄群像，从中表达出他对英雄的敬慕之情。当曲波在《林海雪原》的扉页上郑重地写上"以最深的敬意，献给我英雄的战友杨子荣、高波等同志"时，缅怀战友、传颂英雄的意愿已在他的心中砰然轰鸣了。既然是写自己亲自参加并指挥的小分队剿匪的作战经历，作品的人物就必须相对集中；既然是缅怀战友，那么，以杨子荣等为中心的基本构想也就十分明确。这样，即便景色描写多么瑰丽，神话色彩多么浓厚，故事情节多么惊险曲折，都不会冲淡对主要英雄人物多层次、多方面的刻画，杨子荣这一智勇双全、胆识非凡的形象，也就成为家喻户晓的英雄典型。

《保卫延安》与《红日》都是写解放军大规模作战并最终取得胜利的史诗，从生活与直觉出发，他们都遵循历史的本来面目选择了相同的艺术思路，即：解放军失利——转折——最终胜利，但相同的艺术模式并不等于相同的艺术构成。为了充分展示部队平凡而伟大的革命精神对他的教育，充分表现广大的基层干部战士创造时代的历史贡献，在情节设置上，杜鹏程精心设置了周大勇掉队的"长城线上"这一章，经过综合、概括、集中、提炼和想象，使全书始终保持着高昂的英雄基调，严峻热烈的风格也得以体现。《红日》虽然确立了敌我斗争这一主线，但在这一主线之下，还要涉及军队内部的思想矛盾（但不作为一条副线），却是宣传部长吴强的特长。许多政工干部、知识分子出身的干部，他都比较了解，设置他们与军事干部之间的矛盾冲突，如政治部主任潘文藻、政治委员陈坚、团长刘胜之间的思想矛盾，有机地展示解放军取胜的重要法宝之一——出色的政治工作，就成为《红日》特有的艺术构成。与上述两部作品不同，《林海雪原》和《铁道游击队》最初是从作者的口中向外传颂的。故事本身的传奇性使作者每到一处都能吸引一大批听众，也使作者越讲越集中，越讲越精炼，越讲越叫座。这极大地提高了作者的自信心，也增强了他们将这些事迹创作出来、以拥有更多读者的愿望。曲波虽来自部队，但由于他深受古典文学的熏陶，甚至还能背诵《三国演义》、《水浒传》、《说岳全传》中一些经典章节，这种特殊的文学素养使他在创作时，除了在自然环境、神话传说、英雄故事的三结合上苦心经营，更在设计故事的惊险、刺激及连贯性上殚精竭虑，紧扣英雄杨子荣神奇的经历，形成环环相扣、奇峰突起、跌宕起伏的艺术格局。"智取威虎山"成为有口皆碑的经典情节，该书也成为 17 年最为畅销的传奇小说。刘知侠虽读过抗大，也有一定的写作基础，但他却没有充分地重视中国传统的叙述艺术，使得小说在情节设置的精彩程度与人物刻画上相对来说就显得较为薄弱，多少影响了它的阅读面。

　　40 年代投身革命 50 年代开始崛起于文坛的还有王愿坚、茹志鹃等作家。在部队时他们多做宣传工作，没有直接拼杀在战场。但他们军人的经历使他们对时代的渴望更容易理解，对英雄的事迹更容易共鸣。他们的编辑身份又使他们希望在较短的篇幅内艺术地展现出历史的由来。王愿坚反复思索的是怎样在不大的篇幅里把历史的道路与现实的要求联系起来，筛选出具有艺术感染力的典型细节、典型情节，使青年读者从中认识到这笔"精神财富"的巨大价值。《党费》、《七根火柴》、《粮食的故事》等作品的创作就缘于此。他表现人物内心世界的美，常常从正面展示英雄人物崇高的精神世界，透出作者对革命前辈的崇敬与仰慕之情，如《三人行》、《普通劳动者》等。女作家茹志鹃更多地关注的是周围与她相近的普通人的内心世界，通过人物自身的心灵撞击，揭示出他们精神世界的变化历程，传达出作者对平凡人物的关爱与理解之情，如《高高的白杨树》等。她的代表作《百合花》则将战争作为背景，以女性特有的细腻，细细发掘微妙的情感波澜，层层揭示优美的内心世界，通过人物之间的心理嬗变诗意地抒发人与人之间的美好情怀，显示了她独特的创作个性与身份的完美结合。他们都以回忆的方式叙写历史，一个昂扬悲壮富有哲理，一个清新俊逸充满诗情；一个崇高，一个优美。这与其说与选材有关，不如说与他们的性别身份有关。

讲述历史的来路是时代的需要，展示中国农村的今天与未来同样也是时代的需要。面对建国后农村新的生活，国统区作家沙汀不甘寂寞，先后发表了《卢家秀》、《过渡》、《欧幺爸》、《你追我赶》等一批反映合作化题材的短篇小说。这批小说在当时引起了广泛的注意，其中，《你追我赶》还被茅盾评为"严守绳墨、无懈可击，而又不落纤巧的佳作"①。实际上，它们只是一些在艺术上尚有可取之处，在思想上却充满粉饰、鼓噪的浮泛之作。《卢家秀》和《过渡》发表于1955年12月，前者写16岁少女卢家秀如何从家里走出并代表家庭参与各项活动直至积极入社并成为小组长的新气象；后者写青年农民王永福为入社而努力争先的各项活动。小说旨在歌颂农业合作化运动中涌现出的积极分子，情节也主要围绕着他们积极要求入社所做的事情来展开，线索清楚，主题明确。但是，沙汀为了表现农民对合作化的高涨热情，特意增添了那些平时自私落后的农民瞬间转变了立场，积极缴粮交钱的情节，应该说拔高了人物的精神境界，也有违于艺术的真实。身份的印迹使他总是心有余悸地调整自己的艺术支点，他为之进行的充满矛盾的心灵搏战，与其说是新的艺术选择不如说是迫不得已的姿态选择。他过多地强调世界观的改造，以极大的政治热情拥抱新的生活，以敬佩赞美的笔调仰视农村新生活中涌现的具有英雄品质的新人，但走马观花似的考察无法替代对生活长期的深入体察。他急切地寻找艺术个性与艺术真实的新的焊接点，但时代的要求与他自身长期形成的生活积累、艺术套路的矛盾，使他的努力付之东流。他一直想透过现

---

① 茅盾：《一九六〇年短篇小说漫评》，《文艺报》1961年第6期。

象反映本质，却常常将生活的假象当作本质，以至于历史翻过这惨重的一页时，他读到的只是难言的懊悔。我们不苛求前贤，沙汀在创作上的偏差与脱节，是时代与历史使他不得不为之付出的沉重的代价。

从延安解放区轻松跨入共和国的赵树理、周立波、柳青等作家，在建国前就已是《讲话》的成功实践者。他们心悦诚服地深入生活，与工农保持着天然的联系。出身的渊源使他们对农民的理解准确而深刻，对有着小农意识的老农民的认识，更是入木三分。他们不是袖手冷眼的旁观者，而是积极参与的责任人。他们的创作虽然也源自内心，缘自责任感和使命感，但他们着重探索的不是共和国农村的昨天与历史，而是共和国农村的今天与未来。只是在具体环节上，这一艺术指向因他们不同的身份而各具特色。

深受家庭和环境的影响，赵树理真正懂得农民的艰辛，懂得农民的经济生活，懂得农村各阶层人的生活习性、内在需求。他深入农村特别强调以普通群众的身份贴近生活，真正做到久则亲，久则全，久则通，久则约。在写作时，只写自己相信的、深刻体验过的事。这种独特的"身份"使他正视农村中出现的各种"问题"，敢于按照自己独立的思考来反映新中国农村的新矛盾。他建国后写的第一篇小说《登记》表现的就是老问题新矛盾。小晚与艾艾的婚姻只是铺垫，揭示封建思想对旧式妇女小飞娥和民事主任的侵蚀以及由此产生的悲剧，仍然是赵树理现实主义眼光深邃与出众之所在。这与他在《小二黑结婚》、《李有才板话》中注重流氓与干部中的蜕化分子广聚、恒元、章工作员之流的危害性及旧式农民二诸葛、三仙姑之类的封建宗法思想如出一辙。与农民长期水乳交融的生活，使赵树理对农村中因袭着传统思想重负的长者有着切肤的感受，对他们迈向新时代所面临的思想困惑和内心愿望有着剀切的体察。他以平视的眼光着重表现那些有着浓厚旧思想的小农生产者与新政权的矛盾冲突，在《三里湾》中，中农马多寿、袁天成、范登高三家尤其是马多寿这样的封建性大家庭的复杂矛盾，被确定为"拆"的重点，《"锻炼锻炼"》中"小腿痛"被视为重点批评的形象，寓意就是如此。赵树理强烈的现实主义精神使他清醒地看到，农村中人物身份的构成，绝非营垒分明，截然对立，即使同一个人也决非铁板一块，改造他们根深蒂固的小农意识，是一个长期而艰巨的任务。因而他以处理人民内部矛盾的方式，对农民中的保守思想及行为在理解中予以批评。这一现实主义与人道主义相结合的态度，使他笔下的老农民形象更为人们所津津乐道，更为人们长久地思索赵树理的意义。

曾任教于延安鲁艺的周立波，虽也是农民出身，但知识分子气似乎更浓。他以乡互助合作委员会副主任和乡党委副书记的身份参加合作化运动，学习有关合作化的政策文件，领会这场自上而下的运动精神。这样，周立波观察生活、体验生活，就注意站在一定的政策高度上去分析、去理解。故平视和俯视相融合，阐明合作化运动给农村将要和应该带来的新气象，就成为他构思《山乡巨变》的基本动机。有趣的是，同是带头人，周立波笔下的李月辉与赵树理笔下的王金生、柳青笔下的梁生宝不同，王金生、梁生宝是合作化运动中"应该的"带头人，而李月辉则是合作化运动中"本来的"带头人。这位在合作化初期曾犯了"右倾错误"的乡长，若迎合时俗可写成执行错误路线的反面典型，但周立波坚持从生活出发，塑造了一个不急不缓、气性和平，遇事多冷静分析，保持清醒的头脑，从容地进行合作化运动的基层干部的形象。不过，小说的续篇更注重以侧面烘托的方式表现李月辉在全乡干部和广大群众中的崇高威望和广泛影响，增添了几分引导的观念，榜样的力量，在性格衔接和指导思想上又涂上了理念的色调。与赵树理以爱恋的情感描写旧式农民的行为心理不同，周立波以喜悦的心情送走亭面糊、陈先晋的旧观念。赵树理也给糊涂涂、能不够、惹不起抹上喜剧的色彩，但这喜剧透着讽刺，透着沉重。周立波以解决敌我矛盾的方式平息了清溪乡合作社的分裂力量，不能说这一设置不尽合理，但与赵树理对农民的体察与了解相比，恐怕更多的是身份的矛盾性带来的创作的矛盾性。

如果说赵树理、周立波立志成为农民的代言人的话，那么，柳青则立志成为农民的引路人。他早年当过乡文书，建国后又以县委副书记的身份落户长安县皇甫村，这使他以农民的但又是领导的身份介入生活，有意无意地形成了一种"权威"意识。他以俯视的眼光思索着如何指导农民摆脱旧的束缚，乐观而充满信心地展示出中国农村不可逆转的历史趋势。他信服"三个学校"（生活的学校，政治的学校，艺术的学校）和 60 年一单元的思想，把作家视为人民群众思想情绪和革命要求的表现者。故而他对农民未来的激情远大于他对农民历史的思索，理想主义的光芒也就聚焦在新农民英雄梁生宝的身上。以至于严家炎同志指出《创业史》的成就更在于梁三老汉时，一向对批评界保持沉默的柳青忍不住"提出几个问题来讨论"。他以"生活的故事""显示"公有制和集体生产的优越性，以吸引农民走合作社道路为指导思想，以梁生宝为中心，以富裕中农、贫农、富农为基本构成的人物设置，既源自生活，又来自他对农村政策的苦心钻研。诚然，这一设置存在着历史的局限，但柳青因政治理想与艺术创造的有机融合而走向新生却是无可否认的事实。

1953 年，25 岁的语文教师李准，偶然听到土地交易税经常超额完成任务，立刻敏锐地意识到是农村中重新出现的分化现象。他迅速将这一焦点问题提升到两条道路这一大是大非的原则上来，以教育者的身份制止了这一不合时宜的行为，成为当代小说中最早触及农村两条道路斗争的作品。小说原想塑造一个具有大公无私的品质和远大理想的共产党员的典型，因"没有钻到这个人物的灵魂深处，对于这个人物还缺乏较深刻的理解"①，写得比较概念化。而老农民宋老定的形象，由于作者熟悉这一类农村人物，反倒塑造得真实可信。这种倒置与作者的初衷并不吻合。作为一个天真的、敏感的、赤诚的农村歌手，最喜爱最贴近的自然是农村新人。他认为："创造新人物是我们文学中新的课题，也是我们的迫切任务。"②《李双双》、《耕云记》就是作家探索农村新人的成功之作。小说对农村中新型妇女形象的塑造格外用力，显示了作家在这一领域的新突破。但我们也应该看到，与赵树理一针见血地指出农村中的本质问题相比，李还显得相当稚嫩，他对新时代火热的激情遮掩了他对农村中复杂现象的透视，专注焦点矛盾的洞察

---

① 李准：《我怎样写〈不能走那条路〉》，《长江文艺》1954 年第 2 期。
② 李准：《我喜爱农村新人——关于写〈李双双〉的几点感受》，《电影艺术》1962 年第 6 期。

使他忽略了对相关矛盾的必要审视。这种对农村矛盾认识的浮浅与单一，极容易将问题上纲上线，同时也表明：单纯地熟悉农村生活并不意味着真正地把握了农村的新矛盾。例如《不能走那条路》：张拴是一个不好好从事农业生产"吃飞利"的人，因为瞎捣腾而赔本被迫卖地，使问题严重化。但严重的问题在于，张拴想卖了地后再去捣腾。在当时的历史条件下，这实际上也是一个不容忽视的新问题。但是，作者只看到了宋老定意愿中暴露出的迹象，而一味地帮助张拴，没有看到这帮助的背后并不意味着矛盾的化解，反倒很可能孕育着新一轮的危机。张拴形象的软弱，实际上暴露了作者在复杂的社会面前对社会问题尤其是隐藏在农村中具有同样危害的问题缺乏真正的体察。至于歌颂"大跃进"的《李双双》尽管人物有其生动性，但时代的局限更令人深感遗憾。

身份是一个作家的标志，也是一个时代文学印记的表征。当我们从身份的视角审视了 17 年的小说创作后，我们发现，17 年小说在革命历史题材和合作化题材上的创作实绩，主要来自那些从战火中成长的作家和解放区来的农村作家，他们同中各异的身份营造了 17 年文学别样的景观。国统区作家和共和国成立后成长的年轻作家由于身份的错置，其创作经不起历史的检验，最终无一例外地退居历史的深处。之所以如此，一是作家没有正确地处理好作家身份与世界观的关系；二是没有正确地处理好作家身份与创作个性的关系。17 年是一个强调共性的时代，个性只是一种依附，且往往被视为个人主义而遭到挞伐。从国统区来的作家由于多年的创作实践已形成了独特的创作个性，让他们走进一个完全陌生的世界，消解半生积习的感受世界和表达世界的人化方式，只能导致自己强大的创作个性的衰落与消亡。年轻作家以激情替代生活，不断追踪时代潮流的浮躁心态，使他们无从形成稳定的创作个性，只能为人们留下浮光掠影的表象记录。当然，这不是说，战火中成长的作家和解放区来的作家没有世界观和创作个性的矛盾，只不过他们在建国前就已在《讲话》思想的指导下完成了这一转变。但是，由于他们在创建新的创作个性时，完全信服政治的世界观和共性的创作模式，在政治的利益与时代的利益、人民的利益保持一致时，其作品奏响出时代的旋律，散发出特有的艺术魅力；反之，则在历史的筛滤下，失去原有的光泽。历史的教训同样值得我们认真汲取。

（原载《中国地质大学学报》2003 年 5 期）

从中心到边缘

——"英雄人物"批评话语的源流及考量

在共和国文学的批评范畴中，"英雄人物"无疑是主宰一个时代的核心话语，它不仅深刻地影响了共和国文学人物塑造的基本范式，而且决定了共和国文学三十年来人物形象的成败得失。因此，历史地反思这一范畴的形成及其经验教训，对于促进当下文学的繁荣发展，很有必要。

"英雄"一词，古已有之，但"英雄人物"作为共和国文学的核心概念，其萌芽可上溯于 1942 年毛泽东的《在延安文艺座谈会上的讲话》，尽管在这里，毛泽东同志只是号召革命根据地的作家表现"新的人物"，但"新的人物""比普通的实际生活更高，更强烈，更有集中性，更典型，更理想"，却已包含了"英雄人物"的潜质，表现"新的人物"也预示出文艺发展的新方向。1948 年，东北的文艺工作者们率先呼应了这一理论，不仅在冬季召开的文代会上明确提出创作"新的英雄人物"这一口号，还就"如何创造正面人物"展开了讨论。① 只是由于讨论的时机早，范围小，时间短，没有引起更多的关注。直到1949 年 7 月周扬在第一次文代会上作题为《新的人民文艺》的报告，将"新的人物"阐明为"英雄模范人物"，同时号召广大作家倾力讴歌与赞美他们平凡而伟大的英雄品质时，② 塑造英雄人物才真正成为新生的共和国文学响亮的口号和努力实践的新方向。

解放军的文艺工作者是建国后最先呼应并贯彻实施这一主张的。1951 年 6 月，《解放军文艺》即在创刊号上刊登刘白羽的《将部队文艺创作提高一步》与陈荒煤的《创造伟大的人民解放军的英雄典型》二

---

① 朱寨：《中国当代文学思潮史》，人民文学出版社 1987 年版，第 141 页。
② 周扬：《周扬文集》，人民文学出版社 1984 年版，第 516 页。

文，要求部队广大的文艺工作者将塑造英雄人物作为转型时期文艺创作的重要内容。随后，陈荒煤又在中南四野全军第二届文艺工作会议上，再次传达了这一中心思想，并将创造人民解放军的英雄典型规定为这一时期的中心任务。时任川北军区政委的胡耀邦也撰文对这一新方向予以积极肯定。① 与此同时，《解放军文艺》还大力译介苏联的英雄理念与创作实践，为作家塑造英雄人物提供了可资借鉴的域外蓝本。经过部队各级文艺工作者的合力宣传与行政强化，英雄人物迅速植入共和国军事文学的主流批评话语中。

《文艺报》则慢半拍起动，但却产生了更为广泛的影响。如果说《解放军文艺》解决的是"写什么"的问题，那么，《文艺报》解决的是"怎样写"的问题。1952 年 5 月，《文艺报》自 9 月号起开设"关于创造新英雄人物问题的讨论"专栏，正式将"怎样写"英雄人物这一问题导入公众的视野。在之后半年的时间里，除却"编辑部的话"外，《文艺报》先后发表了 24 篇文章，就怎样塑造英雄人物展开了热烈的讨论。与《解放军文艺》自上而下的行政式号召不同，《文艺报》则广泛征集文艺工作者的意见，以争鸣的方式展开讨论，所刊登的文章虽长短不一、各持己见，却多有学理，这也反映了建国初期较为宽松的学术氛围。

第一次文代会的号召和《解放军文艺》的倡导以及《文艺报》的讨论，使"英雄人物"迅速成为新生的共和国文学创作与文学批评的主流话语。在之后的十余年间，有关"英雄人物"的讨论虽随政治运动而几经起伏，但多是净化、神化甚至僵化的空泛之论，少有学理内涵与实质性的进展，至"文革"抛出"三突出"后，彻底走入歧途。

"英雄人物"原本是一个顺应时代的文学命题，应运而生的一大批英雄形象成为一个时代的精神偶像，影响了几代人的精神历程。让人始料未及的是，这一命题却在日后的文学实践中出现严重偏颇甚至钻入了死胡同。是什么原因导致这一命题的尴尬结局呢？或者说，这一命题是否在预设之初就已暴露出后天的不足呢？要回答这一问题，我

---

① 胡耀邦：《表现新英雄人物是我们的创作方向》，《解放军文艺》1952 年 1 期。

们需从与英雄人物讨论而密切相关的"由落后到转变模式"、"英雄无缺点论"和"本质论"三个核心论点说起。

一、从落后到转变模式。所谓"从落后到转变模式",是指建国前期部队文艺工作者为适应部队宣传所形成的一种主人公由思想落后经教育转变为思想进步的一种创作模式。它正式被首肯是在1949年周扬的《新的人民文艺》一文中,文章认为:"英雄从来不是天生的,而是在斗争中锻炼出来的。人民在改造历史的过程中,同时也改造了自己。工农兵群众不是没有缺点的,他们身上往往不可避免地带有旧社会所遗留的坏思想和坏习惯。但是在共产党的领导和教育以及群众的批评帮助之下,许多有缺点的人把缺点克服了,本来是落后分子的,终于克服了自己的落后意识,成为一个新的英雄人物。"文章进而强调:"描写部队中落后战士转变的作品,是特别具有教育意义的。"① 在这里,周扬肯定了"英雄人物"成长的常规路径,强调了表现转变的创作意义,使许多尚处在摸索观望阶段的创作人员明晓了路理。循着这一路径,一批"从落后到转变"的"英雄人物"蜂拥而至。然而,人们很快发现,"从落后到转变"一旦成为创作中的模式,无形中助长了"公式化"、"概念化"的产生,其理论主张也由原先的创作导向变为"公式化"、"概念化"的代名词。于是,许多人主张放弃"从落后到转变"的创作模式,也有人为之辩解,认为笼统地批判这一公式并不能解决问题,还有人建议把"落后到转变"理解为合乎事物内在规律的"事物内部新与旧、前进与落后、新生与腐朽的矛盾斗争过程",② 扩大这一命题的内涵。更多的人则采取最为"便捷"的方式:砍去"落后"的帽子,写转变的起点,即写先进人物,写英雄人物,如陈荒煤就认为:"我们的创作,今天不仅仅要从'落后到转变'这样一个公式里脱拔出来,改变到去写进步的人物,而且,要大大发扬革命的浪漫主义;

---

① 周扬:《周扬文集》,人民文学出版社1984年版,第512—520页。

② 张立云:《关于写英雄人物和写"落后到转变"的问题》,《文艺报》1952年第11—12期。

不仅仅只是去写进步的积极的新人，而是要创造和雕塑新人的英雄形象。"① 很快，这一观点得到普遍的认可，写英雄人物——写"由成熟到更成熟"的英雄人物成为创作的主流。相应的，不准表现英雄各种"不成熟点"的清规戒律也随之而来，最终导致英雄人物的起点越来越高，不食人间烟火的"挥手指方向"式的英雄就成为这一模式的最后旨归。

二、英雄无缺点论。既然要写"从成熟走向更成熟"，"从胜利走向更大的胜利"的英雄，那怎样的英雄才符合这一尺码呢？陈荒煤提出："所要写的英雄人物，可以选择一些没有缺点或很少有缺点的英雄来写。其思想不应该有悲观的、个人的、后退的思想，而应该是向上的、乐观的、健康的、生气勃勃的，只有这样，英雄才是一个有血有肉、生动活泼、情绪饱满的真正的人。"② 更"重要的是，描绘人可能以及应该发展的样子"。③ 对于前者，有的读者修正说："缺点是可以写的，问题是我们怎样看待缺点，是否首先表现了英雄人物的优良品质的一面，在首先表现了好的一面的基础上来写缺点是可以的。"而且，"如果作品主要地、真实地表现了英雄人物，落后人物只是成为陪衬，在新事物的推动下，有了自觉地斗争而转变，那是可以写的。"④ 也有的读者认为可以写并不是一定要写，"写了落后的一面，不一定就是歪曲英雄形象；不写英雄的缺点，也不一定会是没有血肉，高不可攀。英雄有时也确实有一些缺点，但现实中也尽有没有缺点的英雄。我们为什么要求作者一定要写出有缺点的英雄或一定要没有一丝缺点的十全十美的英雄呢？"⑤ 冯雪峰也撰文认为："人民要求以文艺为自己伟大斗争的镜子，使看见自己，以发扬自己的长处，并批判和改正自己的

---

① 陈荒煤：《为创造新的英雄的典型而努力》，《长江日报》1951 年 4 月 22 日。
② 陈荒煤：《创造伟大的人民解放军的英雄典型》，《解放军文艺》1951 年第 1 期。
③ 陈荒煤：《为创造新的英雄的典型而努力》，《长江日报》1951 年 4 月 22 日。
④ 曾炜：《关于英雄人物的描写》，《文艺报》1952 年第 9 期。
⑤ 左介贻：《现实生活这样告诉我们》，《文艺报》1952 年第 16 期。

短处，催促自己前进得更快。人民尤其要求文艺最真实、最生动、最完美地描写在我国已经难以数计的新英雄新人物"。① 对于后者，周恩来也表示赞同，他认为既然要最完美地表现英雄人物，当然可以在文艺作品中"把人物写得理想一点"。② 毛泽东也持同样的主张。于是，在第二次文代会上，经毛泽东许可，周扬正式将"忽略说"以报告的形式公布于众："为了要突出地表现英雄人物的光辉品质，有意识地忽略他的一些不重要的缺点，使他在作品中成为群众所向往的理想人物，这是可以的而且必要的。""至于一个人物如果具有和英雄性格绝不相容的政治品质、道德品质上的缺陷或污点，如虚伪、自私，甚至对革命事业发生动摇等，那就根本不成其为英雄人物了。"③ 这一带有原则性的总结式的论点为英雄的圣化找到了理论依据，为日后"高大泉（全）"形象的出笼埋下了伏笔。

三、本质论。"本质论"是受了苏联理论界影响而形成的一种创作观念，这种观念认为，社会主义文学的任务是创造典型，写典型就是写事物的本质，而英雄则是我们时代的本质体现，因此，只有从写本质出发，才能写好英雄形象，才能创造典型。今天，"本质论"的伪科学性已无须辩驳，但它对当年英雄人物塑造所产生的负面影响却是不言而喻的。在第二次文代会上，周扬不仅阐述了忽略英雄缺点的必要性，还论述了英雄所具备的崇高品质。他说："英雄人物的光辉灿烂的人格主要表现在对敌人及一切落后现象决不妥协，对人民无限忠诚的那种高尚的品质上，他之所以能打动千百万群众，成为他们学习和仿效的榜样，也就在于他所表现的那种先进阶级的道德的力量。英雄人物并不一定在一切方面都是完美无疵的。他并非没有缺点，但他对他自己的缺点采取不调和的态度，他能勇敢地接受群众的批评和勇敢地

---

① 冯雪峰：《克服文艺的落后现象，高度地反映伟大的现实》，《文艺报》1953 年 1 期。

② 周恩来：《为总路线而奋斗的文艺工作者的任务》，《周恩来论文艺》，人民文学出版社 1979 年版，第 52 页。

③ 周扬：《为创造更多的优秀的文学艺术作品而奋斗》，《文艺报》1953 年第 19 期。

进行自我批评；这正是一种优秀品质的表现。"① 这里所说的品质也是英雄人物的本质体现。其实，写英雄人物的本质这一问题，早在英雄人物讨论之前就有人提了出来。刘白羽就认为，要以 1950 年出席全国战斗英雄会议的代表为样本，反映英雄的本质。② 陈荒煤则认为写英雄的本质就应表现英雄"和人民密切的联系，党的领导，阶级的教育，以及基于自觉的绝对严格的纪律，英雄的战斗作风等等。"③ "写本质论"一出台，立刻被高度认同，由之还衍生了"非本质"、"非主流"等观念"指导"创作。对此，有人提出质疑，认为写本质"否认了现实生活的丰富与复杂，否认了现实中存在的多种多样的矛盾和斗争，而把现实生活简单化和抽象化，也就是教条主义化了。"④ 还有一些人以李逵的鲁莽、夏伯阳的个人意气为例说明，忽略他们身上那些属于他们这类人物本质的东西，就无法使他们活生生地站立在人们面前，也就无法塑造出他们的典型性。那种离开具体的生活环境只按照党章条文抽象地制造的英雄人物，只能是凭空臆造或者干枯的没有血肉的概念的演绎。可惜这些微弱而有价值的意见很快被占主导地位的写本质论所淹没。对于创作中可能出现的概念化问题，持本质说者提出了改造世界观以弥补生活不足的解决思路。不久，这种意见占了上风并占据主流，经过创作的"磨合"出台了著名的部队经验："看不到英雄怎么办？看不到，多向毛主席著作去请教，按照毛主席教导选苗苗；看不到，问群众，问领导，群众眼睛亮，领导站得高；看不到，勤把自己思想来改造，要和英雄人物走一道。看到了，要用毛主席著作来对照，看他做到哪一条，依靠哪一条，体现哪一条。"⑤ 在这一历史境

---

① 周扬：《为创造更多的优秀的文学艺术作品而奋斗》，《文艺报》1953 年第 19 期。

② 刘白羽：《将部队文艺创作提高一步》，《解放军文艺》1951 年第 1 期。

③ 陈荒煤：《创造伟大的人民解放军的英雄典型》，《解放军文艺》1951 年第 1 期。

④ 李树楠：《帮助作家正确地描写矛盾与斗争》，《文艺报》1952 年第 9 期。

⑤ 文艺报评论员：《用毛泽东思想武装起来，做又会劳动又会创作的文艺战士》，《文艺报》1965 年第 12 期。

遇下，"根本任务论"和"三突出理论"的出笼导致创作的僵化也就不足为奇了。

实际上，文艺界对于英雄人物可能出现的僵化命运是有所预感的，但文艺工作者每一次小心翼翼的反拨，或被那些貌似理充据实的左的观念上纲上线，或被占有主流地位的强势话语强行剥夺话语的权利，迫使那些挑战者们不得不就范或者放弃。例如，《文艺报》在最初介入这一讨论时，所选的四篇读者来信和撰写的编者按中，就主张从生活出发，从现实的矛盾和斗争出发，反对从抽象的、教条的概念中寻求英雄的模本，更反对用先验的观点去解释生活、规定创作的主张，从中也可看出《文艺报》的倾向。不料问题陡然上升到塑造英雄人物是事关反对资产阶级和小资产阶级的思想倾向这一尖锐而敏感的高度，《文艺报》不得不放弃了原有的立场。

"英雄人物"的提出与实践，在共和国初期的历史语境下，自始至终就不是一个纯正的文学命题，而是一个带有时代性、方向性、政策性的理论导引。因为在新生的共和国的语境里，英雄从来不是个人主义的标榜物，而是集体主义杰出代表的体现者，是政党、集团以及时代崇高利益的代言人，时代使英雄人物必须承载起政治与文学的双重使命，承载起榜样的作用，鼓舞的力量，教育的意义等诸多连带的内容，这就使得"英雄人物"在其伊始就披上了沉重的政治袈裟，内涵与外延的伸缩都要受到来自各方面（包括国家领导、文艺界人士以及广大读者在内）的普遍干预与问责，人们关注的不是"英雄是谁"，而是"谁的英雄"？"怎样的英雄"。"文学批评的一项主要任务，就是从哲学、社会科学中找论据，用以构建如何塑造英雄人物的抽象的条律、规定和框子"，① 这也是"英雄人物"的讨论难以在学术的层面上深入广泛地展开的主要原因。如果说《文艺报》的讨论是问题的提出，那么第二次文代会上邵荃麟的报告则是问题的总结。在报告中，他除了郑重地宣布关于英雄人物的创造问题已基本上解决了，更在报告中全方位地阐明了塑造英雄人物的目的、依据、方法、意义，以及若不如

---

① 王春元：《关于写英雄人物理论问题的讨论》，《文学评论》1979 年第 5 期。

此将会产生的后果，悬置了这场看似可能展开却又不可能展开的讨论。① （之后虽有零星半点有关英雄人物的讨论，但再也没有形成阵式，话题也没有超过这期间讨论的范围。）有关"英雄人物"讨论的文学命题，也就在短短的半年时间里匆匆地结束了它未尽的使命。邵荃麟的这份带有纲领性质的文件也成为日后广大文艺工作者必须遵循的创作指南。也就是在这一语境下，冯雪峰提出的"在实际生活中，所谓不好不坏的、看起来好像既不能加以肯定也不应该加以否定的、没有什么斗争性和创造性的所谓庸庸碌碌的人们，是大量地存在的，并且形成一种很大的势力"，在艺术形象上，"仍然也是重要的主人公"的"大众人物论"，② 没有任何声响，创造英雄人物势不可挡地成为共和国文学创作的主流话语，任何企图调试的声音（如邵荃麟在"大连会议"上再提"中间人物论"），都被严厉地排斥在主流话语之外，非英雄人物也就彻底边缘化，"英雄人物"也就沦为极"左"政治和"长官意志"的奴仆。也正因此，当新时期文学来临时，人们首先从这里打开了"英雄人物""拨乱反正"的突破点。

"文革"结束后，有关塑造"英雄人物"的话题亦间或被提及，但由于历史的前辙，人们对其的质疑度远大于对其的共鸣感，加之时代的变迁，终未能引起理论界的共鸣。

"英雄人物"由"新的人物"衍变而来，萌芽于毛泽东的《在延安文艺座谈会上的讲话》，纳入共和国文学主流范畴的轨道始于周扬在第一次文代会上的报告《新的人民文艺》，经《解放军文艺》的贯彻和《文艺报》的倡导，"英雄人物"成为共和国初期文学的中心话语。但是，这一话语的提出与实践，自始至终就不是一个纯正的文学命题，而是一个带有时代性、方向性、政策性的理论导引，其预设之初就偏离了文学的轨道。在之后的文学实践中，强势话语不容分说地将"英雄人物"捆绑在政治的战车上，而任何企图调试的声音都被严厉地排斥在主流话语之外，致使其每一次的"净化"之路都指向神化、僵化

---

① 邵荃麟：《沿着社会主义现实主义的方向前进》，《人民文学》1953 年第 11 期。

② 冯雪峰：《英雄和群众及其它》，《文艺报》1953 年第 24 期。

之旅，最终导致"英雄人物"沦为极"左"政治和"长官意志"的奴仆，钻进了人物塑造的死胡同。近三十年来（1976—2006），有关塑造"英雄人物"的话题并未中断，塑造新时代的英雄人物形象的呼吁亦间或被提及，但由于历史的前辙与时代的变迁，终未能引起理论界的共鸣，"英雄人物"遂成为共和国文学批评史上一个有着特殊印痕的历史话题。

（原载《新疆大学学报》2010 年 4 期）

共和国文学的历史分期

　　文学史的分期问题，不单是一个形式问题，而是一个对历史的看法和评价问题，从什么角度如何准确地把握共和国文学四十年来的嬗变轨迹，并对其进行较为合理的划分，是评价共和国文学的关键所在。然而，长期以来，我们划分文学史的出发点往往依据政治变化进行描述，而不是从文学的本性即从文学的文学发展史的角度予以正确地阐释，无形中便割裂了作为文学的文学发展史的内在联系，使文学史简单地成为政治史和社会史的附庸品。所以，从文学的角度——"从埋藏于历史过程中并且不能从这个过程中移书的规范体系所界定的一个时间上的横断面"中，探索"一个规范体系到另一个规范体系的变化"① 是我们文学工作者解决问题的正确途径。

　　1979 年 2 月，《人民文学》发表茹志鹃的新篇《剪辑错了的故事》。这是新时期文学中最先将反思的笔触追溯到 1958 年"大跃进"——在更深广的历史长河中剖析"极左"思潮对党和人民残害的著名小说。该作品问世后即在广大读者和评论界中产生较大反响，并获得当年优秀短篇小说奖。在这篇小说里，我们看到了革命战争年代曾经同人民同甘苦、共患难、情同手足的"老甘"，在"大跃进"中却成为搞浮夸风、瞎指挥、脱离人民、充满长官意志、甚至不顾人民死活的"甘书记"。作者通过主人公老寿屡遭打击、内心矛盾痛苦之极时的梦幻，发人深省地揭示出"极左"思潮对党的肌体的严重侵蚀和由此给我们的事业带来的巨大损失，1989 年是该作品发表十周年。当我们重新接受这篇小说时，使我们感兴趣的并不只是人所周知的深邃的思想价值

---

　　① 韦勒克，沃伦著：《文学理论》，刘象愚等译，生活·读书·新知三联书店 1984 年版，第 307 页。

（因为它对于目前仍具有很强的现实意义），更是作者在非凡的艺术构思中即在人物的设置上呈现的非同步性双向互逆型结构中传递的文学史意义。

所谓的非同步性双向互逆性结构是指从接受美学的角度看，随着情节的交替发展，老甘由文本①中的公社副书记上升为县委副书记，即由"英雄"走向"更英雄"——呈上升势态时，却在作品中由受人尊重的干部即"英雄"沦落为遭历史谴责的罪人即"小丑"——呈下降态势；老寿由文本中的老革命、生产队副队长兼梨园负责人即"英雄"降为普通群众并受党纪处分即"小丑"——呈下降态势，却在作品中成为敢于坚持真理，为民请命的"顶风人物"即"英雄"——呈上升态势。

所谓文学史意义是指输出者在主题上寄寓农民生活的着眼点不再是两条道路的矛盾，而是他们坚毅地走上社会主义道路后遇到的坎坷、艰辛，是"极左"路线及其执行者对他们的摆布和他们在这种摆布下的迷茫、困惑以及力所能及的抵触或反抗；在人物塑造上开始冲出单向的由落后变先进或从平凡走向崇高，即从小丑到"英雄"的创作模式；于接受者而言，不再廉价地随着作品中英雄人物理想信念的实现而完成对其偶像的崇拜，即不再教条地接纳其作品所呈现的社会功能而忽视其内在的文学的审美意义。这种新的价值取向，新的信息的输出方式，无疑使我们看到了共和国文学一个旧的时代的终结和新的时代来临的曙光。

1942 年，毛泽东同志发表了著名的《在延安文艺座谈会上的讲话》，提出了"文艺为政治服务，为工农兵服务"的"二为"方针。广大文艺工作者纷纷响应毛泽东同志的讲话精神，走向社会，深入工农兵，运用人民群众喜闻乐见的艺术形式，创作出一大批表现新的主题、新的人物的人民文艺，使解放区的文艺面貌焕然一新。其中一些作品如《白毛女》、《王贵与李香香》、《暴风骤雨》、《太阳照在桑干河上》

---

① 接受理论认为：作者产出的文本同作为被接受了的文本即作品是不同的。文本是固定不变的，作品却是变动的。文本属于作者一级，作品属于接受者一级。

等在解放区广为流传，家喻户晓。它们之所以深受广大群众的珍爱，成为延安文艺的典范作品，其成功的经验在于：（一）紧密地配合了当时政治形势，表现了翻身农民积蓄已久的愿望，表达了"共产党是人民的大救星"这一崭新的主题；（二）在人物塑造上，作家笔下的人民不再是被侮辱被损害的形象，而是代表着他们自己的利益与剥削者进行不屈不挠的斗争的典型，即使像喜儿、王贵、李香香、赵玉林这些受尽剥削阶级压榨的贫苦农民，也在党的教育下逐步提高了自己的阶级觉悟，成为无产阶级的先锋战士；（三）于接受者而言，他们与作者同步地分享着作品中人物的喜悦，感受着作品中人物的悲哀——他们看到自己的兄弟姐妹遭受凌辱，内心便激起对兄弟姐妹的深切同情和对剥削阶级的刻骨仇恨；他们看到昔日卑微的自我如今成为作家讴歌的新时代的主人，成为推动社会前进的进步力量，心中便感到莫大的满足、自豪和欣慰，交口传颂，齐声颂扬自在情理之中。固然，新鲜活泼的为广大群众所喜闻乐见的中国作风和中国气派的艺术形式，也是他们取得成功的重要因素。

建国后，毛泽东文艺方向在全国得以彻底的贯彻传播。周扬同志在第一次文代会上所作的报告，更为推广和照搬解放区文艺精神起了推波助澜的作用。可以毫不夸张地说，1942 年开始的延安文艺奠定了共和国文学的基础，而 1949 年后的共和国文学是延安文艺精神在全国范围内在新的形势下的继承和发展。然而，也无须讳言，共和国文学在继承《讲话》精神，丰富和发展社会主义文艺的同时，亦深受《讲话》的制约，形成众所周知的不利于人民文艺进一步繁荣的特殊氛围，使无数作品烙上特殊年华的特殊伤痕，更使某种畸形文艺在"文革"中达到登峰造极的地步。

为了更好地说明问题，我们有必要就共和国文学史上最有影响又最有争议的二位作家及他们的代表作品作一简要的比较。

《三里湾》是我国第一部反映农业合作化的长篇小说，发表于 1953 年。关于它的创作动机，赵树理曾在《当前创作中的几个问题》一文中有详细的说明："我的作品，我自己常常叫它是'问题小说'。为什么叫这个名字，就是因为我写的小说，都是我下乡工作时在工作中所碰到的问题，感到那个问题不解决会妨碍我们工作的进展，应该把它提出来……写《三里湾》时，我是感到有一个问题需要解决，就是农业合作化应不应该扩大，对有资本主义思想的人，和扩大农业社有抵触的人，应该怎样批评。因为当时有些地方正在收缩农业社，但我觉得应该扩大，于是写了这篇小说。"① 从这段文字中我们看到，反映"非解决不可而又不是轻易解决了的问题"，是赵树理同志的创作动机；从批评的角度解决现实中出现的问题，是赵树理同志的指导思想。从这两点出发，赵树理同志在《三里湾》中虽然也设计了坚决走社会主义道路的党员王金生，阻碍社会主义道路的小生产者马多寿（糊涂涂），摇摆不定的袁天成和搞自发势力的范登高四家，但是以带头人王金生一家始终和睦友爱，兴旺发达，生机勃勃来比衬马多寿，袁天成，范登高三家矛盾四起，日渐瓦解，大势所趋即通过家庭、爱情问题的生动描绘，反映出合作化道路的必然趋势以及由此引起的农村生活的深刻变化，是赵树理同志艺术构思的匠心之处，也是作者对作品中没有敌我矛盾是一漏洞的非难不能苟同的重要原因。②

柳青同志虽然对《创业史》（第一部）的"非难"作了反批评，③但今天人们看问题时，又不敢苟同柳青同志的主题、创作原则和指导思想上繁复而又理充据实的界定，阐述。他说："《创业史》这部小说要向读者回答的是：中国农村为什么会发生社会主义革命和这次革命史怎样进行的。回答要通过一个村庄的各阶级人物在合作化运动中的思想、行动和心理变化过程表现出来。这个主题思想和这个题材范围的统一，构成了这小说的具体内容。小说选择的是以毛泽东思想为指导思想的一次成功的革命，而不是以任何错误思想指导的一次失败的革命。这样，我在组织矛盾冲突和我对主人公性格进行细节描写时，就必须有意识地排除某些同志特别欣赏的农民在革命斗争中的盲目性，

---

① 《当前创作中的几个问题》，《赵树理写作生涯》，百花文艺出版社 1984年版，第 55 页。

② 《当前创作中的几个问题》，《赵树理写作生涯》，百花文艺出版社 1984年版，第 55 页。

③ 柳青：《提出几个问题来讨论》，《延河》1963 年第 8 期。

而把这些东西放在次要人物身上和次要情节里头。"……他（指梁生宝）的行动第一要受客观历史具体条件的限制；第二要合乎革命发展的需要；第三要反映出所代表的阶级的本性，就是无产阶级先锋队成员的性格特征。①

不难看出，柳青同志首先关心的是"反映什么"，其次才是"怎么反映"。换言之，柳青同志首先明确的是从"政策的角度"思考史诗的宏旨，从纯逻辑的、阶级的角度规定人物的言行，其次才是思索如何从生活的底蕴出发，将他对生活的深切体验熔铸于笔端，创作出美的、个性化的艺术珍品。这一指导思想上的倒置，恐怕是柳青同志创作失误的主要因素。

文学是社会生活的反映，首先必须反映的是人的整体生活，即现象和本质具体地有机地融合为一个整体的那种生活；其次，文学反映的生活应是人的美的生活；再者，文学反映的生活应是个性化的生活，即经过作家的思想、感情的灌注，留下了作家精神个性的印记的生活②。因此，一个对艺术有执着追求的艺术家，重点关心的应首先是怎样将自己全身倾注的生活整体，透过美的事物，高度典型化地再现或表现出来，而不是冥想这个是否符合"生活"——某种特定的生活，那个能否体现"生动的形象"——某种理念化的形象。只有这样，作者笔下的生活才是透过现象把握本质的生活，作者笔下的形象才是浸透了作家个性的"这一个"。否则，从理念出发，框架主题，限制人物，肢解生活的艺术悲剧在所难免。

总之，两位大师虽然都从"反映什么"出发，但赵树理同志思索"怎样反映"时认为：农村固然存在着矛盾斗争，但"并不是摆开阵势两边旗鼓相当地打起仗来，也不是说把农村的住户分成一半是走资本主义路线的，一半是走社会主义路线的，或者多一点少一点。实际上，这个阵势不是这么个摆法，有时候在一个家里边，这个人走这条路线，那个人走那条路线；在一个人身上，也可能有社会主义思想，也有资

---

① 柳青：《提出几个问题来讨论》，《延河》1963 年第 8 期。
② 童庆炳：《关于文学特征问题的思考》，《北京师范大学学报》1981 年第 6 期。

本主义思想，他有时在这一段资本主义思想多一些，到另一段资本主义思想又能少一些"。① 所以《三里湾》的重心不在于表现两个阶级的搏斗，而是集中反映社会主义时期发生在农民内部的矛盾。而柳青同志则认为："社会主义革命时期，特别是合作化运动初期，阶级斗争的历史内容主要是社会主义思想和农民的资本主义自发思想两条道路的斗争，地主和富农等反动阶级站在富裕中农背后。"② 因此，从两条道路的斗争中表达主题，刻划情节，塑造人物便成为柳青同志艺术创作的指导思想。一言以蔽之，二位大师表现了相同的主题，塑造了相近的人物，他们的艺术追求和理论主张是延安文艺精神在新形势下的继承和发展，所不同的是，赵树理同志由于本身和时代的因素未滑入日渐封闭的文艺狭谷，柳青同志却身不由己地令人惋惜地滑入日渐封闭的文艺狭谷，并为此付出了巨大的代价。

至于"文革"时《金光大道》的问世和高大泉（高大全）的出现，完全是极"左"思想在文艺上愈演愈烈以至发展到畸形的产物，在某种程度上也是五六十年代文艺"顺理成章"、"水到渠成"的成果。

实现一个规范体系到另一个规范体系的转变，不是茹志鹃一人或某个作家的某一篇作品完成的，而是一大批作家共同努力的结果。但笔者认为，茹志鹃同志在《剪辑错了的故事》中所做的开拓性的划时代的贡献，在共和国文学史上应予以充分的肯定。也正基于此，我们将共和国文学史以 1979 年为界，分两个时期，即：1979 年以前与 1979 年以后。

（原载《新疆社会科学》1990 年 1 期）

---

① 赵树理：《谈谈花鼓戏〈三里湾〉》，《赵树理写作生涯》第 126 页。
② 柳青：《提出几个问题来讨论》，《延河》1963 年第 8 期。

新时期"幽默四大家"风格简论

在新时期文坛中，有几位这样的作家引起了我们的注意：一、他们大多在 50 年代中期开始创作并成名，又都在 50 年代末那场政治风暴中，被卷入生活的底层，新时期到来后，这些生活的积累成为他们取之不竭的财富和作品中经常触及的主题；二、当他们情不自禁地拿起笔后，不是以单一的笔调一味地哀伤逝去的时代给予他们的痛苦与不幸，而是以多种笔调摹写生活丰厚的内涵，尤其是自觉地以幽默的色调表现他们的审美理想；三、由于创作者在长期的创作活动中，坚持以幽默的形式体察生活、反映生活，创作出一系列幽默作品和具有幽默分子的作品，构成其创作历程中一种稳定的色调；四、又由于他们的幽默色调，不是作为一种调味品点缀在其作品中，而是作为一种艺术风格整体呈现于该创作者的艺术作品里，因而他们的创作便呈现出与其他作家迥然有别的幽默风格。他们是：高晓声、王蒙、陆文夫和邓友梅。我们称之为"幽默四大家"。

本文仅就"幽默四大家"的风格特征作一粗浅的探讨。

一

高晓声是将幽默带入新时期的第一人。他的"陈奂生系列"（后以长篇小说《陈奂生上城出国记》出版）代表了他的最高成就。他以悲喜相成的笔调，为我们塑造了具有高度幽默感和辛酸味的幽默人物陈奂生，让人们在忍俊不禁中，咀嚼其深刻的人生内涵。的确，如果仅仅是陈奂生食不果腹，那只是特定历史年代生活情形的忠实记录；如果仅仅是陈奂生偶然奇遇、时来运转，那也只是新的历史时期农民生活变迁的表象描述；如果仅仅是陈奂生的阴差阳错，那同样也是经济改革后农民患得患失的简单追踪；如果仅仅是陈奂生“功成身退”、重操旧业，那仍仅是农民对政策多变心有余悸的真实再现；如果仅仅是陈奂生唯田是根、唯农是本，以不变应万变的“战术”操练，那也只是农民受几千年封建“农本商末”思想毒蚀的一个缩影；又，如果仅仅只是陈奂生面对商业大潮瞻前顾后，并最终以农致富，那也只是一个普通、本分、落伍的农民的定影；同样，如果仅仅只是陈奂生吉星高照、好运迭来，免费“镀金”，那也只是不同国情的泛泛展览。但是，当人们看到陈奂生终日劳作却不得温饱，依靠“等、看、忍”的哲学苦度半生时；当人们从陈奂生偶然住进高级招待所懊丧又自满的心理中，看到“精神胜利法”在新的时代新的人物身上的复活与滋长时；当人们从不善辞令、不懂实际、不会钻营的陈奂生的“错位”表演中，看到他仍然未能摆脱为他人所利用的境遇，自主意识依然落后于时代的发展时；当人们从陈奂生犹豫不决却又信心十足地接受包产中，看到他忐忑不安却又诚惶诚恐的心态时；当人们从陈奂生最终不为“商风”所动，醉心于务农及其“成就”中，看到他实际上心虚、古怪、变幻无常的定位心理时；当人们从陈奂生的美国之行中看到他惊诧一切、并最终虚枉此行——当这些错综的经历集于陈奂生一身，并与安于现状、麻木不仁、自怨自欺、自我麻醉等性格因素相生时，一个还没有从因袭的重负中解脱出来、“一个生在主人的时代却不是主人的材料”的阿Q相，便入木三分地表现出来。面对陈奂生，我们不能不说：实现人的现代化任重而道远！高晓声不仅深刻地表现了他对中国农民三十余年曲折历史及其灵魂的体察与感悟，也深刻地表现了他对中国农民现状与未来的观察与思考；陈奂生也不仅是一幅处于弱者的地位且没有自主权的小生产者的自画像，更是国民性格中民族美德与弱点的一面镜子。但是，这位农民化了的作家，在冷静地揭示农民的精神重负时，更不忘以宽爱的热肠展现他们纯朴的本色。在表现人物的喜怒哀乐时，轻怒重喜，轻哀重乐。因此，作者在描写这一人物的幽默感时，将同一人物的反差对比组成作品的不和谐因子，怀着善意的、理解的、甚至是偏爱的感情来塑造他，以叹其不幸、愠其不悟的情感写出农民在新的历史时期"搭错车"的幽默行为,在含泪孕笑的酸楚之情中交织爱与怨的情愫,而不是以戏谑的口吻来讥笑他的喜剧演员,当然,他也以冷峻的笔调如实地写出依附在这些人物身上的封建因素和他们自身的局限性,写出人们的灵魂所遭受的侵蚀。所以,高晓声的幽默热诚而冷峻,奇巧而不戏谑。而陈奂生也成为新时期第一个幽默典型。

二

王蒙的幽默在当代作家中别具一格。广博的生活阅历和清醒的理性认识使幽默构成他创作主脉的一支不可缺少的分流。他力图将幽默和深情、哲理和直觉、大胆和清醒结合起来,在有分寸的干预中,更着眼于给读者慰藉和启发。① 王蒙的幽默人物主要有两类:一类是自带幽默素的人物,如《买买提处长轶事》中的买买提处长、《淡灰色的眼珠》中的马尔克、《好汉子依斯麻尔》中的马穆特等;另一类是具有喜剧色彩的人物,如《说客盈门》中的众说客等。在表现第一类人物时,由于人物本身的幽默素和作家对新疆人民的一往情深,故而态度是温和的,与人为善的,婉转中略含讽意,夸张中充满机智,诙谐中充满情谊。例如,马尔克为卖三只小摇床同民兵辩护时那一大段富有幽默感同时又略带油滑的语言,以及他为达到目的而以维吾尔式的状物比喻的方式对在场人员的恭维(《淡灰色的眼珠》);新迁来的社员买羊肉时想少要点骨头时,屠夫的回答:"骨头该多少就是多少。如果骨头少了,羊怎么立在地上,又怎么在地上走呢?"(《虚掩的土屋小院》)无不表现出维吾尔民族特有的幽默感。即使是为人又懒又脏,开会时必作长篇发言,发言必批评领导和卖弄自己如何赤贫受苦的马穆特这位无师自通的马拉松演说家,王蒙也没有尖锐地批评这位华而不实的角色,而是以调侃的笔调写道:"这样的人没有投生到西方去竞选议员而屈居新疆务农,确是屈才了。"在描写十年浩劫时买买提无端遭受殴打

---

① 晓立、王蒙:《关于创作的通信》,《文学评论》1980 年第 6 期。

的场面时，王蒙的笔法也是诙谐而充满友情，对历史的褒贬蕴含其中：

买买提拼命蜷缩着身子，一为表示态度好，二为保护内脏，免受打伤。同时声音不大不小地惨叫着"喂江"①，接受着这触及灵魂及皮肉的洗礼。他的惨叫不大不小是有讲究的。他总结过：咬紧牙关，一声不吭会激怒革命小将，认为你是负"偶"顽抗（大多数小将是把"隅"读作"偶"的），高声叫苦也会激怒小将，认为你是刻骨仇恨，发泄不满。因此，以不大不小地发出惨叫声为宜。果然，这种经验总结还是经得起检验的。过了一会儿，买买提处长的鼻孔和牙花都被打出了血，鼻青脸肿，眼睛像核桃，没有核桃夹子是开不了缝了。腰、背、腿、肋腹处也都遍体鳞伤，倒在了那里，奄奄一息。不过心、肝、脾、肾、膀胱倒都还完好无损。小将们在触及皮肉以后想起了触及灵魂，便拿起粗大的毛笔和臭烘烘的黑色墨汁，在他的制服上写下了"黑作家买买提"六个大字。然后，小将们高呼革命口号，精神振奋，斗志昂扬，英姿飒爽，意气风发地从胜利向着更大的胜利走去了。

嘲弄中寓含讽刺，荒诞中寓含愤怒。尤其是买买提后来得到"题字"后得出"你们不承认我是作家，人民承认"这一荒诞的结论时，更叫人啼笑皆非。这种带有阿Q式的自我解嘲，是带有痛苦的、值得同情的阿Q主义，是对荒诞生活的一种抗议。② 在描写第二类人物时，虽然他说："尖酸刻薄后面我有温情，冷嘲热讽后面我有谅解，痛心疾首后面我仍然满怀热忱地期待着"，③ 但反思的性质负载起作品这样的特质：诙谐中带有讥刺，夸张中带有辛辣，荒诞中带有机趣。例如《说客盈门》说丁一抵制浮夸风被打成右派时，"不仅左派们对他义愤填膺——一个女同志批判他的时候结合忆苦思甜，当场晕了过去。就连那些急于摘帽子的划错了的和没有划错了的'右派'们也发自肝肺

---

① 维吾尔语，"哎呀"的意思。
② 《〈王蒙小说报告文学选〉自序》，北京出版社1981年版。
③ 《〈王蒙小说报告文学选〉自序》，北京出版社1981年版。

地对他恨之入骨，认为没有他的话形势就会缓和，他们就会更快地回到人民的队伍。就连当时是永无摘帽希望的地、富分子，也觉得他实在是背兴，既非委任也非荐任，谁让他代理我们的？光代理地、富不算，他还要代理反、坏、右和帝、修、反呢！你那个德性，代的过来吗？"地、富都觉得他"背兴"，就足够滑稽的了，而"你那个德性，代的过来吗"的讽刺，堪称绝唱。作者对"文革"的描写，幽默而锐利，力透纸背：

> 红袖章的火焰燃烧着炽热的年轻的心，响彻云霄的语录歌声激励着孩子们去战斗。冲呀冲，打呀打，砸烂呀砸烂，红了眼睛去建立一个红彤彤的世界，都还不知道对手是谁。

与高晓声相比，王蒙的幽默纵横恣肆，任何对象都能摄入他幽默的底片中。最为显著的是，王蒙以俯瞰的角度观照他的幽默对象，仿佛超然于外界一般与客观对象保持着一种距离，但他又极力想缩小这种距离。因此，一种文化上的优越感，便在王蒙的幽默作品中显得昭彰分明，也使之与其他作家卓然有别。

三

陆文夫的幽默平实而睿智，奇特而深邃，冷静而不沉重，风趣而不轻谑。他很少使用夸张、荒诞等艺术手法营建他的幽默世界，而是在一种自然的、真实的、写实的情景中施展他的幽默才华。他也不靠作品中个别语句的幽默素来张贴幽默的标签，而是以整部作品的幽默品位来昭示其独有的幽默意味。马而立的娃娃脸并不足怪，但当他与果敢干练老成相匹配，与出色的办事效率和举贤观相的世俗观念相反差，就成为可笑而又悖理的幽默；朱自冶本身好吃，千方百计在美食上下功夫，能品出千分之一的味差，这是他的本性，但这本性与不同的历史时期、特殊的历史背景相冲撞，不和谐的情调便凸现出来；"万元户"瞬间成为新闻人物，门庭若市，可喜可贺，但当这一切与铺天盖地的索取相映衬,"万元户"的帽子尚未戴上就被一阵狂风吹得无影无踪时,主题的幽默自然呈现。他笔下的人物多具奇异色彩,自携幽默分子,如贪吃的朱自冶、诙谐的孙万山、滑稽的赵德田、可爱的马而立等。但陆文夫在塑造这些人物时,并不是突出这些人物的奇异性,而只是利用其一点,将其置于最佳的艺术视角上予以开掘,融民情风俗于一体,在似浓似淡的意境中透出作家对历史与现实的深沉思考。在讥刺的方式上,作家并不是在已受创的伤口上撒盐,而是似冷实热地添点糖醋,使人读后感到冰凉凉的同时,又有点酸溜溜、甜丝丝的。不劳而获的朱自冶是作家抨击的对象,受左的流毒侵蚀的高小庭也是作家讽刺的人物,但二人在最后的生活中各有所归,使人们觉得时代在宽容、在进步;相互扯皮、光说不干的官僚主义害人不浅,但少说多干者也不乏其人。作者客观地指出存在于我们社会中的痼疾,却不使你感到前途黯淡,而是看到希望与启迪共存。他的语言风趣幽默,擅长在形象的描述中表现幽默的情调。例如罩在赵德田头上的痰盂终于被外科医生拔下时,作家通过赵德田的视角观察到:"周围的一切像印相纸浸在显影液里,逐步地向外展现。首先呈现出来的是嘴,各种人的嘴,各种形状的嘴;每张嘴都咧得很大,不停地抖动,像无数的汽笛在鸣奏,笑声是具有爆炸性的!"(《圈套》)抓住典型特征,通过形象描写,如同身临其境,令读者忍俊不禁。《不平者》中也有类似的手法:"王大爷!买肉的人突然齐声发喊,同时把右手高高举起,那手里捏着钞票,钞票裹着香烟,半截子露在外面。这情景好像希特勒出场,人们齐声呼喊,向前伸出一只手。"这是极大的讽刺!只有在特殊的年代,买肉的和卖肉的才会构成"希特勒式"的情景。受到饥饿的威胁时,"朱自冶那个颇有气派的肚子又瘪下去了,红油油的大脸盘也缩起来了,胖子瘦了特别惹眼,人变得像个没有装满的口袋,松松拉拉地全是皮。"形象,风趣。

四

邓友梅的幽默作品融民情民风于市井乡俗之中,展人生世相于时代风云里，在淡泊、恬静的艺术氛围中，引人发笑，启人深思。他多选取清末民初没落的八旗子弟的"玩"、"混"，着力表现这些贵胄子弟们投机讨巧、浪迹浮世的众生相，批判他们卑微的灵魂。但是，邓友梅在揭露这些寄生虫的卑微灵魂时，站在历史的制高点上，采用"化丑为美的艺术手段，将特殊环境下产生的畸形儿，点化成具有美学价值的艺术典型"，[①] 因而，戚而能谐，怨而不怒，在对人物鞭挞的同时又富有爱怜之心，讽刺的针芒便不是针针见血，而是点到为止。如写到那五与贾风楼合伙捉弄人，自己也被愚弄后醒悟道："原来自己不光办好事没能耐，做坏事本事也不到家！不由得叹了口气！"他写人物特别是贵族后裔，既写他们卑劣无能却又自命清高的酸腐的本性，也写他们虽苟且偷生却还尚存一息民族气节的品性。他以冷静的仿佛是旁观者的身份叙述人物的言行，以反复、反差、反常等幽默手段，构成作品特殊的幽默意境，语言极具个性和民族特色。那五自幼养尊处优，没学会一样自谋生计的本领，但坑蒙拐骗、斗鸡遛狗、听戏赏花等纨绔习气却样样精通。清王朝垮台后，他无枝可倚却放不下贵胄后裔的臭架子，不愿自食其力却想每日花天酒地，自然充当了滑稽戏的丑角。卖瓷器被开涮，捧角儿被算计，作家梦被粉碎，一事无成。但那五却倒驴不倒架，处处想拿出一副阔少气，自然可笑。尤其是那五梨园捧角儿时摆出的一副东家气派和郊外被劫持后的落魄对比，以及过大夫本想教那五学点医术以自谋生计，那五竟说出学打胎——给有了私情怕出丑的大宅门小姐打胎的"奇想"时，那五这可悲又可笑、可笑又可叹的性格令人忍俊不禁。邓友梅的语言是地道的京白，通晓流畅，在轻松揶揄的笔调中，人物的神情毕现。例如武存忠劝那五打草绳谋生时，"那五心想，你可太不把武大郎当神仙了，我这金枝玉叶，再落魄也不能卖苦力呀！"贾风楼让他扮阔少时，"'行！'那五笑道，'装穷人装不像。作阔老是咱的本色！'"邓友梅讲究炼字，造境，处处散发幽默。总之，戚而能谐，婉而多讽，真切而冷静，隽永而戏谑是邓友梅小说的幽默风格。

---

① 顾骧：《革命现实主义道路广阔——略论邓友梅的小说创作》，《十月》1984 年第 2 期。

　　幽默是诀别历史的形式。新时期的幽默作家在清算左的流毒时，不约而同地采取了幽默的形式，在笑中注入了巨大的历史内容。这种巨大的历史内容体现在作家将他的幽默角色置身于变革的历史时代中，集中展示喜剧人物在告别旧的秩序和迎接新的体系时所产生的复杂而又统一的性格。如高晓声笔下的陈奂生、邓友梅笔下的那五等。但是这种巨大的历史内容中也常常掺拌悲剧的因素，构成悲喜相成的复合形态。这与特定的历史阶段紧密相关。

　　幽默是批判历史的武器。正如王蒙所说："荒诞的笑正是对荒诞的生活的一种抗议。"① 从上述四大幽默作家的作品中我们也分明感到他们对左的余孽的愤恨和深刻的批判。同样，这种批判是和喜剧的形式相连的，是以嬉笑怒骂的方式对种种可悲可笑的人物揶揄和嘲笑，而且批判也并非无情地揭示，而是有分寸地针砭，对于社会的疾病也是抱着疗救的态度，因而创作主体的心态便不是沉重、伤怀、痛切，而是冷静、大度、热切。如高晓声那样，启发他们"进行自我认识，认识自己的优点和缺点，认识自己的历史和现状，认识自己必须努力和进步，具备足够的觉悟、足够的文化科学知识、足够的现代办事能力，使自己不但具有当国家主人翁的思想，而且确确实实有当国家主人翁的本领"②。这也是时代使然。

　　限于篇幅，本文仅就"幽默四大家"的风格特征作了粗浅的论述，论述的目的并不在于比出高下，鉴定优劣，而在于总结"幽默四大家"各自所独具的风格特征，以进一步充实和完善新时期绚丽多彩的艺术形态。因为幽默也是艺术家丰富艺术的手段。多样化的艺术形式是生活之路，也是文学之路。

（原载《烟台师范学院学报》1998 年 2 期）

---

① 《〈王蒙小说报告文学选〉自序》，北京出版社 1981 年版。
② 高晓声：《开拓眼界》，《小说林》1983 年第 7 期。

凝眸清馨世界　写照晶莹人间
——新时期优美文学风格论片

　　面对新时期生活与艺术的海洋，我们有诸多的作家，虽也穿行于滚滚波涛之中，感受"弄潮儿"的时代情怀，但更多的时候，却是漫步于海滩，神怡于大海的宁静，躬身凝眸于细沙卵石、彩贝海螺之间，将柔细与静美作为赶海的惬意。末了，他们将那一个个经过洗濯的彩贝，轻柔地放入湛蓝的大海。阳光辉映，五彩斑斓，如同一个个优美的音符在大海中飘荡。他们是别样的赶海人，他们那美妙的音符汇成优美的旋律，谱写了新时期优美文学的交响乐章。

　　最先谱就优美乐章并形成风格的是刘绍棠和汪曾祺。刘绍棠早年私淑孙犁，倾心于田园牧歌的美文学。汪曾祺师承沈从文、废名，对抒情文风情有独钟。《蒲柳人家》标志着刘绍棠优美理想的回归与超越，《瓜棚柳巷》、《荇水荷风》、《小荷才露尖尖角》等中短篇联袂而出，辉映了他"乡土文学"的主张。《受戒》的空灵使汪曾祺找回了失去多年的感觉，并将这种感觉续写在《大淖纪事》等篇什里。他们讴歌劳动人民的美德，遮隐世间的丑恶，以爱的情怀为普通的民众抒唱了一支纯洁朴素的友情之歌。

　　从运河两岸传出袅袅歌声的刘绍棠，虽处燕赵慷慨之地，虽也讴歌劳动人民不畏邪恶、嫉恶如仇、重义轻利的侠义精神，却不像梁斌那样在尖锐激烈的矛盾冲突中展示英雄的崇高品格，而是在矛盾的消解过程中展示普通民众身上特有的精神力量和深深植根于劳动人民心中的人情美。正是这种力量支持着、伸张着一切善良的、正直的、美好的事物，凝聚着劳动人民对美的生活的追求和向往。他以独特的构思——以天真、童稚、率直的何满子过眼其间，以一幅幅散发着运河两岸泥土芬芳的风俗画镶嵌其里，使风土习俗、人情世态，皆染童子情趣和自然人性之美。故梁斌烈而刘绍棠婉，梁斌雄浑中沾清丽，刘绍棠明丽中显机趣。即使与同是擅长风俗描写的汪曾祺相比，也绝不仅是题材选取的不同。汪曾祺的风俗画超脱、平和、简捷，近乎写意。如写大淖姑娘媳妇的打扮："她们的发髻的一侧总要插一点什么东西。清明插一个柳球，……端午插一丛艾叶，有鲜花时插一朵栀子，一朵夹竹桃，无鲜花时插一朵大红剪绒花。因为常年挑担，衣服的肩膀处易破，她们的托肩多半是换过的。旧衣服、新托肩，颜色不一样，这几乎成了大淖妇女的特有服饰。"随后说："一二十个姑娘媳妇，挑着一担担紫红的荸荠、碧绿的菱角、雪白的连枝藕，走成一长串，风摆柳似的嚓嚓地走过，好看得很！"情自文出。刘绍棠的风俗画栩栩如生、情意缠绵、真切感人，具有强烈的泥土气息：

> 四面是柳枝篱笆，篱笆上爬满了豆角秧，豆角秧里还夹杂着喇叭花藤萝，像密封的四堵墙。墙里是一棵又一棵的杏树、桃树、山楂树、花红果子树，墙外是杨、柳、榆、槐、桑、枣、杜梨树，就好像给这四堵墙镶上两道铁框，打上两道紧箍，奶奶连巴掌大的地块也不空着，院子里还搭了几个南瓜架；而且不但占地，还要占天，累累连连的南瓜秧爬上了三间泥棚茅舍的屋顶，石碾大的南瓜，横七竖八地躺在屋顶上，再长个儿，就该把屋顶压塌了。

一派"瓜棚柳巷"的蒲柳风光。刘绍棠的风俗画有时以景物的描写烘托优美的意境，汪曾祺的风俗描写则多为人的活动和心理。请看小说《岁寒三友》的一段描写：

> 这天天气特别好。万里无云，一天皓月。阴城的正中，立起一个四丈多高的架子，有人早早吃了晚饭，就扛了板凳来等着了。各种卖小吃的都来了。卖牛肉高粱酒的，卖卤豆腐干的，卖五香花生米的，芝麻灌香糖的，卖豆腐脑的，卖煮荸荠的，还有卖河鲜——卖紫皮鲜菱角和新剥鸡头米的……到处是"气死风"的四角玻璃灯，到处是白蒙蒙的热气、香喷喷的茴香八角气味。人们

寻亲访友，说短道长，来来往往，亲亲热热。阴城的草被踏倒了。人们的鞋底也叫秋草的浓汁磨得滑溜溜的。

忽然，上万双眼睛一齐朝着一个方向看。人们的眼睛一会儿睁大，一会儿眯细；人们的嘴一会儿张开，一会儿又合上；一阵阵叫喊，一阵阵欢笑，一阵阵掌声。陶虎臣点着焰火了。

这里写的是风俗，没有一笔写人物，但笔笔都着意写人，写焰火的制造者陶虎臣。汪曾祺说："我是有意在表现人们看焰火时的欢乐热闹气氛中表现生活一度上升时期陶虎臣的愉快心情，表现用自己的劳动为人们提供欢乐，并于别人的欢乐中感到欣慰的一个善良人的品格的。我把陶虎臣隐去了，让他消融在欢乐的人群之中。我想读者如果感觉到看焰火时的热闹和欢乐，也就会感觉到陶虎臣这个人。人在其中，却无觅处。"[1] 刘绍棠的风俗小说多重故事性、传奇性、时代性，汪曾祺的风俗小说重意境，往往淡化时代背景，显得空灵。一个在静谧怡然的氛围中洋溢劳动人民美好的人情，一个在恬淡自然的空灵意境中抒写健康的人性：一个蕴藉，一个飘逸。蕴藉来自刘绍棠对政治风俗的描写，飘逸来自汪曾祺对道家哲学的浸染，尤其是汪曾祺的道家意识与刘绍棠的儒家思想泾渭分明。刘绍棠的语言洗练而不深奥，简明而不破碎，古典语言的音乐美、节奏感和大众语言的形象性、乡土味相掺拌，清丽而不富贵，浅俗而不媚俗。例如《花街》一段："花街上的人搬个家，就像燕子串房檐，费不了多大工夫。泥棚茅舍，一端就倒，拔锅拆灶，抬腿就走。乔迁新居，再立门户，也不很难，砍几根柳柱，支起四梁八柱，柳条子编墙，蒲苇铺顶，上下抹泥，土灶安锅，翘尾巴的烟囱就又冒起了袅袅青烟。"悦耳、明快、形象、生动。汪曾祺的语言含蓄、俊逸、清雅。写十一子与巧云相爱，却是："他们俩呢，只是像一片薄薄的云，飘过来，飘过去，下不成雨。"柔柔的、腻腻的。后来，汪曾祺愈诗化、老到、峻洁，颇有古风气象："老白粗茶淡饭，怡然自得。化纸之后，关门独坐。门外长流水，日长

---

① 汪曾祺：《谈谈风俗画》，见《汪曾祺文集：文论卷》，江苏人民出版社1994 年版，第 65—66 页。

如小年"(《故人往事·收字纸的老人》)。可见一斑。

不独乡土文学具有优美的作品,军事文学也不乏优美之作。徐怀中的《西线轶事》和王中才的《三角梅》就是其中的代表作品。《西线轶事》表现战争别出机杼。首先以女电话兵们唱主戏,在人物选取上具有优美的品味;其次又避开具体战役的战斗过程,而以军营日常生活的小画面、小轶事编织成篇,突出青年人充满朝气的精神面貌,为严肃的军营和严峻的战场抹上了别样的情调和多样的色彩。即使陶珂俘虏越南女冲锋队员那生死搏斗情节,作者也写得富有诗意美,"小陶并没有开枪,她们一前一后,像两蝴蝶在追逐着,一时在林中空地上出现,一时又飞进密林中。"结尾处:"太阳就要落山了,六姐妹一字儿排开走回驻地。她们洗了个痛快,一个个头发蓬蓬松松,夕阳照耀下那红润的脸皮像是透亮似的。驻地生产队的妇女们抱着孩子站在路边上看,她们议论说:'九四一部队招女兵,怕尽是要挑长得好看的,不好看不要!'"彩笔勾勒了女兵们焕发的英姿,礼赞了当代中国女军人外在美与内心美的和谐统一,充盈着诗一般的情调与韵味。舒曼徐缓,看似信手拈来;平实隽永,实则情深意挚;含蕴丰厚的叙述语言,于娓娓而谈之中,糅崇高于优美。

三角梅是三片紫叶包裹着比米粒还小的黄花,柔弱而娇小,在鼓浪屿岛上并不引人注目。王中才发现了三角梅的美,并固执地认为,悄然地开在曲卷的墙头和峻峭的崖畔,使游人如潮的小岛显出几分文静和清幽的三角梅,体现了鼓浪屿的美质。如果没有三角梅,小岛的美就大为逊色。一次他偶然发现一堵幽巷墙头的三角梅被人折断时,不禁为它痛心感伤。也正因此,当王中才听到外柔内刚、克己奉公的战士与美专一女生短暂而纯洁的友谊,听到这战士以含蓄而又不卑不亢的言行礼待这一女生的优秀品德,特别是听到战士为国捐躯,那女生渴望得到真情的期盼只能化作缕缕青烟遥寄九天时,三角梅朴素而静默、外柔而内刚、平凡而无私奉献的品质,与战士和美专学生所体现的美在他心中怦然共鸣,绽放了这朵虽娇嫩却清香、虽朴素却优美的"三角梅"。①

---

① 王中才:《美的思念——〈三角梅〉从原型到典型》,《小说选刊》1982年第12期。

《三角梅》的秀美相当程度上取决于题材自身的品位，而《明姑娘》、《第九个售货亭》则更多地反映出创作主体审美理想的直接作用。《明姑娘》的题材是残疾人的生活；《第九个售货亭》表现的是曾经失落的一代青年。但航鹰没有去展示残疾人的不幸，而是将灵感的火花闪耀在残疾人热爱光明、热爱生活、热爱大自然的昂扬旋律上；姜天明也没有去吟唱一代青年颓废的悲歌，而是以友谊的纽带连接了他们内在的精神美。这样，无论作品中的人物相互的人生观、哲学观在外在形式上有多大的不同，但内在本质却显出一致，显出和谐。航鹰说："我反复分析了所有的素材，注意到那些盲人尽管经历、年龄不同，都有一个共同点：在他们眉宇间常常流溢一种骄傲和自尊，他们时时刻刻都想以自己的行动来证明：'明眼人能做到的，我们也能做到！''我们不是社会的累赘，我们是劳动者和创造者！我顿时豁然开朗——这就是我国现代盲人（特别是盲人工人）的性格核心，这是多么值得歌颂的情感啊！我应该写出这一时代的风貌来，那是不同于一般过去文艺作品中的不幸的弱者的形象。"① 姜天明也认为，虽然这一代青年"身上有这样或那样的缺点，但他们的心灵并非是'黑洞'，良知和悟性并没有泯灭，我们民族的传统美德和情操在他们身上依然时有所见，人性的美和人情的美依然闪耀着光辉。何况，还有生活！""我能理解他们，也信任他们。"② 所以冲突的形态也不是复杂、曲折，人物偶尔闪现的一星半点矛盾也依据其内力而自行化解，呈现出单纯、直接、和谐、统一之美。

不过，最为单纯、明净的是铁凝的《哦，香雪》。"这篇小说，从头到尾都是诗，它是一泻千里的，始终一致的。这是一首纯净的诗，即是清泉。它所经过的地方，也都是纯净的世界。"③ 它没有重大的事件、复杂的矛盾，更没有繁冗的情节、伟岸的英雄，有的只是台儿沟

---

① 航鹰：《识珠·拾珠·串珠——〈明姑娘〉的素材、笔记、构思》，《长春》1982 年第 11 期。

② 姜天明：《理解青年表现青年——〈第九个售货亭〉习作断想》，《小说选刊》1983 年第 2 期。

③ 孙犁：《谈铁凝的〈哦，香雪〉》，《小说选刊》1983 年第 2 期。

十几户乡亲，"一心一意掩藏在大山那深深的皱褶里，从春到夏，从秋到冬，默默地接受大山任意给予的温存和粗暴。"那一次次绿色长龙仅有一分钟的出现，使香雪善良的眼睛里不再是大山，而是自动铅笔盒，是希望，是满足，是向往，是憧憬，是追求。诚然，换铅笔盒在香雪的一生中并不重要，却是铁凝塑造香雪形象的重要的一环。她用一分钟的短暂停留里所闪烁的明亮的一环，串起了一个完整的艺术世界，似淡实浓地充溢在诗情画意的氛围里，既准确地展露了农家少女美好的心灵世界，也展现了时代的车轮给山乡带来的震颤。铁凝关注的是震颤在少女心中的微澜，关心的是这一微澜中涌动的纯净美。她过滤生活的污秽，采撷生活的芬芳，以真诚的目光照射生活的每个角落。她善于酿造醇香的美酒，在阳光和煦微风送暖时，轻启蜡封。风过处，清香不绝。她喜欢驻足于山涧小溪旁，掬一汪明澈的溪水，透亮地撩散。眼过处，惟见晶莹。

晶莹的溪水浸过王振武的心田，《最后一篓春茶》滴露而来。一山绿茶，一溪春水，一园笑语，诗意盎然。更有那"立春惊蛰一过，更是一天天，如茶园的春茶一般，勃发成了一簇新鲜、嫩绿的尖锋"的爱情——腼腆、羞涩的湘元与大方、热情的评茶员的爱情，将青年男女的心灵美，茶园秀丽宜人的自然美，洋溢着劳动的快乐的生活美，表现得优美动人。细腻的语言，委婉的笔调，将初涉爱河的少女心中的涟漪写得惟妙惟肖，将人物内心的善与美刻画得栩栩如生，而浓郁的地方色彩更增添了美的韵味，美的情愫。

《那人那山那狗》，诗一般的名字，梦一般的情怀，把作者无限的深情、美的思念，渲染得至善至美。看人，人情美；看山，山峦秀；看狗，狗灵性。人在山中山宜人，山在人中人宜山。这和谐之美不是缘自幻象，而是缘自现实，缘自我们民族传统美德的熏陶，缘自一种强烈的情感力量和作者心中对故乡人物和山水的深深的眷恋与挚爱之情。当邮递员父子二人各自完成了最后的和最初的乡邮传递，把温暖送到远山的乡亲们心坎上时，时代的涛声已在每个读者的心中翩然回鸣了。不用过多的夸饰，不用过多的情节，不用过繁的句子，只将这心底的爱质朴地流出，就是一首温馨、纯净、情意绵绵的歌。

以单纯、明朗、优美的旋律抒唱人们美好的心灵、美好的理想和道德的佳作还有刘富道的《南湖月》、陈建功的《丹凤眼》、史铁生的《我的遥远的清平湾》及宋学武的《干草》等。他们或以充满情趣的亦庄亦谐的语言，表现青年男女破除门第观念真诚相爱的故事，或以强烈的思绪抒发不尽的思念之情，宛如一幅色彩淡雅和谐自然的风俗画，一首令人陶醉、令人回味的抒情诗。

生活是五彩缤纷的。新时期的优美作家们，将他们的审美理想建立在表现规律性与目的性的统一、现实与实践的肯定的基础之上，以单纯隽永、平淡舒缓、清丽和谐、柔美齐整的优美风格表现时代的风采，使得新时期文学的时代风格摆脱了单一的色调，显现出绚丽的色彩。虽然新时期文学表现优美只是涓涓细流，尚未形成泱泱大潮，不少作家的风格仍在不断发展变化，但他们毕竟为时代风格的多样化做出了应有的贡献。因为，多样化的文学风格，是生活的需要，文学的需要，也是时代的需要。

（原载《烟台师范学院学报》2001 年 3 期）

小说与小品

"三言"爱情题材人物形象蠡测

在我国古代短篇白话"三言"中，以中下层妇女，特别是一般市民女子和妓女为主角的婚爱题材作品，占了相当的分量。它们以女性在情感自主中的悲剧性历程和爱情追求中的浓重苦闷为焦点，反映了末世之衰与资本主义萌芽方兴的特定历史阶段男女婚爱价值观的变异，歌颂了女性的觉醒和抗争，谴责了男性的摇摆和盲从，其为女性先觉者写心、书末路士子丑行、为新兴市民画像的命意昭彰鲜明。

一、女性先觉者的悲歌

中国漫长的封建社会，一整套纲常礼教的桎梏，将女性捆绑在以家庭为细胞、以男性为统治中心的社会结构中，完全丧失了独立人格和社会地位的女性，不仅在肉体，而且在精神上变异为男性价值体系的工具，沦为物而非人。而有明一代，伴随城市经济和商品经济勃兴而起的资本主义萌芽向各行业渗透，引发了意识形态领域人性的普遍觉醒，作为地位最低、境遇最惨的女性可以说压迫得愈深、觉醒得愈早、反抗得愈烈。女性的觉醒和彻底的反抗精神是人性觉醒思潮不可或缺的力量，是衡量普遍解放的天然标准。这种个性的觉醒更多更直接地表现在女性直觉的情感世界中，汇成了"以情反理"的大潮，在极善体察底层苦难的冯梦龙的笔下，被准确捕捉并真实地表现出来。在他所塑造的女性形象的世界中，足不出户、笑不露齿的禁锢松动了，男耕女织、两不相失的和谐打破了，才子佳人、吟诗唱和的优雅没落了，倒是一般市民女子和妓女们开始挣脱传统道德的束缚，在卑贱的地位、非人的生活中激发了愤激的抗争和个性的觉醒。她们以微薄的

生存愿望、强烈的脱难渴求、淋漓的挚爱之情，向不合理的社会制度
发出了正义的呐喊。

就一般市民女子，即那些生活于城镇中下层家庭、没有社会职业
的女性来说，"三言"中王娇鸾（《王娇鸾百年长恨》）、金玉奴（《金玉
奴棒打薄情郎》）、璩秀秀（《崔待诏生死冤家》）、白娘子（《白娘子永
镇雷峰塔》），还有周胜仙（《闹樊楼多情周胜仙》）、王三巧（《蒋兴哥
重会珍珠衫》）等女性形象，很有时代气息和典型意义。作为封建时代
以爱情为一生全部追求的女性，她们大多未能摆脱传统的命运——男
性的玩偶、爱情的丧弃及至畸形的婚姻、生命的毁灭，但她们的觉醒
和抗争却是推进女性解放历史进程的丰碑。出生于小吏家庭的王娇鸾，
因偶失罗帕遇周生，经诗词唱和而结鸾侣，奈深情一别轻弃，致佳人
百年长恨，在大势已去的才子佳人故事中显示了特定时代人物命运的
必然性。作为团头即丐帮帮主的女儿，金玉奴由父母之命许嫁浪子莫
稽，而且无力主宰自己的命运，先是夫贵妻荣的随遇相安之梦破碎，
继而成为富贵易妻的牺牲品。侥幸被救后，终又未能摆脱再嫁无赖莫
稽的悲剧。一顿"棒打"既不能赎偿苦难，亦不能争回多少本来就少
得可怜的人生权利，更不能使莫稽利欲熏心、谋财害命的本性有丝毫
改变。由被害落水到再次附就前姻，由现实的悲剧走向扭曲的喜剧，
只能是甘受桎梏的奴性哲学的体现。璩秀秀，一个南安郡王府的针线
丫头，一个在转买中被剥夺了人生自由的奴隶，却爱上了王府玉匠崔
宁，并趁王府失火之机劝崔宁携逃，这大胆果敢的爱情追求为凶残的
南安郡王所不容，于是秀秀被捉回打死，攒埋在王府后花园中。但秀
秀冤魂不散，随崔宁再成人鬼夫妻，又遭人识破，只能带着崔宁的尸
首离开这个为人不成、为鬼不能的世界。出于古老传说的白娘子，被
置于宋高宗南渡的历史背景下。西湖游春、寡而求偶的大胆热烈，已
具叛逆个性，盗库银、吊道士、惊李将士、斗法海和尚，更一脉相承
了秀秀置迫害于不顾的精神。然而，"永镇"套在妇女头上的精神枷锁
比苟活或死亡更具有悲剧意味。千户小姐、团头丐女、绣工女奴、民
家寡妇、商贩妻女的一场场婚爱悲剧，反映了处在社会中下层的女性，
为了争取唯一的情感追求和生存权利而付出了惨重代价直至生命的牺

性，而这种富有个性精神的追求被纠葛在纷繁的社会矛盾之中。方兴的脆弱，僵死的凶残，盲目的抗争，失措的寄托，加上她们所选择的情爱俱薄、德才两失的男性，一起酿成了令人痛惜的悲剧。她们较早地觉醒了，但却没有爱的权力，选择的权力。对她们来说，爱情之梦是难圆的，婚姻或有，但绝不平等，只能在情绝爱尽时燃尽生命。

与一般市民女子相较，处在社会最底层的不幸妓女，是作者殚精竭虑加以摹画的形象。作者并未津津乐道于妓女的风月生活和庸俗不堪的色情描写，而是集中笔力塑造了一个个饱经风霜而抗争不止的妓女形象，在并不掩饰她们风尘生活的瑕疵时，极力挖掘她们在非人生活中所磨炼的出污泥而不染的性情之美，以及她们为从良过上普通人的正常生活而进行斗争的不屈不挠的精神。这些妇女形象有情有义、令人钦佩。赵春儿（《赵春儿重旺曹家庄》）、玉堂春、莘瑶琴、杜十娘是其中的佼佼者。赵春儿和玉堂春，被曹可成和王三官相中，自以为赎身即可脱离苦海，不想摆脱了出卖肉体的非人生活，却又重陷入谋生的困顿和迫害的罗网之中：一个朝绩暮纺，不但自食其力，还得养活一个无赖子丈夫；另一个屡遭拐卖、备受摧残，美丽的爱情之梦破碎了，柔弱的求生欲望亦萎靡难振。然而，两部作品都以喜剧收尾：赵春儿的苦绩感动得浪子回头，她自甘贫苦、掌家有度的秉性也重振家风；玉堂春被家风极富人情味、具有平等意识和重情胜似重官的王景隆所挽救。莘瑶琴和杜十娘都是誉满名城的"花魁娘子"，在战乱的年代和破产的境地中沦落风尘，忍辱卖身，她们的内心却一直未泯从良的念头，正是这种坚定的信念支撑着她们忍辱负重以寻求解脱。她们结交三教九流，往来市井之间，遴选郎君，私匿碎银，审慎精明地与鸨母宿客周旋，窥视着改变命运的时机，但命运垂青了莘瑶琴，却捉弄了杜十娘。瑶琴追欢卖笑，一心想嫁个王孙公子、富贵中人，始为吴八公子肆意凌辱，是志诚君子秦重的几番救助，逐步打动了她，最终使他摒弃了对富贵公子的妄念和对小商贩的偏见，宁愿布衣蔬食从嫁卖油郎秦重。十娘性格刚强，举止持重，内心深沉，十几年积郁的从良夙愿却因碰上了眼里无珠的监生李甲和逞财好色的孙富而化为泡影，只有葬身清波来抗争人寰，可以看出妓女不幸的身世成为她们求生存、求真爱的羁绊，丑践踏着美，恶玩弄着善。"花魁独占"不是主流，春儿苦绩、玉姐落难、十娘怒沉才显示了她们抗争历程的艰难与决绝。这些一般市民女子和妓女，作为自主追求爱情的主角，她们精神的先觉虽笼罩着浓重的情感苦闷，愤激的抗争亦难免迷失在梦难圆、情未了的悲剧性求索之中，但来自底层的"以情反理"的抗争，却具有强烈的叛道色彩和震撼人心的力量，冲击了以男性为统治中心的专制社会，奏响了妇女解放的序曲。

二、末路士子与新兴市民的角逐

在"三言"爱情题材作品的人物形象中，女性大多不可避免地扮演了悲剧性的主角，而作为爱情婚姻另一方的男性，在失败的内涵上比女性更具有讽刺意味。在整个社会从骨子里开始腐烂的末世，男性的堕落是触目惊心的，与女性更为坦然的人生态度相较，男性显得躁动不安，无所适从，在束缚人性的封建礼制渐渐溃散之时，作为人性崇高的体现的人伦义理之美，也被这些男性捐弃了，在商品意识和金钱观念如旷野之风强劲吹来时，连夹杂其中的对金银不可遏制的占有欲、对名利权势永无止境的攫取欲、对美食性色无所不用其极的追求欲，也被他们"兼收并蓄"了。他们在堕落的路上自毁，也在戕人，像陷入炼狱而不能自拔。

"三言"爱情题材中与女性主角的爱情乃至生命息息相关的两类男性，末路士子和新兴市民的种种行为心态正反映了这种堕落之中求新生的艰难转折。对应于上面论到的女性主角，周廷章、莫稽、曹可成、李甲可以说是末路士子的代表，由王景隆这个中介人物，向着崔宁、许宣、蒋兴哥、秦重这一类新兴市民过渡。周廷章这个苏州府司教之子，初见娇鸾，就慕色贪欢，得到娇鸾时咒愿百出；父迁之后穷愁潦倒，即以娇鸾之情为寄托；一旦别离，面对娇鸾的探问新址却顾左右而言他，未虑及长久婚姻的逢场作戏很快被淡忘，另娶富女而背信弃义，招致乱棒身亡的下场。莫稽原也曾读书饱学，只因父母双亡，家贫未娶，在衣食不周时就团头之女玉奴，窃认为"一举两得，不费一钱，白白地得个美妻"，及至在玉奴殷勤劝助下连科及第，就恶其地位低贱而生谋害堕江之念，后玉奴被救，他又伪善地认错，再娶已是顶头上司义女的玉奴，这种合而分、分而合在他没有丝毫的感情可言，他把玉奴的一片爱心纯作了野心和利欲的跳板，为求显达富贵而践踏无辜却只挨了一顿棒打，其阴柔狠毒的劣性不改，狡猾无耻的恶习更深。曾纳粟入监的儒子曹可成，不好读书却挥金如土，看中了春儿，就把父亲的元宝一个个偷出来，为春儿赎身，荡尽家财又使他们陷入穷困之中，如果不是春儿的自立勤苦，他不但无法重振家风，且很可能败家亡身。李甲因父亲的权势纳粟入监，却不学无术，整日游弋于花楼、沉湎于酒色。他慕十娘才艺，感十娘真情而情好日密，但并未萌动为其赎身的念头，更何谈婚娶？倒是十娘在李甲穷迫、老鸨相逼时说动李甲，赎身本来就是不得已的，而带一个妓女回家，更是慑于父亲淫威的李甲所不敢想的，因此路上卖十娘并非偶然，况还有千金之资，摆脱两难境地，何乐不为？应该说他没有吴八公子的凶悍，也没有孙富的狡黠，但正是他的自私懦弱葬送了含辛茹苦的十娘最后一线生之希望。他们都是幼习儒业，曾读诗书的士子，恪守着举而仕的传统生活道路，却因为家族的没落和自身的缺陷无由仕进，对为官之路的盲从迷恋就转向钱财之恋和酒色之恋，正是这种失意的寄托造成女性婚爱择取上的某种蒙蔽性和欺骗性，往往是倾囊相助，倾情给予，却错托一生，含恨九泉。而他们在这样的结局中也两败俱伤，与女性的坦荡、坚强、多情、无悔相比，他们的心性显得猥琐、愚弱、无情、优柔，与女性的执着、守信、重义相比，他们轻掷、放荡、背恩，这就是那个时代末路士子的心态和行径。

随着"书中自有颜如玉、书中自有黄金屋、书中自有千钟粟"的古典生活方式渐失去昔日的光彩，新兴市民开给活跃于社会生活的前台，作为资本主义萌芽的产物，他们强烈地渴求人性的解放、人的自由平等，有为争取人生权利、实现人生价值斗争的意识和勇气，但他们的内在思想又存在着两极对立的矛盾，带着剥削阶级固有的自私享乐的因子，又因为自身新生力量的薄弱，而在强大的封建专制面前显得动摇不定、摇摆妥协，甚至趋炎附势。崔宁、许宣、蒋兴哥、秦重是他们的代表。崔宁作为王府玉匠，兼有奴隶和小手工业者的身份，他本分老实，只求衣食相周，顺从规矩，不敢有非分的奢望。秀秀大胆示爱他疑而不受，秀秀剖心规劝他只被动地承受，他没有为爱斗争的意识，更没有为之奋斗的勇气和毅力，因而一打就招，一抓就认。这爱情的悲剧，崔宁的拙钝麻木、瞻前顾后，甚至他诚实的禀赋，都不能不承担责任。始而惊、继而惑、再而怕，茫然无措地应付着奴才越雷池的生活变故；秀秀惊天地泣鬼神的情感，却被他化作一缕无澜无声的幽水，在惊恐、焦躁、保守、无主见的复杂意绪裹挟中窒息。药铺伙计许宣，比奴隶崔宁有点自由，个性也活脱一些，遇白娘子而惜美，说明他有基本的情感要求；借伞被邀、聆听表白时，也觉"真是一段好姻缘"；而盗库银败露后却向官府和盘托出娘子前情，发配时更大骂不止。再与娘子和好如初，道士说他有妖气，又顿生疑惧，听信法海，全不念夫妻情分，化缘造塔永镇白娘子于其下，其性格的矛盾导致了他行动的出尔反尔。蒋兴哥和秦重这两个人物，比之于前，个性中多了许多亮色的东西，崔宁的情感世界没有在秀秀的美丽大胆冲击下萌醒，许宣在白娘子的情感召唤中亦步趋不稳，蒋兴哥和秦重对爱情的不同态度却显示了新兴市民的可贵品格。蒋兴哥在知道妻子与人同居后的回家路上，心中充满了撇妻在家的愧悔，望见家门又回想起新婚恩爱，不禁心如刀割，休妻之后又退妆奁，为其遮丑全节，不禁潸然泪下，遭变之时不负妻而苦己、不吝己而恤人的宽容善良与末路士子的自私狭隘形成了鲜明的对比。而卖油为生的秦重，性格更具特色。诚实又颇有心计，本分又乐善好施，老练正直又诚信无欺的性格使他的小生意日盛一日。初遇瑶琴，没有因她地位卑贱而郢视她，没有因她傲慢无礼而强暴她，而是在她醉不自持时悉心照料，在她备受凌辱后全力救助。一颗爱美惜美的心使他平等地对待瑶琴，不同于风流侠客在拈花惹草中发泄肉欲，不同于末路士子在女性的温柔乡中消弭失意，而是真诚相交，以心换心。这种同处底层的相似境遇和深刻理解才是这桩美满姻缘的基础。

这些新兴市民的形象相比于末路士子，个性中少了压抑、猥琐，而多了些活跃的生命力和强烈的竞争意识，少了惰性、固步自封，多了些主动开拓生活的精神；但相比于这一场场爱情悲喜剧的女主角来说，他们的形容，他们的心性，远不及女性来得沉稳坚韧，他们在这场情感经历中所扮演的角色，虽没有士子们走得偏远，但由于本性的弱点也同样未给女性强烈的情感呼应；人格上的不平等，情感上的不对等，使得女性先觉者的爱情追求，因为男性的非一致性追求和非同步性觉醒而搁浅。

末世的动荡将女性推到了社会生活的大潮之中，末世的颓废激发了弱者的不平和反抗，女性先觉者在末路士子的退隐和堕落中凝铸着愤怒和不平的意志，在新兴市民的崛起和活跃中萌动了情感的自主和个性的觉醒意识，但末世之衰与资本主义萌芽方兴的夹缝时代决定了女性的普遍命运。以互爱为前提的近代性爱并不同步地支撑于男女的爱情与婚姻中，且强烈和持久的程度在男女之间亦迥然有别。男性多亦进亦退，女性多孤注一掷，甚至舍弃生命。之所以如此就在于，中国封建社会虽进入末世，但依存在超稳定结构的封建意识形态依然积淀于人们的头脑意识中，新兴的资本主义萌芽虽具有进步意义，但尚不足构成向封建堡垒全面冲击的力量。不过，作者通过人物形象的命运归宿和个性色彩所表现的轻贞节之操，重互爱之真情，弃三从四德，崇两性之相悦；远才子佳人之唱和，近市井细民之交好；轻郎才女貌的一见钟情，尊两情相托的平等相处等等婚爱道德、价值判断的取向，则显示了元明清文学爱情题材的作品从处在末世之衰、重家世利益、以男性为中心的古代婚姻向受资本主义萌芽影响、重近代性爱、以女性为中心的自主爱情的主题拓变；显示了由才子佳人的传奇姻缘向市井男女的真情欢爱的模式替转；显示了由士大夫的高雅之趣向民间底层的凡俗之趣的审美趣味的嬗变，这正是"三言"爱情题材作品人物形象婚爱历程悲喜剧的时代解证，也是其文学史意义和价值之所在。

（原载《宝鸡文理学院学报》1994 年 2 期）

剥夺与对抗　自救与他赎
——潘金莲形象的文化检视

从文化的视角检视《金瓶梅》中的潘金莲是基于以下几个原因：1. 潘金莲一度被视为荡妇恶女的角色被冷言贬抑，继而又作为个性解放的叛逆予以正名的接受过程存在着两极化的误读；2. 以忠孝廉耻等道德伦理范畴支垫评判体系，以人性的宣泄撬动是非曲直的价值杠杆存在着支点的偏离；3. 两极化的误读与支点的偏离，忽视了潘金莲身上恶的极性特征在发展过程中所包蕴的积极的合理的内核，忽视了潘金莲作为个体的人所积存的生命意识、文化习染与人格悲剧之间的内在关系。这一系列的缺失，促使我们从文化的介入而激醒的生命力最终却为文化所吞噬的悲剧中，去检视潘金莲生之浮惑与死之恶宿的文化困境，去开掘这一形象的多重价值与丰富意蕴。

一、他者剥夺与自我确认

潘金莲生于清河县南门外潘裁缝家，七岁死了父亲，九岁上寡母度日不过把她卖到王招宣府上做了使女。王招宣死后，她被母亲争将出来以三十两银子转卖于张大户，因出落得"脸衬桃花、眉弯新月"而为久有觊觎之心的主人收用。由于主家婆余氏妒虐不容，张大户遂将她贱配于武大。后来，潘金莲因慕武松不得而转接西门庆，继而杀夫入西门府，因贪欲乱伦而为月娘所逐，终为武松用计刀戮。

从她这一系列生活的变故来看，人生的起步就伴随着强迫性的角色转换：从两次转卖于人的穷乏羸弱少女到受辱于主人的专制家庭女奴，从遭人调弄的小贩之妻到倚门受济的恶霸之妾，无不由他人所迫。父死母弃、贫穷无爱、缺乏亲情关怀的童年造成了成长的断脐；两次转卖中被蹂躏的青春贞操以及与人称"三寸丁谷树皮"、形容猥琐、生性愚弱的武大这桩强权奴役的婚姻更造成了身心的脱节、隔膜与残缺。他者的剥夺实际上一步步将她从不同的家庭中逐了出来：父母之家无法奉养而两次转卖，大户人家家道中落而随意贱弃，夫妻小家丈夫愚弱而无力护佑，西门大院妻妾争风而难以相容。在妇女的地位实际上只附庸于家庭的时代，她却始终不能从契有依、相安于命。家庭的排斥将潘金莲从女性在生活中唯一的位置和归宿——家庭中抛了出来，使得她在既定的生活秩序为女性命定的家庭类型链中无法归类：她不是名门望族的碧玉闺秀，无缘做谨守从德的温良佳人，更不可能成为侍夫育子的贤妻良母。剥夺与排斥造成的挫败与沉沦，使得逆来顺受的生活情境成为空妄，忍辱负重的德行追求失去根由，这个卑微的失家者被家庭专制变成了一个失去存在价值的异在物。

但这只是问题的一面，他者剥夺和家庭排斥使潘金莲丧失的，仅仅只是专制时代女性所谓的德性自由与贞操节孝这样一些文化的外壳，却并未能遏制她内在的生命的成熟与个性的滋长。潘金莲出身贫寒，但并不是一个灰姑娘。她生来就颇有姿色，在高门大户迎来送往的交际娱乐中，她敏感地捕捉到了不可遏止的青春在体内的茁壮成长，自知并巧于修饰这种原生的美。她"十二三岁就描眉画眼，傅粉施朱"，"梳一个缠髻儿，着一件扣身衫子，作张作势，乔模乔样"。数年从艺佐宴的生活，使本性聪明伶俐的她学会了机变巧令。她自视天分甚高，看重并利用自己弹一手好琵琶的才艺，以色媚人、以才邀赏。然而品竹弄丝、弹唱歌吟没有改变自己倚门附户的境遇，却招致利器自毁、身心俱损。这种荒谬的人生体验反而激醒了她特有的偏执、孤傲与冷漠，反而造就了她在恶劣的不幸中执着求生的逆反、自认与宣泄。

但是，潘金莲在被转卖受辱贱弃的境遇中，虽然因自身弱小、环境淫糜而向善无力，却不是一味地向恶堕落。由于天赋与艺术的启迪，潘金莲在向恶堕落中也曾有过赏美、求真的意识，这却是具有人格价值的个性起点。美国人文心理学家罗洛·梅曾提出"原始生命力"这一概念，并认为它是"每一个人肯定自我、确认自我、增强自我的一种驱策力"①。潘金莲对自己貌美色佳、青春妖娆与旺盛生命力的直觉体验与珍爱炫示，对他者剥夺被压抑扭曲的生命欲望的顽强释放，从某种意义上讲就是这种"原始生命力"最直接最典型的表现。尽管它还未发展出确定的人格性的意义，只是一种普遍的生命意识，但正是在这一基础上，经由一种为人忽略却至关重要的文化的介入：即品竹弄丝、弹唱歌吟这种后天习得的技艺的娴熟，才使她拥有了自我确认的勇气和人格自立引以为傲的最重要资本。

　　知识的启迪、艺术的熏陶不仅开启了她天赋的智力才情，也同时在他者剥夺之外展示了一种乐舞精神的召唤。在娱乐游戏中，她沉湎于适意人生的行吟和个性的张扬；在技艺表演中，她体味着人所具有的参与、共享与和谐美的价值。正是源自生命本能的需要合理性和文化启智的正义性获得了求真与赏美的统一，她才能渐渐地淡漠耻辱感，积聚起全部的求生意志，与困辱不堪的命运抗争，她才能在僵化幽闭的环境里，在暴虐不公的生活中，在与使真我扭曲为异己的伦理尚善的悲剧性对抗中，萌发出人格性的自我确认——卸下因袭重负，弃绝道德自律，凭依才艺的卓然，讨回卑微者私己而求真的情理，显示弱女子恃才而傲逸的个性，焕发才情者娱乐而赏美的精神。

二、"金莲"之喻与自救他赎

　　潘金莲在父亲早逝、缺乏闺训的小市民门户中，没有受到多少三从四德的教育，大户人家从艺佐宴的生活又滋长了她恣意任性的个性。当武大虑及浮浪骚扰而又搬迁无策时，潘金莲出口就骂他"贼馄饨，浊材料，男子汉倒摆布不开"，随后却主动拿出首饰凑银典房。这种谋求经济独立、少受盘剥欺弄的精明意识，已显示了一个市民女子斡旋蹇促、料理生活、独当一面、果敢爽快的独特个性。当武松避嫂离家劝武大防嫌时，潘金莲曾揎拳捋袖地自称："我是个不戴头巾的男子

---

① 叶海烟：《爱的变奏与交响——推介人文心理学家罗洛·梅的巨著〈爱与意志〉》(下)，《心理学研究》(台湾及海外中文报刊资料专辑) 第 1 辑，书目文献出版社 1987 年版，第 6 页。

汉，叮叮当当响的婆娘！拳头上也立得人，胳膊上也走得马，不是那喂脓血搠不出来鳖！"这种强硬、尖酸与泼悍显然是弱女不让须眉的一种挑战姿态。

她是个才情出众、技艺拔萃、争强好胜的女性，却为狭邪的猥琐的男人占有侮弄，她从这痛苦的经历中明白了一个生活事实：依靠男人并不能获得幸福，要生存就要有独立自持的能力。因而她在世俗风月场的熏染下，学会了用诸多才艺来炫耀自己，用千种风情来魅惑男人，用机巧善变来控制以为可用的男人，用锐敏泼悍来鄙视看不上眼的男人。她以为这样就可以摆脱附庸，把握并支使男人。事实上她不但无法支配男人，更不可能通过这种方式获得自救。她企图征服男人，却不幸招致了男权世界的罪与罚。

出现在她早期生活中的三个男性——生育了她的父亲潘裁缝、驯养了她的王招宣、收用了她的张大户，先后异乎寻常地猝死于盛年。她在成年之初就被迫地潜意识地斩了三个"愚夫"。继而武大被她手刃，西门庆因她毙命。琴童与她苟合而流落他乡不知所终，陈经济与她乱伦而沦为乞丐仓皇亡命，王潮儿染指金莲而几为武松追杀，武松也因杀她而从一世英名的打虎英雄落拓为一个无家可归、四处避难的流浪汉。九个身份、地位颇不相同的男人先后因瓜葛于她而早逝、委顿、毙命。张大户虽有男淫无罪的特权，赌气贱嫁潘金莲后仍"早晚看觑"、乘便厮混，其间就体窍添病、阴寒症起、一命呜呼；西门庆更有以财易色的手段，公然声称西天佛祖也不过金砖铺地，只要有钱施舍，即使奸尽天上仙女，也难减他泼天富贵，最后却富贵流失、法门丧灭、欲崩而亡。这似乎都是从居于道德主体的男性角度在重谈"皓齿青娥乃伐性之斧，渔色宣淫致败产倾家"的女祸论旧调，但这只是一种表象。从女克男相而短命的迷信暗示到男淫女滥而暴亡的欲望裸露，在潘金莲这一面其实隐含着一种富有深意的变化：即起初为男人所蹂躏的潘金莲在朦胧的自救中强化着对男权世界的威胁，她旺盛的生命力撼动了这个逐渐衰败下去的男性世界的生命根基，顿挫了男权世界恒久以来的阳刚之气与嚣张气焰，从而回击了男性世界的专制威权与德性桎梏。

但是，幼年的被迫裹足，"金莲"称名的指认，实际上已埋下了她日后生活难以摆脱的魔障。"三寸金莲""步步莲花"这种司空见惯的文化习俗不但使女性更弱不禁风、楚楚可怜，成为柔弱美、病态美的把玩对象，沦为男性玩弄于股掌之上的色宠，同时更残酷地剥夺了女性参与劳动自食其力的权利，沦为待价而沽的物；而且在更深的隐晦的意义上，正如李渔所说"瘦欲无形，越看越生怜惜，此用之在日者也。柔弱无骨，愈亲愈耐抚摩，此用之在夜者也"[1]，它是为了满足男人昼里把玩、夜里抚摩的性占有、性满足的优越感。既如此，裹了足又起名为"金莲"的金莲就成了一种"知识和德性的可能性也包含着错误和罪恶的可能性"[2] 的隐喻，成了自救导致他赎的一种自嘲。

潘金莲以一般女子罕见的以恶抗恶——性放纵来抵制性玩弄，这对她不是一种投男人所好换来的自由，而是一种新的无法自制的困境。在一切存在是道德的逻辑的存在的封建专制时代，在用道德的伪善单方面扼杀女性的男性统治中心社会，仁义礼智信是男人头上的花冠，却是女人身上的枷锁。身为下贱胆敢冒犯传统，孤注一掷地以恶抗恶，性之不洁即成了她不可宽恕的致命之恶。她不是男人需要的天使，而成了与魔鬼相伴的幽灵。她践踏了"男性的尊严"，造成了德性的混乱，即便有才识也无法弥补她放肆的过失，何况道德的恶增殖了对生命的悲剧性嘲弄，她成了一个风骚、鄙俗、淫滥而失去理智的人。她不但无法颠覆男权，反而一再为它所奴役、背弃，成了一个为男人的罪与罚所赎出的不可救药的恶人。毒杀武大的初罪，淫杀西门庆的孽祸，造成待剐必死的终局。武松最后用计赚杀她，不仅意味着天伦意识支配下的为兄复仇，无形中也代表着整个男权世界对潘金莲嗜欲为狂、数斩愚夫、消解男权威势与生命力数罪并罚的一种回赎。

三、佼佼于群与同性龌龊

从孩提时代开始，潘金莲与生活中接触的第一位女性——母亲的

---

① 李渔：《闲情偶寄》，江苏古籍出版社 1985 年版，第 105 页。
② 兰德曼：《哲学人类学》，上海译文出版社 1988 版，第 203 页。

关系就显得空洞而苍白。排行六姐而被卖就表明为亲所弃。此后小说中唯一提及母女来往的是潘妈妈向女儿告贷而被撵出西门府。这件小事透露了母女关系的实质，她个性中空缺着母性的慈爱与宽容。此后，少女时代同被寄卖的女伴玉莲早夭，并没有唤起她多少女人的伤怜与忧患。因被张大户收用而遭主家婆苦打，男人的罪恶牵及同性相残，反而捶打出她更多的冷酷、淡漠和无畏。被迫贱嫁武大，她甚而变态地虐待迎儿以发泄姻缘错配的私恨。她一直没有女性角色的归属感，疏离于群，与同性缺乏天然的同情。

当潘金莲以第四位小妾的身份落脚西门府后，宗法家庭形式上的种种不平等就将她置于财富、权力和宠弃的竞争中。在持家理财、争权夺利的斗争中，她虽也曾小试身手，但才色的出众使她意识不到财富和权力的重要性。面对妻妾成群、奴婢遍地、妓女出入、媒妁奔走的女性世界，面对家长专制、身心闭锁却又门户松弛、来往随意的家庭环境，她被动地纠缠于名分地位，更深地迷乱于宠弃世故，蛾眉相嫉，掩袂工谗，与同性发生了种种龃龉。在这个明争暗斗的家庭中，在桩桩件件争风吃醋的利害冲突中，本来就缺乏同情心的潘金莲根本不可能与同性产生姊妹之谊。于是她逢迎月娘、嫁祸瓶儿、周旋玉楼；她说赚春梅、挑拨雪娥、整治蕙莲；她嫉恨桂姐、诅咒王六儿、唆打如意儿。她自认是这一群女人中的佼佼者，所以她内心从未低服于位列她前的妻妾，也从不柔肠百转地可怜那些做西门庆姘妇而遭殃的奴婢、歌妓和外姓女人。值得注意的是，为了争宠，在风月手段之外，她发展、充实了一种自信活脱的个性。除了李桂姐支使西门庆骗取她一绺头发蓄在鞋底践踏之外，潘金莲的争宠很少败绩。在家庭纷争中她有主见、敢做敢为、不回避矛盾；在娱乐游戏中她不甘寂寞、求胜心切、很少服输；在应对交际中她言语犀利、善审时度势、从不伪饰盲从。她酷妒谎辣的极端个性在发展的过程中也包蕴着这样一些独立不羁的个性和积极的人格倾向，她其实是一个充满心灵矛盾的活生生的女人。

李瓶儿的死集中表现了潘金莲个性中积极人格倾向的丧失和恶的破坏性力量的失控。西门庆偷娶，她没有女以聘贵的资本，为妾无嗣，失去了母以子贵的优势。所以当李瓶儿输财请嫁而得宠、迟娶先育而私昵时，她就不能不别抱琵琶、幽恨满心。她耿耿于怀入西门府地位骤降、处一妻三妾之后的事实，西门庆妾不如妓、妓不如偷的行径，更使她为杀夫代价换来的尴尬境遇平添一段不可平复的情仇。而李瓶儿的隐忍善良、宽和无争与她的肆行不善、骄纵以争恰成冰炭两立，所以她暗中嫉妒这个在色艺、财势上真正构成她夺宠威胁的对手，训练宠猫唬死了胆小的官哥儿，使李瓶儿在丧子、恶疾接踵而至的重创下凄然死亡。

她想超越同性，却因为无法接续子嗣，不具备继承权与经济独立的能力，而过多地毫无意义地将自己的生命耗费在打情骂俏、夺宠弃置的琐屑世故中。她与同性作对，处处使计作恶，从而伤类而渎己，离情以乖志。西门庆一死，乱伦私生丑闻暴露，吴月娘就名正言顺地驱逐了她。被张竹坡称为"奸险好人"的吴月娘因有正妻之名分而无家主之实权，所以一直坐山观虎斗，表现出与潘金莲虚与委蛇的平和宽厚、热面冷心。夫主一亡，她随后就把自己不得意于西门庆，子嗣不兴，家反宅乱，财散人亡的种种恶账，全部算在了众妾身上。借乱伦私生的潘金莲开刀，转卖的转卖、驱逐的驱逐、出嫁的出嫁、逼逃的逼逃，这时候她把西门庆"我死后，你若生下一男半女，你姊妹好生待着，一处居住，休要失散了，惹人家笑话"的一番人之将死其言也善的遗嘱全然抛在了脑后，玩了个冷眼惩乱妾、肃恶除异己的把戏。一夫多妻制的婚姻结构摧残了女性的善良天性，造成了受害者相互的嫌隙、龌龊甚而自我挞伐。潘金莲的被逐，一面是传统女性的家庭旧垒对触犯众怒、逸出常规、淫乐失伦、酷妒祸人的潘金莲的排斥与驱逐，另一面也是貌似有德的正妻私心妄为、惩妾罚小、伪贤失礼、以怨报怨的欺人与自欺。这正题与反题无法剥离。

四、爱之皈依与情之幻灭

义勇的武松杀死了淫荡的潘金莲，《水浒传》这一大快人心的情节在《金瓶梅》中被置换变形并意味深长地延宕：因慕武松不得而转嫁西门庆的潘金莲，作为故事的女主角经历了数年驳杂的生活后，终于为武松用计赚杀。正义的道德的原题被舍弃，已知的结局变成了人物命运的预言。预言应验之前，潘金莲绕行于人生的一大段迷途中，渐渐被风化为一个集淫、酷、妒、谎、辣于一身的恶的标本。

但检索一些她生活的细节，我们还是能够发现在她芜杂的心灵中时隐时显的情感活水。当她贱嫁武大，面对最猥亵的丈夫统治最灵秀妻子的不公，她曾孤傲地怨泣真金掩土、鸾凤配鸦的悲苦，没人处常唱支〔山坡羊〕自怜自叹："本是良家红颜女，一朝见损弃高楼。无端嫁得龟头婿，辜负香衾结怨偶。"她对不合理婚姻的抗辩带有极强的个性色彩。当英武豪阔的打虎英雄武松一旦出现，暗淡的经验就被激活，枯寂的情感就找到了寄托的对象，她表示了一而再、再而三的试探、挑逗与情感裸露。应该说作为停留在两性关系亲密性的经验层面的，对异性一相情愿的喜悦与激情，是一种可能催发引人向上的正当的爱欲，也可能致人堕落的可怕情感。但落花有意流水无情，武松英雄气多儿女情寡，重天伦而拒情爱，这就使得潘金莲无乱亲之顾虑而自择良偶的决心近乎湮没。

当英雄救美人于水火的自构神话不幸失落之时，以风月手段骗诱潘金莲的西门庆出现了。与英武豪阔而寡情的武松相比，风流倜傥多情的西门庆别具一种男性的魅力。这种表面的虚假的魅力使潘金莲在爱而不得中身不由己转了向、退而求其次了。"人的自我完善并不必定意味着在一种极其肯定的意义上的完善。它只意味着，人使自己完善起来并给自己以确定的形式。这可能是某种高级的或低级的形式，丰富的或贫乏的形式。"① 在潘金莲的自我确认、自我完善过程中，从钦慕英豪到沉溺风流，这一转向是悲剧性的。欲的需求、低劣的形式代替了情的期许、高级的形式。西门府贫乏空虚的生活进而使病态的本能冲动置换了潜在的心理动机。积极的人格动力、丰富的形式的丧失，使她在以恶抗恶的路上走得太远，以至于完全变成了一个不避主仆、不顾人伦、不知生命危险在即的嗜欲的禽兽。在以色市宠、屈己迎人、

---

① 　兰德曼：《哲学人类学》，上海译文出版社 1988 年版，第 203 页。

含笑忍辱、欲壑难填中，人性已极度扭曲。

然而，她也有大雪夜弹弄琵琶，寒衾独拥的时候。当一再遭受到风流浪子西门庆的冷遇薄幸，她也曾悲咽地吟唱"误了我青春年少，撇得人有上梢来没下梢"的孤寂慵闷。这种性焦虑表现出一种任性的自贱、轻浮的困惑。可是它深层的心理动因仍然是示爱于武松不得、情感受挫后无谓的感伤情绪的潴留，是对自我情感世界意义匮乏的疏浅的反省引发的人格失落感。所以当武松诈称一百两银子伪娶她时，经历了面目全非混乱生活的她居然天真地产生了"我这段姻缘还落在他手里"的非分之想。这种自甘就戮的昏眩似显得荒谬难解，其实正好说明潘金莲当初对武松萌发的爱欲是基于对英雄人格的钦慕、一种对美满姻缘和理想生活境界的瞩望。示爱不得这一看似些小的人生插曲，实际上却是导致她人生急转直下的一大关掖。两情投契不可遇，荡涤了她青春女子纯洁的神话梦，"姻缘相凑遇风流"轰毁了她曾经试图自我完善的理想选择。但潜沉下来的爱欲却似乎在冥冥中支撑着她的生命之旅，且在临死的一瞬间化做她最后的人生幻象，这是她不能自觉也无法自解的人生情结。最终置她于刀俎之下的就是她在生命的最后时刻幡然醒悟并一往情深交托全部信任的武松。武松杀了这个集淫、酷、妒、谎、辣为一身的恶女子，却不知这恶的消失伴随着爱的皈依、情的幻灭。这一悲剧结局在潘金莲，在武松，又岂是一个"道德"了之！

总之，潘金莲一方面作了自构神话的牺牲品，另一面也作了群体伦理习俗的牺牲品，注定了走不出那画地为牢的预言。他者剥夺、家庭排斥激发了潘金莲积极独立的自我确认意识，与男女两性群体的对抗，凸现了她与固有伦理习俗疏离而焕发光彩的生命意识的沉浮、失落。罗洛·梅说："我们的原始生命力是由非人格性的意识层面穿过人格性的意识层面，再进而达于超人格性的意识层面。"① 从这一角度看，潘金莲的悲剧首先是自救失败的生命悲剧，是基于求生本能这一消极

---

① 叶海烟：《爱的变奏与交响——推介人文心理学家罗洛·梅的巨著〈爱与意志〉》（下），《心理学研究》（台湾及海外中文报刊资料专辑）第 1 辑，书目文献出版社 1987 年版，第 6 页。

盲目的非人格意识向赏美、求真、惜才、寻爱的人格意识过渡中，因悬搁在经验层面的浮惑的爱欲与无谓的玄想，没能发展出一种具有坚实意志的人格力量和情感要求，从而未能实现超人格性的自我完善的悲剧；其次，潘金莲的命运也显示了个体女性反抗文化传统矫枉过正的历史悲哀。她作为封建末世的叛逆女性，因以恶抗恶、作奸犯逆，终无法避免反抗男权专制两败俱伤、性命俱损的暗淡结局；她作为资本主义萌芽期的个体情欲至上者，因身心的脱节与人格的缺失，在爱而不得、逞欲无度、变相挣扎的阵痛中，只能变成一个难产的弃儿。再次，潘金莲的悲剧也是为文化所激醒的生命力终为群体伦理习俗自身的惯性与偏见所吞噬的文化悲剧。吴月娘以正妻惩妾为名，不修帏薄、伪贤失礼、奉主伐奴的作为，和武松为兄长复仇而计，弃英雄之勇武而从浪子之游荡，咎弱女之孽债而施骗娶之狡险的凶谋，代表着封建末世较为普遍典型的文化抑制心态：即对世俗生活不平等的伦理当然与处之泰然的保守意识，无力向善而淡漠良知、无力改造恶而掩饰恐惧的伦理痼习；无视道统的衰微与近代意识的觉醒，媚俗地挽救文化习俗以保持虚荣完满的末世心理。正是这种深隐的文化惯性，群体性的整合观念，与盘根错节的专制意识，固步自封的伦理尚善态度纠结在一起，摧毁了潘金莲求真的可能、情爱的萌动，阻滞了她赏美以求真、惜才以自立的人格向更高层次发展，导致她反驳群体伦理习俗的斗争终因自身力量的稚嫩孤弱而告于毁灭。

（原载《学术交流》1999 年 4 期）

情系大西北　梦绕创业人

——读李若冰《塔里木书简》

　　李若冰说，他和大西北，和那些奋斗在大西北的勘探者们有着不解之缘。50 年代他写《塔里木手记》，80 年代他又写《塔里木书简》，还是那份牵挂，还是那份挚爱，还是那份激情。他去新疆，未去最具民族特色的南疆名城喀什，而专意去塔里木，去塔克拉玛干大沙漠——去南疆石油开发区。他说这没办法，他钟情于石油勘探者，他爱他们。大西北，大西北的创业者是他的情思之所在。

　　他写新疆，写得真，写得像，甚至说写得文笔老辣而睿智，令我这个老新疆人都有一种又归故园的感觉。如《焉耆与博斯腾湖》一文，写到车过甘沟（又叫干沟），司机面对车启处扬起一沟沙尘，只能艰难辨行的情形，非但没有厌恶、惊骇之辞，反而笑着甩出"炒面"一语，就颇具新疆味道。这语态把新疆人那种乐天豪爽同时又幽默风趣的性格抖落得神韵皆出。

　　他写新疆还写得景美，人灵，情浓，似乎不将心中爱的清泉汩汩地浇灌在边陲的土地上，他那充盈绿洲的心田就不能结出丰硕的果实似的。沙滩，这座荒漠中的小城，在作者的眼里却出奇的美丽。（《荒漠中的翡翠》）皓月当空，彩虹飞挂，是小城的静态美；巴扎（集市）人头攒动，雨中新婚夫妇洒一路笑声，是沙雅的动态情趣；末了，作者又于空中寄托深情：

　　　　当我在空中俯瞰地面的时候，沙雅出奇的美丽。那坐落在沙漠间隙的村庄，那纵横交错的渠道，那黑压压的胡杨林，那如奔马般疾驰的塔里木河，如织如画般呈现在眼前。从地貌上看，沙雅是一块绿蓬蓬的绿洲，简直像一块翡翠一般，镶嵌在大沙漠的边际。啊，翡翠，一块碧绿碧绿的翡翠！

毫无疑问，李若冰这种掠去荒凉、播种春天的情怀，与他对大西北眷眷的爱是相通的。

他写新疆，还写得圆熟、别致、豪婉。读他的《龟兹乐舞之乡》，你不能不佩服他独特而又敏锐的感悟和精妙的构思中所包蕴的艺术魅力。文章一开头，"库车，库车还没到呢，我的心儿已经蹦跳了。""人们都说，库车是龟兹乐舞之乡。我么，也曾不止一次地沉迷于那激越的旋律中。此时，库车就在眼前，我依稀听见，那嗖嗖小风吹过来的时候，夹带着悠长抒情的乐舞声。"恰巧是这时旋风骤至，作家顿时觉得："这风恰似一个个高健的戴着绣花小帽的男性舞蹈家，正在热烈的鼓声中发狂地踢踏着、旋舞着呢。""我和我的小伙伴，简直像是被狂风裹挟着，卷进了库车城。"作家的情致始终以"舞"为核心，把他的心境和现实的场景紧紧笼罩在充满旋律的氛围之中，既意境斐然，亦使我对"歌舞之乡"的感触油然共鸣。

他写新疆更写得热烈，写得挚诚，写得激情横溢，那是他把他的燃烧的心炉掏给塔里木石油开拓者时迸出的赤诚的火花。他说，他之所以要赞美勘探者，是因为他们的所作所为体现着人类最美的素质和民族最优秀的品格，他们身上所展现的青春活力和乐于奉献的崇高境界，在他的胸中鼓荡着不可遏制的热浪，他不能不讴歌他们。他酷爱大西北，更酷爱开发大西北的人。在塔里木，李若冰把他的爱献给了为开发盆地而抛洒宝贵年华的地质学家们（《燃烧的年华》）；献给了不畏艰难征服塔克拉玛干沙漠的先行者们（《和"死亡之海"的搏斗》）；献给了为寻找潜在的石油资源而奋力拼搏的开拓者们（《塔克拉玛干之谜》）。他为他们勾勒了一帧帧动人的剪影，为他们描绘了一幅幅感人的画卷，更为他们倾注了无限的敬意。

毫耋之年的地质学家黄汲清教授，千里迢迢赶到乌鲁木齐出席1984年度的"塔里木盆地油气资源座谈会"，并热切呼吁开发塔里木。他那种火热的情感与期望，不正是一个地质学家那颗透明的赤子之心么！塔克拉玛干，维吾尔的意思是"进去出不来"，但我们的勇士不但进去了，而且在那里生存了下来。他们和风斗，和沙斗，和饥饿斗，和酷暑斗，义无反顾地迎接死海的挑战。蒿忠信是这个男儿国的"酋长"，为解决沙漠饮水问题，绞尽了脑汁。一天，他在沙漠腹地找水，蓦然发现沙丘上摇曳着几枝红柳，便心里移动：这沙漠植物怎能生存下来呢？莫非……调来推土机一推，果然推到4米多深时下面浮上来些稠乎乎的沙浆，隔天竟渗出2米多深的水来。自此以后，他们每挪动一个营地，便推出一个水坑，推出一个生命之泉。还有一些小伙子，得不到女朋友的理解，但为了大西北的建设，他们不得不忍痛和女朋友分手，来到环境恶劣的大漠，成为塔克拉玛干的第一代公民。"他们把对祖国的爱，对事业的爱，对亲人的爱，紧紧地糅合在一起，产生出一种超乎常人的向前奋进的力量。"正是这些值得人们敬佩的男子汉的顽强斗志，才使"死亡之海"变成"苏醒之海"，使西部的经济开始了新的纪元。

面对茫茫瀚海中勘探者们深深的脚印，面对他们可歌可泣的业绩，这位"老勘探战士"情不自禁地赞叹道："在中国大地上，在塔里木盆地，希望的火花在升腾！我依稀看见，那火光中闪耀着许多地质学家的形影，闪耀着许多野地外勘探者的笑容，他们中间有我熟悉的和刚结识的可爱的朋友和伙伴们。那火光中有燃烧的灵魂，有灵魂的燃烧，只有那些执着地爱着和灵魂燃烧的人们，才知道如何珍惜自己的青春年华，才是这希望火光中的佼佼者！"激情如火！

其实，对李若冰来说，最勾魂摄魄的还是柴达木，还是三十多年前那些朝夕相伴的创业者们。他怀念他们。因此，他写柴达木，就写得深情蕴藉，写得遐思绵邈，写得错落有致。这情掺着柴达木的山山水水，这思系着创业者的峥嵘岁月，这姿合着作者的条条血脉，仿佛昆仑的雪水，时而沿涧平流，缓缓悠悠，遇石处，云雾缭绕，旋一涡沉思回流其涧，逢川时，漫滩渗去，留点点清珠反照晶莹。读他的《致尕斯库勒湖》《昆仑飞瀑》《寄自依吞布拉克山》，你就会深以为然。

《致尕斯库勒湖》是李若冰1980年重返阔别二十多年的柴达木写下的即景抒情之作，是他思念最深的时刻，从心底流淌的歌：

啊，尕斯库勒湖，你多么使人神往！

多少年月，多少春秋，我日日想啊夜夜盼，何时才能再回到你的身边？尕斯库勒湖，有时仿佛凌空开放的雪莲花，有时犹如排浪而起的鲲鹏。而更多的时候，却好像引颈远飞的天鹅，悠然在太空穿云过雾，发出声声呼唤。哦，我正是听到了呼唤声，才匆匆地赶回来。

铭心的思念，刻骨的追怀，牵起他无尽的情愫，尕湖也像善解他的心扉，幻作一翎天鹅，回应声声呼唤。人未至，情却如潮似海，裂岸而来。他想起第一次见到尕湖的欣喜与慰藉；想起那里燃烧的一簇簇篝火，搭起一座座营盘；想起在那里荡起的第一声胜利的欢笑；想起尕湖为柴达木发出的第一次报春的信号……这不是睹物思情，而是"梦"中寄情，这情在挚爱的心怀中盛得满满流流，呼之欲出。他的情思随着尕湖的荣光而波澜起伏。昔日只是刚刚苏醒的尕湖，如今已成为厂房林立，动人魂魄的黑金城市；昔日遍量整个盆地的先行者，如今须告老还乡，看到飞飘迷人的昆仑瀑布（《昆仑飞瀑》），他"感到眼前如同矗立着一座晶莹的万仞雪峰，流水和云天相连，喷溅着珠玉翡翠，闪烁着斑驳炫目的光点。"他"倏忽觉得，它仿佛是娇丽的云雀、天鹅和仙鹤群集的长阵，是这样潇洒自如地飞荡着，以气盖山河的流势，凌空呼呼欢叫，旋即俯冲而下，转眼间，它却宛如莫高窟飞天肩披的长长的飘带，飞落于幽深的谷底之后，啥是拍波击浪，掀起广涛巨浪，继而在闪闪的霞光里，哼着自由悠扬的歌，跃凶有致地向大漠奔去。"这并不是故意追逐文字华赡，而是他看到昆仑山斑斓透亮的明天卷起的激情的浪花，是他聆听到中华民族向前奋进的激跳二共振的脉搏声。情势明丽动荡，热烈奔放，飞逸飘动。

他写柴达木还写得意境高远，气象开阔，激情澎湃。他的散文不专于一人一事，一草一木，而是着眼于整体，着眼于从过去、今天、未来的历史整合中，通过"我"对现实的强烈的、生动的审美感受，生成一种物我相融的艺术场，一种向更高更广处伸展的艺术境界。他说，我虽然在大西北常常看到的是戈壁，沙漠，但我看到的更是那些勘探员在艰难困苦中跋涉的足迹，和他们所具有的高尚情操。他们这种大无畏的气概，和他作为一个战士在战争中的生活是相通的，体验是相通的，尽管时代变了，环境变了。他说，他是延安的儿子，他是时代的儿子，他要把自己的创作激情献给历史的开拓者，他要用全部的激情去拥抱这个时代。他从尕斯库勒湖掀起的金涛光波中，浮现矗立的钻塔，起动的抽油机，青烟漫漫的烟囱和熙熙攘攘的人群，赶到这儿从天上到地下，都旋荡着一曲野外勘探者和大戈壁血脉相溶的交响乐；与地质学家顾树松并肩漫步，他想到他们那批虽负冤二十载仍不气馁，仍乐观豁达而又热情洋溢的一代知识分子，想到战斗在柴达木盆地的人们，将一汪汪向盆地延伸的美妙前景；尕斯库勒湖的夜晚，也以从未有过的新姿，等待黎明来到之时，鼓翅飞上长空。此情此景，作者心潮汹涌，由衷地祝愿："尕斯库勒湖，你起飞吧，再次向亲爱的祖国和人民，报告柴达木的春汛吧！"至此，尕斯库勒湖是柴达木的报春湖——大西北是祖国经济腾飞的希望的意境，顿时明朗。

依吞布拉克山（《寄依吞布拉克山》）市地处盆地边缘的石棉产地，天寒地冻，连到哪里，哪里就出现奇迹，就有金娃娃、银蛋蛋、宝贝疙瘩的神奇行者依沙·阿吉都讷讷地说："那儿很冷，是冰冷冰冷的世界！"今天这里却腾跃着一种灼人的热烈气氛——一批矿工正开动着钻机向山崖掘进。就是这块地方，为祖国呈献了第一吨亮锃锃的石棉矿。这里的工人们说："在这冰冷的世界里，要创出一番大事业，没有驱鬼杀邪，不畏苦寒的气概，没有豁命实干的精神世界，那是不可思议的！"这是从生活中产生的哲理，是钢与火的语言。它既是现实的，也合着"我"的气度和品格。阿吉老人将自己最后一丝气力，献给了宝山宝石的发现和勘探。他生前为了欢庆自己在柴达木度过的晚年，还特意给小女儿起名叫柴达木汗，以表达他对柴达木的深深恋情，而阿吉的儿女们也决心沿着父辈的道路走下去。此时此刻，"我"顿时觉得，在"我"的周遭已不再是冰冷的世界，"我"的心已被阿吉和前仆后继的开拓者暖热了。"我从而坚信：有着火热心肠的人可以改变冰冷的世界。你看，这儿的石棉矿工们继续点燃着创业的火把，将使依吞布拉克山飞腾起更加炽烈的火焰，放射出更加富丽的光华！"这坚定的信念，热切而又有力的语言，不正契合着我们从十年浩劫中重新振作起来，为建设四化而锐意进取的时代精神么！不正是一个号手以昂扬的气概吹响的激励军威的连营号角么！

他写柴达木，直抒胸臆，朴素而炽烈。他执笔为文，绝不是为情造文，而是因情缘文。他觉得他有数不清的见闻要急切地诉说，满腹的爱意也仿佛要把心腔撑破。面对昆仑飞瀑："我还清醒地意识到，我是这样无限热爱着自然的创造，然而也无比热爱着创造的自然。此时此刻，我怎能不惦记这昆仑山英勇的开拓者，和那荒古大漠艰苦的勘探者。"听到茫崖矿区期望得到现代技术设备的心声，他大声疾呼："给予开脱青新交界的四面山城的创业者以更多的关注吧！给予远在依吞布拉克山的石棉儿女以更大的爱抚吧！"看到尕斯库勒湖两口深井喷油了，他心中的激动就如劳动者看到了丰收的果实：

> 嗬，两口井都喷油了，一口比一口喷得凶。啊，喷吧，哗哗地喷吧！喷得天旋地转！喷得心花怒放！喷得石油老师傅们老泪横流！喷到千千万万勘探者心坎上了！人们争先恐后向尕斯库勒湖狂奔，人们的脸上沾着粘糊糊的油渍，人们整个儿沉醉在飞喷的油海花浪中了。昆仑老师动情地点着头，柴达木沸腾了。碰杯吧，旋舞吧！祝贺吧，欢唱吧！

朴素的语言，炽烈的情感！他的心和祖国的建设、人民的精神一起跃动，他的笔蘸着战士的情怀，勘探者的精神刷刷作响。生活使他不愿编造什么，真挚的情使他不想隐瞒什么，只要能把切身的感受传达给读者就是他的热望。因此，他写得笔直而又不回，朴素而炽烈。可以说，他这种独特的风格，是有别于当代其他散文家的。

《塔里木书简》还收集了李若冰深情悼念师友的文字。他们也曾在大西北和他一起生活过战斗过。他想起他们来，也是备感亲切，备感伤怀的。我知道这些文字同样写得催人泪下、感人至深，但我还是想坦诚地说，他从塔里木、柴达木掏出的至话，更能引起我的共鸣，并使我愿以这样的诗句作结：

他走过荒凉的地方，
心中装着绿色的行囊；
他来到开拓者的营地，
心中喷薄着创业者的光芒。

1993年2月1日

（原载《永远的诗人——李若冰论集》，太白文艺出版社2000年版）

创造审美化

——对李若冰散文情致的一种考察

别林斯基说："一个诗人的一切作品无论在内容和形式上怎样分歧，还是有着共同的面貌，标志着仅仅为这些作品所共有的特色，因为它们都发自一个个性，发自一个统一而不可分割的'我'。所以，在要着手研究一个诗人的时候，应该首先从他的作品的多种多样中掌握到他的个性的秘密，就是说，仅仅属于他个人精神的那些特点。"① 以此来探析李若冰的散文创作，我以为，李若冰无疑也具有一种迥异于他人而又非他莫属的精神特点，这种独特的情感特征使他在长期的审美创造活动中，生成一种萦绕不已的情绪链，一个具有强烈情感色彩的意念核，自觉地寻求一种预支相应的审美青苔，在再度体验课题世界时，同构一种情感的驱动力，把握一种与内心体验一致，与心理沉积相关联的审美情致，从而使他的创作呈现出独特的审美风貌，这就是：创造审美化。

所谓创造审美化是创作主体在本职力量对象化的客体体验中升腾的一种肯定情致，并将这种肯定情致投入在作品中，完成一种和谐的美的建构的双向互塑型情感创造活动，它贯穿于创作者的情感风貌，并以此为核心，生成与之相关的情感素。因此，创造的审美虽然作为创作主题的一种普遍的审美感受，但创造审美化却绝非每一个作家都能产生。不同的创作主体，因所处的时代、所属的环境、所秉的惰性、所执的素材不一而情态万千，或喜、或悲、或慷慨、或哀婉、或有所缘；即使同一时代，同一素材，亦因各自的才情而风貌各异。简言之，创造的审美是创作主体对客体审美体验后反馈的一种相对单一的审美

---

① 别林斯基著，别列金娜选辑，梁真译：《别林斯基论文学》，新文艺出版社 1958 年版，第 137 页。

235

情感，一般而言，它不产生情绪素，而创造审美化则由肯定性情致生成一种情绪链，故而这种独特的审美范型便不成为诸多创作者的共同表征，而成为个别创作者的特殊印记。

纯理性的阐释总是饶舌而又费解的，还是让我们从具体作品入手吧。

《勘探者的足迹》是李若冰将燃烧的心炉掏给祁连山下的勘探者时迸发的赤诚的火花，他以朴素的笔调记叙了以徐旺为首的勘探分队以苦为乐，在酒泉盆地无私奉献的崇高品质。他们的心里只装着祖国的事业，他们的眼里只闪着无谓的亮光。他们是勘探者，也是建设者，不仅是人，连山都焕发出蓬勃的朝气：

> 蓦然，我好像第一次发现，祁连山多美啊！被夕阳辉映着的山巅上，春夏秋冬，都有洁白如玉的积雪。雪在阳光下，闪着晶莹的眼睛。这山和雪，多像一个白雪姑娘呢！她生活在严寒里，成长于风沙之中。她坚韧。她倔强。她矫健地挺立在戈壁滩上。我听到过多少赞美祁连山的话语啊！我们地质勘探者，在她的怀抱里工作，觉得温暖极了。我们爱她，爱她在戈壁滩上，始终保持着勇敢健美的姿态。爱她在暴烈的风沙中，仍然挺着丰满的胸膛，没有一点动摇。就是当风沙遮掩了她的身姿时，我们仍然能看得见她俊俏的面孔，和闪着光亮的眼睛。

这是作者的情怀，是作者所仰慕的创业者的情怀。它是诗——充溢着激情的诗，是时代的诗，是礼赞的诗。只有和祖国和人民一起跃动的胸膛，才能涌出那么深情、那么和谐的情感；只有和开拓者一起共生奉献的意志，才有这种自豪，这种信心，这种力量！这就是创作主体在对客体的审美体验中从心灵激发的肯定情致，是和谐的美的创造。

戈壁滩上的勘探姑娘"爱戈壁滩的造成，是因为这里早晨的天气是格外晴朗的，是最适宜于观测地形，是能精确又迅速地工作的。""工作着是美丽的！"

《在严寒的季节里》写一群来自五湖四海的年轻人，为了一个共同的目标，走到一起来了。他们不畏艰难。虽然他们的脸被风雪吹打得紫红，但他们的姿态是刚强的，笑容是诚实的。他们对祖国的爱，随着自己一点一滴的努力而逐渐加高，逐渐丰满。他们爱祖国，祖国也给予他们温暖。他们的心中永盛着祖国的爱，人民的情。作者的心中也是流溢着对勘探者的情，对开拓者的爱。从作者的笔端，你深深地感到，我们的人民创造着生活，我们的事业一往无前。

《祁连雪纷纷》开头是这样的："多少万年来，祁连山以怎样威武的状态，挺立在大西北的高原上啊！"浓缩历史的长河，泄满无限的敬意，写就壮美的情势。接着写昔日的荒山如今焕发青春，为新的时代和新的人民献宝："这里并不是穷山恶水的去处，而是蕴藏着丰富的矿产的宝山。而人们的情感也越来越向它靠拢了，人们更加乐观地眺望着它了，更加英勇地向上攀登了。"这是对象化的自然在作者心中的审美情致，是作者全心投入后人格气质的内外融合，是能动的创造，审美的发生。下文"雄鹰飞翔着，我们披着晨光上山"，是在诗情画意中抒写壮丽的意蕴。作者从赤黑色的镜铁山中，仿佛看到飞溅的钢花；从抖擞的白桦树上，仿佛看到勘探战士不屈的气度。内心的体验同构对象化的客体，构成与时代精神相契合、与主体意识相一致的意象世界。

无需再举更多的例子，我们已形象地触及了创造审美化生成的核心——肯定性情致，涉及了李若冰散文情致的文本表象，这只是为我们探视其内部构造奠定了必备的基础，而不是说已形象地探究了创造审美化的深层特质。

如此说来，李若冰散文的特质究竟蕴含哪些内容呢？我觉得：大西北情结、绿洲意识、二度体验审美化是其创造审美化的三大内涵，并因之与其他作者卓然有别。

大西北情结。李若冰的散文是随着大西北的工业建设一起成长的，他是大西北及其开拓者最热情最踏实的歌者。《柴达木手记》是50年代大西北在崛起的历史画卷，《塔里木书简》是80年代大西北的希望树。他先后四次进访柴达木，走遍了那里的山山水水，甚至在年逾花甲之后仍按捺不住内心的欲望，远行塔里木石油开发区，为达克拉玛干的第一代公民倾一腔肺腑之语。他说这没办法，他钟情于石油勘探者，他爱他们。大西北，大西北的创业者是他的情思之所在。

这种"情系大西北，梦绕创业人"的"大西北情结"，来自时代的熏陶，也基于作家的情性。

1926 年，李若冰生于陕西泾阳县一个贫农家里。贫困的家境使他无法感受家庭的温馨。12 岁那年，他不堪忍受不公的待遇，在八路军驻云阳留守处的帮助下，投奔延安。1944 年他考入鲁艺。延安，是他人生观的根基地，是他文学理想的生长点。他把他手中的笔，看做是一种武器，把他从事的文学事业，看做是战士的活动，更把他心中涌动的爱看作是对母亲——延安的报答。因此，1953 年他从文研所结业时，没有丝毫犹豫就跻身于时代的洪流。特别是他听说"第二故乡"陕北发现油矿时，更是掩饰不住周身的喜悦，立即前往，并以无比欢乐的心情写下了他的成名作《陕北札记》。而作品发表时，他已紧随地质勘探者一起，踏上了新的征途。他在这里找到了他创造的基点。他说："陕北一回来，我所以迫不及待地参加到勘探队伍的行列，那是因为，我从心底里爱上了勘探者，他们艰苦跋涉，高尚的情操，美妙的幻想，英勇的冲击和大无畏的气概，和我作为一个战士在战争中的生活是相通的，体验是相通的，心境是相通的。"[1] 对开拓者拼搏精神的强烈共鸣，对时代脉搏的及时捕捉，令他在审美创造中，自然勃发肯定性情致并认同于时代的潮流。而这种情致在与作者的"白日梦"暗合时，便成为先是自发继而是自觉追求一种审美情结了。

作者的"白日梦"源于他儿时的一次内心渴望与冲动。他说："我想起自己从儿提起步，就远离生养我的故乡，告别父老兄弟们，爬上了苍凉博大的黄土高原。后来，等我长大了一点，开始喜欢上了文学兵器图写点什么的时候，想给自己起个笔名。叫什么好呢？我眼前一下子闪现出骆驼的形影，从他身上起个名字不好么！记得，那还是我十来岁的时候，有一次在延安南门外，蓦然发现一支长长的骆驼队，

---

[1]　李若冰：《不解之缘——答子南同志》，《文艺报》1981 年第 6 期。

他们昂着高高的头颅，驮着很重很重的东西，一步一步地向前迈进。……它们到哪里去了？一定到大沙漠里去了吧！骆驼队远去了，可那叮咚叮咚的铃铛声，还在我的耳边鸣响，以致时常响在我的梦中，这就是我曾用沙驼铃的来由。""我并不迷信，可也有点稀奇，自从起了这个名号，我此后的生涯就与沙漠和骆驼结了缘，而且越粘越紧，终于难分难解了。"①

孩提时代的梦幻虽不与一种情结的生成构成必然关系，但一个作者在成年后基于目前的经验，在受到能唤起童年记忆的条件刺激时，很容易激活沉淀的内容，并渴望在作品中得以实现。

客观地说，李若冰的"大西北情结"起始是朦胧的，受时代所驱使的情感中亦有好奇的因子，这如他坦告的那样："我为什么喜欢像骆驼那样跑野外，连自己也说不清，反正自觉还是不自觉地老往大沙漠里跑了。"② 待创作《冬夜情思》时，那种隐约的感觉已变为明晰的意识。"我终于明白，我那么向往野外生活，不只是可以领略祖国河山绮丽多姿的风姿，而主要是我倾慕那些野外勘探者的作为。"③ 创造者奋进不息的足迹，人民高昂的进取精神，大西北欢欣的今日和辉煌的未来，在他的胸中鼓荡着不可截止的热浪，他清醒地意识到他与他们在精神上已成为不可分离的一部分了。因而凛冽的寒风赋予他的才是对开拓者殷切的思念，对大西北热切的憧憬：

　　啊，不正是这样的冬夜，在祖国西北的大戈壁滩上，我们可爱的勘探者，拔着骆驼草，燃起了篝火，在烧烤着干馍馍吃吗？不正是这样的冬夜，在柴达木盆地的大沙漠里，我们可敬的钻探工人们，紧张地接换着钻杆，又开动了钻井，在探寻着地下油海

---

　　① 李若冰：《野外之恋——〈柴达木手记〉重印后记》，人民文学出版社1987年7月版。

　　② 李若冰：《野外之恋——〈柴达木手记〉重印后记》，人民文学出版社1987年7月版。

　　③ 李若冰：《野外之恋——〈柴达木手记〉重印后记》，人民文学出版社1987年7月版。

吗？这时候，勘探朋友们在做着什么呢？

......

啊，冬夜，冬夜黑暗而深广，可是，我能够清楚地看见被风吹得摇晃的玉兰树。……春天来了，它开的花是那么洁白，香甜。那时候，它将激励着我，使我走上西北的大戈壁滩，走到勘探朋友们的身边。

绿洲意识。没有经过百折的奋斗难以体会创业的艰辛，没有到过广袤的瀚海难以理解绿洲的光芒。一片戈壁，一汪绿洲，一方水土，一星火光。太阳在这里凝聚，生命在这里成长。恶劣的环境助长斗争的勇气，勇者的心胸滋长豪放的力量。在开拓者的眼里，瀚海处处有绿洲；在懦者的眼里，戈壁处处如坟场。肯定的情致，爱的能量，是李若冰笔下的大西北处处洋溢着生机和活力，处处蓬勃着绿色的希望。山倩湖俏，云蒸霞蔚，就连瀚海的戈壁，"低下头来，沿路望去，可以发现许多小小的野麻，遍地丛生，迎风摇曳；虽然不显眼，沾着一路尘土，却显得强劲，葱绿。一棵棵白刺，从砾石中挺起腰身，舒展着枝叶，犹如戈壁之莲；即使在暴烈的风沙里，它们仍然密结着丰硕的果实。还有那红杆红枝的沙柳，披着一缕缕青丝，遇人低头密语，你不由得会惊叹它的艳丽，和婀娜的风姿"。（《察尔汗盐桥》）这里的美景不是纯自然的美，而是一种象征。作者采撷的是自然的力量，同构的是开拓者的情致。尤其需要指出的是，李若冰"掠去荒凉，充盈生命"的绿洲意识，不仅表现在他对大西北自然环境的摄取和描写中，也表现在他对开拓者心灵的刻画里。创业者们不惧艰苦，奋战在荒无人烟的戈壁滩，本身就是生命的涌动，而作者对他们美好心灵的赞美，也就是谱写了生命的颂歌。

进入 80 年代以后，作者的感情虽有所变化，但"绿洲意识"依然固存。

沙雅，本是荒漠中的一座小城，但在作者的眼里却出奇的美丽。（《荒漠中的翡翠》）皎月当空，彩虹飞挂，是小城的静态美；巴扎（集市）人头攒动，雨中新婚夫妇洒一路笑声，是边镇的动态情趣；末了，作者又于空中寄托深情：

> 当我在空中俯瞰地面的时候，沙雅出奇的美丽。那坐落在沙漠间隙的村庄，那纵横交错的渠道，那黑压压的胡杨林，那如奔马般疾驰的塔里木河，如织如画般呈现在眼前。从地貌上看，沙雅是一块绿蓬蓬的绿洲，简直像一块翡翠一般，镶嵌在大沙漠的边际。啊，翡翠，一块碧绿碧绿的翡翠！

二度体验审美化。读罢《祁连雪纷纷》的人可能会认为，这篇散文写得真挚感人，创作过程自然而轻松，其实不然。请看作者的自述："这篇散文里所写的钢铁勘探者，我 1956 年在北京群英会拜访过他们后，却急忙下不了笔，开了几次头，觉得不够味，就搁置下来了。直至 1957 年秋，我沿着他们探矿的山路跑了一趟，那些在我脑袋里窝了一年的人物形象，仿佛一下子活了，唤起我一种强烈的写作的欲望。看来，如果没有那次实地踏勘，掀起我感情的波涛，这篇东西是不会出世的。"① 即是说，作者在初次的审美体验中，仅为一种表面的氛围而感动，未能发掘出内含的审美的韵味，而在再度亲临客体世界时，客体所潜在的寓意唤起了主体对客体的审美的共筑的欲望，内心的积淀亦被激活，这便是二度体验审美化。这是一种感同身受的审美体验，有别于旁观者的身份引发的创作灵感。这种审美情式，使他的散文不专于一人一事，一草一木，而是着眼于整体，着眼于从过去、今天、未来的历史整合中，通过主体对客体的强烈的、生动的审美感受，生成一种物我相融的艺术场，一种向更高更广处伸展的艺术境界，一种跌宕多姿的审美情势。

我们知道，对李若冰来说，最勾魂摄魄的就是柴达木，就是二十多年前那些朝夕相伴的创业者们。他时刻怀念他们。所以他再写柴达木，就写得深情蕴藉，写得遐思绵邈，写得错落有致。这情掺着柴达木的山山水水，这思系着创业者的峥嵘岁月，这致合着作者的条条血

---

① 李若冰：《不解之缘——答子南同志》，《文艺报》1981 年第 6 期。

脉，仿佛昆仑的雪水，时而沿涧平流，缓缓悠悠，遇石处，云雾缭绕，旋一涡沉思回流其涧，逢川时，漫滩渗去，留点点清珠反照晶莹。读他的《致尕斯库勒湖》《昆仑飞瀑》《寄自依吞布拉克山》，你就会深以为然。

《致尕斯库勒湖》是李若冰 1980 年重返阔别二十多年的柴达木写下的即景抒情之作，是他思念最深的时刻从心底流淌的歌：

> 啊，尕斯库勒湖，你多么使人神往！
>
> 多少年月，多少春秋，我日日想啊夜夜盼，何时才能再回到你的身边？尕斯库勒湖，有时仿佛凌空开放的雪莲花，有时犹如排浪而起的鲲鹏。而更多的时候，却好像引颈远飞的天鹅，悠然在太空穿云过雾，发出声声呼唤。哦，我正是听到了呼唤声，才匆匆地赶回来。

铭心的思念，刻骨的追怀，牵起他无尽的情愫，尕湖也像善解他的心扉，幻作一翎天鹅，回应声声呼唤。人未至，情却如潮似海，裂岸而来。他想起第一次见到尕湖的欣喜与慰藉；想起那里燃烧的一簇簇篝火，搭起一座座营盘；想起在那里荡起的第一声胜利的欢笑；想起尕湖为柴达木发出的第一次报春的信号……这不是睹物思情，而是"梦"中寄情，这情在挚爱的心怀中盛得满满流流，呼之欲出。他的情思随着尕湖的荣光而波澜起伏。昔日只是刚刚苏醒的尕湖，如今已成为厂房林立、动人魂魄的黑金城市；昔日遍量整个盆地的先行者，如今须告老还乡，依依别绪；尕湖夜晚的星光，油砂山烈士的忠骨，昆仑矫健的身姿，无不使他憧憬，肃穆，神往，无不使他文思如涌，文采缤纷。

看到飞飘迷人的昆仑瀑布（《昆仑飞瀑》），他"感到眼前如同矗立着一座晶莹的万仞雪峰，流水和云天相连，喷溅着珠玉翡翠，闪烁着斑驳炫目的光点。"他"倏忽觉得，它仿佛是娇丽的云雀、天鹅和仙鹤群集的长阵，是这样潇洒自如地飞荡着，以气盖山河的流势，凌空呼呼欢叫，旋即俯冲而下，转眼间，它却宛如莫高窟飞天肩披的长长的飘带，飞落于幽深的谷底之后，霎时拍波击浪，掀起广涛巨浪，继而在闪闪的霞光里，哼着自由悠扬的歌，跃凼有致地向大漠奔去。"这并不是故意追逐文字华赡，而是他看到昆仑山斑斓透亮的明天卷起的激情的浪花，是他聆听到中华民族向前奋进的激跳二共振的脉搏声。情势明丽动荡，热烈奔放，飞逸飘动。

依吞布拉克山（《寄依吞布拉克山》）是地处盆地边缘的石棉产地。二十年前这里还是可望而不可即的冰雪世界，今天这里却腾跃着一种灼人的热烈气氛——一批矿工正开动着钻机向山崖掘进。就是这块地方，为祖国呈献了第一吨亮锃锃的石棉矿。这里的工人们说："在这冰冷的世界里，要创出一番大事业，没有驱鬼杀邪，不畏苦寒的气概，没有豁命实干的精神世界，那是不可思议的!"这是生活在依吞布拉克山风口的石棉矿工的特殊感受，是与大自然搏斗提炼出来的哲理，是钢与火的语言。号称"柴达木第一尖兵"的阿吉老人，将自己的暮年献给了宝山宝石的发现和勘探。为了庆贺自己在柴达木度过的晚年，他特意给小女儿起名叫柴达木汗，以表达他对柴达木的深深恋情，而阿吉的儿女们正沿着父辈的道路前行着。此刻，作者感到这儿的一切不再是冰冷的天地，他的周遭被前仆后继的开拓者暖热了。"我从而坚信：有着火热心肠的人可以改变冰冷的世界。你看，这儿的石棉矿工们继续点燃着创业的火把，将使依吞布拉克山飞腾起更加炽烈的火焰，放射出更加富丽的光华!"这澎湃的激情，铿锵的语言，不正蕴含着我们从十年浩劫中重新振作起来，为建设四化而锐意进取的时代精神么!不正是一个号手以昂扬的气概吹响的激励军威的连营号角么!

总之，创造审美化是创作主体从心灵激发的一种肯定性情致，这种肯定性情致在与客体同构的同时，自发继而是自觉地产生一种审美定势，一种动态的审美心理结构，在输入文本的同时，其潜在的创作内驱力与主体的审美感受外化为一致的审美形态。主体因之而表现出独特的情感风貌，独特的艺术精神，文本因之而呈现出个性化的情势，个性化的意向世界。李若冰散文的情致即可作如是观。

（原载《延安文学》1994 年 2—3 期）

着力透视一代知识分子的心路纪程

——评李天芳、晓雷的《月亮的环形山》

在新时期长篇小说发展历程中，我以为，李天芳、晓雷于 1988 年 9 月由作家出版社出版的表现陕北 60 年代知识分子心路纪程的长篇小说《月亮的环形山》，是一部应予以重视的作品。它之所以有其独到的艺术品位，不独在于题材的优势，更在于作家出色的驾驭力和表现力，即通过主人公黎月和她的男友梁相谦、杨雅琪、周蔚然等人的生活遭际，透视出一代知识分子的心路历程，展示出人与人之间难以平复的心桥裂痕，揭示出环境、社会、时代对人的心灵的桎梏，即封建的左的毒素对人的心灵的窒息，进而从人本的层面上剖析了人的本性，人的历史，人的社会，为呼唤人的现代化，完成人对人终极意义的思考，以最终实现人的自我解放和自我超越——完成人类从必然王国走上自由王国的现代化进程，作出了有益的成功的探索。毫无疑问，这一选材立意的角度是别具一格的，由此体现出的主题也是颇具深度的。同样，作家在创作过程中所表现出的清醒的主体意识，在当代长篇小说创作中，应予以充分地肯定。

一、黎月与梁相谦：从磨难中走向成熟的青年知识分子

1964 年，年轻的大学生黎月和她的男友梁相谦，怀着对理想和生活的憧憬与向往，怀着别样的祈望，志愿奔赴赤安这一具有革命意义的陕北老区安家立业。然而，迎接黎月的并不是信任与支持，宽容与理解，而是疑惑与猜忌，歧视与拒绝。这无疑将黎月燃烧的期望降到了冰点。她曾作过各种心理调试，唯独没有作过承受拒纳的心理测试。以先天的血缘甄别后天业绩的氛围，令她惆怅，迷惘；心中的至爱未

能给予她冰释般的慰藉，令她悒郁，忧伤。虽然她最终被五星中学接纳，但不苟言笑、严厉耿直的巩德麟校长，在最初的见面仪式上苛刻而尖利的言行，使黎月痛楚的心绪又袭上心来。然而黎月之所以是黎月，就是因为她不是那种一有委屈就灰心丧气的女孩，而是一个不畏挫折不灭意志者，一个品学兼优能靠自身的力量拯救自我的女大学生。因此，回到自己的窑洞后，她很快镇定下来，将浓重的阴影抛掷脑后，誓意破釜沉舟，迎接生活的挑战。

与黎月相比，梁相谦应该说是幸运得多。一来就被光明中学抢走，没有遇到任何阻力。他虽为没有如愿到赤安歌舞团而沮丧，但看到原来分到赤安歌舞团的同学王世韵惶惶的境遇，想到可以和黎月在一起的愉悦，喜忧参半地接受了既成的分配方案。尽管随后的事实是他没有和黎月在一起，却不妨碍这位小诗人继续编织诗人的梦幻。做班主任时所触及的小小的不悦，毕竟是暂时的烦闷，理解后的苦恼。至于他与黎月的误会当不足以挂齿。

为了讲好第一课，将疑虑化成信赖，黎月精心钻研教材，不仅聆听了组长周蔚然生动活泼的《鸿门宴》，也感受了其他教研室老师特色各异的教学形式。她抑制住自己内心的情感冲动，拒绝了梁相谦周末惯例的约会，就是为了使生活的开端成为未来历程的无愧记忆。当这一天终于逼近时，她辗转反侧，检视内心纷繁的情态，以高度的自信击溃了惶恐与不安，并在第二天及接下来的正式讲授时，以镇定自若的心态，从容不迫的气度，赢得了校长的信服。曾经有过的一切不快，瞬息间化为乌有。

然而，舒畅之心刚刚升起，悲怀之绪接踵而来。一心想了却高中语文教师宿愿的平庸之辈刘林茵，被不期而至的黎月拦腰阻断，怨愤之心油然而生。争强好胜、妒意满腹的杨雅琪，极善见风使舵，制造杀机。在黎月遮掩其光芒且与其利益发生冲突时，自然不能袖手旁观。因婚姻悲剧而心理变态的金泽，追求不得转而广布谣言；市侩小人孙世文貌似一心为公，实则发泄不满，排挤他人；尤其令人伤怀的是，巩德麟校长关键时刻又偏听偏信，刚愎自用……面对蜂拥而来的流言蜚语，面对难以捉摸的人心世界，心力交瘁的黎月，再也难以承受如此的重负。1965 年元旦，她中止了他们雄心勃勃的计划，疲惫地建筑起他们的爱巢。回视自己走过的道路，"她好像走了很久很久，只不过转了一个圆，又回到原来的地方。"但经历了喜怒哀乐、酸甜苦涩的心灵磨砺，黎月变得更加成熟，更加自信。她知道，生活本来就充满着艰辛，充满着坎坷，重要的不是我们能否意识到它的存在，而在于我们以什么样的心态迎接挑战，因为我们每一次心灵的搏战，都是我们走向未来的起点。

作品通过黎月半年来心灵世界所翻卷的层层波澜，表现了一代知识分子心灵所遭受的种种磨难和他们在这一磨难中日渐成熟的心路历程。作家不是简单地外在地倾诉黎月的命运，而是以黎月心灵史的嬗变组成情节的纽带，淋漓尽致地刻画她的内心冲突，层次分明地展现她的种种心绪，使我们深切地感悟到："广阔的生活是汇聚到黎月的心田又从这心田映射开来的。"①

二、杨雅琪：一个"多面神"的形象

有论者认为，杨雅琪是"恶"之形象的较为成功者。② 这恐怕不符合作者的初衷，与作品的原意也有背离。我认为，杨雅琪是继黎月、周蔚然之后，又一个大为成功的艺术形象。作品不仅写出了杨雅琪的妒意和不择手段，还写出了杨雅琪作为五星中学的一个"多面神"的多种情感，表现了人的多重性与人与人之间难以平复的心桥裂痕。

杨雅琪漂亮，在五星中学是公认的大美人，拥有他人所不具备的雍容华贵之气。她聪明，懂得如何及时地、识时务地在当时的环境下，处理个人的感情关系，也懂得怎样利用自己的美丽征服周围的一切。她能干，有良好的教学经验，几次得风气之先的教改，她都做得有声有色（尽管这有左的气息），被誉为五星中学的"四大金刚"之一。她

---

① 雷达：《知识分子心灵的一页历史——评长篇小说〈月亮的环形山〉》，《当代作家评论》1990 年第 5 期。

② 屈雅军：《回首向来萧瑟处——李天芳论》，见畅广元主编：《神秘黑箱的窥视》，陕西人民教育出版社 1993 年版，第 481 页。

也关心别人，例如，在黎月刚刚到来因被褥丢失而面临风寒时，她送去自己的被褥；在周蔚然举行的校友欢迎会上，不请自到的她，不管别人的眼色，坐在黎月旁边问寒问暖，使黎月心里充满了感激。在沈楚求助于她爱人黄秘书时，她爽快得替爱人答应下来，并让沈楚宽心。也不能说后来她给黎月送去的酸辣汤面是她虚情假意的表现，恰恰相反，这正是她真心的举动。因为在她看来，此时的黎月已经被她击倒，解除了对她的威胁。显然，杨雅琪关心和爱护他人的哲学是建立在被关心者不构成对她的威胁的基础上。她好出人头地，不能容忍他人对她的超越，而且妒性极大，为排挤他人抬高自己往往不择手段。她对黎月态度的转变是从黎月教学成功后，校长决定派黎月和周蔚然去观摩教学后开始的。一向光芒耀眼的杨雅琪刹那间因黎月而暗淡，妒意恶意油然而生。这消息虽然是刘林茵特意借串门之机告诉她的，她也不会和刘林茵一起挑起事端——她从心里鄙视这位白字"先生"。她本来打算直接找领导问个究竟，被老练的黄秘书轻易地劝阻。冷静下来后，自己也觉得这会使她多年来勤奋地工作、热情地待人、积极地上进的努力及因之给领导留下的好名声毁于一旦。猛然间，她从刘黄两人的行为方式中得到启发，干起了写匿名信、散布谣言等这一既可击倒对手又难以寻迹的卑劣勾当。不幸的是，她达到了目的。

杨雅琪作为一个妒妇，是戴着面具出现的。妒意，恶意的底色，从不轻易暴露。平素予他人的是善意，情意，爱意（如对"弱者"的关怀），更多的时候，将惬意，快意，得意行昭于世，以炫耀生活的自足和强者的姿态。偶尔也滋生鄙意（对无能者的蔑视），间或萌生虚意，但都竭力掩饰，以显现她的真意。她似乎是一个最容易接近的人，其实是最难以接近的人。她没有真正的朋友，她也不需要真正的朋友。当你不了解她时，你觉得她是最可爱的人；当你了解她时，她又是最可憎的人。与她交往你最终的体会是：人啊，人！这或许就是黎月深沉慨叹的根本之所在。

曾几何时，我们的头脑习惯于好坏善恶等简单的二极对立思维模式，衍变到后来发展至好则皆好坏则皆坏的单向思维定式。受这一观念的束缚，作品中的人物也显得简单化和普泛化。杨雅琪的形象是作家冲破这一枷锁后的成功尝试。作家打碎简单的善恶观念，从人学的意义上完成杨雅琪这个人物的美学建构，应予以充分肯定。如果说还有什么期待的话，那就是，还应进一步加强杨雅琪形象的深刻性和丰富性。杨雅琪不同于刘林茵，她是女强人，是五星中学的教学能手，用现在的话来说，不是假冒伪劣。她想成为五星中学一颗永远耀眼的明星有其合理的因素。作家着力表现其"恶"的手段和目的，而过于简略其余，是否隐现出"放足"的痕迹呢？

三、吕哲：反封建的借镜

苦盼了一学期的希望，到头来却是无望的结局，这对吕哲不啻为最沉重的打击。吕哲，这位曾经生龙活虎、充满青春朝气的小伙子，因为刘林茵的诬陷而入狱三年，虽然出狱后仍从事教育工作，但三年来沉重的劳役、难忍的饥饿和尊严丧失殆尽的屈辱，使从前那个英俊、潇洒而又傲气十足的吕哲荡然无存，代之以白了头的、谨小慎微的、对任何人都十分警觉的吕哲。他每天天黑才回来，天不明又匆匆离去，像老鼠一样活着。如果不是沈楚和孩子们在五星中学，他永远不来这里。他最初被定案有一个荒唐的缘由，就是这位昔日篮球场上龙腾虎跃的著名中锋，曾使公检法的篮球队吃尽了苦头，天赐"良机"之时，他们自然"沆瀣一气"。应该说，他的冤案事实清楚，稍加甄别完全可以平反。但就是这样简单的案情，竟被一拖再拖，直至申诉被彻底退回。寒风凛冽，寒气逼人，吕哲决定蹬车去找局长，请求主持公道。刚到街口，刘林茵仿佛从地缝里冒出来似的，一把拽住了吕哲的车把，挡住了他的去路。刘林茵劝他就此罢休，吕哲岂肯退让，怒不可遏地向她倾倒了郁闷心中的多年的苦水。不料，刘林茵也向他倾倒了积郁心中的多年的委屈，并以死相挟。吕哲的心碎了。刘林茵的哭诉，使他再没有勇气和力量为这件事四处奔波求告，他不忍将自己的重压转嫁给这个女人——尽管这个女人害苦了他，害惨了他，但她毕竟疯狂地爱过他，现在那份情好像仍没有消失。万般无奈之下，吕哲痛苦万状地撕碎了申诉状。随后，绝望之极的吕哲含恨辞别了人世。吕哲的愿望不是为他自己讨回已逝去的青春，而是为他孩子的将来拨散浓重的阴影，清除成长的障碍，但就是这基本的微薄的可能实现的愿望都最终化为泡影，吕哲坍塌了他最后的生命支柱。吕哲的悲剧令人想起祥林嫂的悲剧。祥林嫂天真地以为捐了门槛就可以分发祭祀用的杯筷了，便坦然地去拿酒杯和筷子。但四嫂慌忙大声说："你放着罢，祥林嫂！"祥林嫂"象是受了炮烙似的缩手，脸色同时变作灰黑，也不再去取烛台，只是失神的站着。""在这里，封建伦理和封建迷信成了对善良的劳动者的灵魂，施行最残酷的刑罚的凌迟利刃和炮烙火柱。"① 吕哲也天真地以为他的冤案可以昭白于天下，可以卸下重负坦然地面对生活，孩子们也不会笼罩在浓重的阴影之下。但是，"你的那个案，根本翻不过来"的声音，使他"打了一个寒噤，心缩得更紧"，"定定地站在路边，像是被人突然掏去心肺肝肠死地空洞而茫然。"吕哲的绝望，恩怨是表象，封建的株连毒素窒息是根本。吕哲的悲剧，让我们痛切地感到反封建的任务任重道远！

不独吕哲的悲剧令人感到反封建的迫切性，金泽、马浩山的悲剧同样令人深思。金泽变态心理的形成，其罪魁祸首又如何不是封建的包办婚姻制度及家长制度呢？马浩山的悲剧，看似个人的悲剧，但我们细究起来，难道不是左的错误思潮的变形和延续之所致吗？这里，封建的习惯势力和左的思潮虽然有异，但不尊重人的实质却一以贯之。正是由于左的思潮的影响，使社会难以提供爱护中年知识分子的良好环境，更未形成关心中年知识分子生存权益的社会风气，致使马浩山夫妇长期两地分居的家庭，终于无可避免地爆发了毁灭性的情感危机。马浩山的悲剧向人们发出警示：中年知识分子是建设祖国的中坚，也是社会、家庭、自我等多种重负的承载人。要充分发挥中年知识分子的栋梁作用，就必须真正尊重他们，切实关心他们、理解他们、积极地扎实地为他们解决现实问题，否则，悲剧在所难免。同样，不改变那种仅仅要求中年知识分子无私奉献而淡漠甚至愧谈对自身需求的必要索取、自身生存环境的必要改善的观念，社会前进的步伐依然步履

① 杨义：《鲁迅小说综论》，陕西人民出版社 1984 年版，第 37 页。

维艰。

四、周蔚然：现代人的思考

没有人否认，周蔚然是《月亮的环形山》中除黎月外最具深度的艺术形象，也没有人否认，周蔚然幽默，诙谐，质朴，睿智，孤傲，旷达等性格和行为的背后所体现的人生价值和人格力量，同样也寄寓着作家的人格理想。在传统与现代之间，周蔚然具有强烈的反传统性，追求人的精神力量和人格力量的平等，追求每一个人都是一个有尊严的独立的存在。他当面褒扬黎月："我发现你身上有一些不平常的东西。我见过不少有才华的人，因为客观上这样那样的缘故，他们不得不压抑才华，学会了低眉顺眼，谦卑恭驯，好像处处低人一等。可是你呢？偏用自己的努力，用自己的行为，处处来证明你和任何人平等"。在黎月惧怕于流言蜚语而连正常的交往都变得谨小慎微时，他特意将黎月叫到花坛前，不睬金泽的觑视、杨雅琪的一瞥，在众目睽睽之下对黎月说，我们的交往是正常的精神交流和纯洁的友谊，是光明正大、磊落坦荡的，是不惧怕污言秽语的，应挺起胸膛，挫败奸佞小人的计谋。在理想与现实之间，他追求理想，每天坚持不懈的长跑就是他这一追求的物理显现。他不愿受缚于现实，宁肯放弃公开教学的机会，也不愿意使自己的心灵受到半点委屈。在爱情的抉择上，他以志同道合为最终的目标，放弃争取韦村贤的爱情，并伴有一种如释重负之感，就是为了追求精神上的共鸣与愉悦，追求内外相一的和谐之美。虽然他的人生理想与现实的冲撞常常是悲剧性的，但他所表现出的自觉的建设自身的人格风韵，依然风范长存。

由于长期受儒家思想的影响，中国人习惯于将自身的价值建立在符合他人行为准则的基础上，而不是鼓励每一个人按照个人的意愿去确定自己的行为准则、行为方式、行为目的。建国初期乃至于较长的一段时期里，我们关于人的存在意义的思考，虽然取得了一些进展，但"有意义的他人"，工具式的人物，"齿轮和螺丝钉"的作用，仍被强调到了首要地位。这就使得人的主观能动性受到了极大的限制。进入 80 年代以来，这种观念受到了强烈的反拨。关怀人的自身状态，关怀人的自身命运，尊重人，理解人，每一个人都是一个有尊严的独立的存在的观念，深入人心。周蔚然形象的塑造（包括黎月形象的塑造），就是作家呼唤人的现代化，完成人对人终极意义的思考，以最终实现人的自我解放和自我超越——完成人类从必然王国走上自由王国的现代化进程上——所作出的有益的成功的探索。诚然，尊重人，理解人是人迈向现代化步伐的第一步，建设人，回归人才是人最终走向"自由"的根本。《月亮的环形山》在表现人的现代化进程中灵魂的搏击和人为实现自我的回归所做的艰辛的努力方面，迈出了可喜的一步，并对走向这一过程中必然呈现的悲剧命运，作出了符合生活本质的艺术把握。也许作家对于建设人，回归人——把"人的世界和人的关系还给人自己"的认识有待深入，要将其艺术地深刻地付诸实践还需付出更为艰毅的努力，但这已无可辩驳地表明，作家建设人的现代化的主体意识已经觉醒，并完全走向自觉。

李天芳在回顾自己的创作时，曾深有感触地说："简单化的教育，造就了简单化的头脑。我们在精神上迟迟不能断乳，是长不大的孩子。对文学的理解停留在教科书上，停留在文艺学概论所作的定义上，停留在流行观念和理论上。"以致"过了若干年，我才明白，我本想筛去沙子留下金子，但却筛去了金子留下了沙子。"[①] 痛苦的教训换来的是深刻的清醒。二十年后，当作家启动他们的"正负零工程"时，他们的视角对准了人的心灵世界，对准了人的精神生活，对准了人们迈向现代化进程中灵魂的搏战和历史的淤积，对准了把"人的世界和人的关系还给人自己"的"解放者"的足迹，并使之成为成功的艺术文本。这足以使人为之欣慰。他们说：他们的工程刚刚奠基，更为恢宏的建造还在后面。我们则期待着这座大厦早日封顶，并期待着它能更符合设计者的心意，因而也将更加属于我们自己。

（原载《延安大学学报》2013 年 2 期）

---

① 李天芳：《关于自己的剖白》，见畅广元主编：《神秘黑箱的窥视》，陕西人民教育出版社 1993 年版，第 494 页。

钟情于她那些姐妹们

——贺抒玉小说印象

贺抒玉同志是一位老作家，也是一位老编辑。多年来，虽然她大部分时间为他人作嫁，给予自己的很少，但就在这不多的时间里，她深情地回顾生活的馈赠，认真地咀嚼世事的艰辛，始终不忘把她那颗真诚而热烈的心融入时代的浪潮中，去发掘、去探索、去耕耘。放在我面前的小说集《女友集》、《琴姐集》、《命运变奏曲》，就是她勤奋劳作的结晶。

在这些作品里，她时刻关注着普通人的命运，以朴实无华的笔墨描绘出他们美好的心灵。特别是善良而又纯朴的妇女姐妹们，更使她充满无边的遐想，倾泻出浓郁的情感。因此，她不以曲折、惊险的故事情节取胜，而以刻画乡村妇女的人情关见长。她擅长以委婉、细腻的笔调，多方面、多层次地展示女性内心深处的情感波澜，并以此烘托出时代的变换给妇女姐妹们带来的深刻变化。她笔下的女性形象，多是善良、淳朴的姐妹，即使是流露出某些落后的愚钝的神态，她也以一片爱心抚去微瑕，使你依然觉得可爱一可亲。

贺抒玉的第一篇作品是 1957 年发表的《我的干姐妹》。当时她写这篇作品时，并未想到要发表，实在是干姐妹的真情使她激动不已。抗战后期，两位普通的农家妯娌，在她深入陕北偏远农村办冬学的日子里，从犹豫到接近，从好友到干姐妹，给了她多少无微不至的关怀和多少胜似亲人的温暖！更使她难以忘怀的是，这两位仅上过几个月冬学的山村妇女，在她走后不久竟给她寄来了用她们的心谱写的思念的信天游：

羊羔羔吃奶双花膝膝跪，

　　咱们结成了干姐妹。

　　蒺藜开花黄腊腊，

　　鸿钧要走我灰塌塌。

　　鸿钧走，顿住手盘盘算井没住够。

　　你背上拄包沟里走，

　　咱姐妹再说几句知心话。

　　……①

　　朴素的语言，深沉的眷恋，纯洁的情感，美好的人情！十多年来，贺抒玉一直为姐妹的情谊所激动，为这感人至深的情节所冲动。她无须修饰，只须用饱蘸情感的笔朴实地道出就足够了。这篇小说读来自然、亲切、真实、感人。因为这是她最热悉的，也是她善于捕捉充溢现实生活中平凡而又闪光的人情美的成功体现。从这篇小说中我们看到，贺抒玉以情感的线索构成小说的艺术主线，情节的安排和人物的出场，一方面是对现实生活作具体的描绘，但更为作者所把握的是那些情节和人物在作者的心中触发的深深的情感波澜。因此，无论人、无论物、无论景，都浸透着作者深深的情、浓浓的意。请看《我的干姐妹》的开头。一开始作者先粗略地交待了办冬学的时间、地点后，就通过村长的口道出了办冬学的难处："婆姨女子们还封建得厉害"。果然，当我走进村里后，婆姨们不是摆出一付极不欢迎的架式，就是露出一付疑惑的目光，连那些碎娃们都好奇地跟在她背后，甚至喊道："快看女同志"。这实在是令人难堪的情景。也正因此，六七天过去了，妇女组还是连人影都没有，而男同志已开始上课了。这里，作者表面是通过几个细节交代陕北边远农村落后、保守的现状，实际上是为两妯娌的出场作了情感的铺垫。正是有村里落后婆姨们的神态，两妯娌的友好就显得尤为珍贵，也就有我所触发的情感波澜。接着，作品写道：当一天早饭后，我东张西望不知该向何处去时，对面高高的山畔上站着的正在看我的两个婆姨，腾起了我心中的希望。"我不由得自个

──────────

　　① 见《女友集·我的路》。

咧开嘴笑了，快步跑下沟去。可是，等找下了沟，抬头一看，那两个婆姨一溜烟跑回窑里去了。" "我只好顺泞沟走到河边，心里真纳闷……我坐在河边，顺手拣起块小石头，漫不经心地扔在水里，水纹一圈圈散开去，好象在讥笑我。是我长得又瘦又小，不像个大女同志吗？我想着想着，都难受起来了。"这段文字，情缘人起，景随人情，细致委婉地传达了作者心中的感情涟漪，看似一波二折，实则峰回路转。"这时候，背后传来了脚步声。我慢慢回过头来，噢，是刚才站在硷畔土的那两个婆姨，一人提着一篮儿脏衣服，从坡上走下来了。"有了这次心灵的沟通，也就有了以后情感的发展、升华，以至于看到昏暗的天空下，宛如一幅幅剪影似的黄土高山，都情不自禁地忽然想到："这些偏僻山庄的婆姨女子们，就象这连绵起伏的黄土高山一样朴素，厚实，谁能够一眼看出他们的蕴藏量有多么丰富呢！"这是一篇抒情小说，虽然小说中交织着办冬学过程中两妯娌和两兄弟之间的矛盾纠葛，并通过这些反映出当时陕北高原人民的精神面貌，使作品显得更加厚实，但作者在作品中所极力表现的美好人情和对姐妹们的一往情深，更通过作家笔下的每一个人物、情节，流向每一个读者的心田，流向永远。

随后，贺抒玉接二连三地发表了《视察工作的时候》、《晨》、《红梅》等具有强烈时代感的作品，格调为之一变，表现了作家勇于探索、勇于追求的进取精神。这些作品，多以普通的农村妇女为主人公，着力表现时代的变迁在她们心中引起的深刻变化。在艺术上，作家截取时代的一朵浪花，并将这朵浪花汇入时代的大潮中，书写她们在社会生活中与家庭或共同工作的伙伴间产生的矛盾纠葛、感情波澜，以此烘托出沸腾的生活和时代的主潮。如《视察工作的时候》，妇女大队长珍珍一心为公与小家子气的丈夫发生了误会，作为县代表的珍珍的母亲吴志萍恰巧来该队视察工作。显然，这里的工作含有家庭的工作和社会的工作双层含义。无疑，家庭关系的解决将推动社会工作的步伐，而社会工作的意义又会促进家庭关系的重归于好。作者就通过吴志萍巧妙地运用这一辩证关系，妥善地解决女儿家的矛盾的故事，精妙地传达出新时代卷起的新气息。《晨》通过描写一位名叫桂婶的大妈，昔日讨饭丫头，今日女代表的激动心情，从一个侧面传递出新社会给广大劳动妇女带来新的气象、新面貌。而《红梅》通过铁姑娘红梅带领群众闹生产，提高棉产量的事迹，更是表现出火红的年代里妇女姐妹们要求改变贫穷落后的坚强决心。这类作品尽管今天看来有些单薄，暴露出时代的局限性，但看得出贺抒玉同志是一个有着独特创作个性的作家，在艺术上显示了较高的水准。人物形象鲜明生动，语言清新朴实，构思精妙，充满诗情画意，处处洋溢着陕北高原的浓厚气息。可以说，这些构成了贺抒玉早期创作的艺术特色。

"文革"后，贺抒玉又重新拿起了笔。如果说她早期的作品多是生活的牧歌，幸福的礼赞，所描写的矛盾也仅是社会前进步伐中的一点参差的脚步，仍给人以清澈、优美的感觉，那么她后期的作品则以深沉、凝重的色彩，透视出作家历经磨难后对纷繁的现实作出深入的思考，她这时的笔触已伸向人类命运的长河，艺术的重心也由单纯抒情变为多重的命运交响曲。

《女友》，是作家复出后奉献给广大读者的一篇较有影响的短篇。在《女友》中，我们看到：战争期间曾同演出、同奋斗、同追求，解放初期又同生活、同幸福的一对伉俪，却轻易地以"左"的思潮为生活的蓝本，致使妻离子散，家破人亡。而当他们平反后重新相逢时，留给他们的只是永远无法愈合的心灵的创伤。作品既有对"左"的路线的愤怒声讨，又有对单向的、幼稚的心灵的深刻反思，也有对人们命运的沉重叹息。这是真实的。它不是红梅为确定谁的棉花没有拾净而和队长发生的小小的无妨大局的冲突（《红梅》），也不是金女只要留下并和星旺结婚，家乡就能改变面貌的一厢情愿的简单设想（《金凤凰》），而是发生在五十年代末给知识分子带来巨大灾难的历史悲剧。作者无情地鞭挞了潜藏在我们身上的奴性思想，发人深省地提出了人应该掌握自己的命运，保持清醒的自主意识的重大主题。这是作家的突破，也是作家创作的深化。

《琴姐》则使我想起《我的干姐妹》。这也是一曲思念的歌，所不同的是，《琴姐》在爱的思绪中散发着忧愁，散发着苦恼，散发着作者对琴姐这类普通而平凡的农村姐妹艰辛生活的焦虑、不安，散发着作者对她们命运的深切的关注和同情。琴姐是一位质朴、善良的农村妇女，一辈子就在穷山沟里为家庭的生计而苦苦操劳。她没有见过大世面，应邀来到省城后，见什么都好奇，都羡慕，就连别人在饭馆能吃一满碗羊肉泡馍她都惊诧不已。她有她长期生活在穷乡僻壤的生活哲学，也有普通农妇的美好品质。作品中有这样一个情节颇能说明琴姐的性格。在一家商店，琴姐买了一条花手帕，刚买好就催同伴走，连同伴说给她买一件绒衣都不管，拉起同伴就走，直到拐过街口，来到一个僻静处，看到左右无人时，琴姐才展开手心里捏着的二角钱说："香妹子，城里也有糊脑子哩，那售货员多找了我二毛钱。我老汉从早到晚上山下坡，汗流浃背熬上一天，也神不下这二毛钱。"同伴责怪她，她并不在意，说："又不是我偷的、抢的、怪她粗心大意"。其实琴姐也不是贪小便宜的人，稍后，在她看到两个讨饭母女时，怜悯之心油然而起，将那二角钱和同伴平时给她的舍不得吃的糖尽数给了那小孩，还亲昵地摸着那小女孩的头说："好俊娃娃！"她自私，是生活所迫，她施予，是她淳朴的本性。琴姐这个形象，较之作家前期的人物，显然立体感增强了，人物的性格也复杂化了。虽然作家也写到了琴姐的无知（不会关水龙头），也写到了琴姐的悲哀（活在社会主义制度下，竟不知社会主义到底是什么），但留给我们的却是对琴姐的淡淡的酸楚和对时代的深深的悲愤。琴姐的多病，是民族的多病。这表明，贺抒玉不再按照本本、教条去框范人物，设想主题，而是从生活出发，自觉而深刻地用自己的头脑去认识生活，评价生活，从而使她的创作获得了更新、更扎实的生活内容和现实意义。

近来，贺抒玉似乎更追求作品的哲理内涵，力求在思想上、艺术上更有所突破。中篇小说《隔山姐妹》就透出这个信息。故事是一个简单的故事，写一对同母异父的姐妹，尽管曾有过误解，但终能相互理解，并在姐姐身患绝症时亲临身边，给她以战胜死亡、成为生活的强者的勇气。小说仍以两姐妹的情感为艺术线索，但内在的哲理性显著增强了，不仅作品中时时闪出哲理的火花，整个作品的立意也显然富有哲理：死亡并不可怕，怕的是失去生活的勇气。

以上，我们对贺抒玉的作品作了一个粗略地描述。不过，总观其作品，坦率地说，贺抒玉作品的艺术水准是不一的。这里既有杜鹏程所说的尚需在开阔眼界和思想深刻方面多下功夫①，也有作家对艺术规律的认识问题。每个作家都写自己最熟悉的、感触最深的，对自己不熟悉的，宁可多思而不可多写，匆忙下笔，不免产生捉襟见肘之感。如作家对大学生情况并不熟悉却写了《飞吧、飞吧》这样一篇肤浅的作品，就属这种情况。另外，贺抒玉在叙述语言上留给读者的空间不够，给人以言尽意尽之感。我们前面已说过，贺抒玉是一位已形成创作个性的情感型作家，当她以情为经，事为纬，把焦距对准普通的劳动妇女，致力表现人间美好的人情或关注她们的命运时，她的细腻的情感就能发挥得淋漓尽致，作品就显得有韵味、有力度，就能深深打动读者的心，成为人们喜爱的好作品，反之则不然。贺抒玉同志已逾花甲，仍笔耕不辍，这使我想起唐代诗人刘禹锡的名句："莫道桑榆晚，为霞尚满天"。请允许我以此作结并表达我诚心的期待吧！

（原载《榆林高等专科学校学报》1993 年 2—3 期）

---

① 杜鹏程：《读〈女友集〉》，《文艺报》1981 年第 17 期。

欲望书写与情感支点

——谈贺享雍长篇小说《土地神》的情感选择

在当下四川文坛中，达州作家贺享雍无疑是一位勤奋的耕耘者。短短几年来，他就相继出版了《苍凉后土》、《怪圈》、《遭遇尴尬》等多部长篇小说，引起了人们的普遍关注。在这些作品中，他或以凝重的笔调将农民生存的艰辛与无奈写得悲郁而苍凉，或以写实的手法将村官堕落的轨迹揭示得酸涩而苦痛，为转型期的四川乡土文学留下了可贵的印迹。如今，这位不懈的探索者又推出他的长篇小说《土地神》（重庆出版社 2005 年版），将他对乡村基层干部与百姓的生存欲望与生存困境的思考再次形象而迅捷地传递出来。与以往不同的是，《土地神》一改作者往日凝重、写实的叙述策略，以诙谐幽默的手法，将农村的单纯与复杂，简约而不简单地展现出来，给人以耳目一新之感，套用时尚的话说：给我一个世界，还你一个惊喜。小说通过村民牛二由民而"官"的"成长史"，从乡村政治"性理学"的角度真实地表现了一个基层干部自私、卑俗等多重复杂的心理动机与行为样式，深刻地揭示出农村法制建设的重要性与紧迫感以及建立健全乡村监督机制的必要性，同时对社会公信度的下降以及人性的沦落予以了善意的批评与讽刺。应该说，作者的努力是可喜的，作家的叙述艺术是有意味的形式，充满欲望的乡村现实在作家的笔下被描绘得栩栩如生。不过，笔者在读罢贺享雍的《土地神》后，多少感到些许遗憾，觉得作家所塑造的人物、所表达的思想、所流露的情感未能引起我更为强烈的共鸣（有时甚至是抵牾的感触）。作家的这种创作意图与创作实践及读者的阅读接受间的不平衡感，固然有文本的形式与内容间存在着不相统一的原因，但我以为，作家对欲望书写与情感支点的选择出现偏颇，恐怕是问题的主导方面。这就使我不得不思考这样一个问题，即：欲望书写如何构建理性的情感支点。我之所以提出这个问题，是因为对于贺享雍这位日渐走向成熟的作家而言，如何驾驭文字已不是显在的问题，如何准确地把握人物，尽可能艺术而完美地传递出深邃的思想，给人以更深的思索、更强的震撼，或许是贺享雍目前创作所亟待解决的症结之所在。

我们的分析从《土地神》中的主人公牛二在性、权力与女人三者之间的博弈说起。性、权力与女人原本互不搭界，性属动物的本性，权力则是人的社会欲望化的一种外在方式。无性是无人性的体现，无权力则是正常的人生样态。然而，由于社会的演变，三者逐渐滋生为相互作用的关联体，特别是封建时代的中国，皇帝的三宫六院制将这种情形推向了极致，在助长了皇帝占尽天下美女的贪婪野心和无穷欲望的同时，也将广大妇女送上了牺牲的祭坛。进入现代社会后，这一观念得到了根本性的颠覆，男女平等的人权观念和一夫一妻制的现代法制思想深入人心，那种将性的冲动与满足作为权力同构的欲望机制已不复存在，其合法性在中国亦彻底地退出了历史舞台。但是，中国是一个农业国，更是一个有着长期封建思想浸淫的国度，封建观念虽然受到近一个世纪的不断声讨与挞伐，但却并未从人们的思想观念中彻底遁去，特别是一些小农生产者，他们虽然有现代思想的因子，但骨子里依然残存着封建的毒汁与陈腐的思想，一旦逢遇时机，残存于他们潜意识之中的"集体无意识"就会即刻衍化为"集体有意识"而沉渣泛起。这是中国的现实，更是充满欲望的中国部分乡村小农生产者的精神憧憬。

牛家湾的牛二就是满怀着这样的憧憬逐步走上牛家湾的政治舞台的。这位牛家湾的普通农民自被选为村民代表的那一刻起，就将性、权力与女人的关系紧紧地捆绑在一起，更确切地说就将泄欲的欲望与权力的运作紧紧地捆绑在一起。虽然此时的他还没有条件满足他的私欲，但"偷婆娘"的理想已成为他明确的"个人意识"而蓬勃滋长。因此，当有机会使他成为村民组长时，他最关心的就是能否偷成婆娘，而当他成为村民组长有条件实现他的占有欲望时，村里的美女杜艳艳就成为他首要的猎获目标。他强行调戏杜艳艳，遭到拒绝后便封"官"

许愿，不达目的决不罢休。为此，他不惜违背常理，再次上演夫妻秀的拿手好戏，将管水员的工作从二婶的侄儿手中强行调换到杜艳艳的丈夫牛八的手上，也顺手给牛八戴了一顶绿帽子。这一意料之中的成功，进一步助长了他占有的欲望。在他当选为村长后不久，就又以近乎同样的方式占有了他称之为婶的楚淑琴。所不同的是，这次他是以报恩的方式被人引狼入室的。总之，无论蛮干也罢，报恩也罢，牛二最终还是不费多少气力顺利地达到了目的。这位见了稍有姿色的女人就色心骤起的色狼式干部，也将权位的轻重、职权的大小与占有欲指数的高低密切相联的乡村政治学在牛家湾运用到了顶峰。

毫无疑问，牛二所膨胀的乡村基层干部的欲望情怀，是粗俗而卑陋的男性潜望，是虚伪而私欲的情色立场，是以女性为泄欲物的陈腐而颓朽的封建思想。作者以弗洛伊德思想为导引，简约而真实地揭示出中国偏僻乡村基层干部的潜欲望，难能可贵。问题是，当作家以权力与性的欲望作为牛二这类乡村干部生存本相的原点时，是以欣赏、艳羡的情态抒写牛二之流的龌龊欲望，还是以鞭挞、抨击的情态叙写他们荒诞不经的生存理想？同样，当作家以功利主义的观念作为杜艳艳这类农村妇女生存理想的基点时，是以命定、迎合的情态叙写杜艳艳、楚淑琴等农村妇女无奈而悲哀的生存现状，还是以同情、悲悯的笔墨叙写她们无助而痛苦的精神负荷？显然是两个截然不同的艺术视界。

我们知道，牛二的生存欲望，来自于他的原动力，即权力、性与女人，或者说权力的掌握与分配与占有女性的性欲的唤起与发泄。权力唤起占有欲，占有欲扩张权力，二者互为动力。"权力"的降临对于牛二，首先意味着性欲的发泄与对女性的占有，其次才是职责的权限与义务。特别是前者那种单一、功利且急切的欲望冲动，几乎膨胀到了无处不在、无所顾忌的程度。占有杜艳艳、楚淑琴自不用说，即便是夫妻间的性事也都源自于此。可以说，牛二的乡村权力的"性理学"除此之外，别无其它。应该说，作家所表现的像牛二这类偏僻乡村基层干部的生存欲望俗鄙化的现象，是真实可信的，在现实生活中，比牛二有过之而无不及的乡村干部也不在少数。但是，当作家以之为主调且以津津乐道的叙述姿态叙写牛二之流的乡村权力"性理学"时，就有媚俗之嫌了，虽然作家在其中不乏调侃、反讽的意味，但这种总体上叙述情态的倒置，依然是一个失误的艺术选择。因为，《土地神》毕竟不是人的欲望动物化的同化摹写，而是人的理性与非理性世界相杂陈的欲望书写，作家所面对的主体依然是充满理性的人的欲望世界，而不是粗鄙的、冲动的、非理性的动物的欲望世界。一味地夸大并沉溺于人的非理性欲望的原点展示，忽视并屏蔽人的理性欲望的精神支点，势必在很大程度上影响人物的深度与主题的深化。当然，作家也意识到了这一问题，在小说的下部叙写了牛二扶危济民的壮举，但这显然是脱离了人物轨迹的理念扭转而非人物本性的自然写照。

同样倒置的还有作家对杜艳艳、楚淑琴等农村女性的创作情态。在作家的笔下，杜艳艳的"献身"被涂上了默许的色彩，从牛二得寸进尺的欲壑中，杜艳艳从被动接受到主动迎合，从挣扎反抗到心甘情愿，很快就完成了牛八妻子到牛二情人的转变。这里，没有情感的痛苦裂变，只有权力与欲望的赤裸裸的交换，没有灵魂的深责与愧疚，只有打情骂俏的情欲表演。表面看来这是杜艳艳的虚荣心在作祟，其实质还是作家男权思想与妇女观念的倒置使然。也许作家意识到了这一点，因而在表现牛二与楚淑琴的暧昧关系时，为了弥补双方的愧疚，特意设计了牛二英雄救美的情节，让牛二将楚淑琴拯救于流氓泼皮牛爵之手中。殊不知，这是出了狼窝又入虎口。牛爵欺辱楚淑琴现形于外，牛二占有楚淑琴显形于内，无论是楚淑琴情愿与否，牛爵与牛二的行为，对于楚淑琴本人及其家庭而言，都是心灵的伤害与悲哀。甚至我们可以说，牛二是一条披着羊皮的狼。牛爵只是一时之蛮勇，牛二则是长期之危害，他挟权力之威行淫威之实，随心所欲，为所欲为，其流氓特性更为阴险，更为狡猾，更带有隐蔽性。然而，作家在叙述牛二对楚淑琴的占有时，再次以迎合、命定的口吻将一个本应沉重而辛酸的情节书写为一个轻松甚至诙谐的偷情的故事，淡化甚至抹去了农村妇女在生存的重压下无助而难以言表的精神创伤，使一个具有开掘意义和悲剧意蕴的人物形象在戏谑中失去了震撼的力量，社会意义也大为削弱。

　　欲望书写是 20 世纪 90 年代以来令人瞩目的文学潮流，也是文学进入商品化大众化时代的自然跟进。它以人物利益的最大化实现为终极追求，以世俗欲望的商品化功能为精神导向，以再现功利、世俗的生活图景为写作策略，将生活的原生样态感官而具象地呈现出来。因而，它摒弃了形而上的精神体验，消解了理性的精神建构，将人物间世俗化的欲望世界，毫无遮掩地打开并释放出来，使文本弥漫出利益与欲望相生相织的艺术氛围。这种直观而极具个性化的展现方式，固然可以极大地强化现实的本真感，但悬置传统的现实主义审美理念，放弃理性支点的必要选择，势必陷入庸常化与俗鄙化的泥沼，使转型时代下的欲望书写落入功利的"欲"的陷阱而难以自拔。作为欲望书写的文本之一的《土地神》所显露的也是欲望书写难以摆脱的功利化、世俗化、非理性的艺术倾向，就值得我们认真思索。

（原载《四川文理学院学报》2011 年 1 期）

文论与书论

中国古代的接受理论与文学鉴赏"知音"论

上世纪 80 年代初接受美学传入中国后，经过较为广泛深入的讨论，从而与中国的古典文学批评理论研究产生了对接。中国古代文学批评理论中虽然没有明确的接受美学理论，但也提出和探讨了许多关于文学接受的问题，甚至一些原典性批评术语最初就是通过接受受用推衍开来的，如"诗言志"的内涵，就是由最初的接受论和欣赏论最后转变为本质论和创作论的；其丰富的文学鉴赏活动则从阅读与接受的角度开展了"文学接受"的批评实践，无形中也关涉了接受理论最重要的理论命题——文学的影响是文学的历史本质不可或缺的构成因素、文学接受者在文学作品的历史生命生成过程中具有不容置疑、不可忽视的积极参与作用。那么中国古代的文学批评活动是如何联系读者的反应以及通过这种反应而产生的社会效果来考察和研究文学作品的？又是怎样通过历时态读者的阅读与接受来把握和生成文学作品的历史生命的呢？本文即从中国古代的文学鉴赏理论入手，来考察中国古代文学批评中潜存的丰富多样的文学接受意识和它东方式的独到理论价值。

一、郢书燕说与误读造妙

阅读存在一定的主观性，这是客观存在的事实。罗兰·巴特在早期著作中曾提出所谓"零度风格"①，即指作品在未进入读者主观经验的状态下具有的某种自足特性和意义，但他在后来的理论表述中又予

---

① 罗兰·巴特：《写作零度》，见伍蠡甫、胡经之主编：《西方文艺理论名著选编》，北京大学出版社 1987 年版，第 437 页。

以了否定，这种修正说明他认识到读者的主观经验对作品意义生成的至关重要。这种阅读主观性往往会妙趣横生，产生意想不到、歪打正着的鉴赏阅读效果，无意之中产生会意创造性，从而丰富作品的意蕴。

《韩非子·外储说》有一则寓言："郢人有遗燕相国书者，夜书，火不明，因谓持烛者曰'举烛'，而误书'举烛'。举烛，非书意也，燕相国受书而说之，曰：'举烛者，尚明也；尚明也者，举贤而任之。'燕相白王，王大说，国以治。"[①] 这则寓言中提到的'举烛'二字，本来是郢人写信时，因烛光不明，提醒持烛者高举烛台的话，却不想被自己误书进写给燕相国的信中。而燕相国阅信时，因治国相臣的先见，将"举烛"直接理解为"推尚国家昌明"；如此得获至宝箴言并就此陈说燕王：欲国家昌明，须推举贤人来辅佐君王。燕王采纳相国建议，广泛荐拔贤能，于是国家大治。"郢书燕说"，是无意间主观附会的典型例子；而一个写错的句子被误读，却使一个国家获得长治久安，这就是会意的创造性带来的巨大精神成果。所以误读确实可以造妙，会意的创造性会使作品的意义像滚雪球一样不断被开掘、丰富和凸现出来。

古歌有"沧浪之水清兮，可以濯我缨；沧浪之水浊兮，可以濯我足"，而《孟子》载孔子言"小子听之，清斯濯缨，浊斯濯足，自取之也"[②]，就将这一道家宣示人生态度的名言做了"清者自取清、浊者自取浊"的主观曲解，从而为我所用地把它改造成了儒家修身的道德箴言。唐代诗人张九龄有一首诗《庭梅咏》："芳意何能早，孤荣亦自危。更怜花蒂弱，不受岁寒移。朝雪那相妒，阴风已屡吹。馨香虽尚尔，飘荡复谁知。"其尾句"馨香虽尚尔，飘荡复谁知"，在明代竟陵诗人编的《诗归》里，径从选本之误做"声香"，这将错就错的误读，实际上通过声色味的涵泳，将梅花的暗香之美、幽姿俏韵，生发得更加美妙动人。辛弃疾《青玉案·元夕》究竟是一篇瑞词，还是一篇情词，还是如梁启超所说别有什么怀抱，大家都有不同的看法。王国维说："南宋词人，白石有格而无情，剑南有气而乏韵，其堪与北宋人颉颃

---

① 梁启雄：《韩子浅解》，中华书局1960年版，第284页。
② 杨伯峻译注：《孟子·离娄上》，中华书局1960年版，第170页。

者，唯一幼安也"①，并拈出晏殊"昨夜西风凋碧树，独上高楼，望尽天涯路"和柳永"衣带渐宽终不悔，为伊消得人憔悴"二句，从辛弃疾"众里寻他千百度，蓦然回首，那人却在灯火阑珊处"词中总结出古今成大事业、大学问的三种境界，这一慧心别解本身就是一种创造性阅读体验；而叶嘉莹用西方阐释学和接受美学的理论反观中国词学批评，从王国维三境界说的"误读"出发，进一步会意并提炼出中国古代诗歌的"生命感发"论②，更是创造性阅读的极佳境界。

如果从接受意识的产生看，"诗无达诂"可以说是中国最早的误读宣言。文学阅读仁者见仁、智者见智的"无达诂"，是否有限度、范围和一些适用的规则？王夫之所说"人情之游也无涯，各以其情遇"、"作者用一致之思，读者各以其情自得"③，就是一种潜在的限度、最高的规则。晚清谭献又说："始为词，未尝深观之也，然喜寻其旨于人事，论作者之世，思作者之人……而后侧出其言，旁通其情，触类以感，充实以尽，甚且作者之用心未必然，而读者之用心何必不然？言思拟议之穷，而喜怒哀乐之相发，向之未得于诗者，今遂有得于词。"④谭献自称早年学词关注作品本身和作者身世，后来才意识到词的真谛在于超越言辞之表而能触类旁通之所，而读者之喜怒哀乐亦于此体会生发而出；读者生发出的东西或许在作者本意之外，只要不是牵强附会、穿凿曲解，"此亦鄙人所谓作者未必然，读者何必不然"。"作者未必然，读者何必不然"，明确强调了读者可以不必依赖作者本意，充分发挥自我主观经验和个性基调，获得属于自己的全新文学体验和个性解读。

"郢书燕说"的寓言，阐明了误读的可能性和空间自由度；古代文学活动中频频发生的误读造妙，则揭示了在文学作品阅读理解和鉴赏

---

① 王国维：《王国维文学论著三种》，商务印书馆2001年版，第39页。

② 叶嘉莹：《中国词学的现代观》，岳麓书社1992年版，第104页。

③ 王夫之著，戴鸿森笺注：《姜斋诗话笺注》，人民文学出版社1981年版，第4页。

④ 谭献：《复堂词话》，见唐圭璋编：《词话丛编》，中华书局1986年版，第3987页。

接受的历史展开过程中，读者所处位置的重要、读者参与再造、重铸作品价值的潜在能量与历史必然性。

二、入出有道与得意会心

既然以情遇合是文学接受的一种潜在限度和最高规则，那么在具体文学接受过程中，作为读者心理活动的内在的情，又是怎样与作品相遇的呢？最早提及这一话题的是南宋人陈善，他说："读书须知出入法。始当求所以入，终当求所以出。见得亲切，此是入书法；用得透脱，此是出书法。盖不能入得书，则不知古人用心处；不知出得书，则又死在言下。惟知出知入，乃尽得读书之法。"① 他从读书角度提出出入法，其实更适宜于阅读和鉴赏文学作品的境界。只是他所说的出入法应当是入出法。始读作品先求入，也就是寻找进入作品灵魂的精神通道，这就需要读者具备日常生活体验和阅读经验的积累，才能读来"亲切"而贯入古人之心。但人之后，还不能只拘泥于古人文字之表，需结合自己独特经验、发挥自己想象，穿出文字颖囊而有所悟，化古人文字为自己胸臆间块垒，方能称为灵活"透脱"。以心入文，才能进入作品的境界，"沐浴膏润"，用心体验作品的内在神韵与作者为文的用心，缩短作者和读者的心理距离，才能达到作者和读者心灵的遇合。后来叶燮、周济、龚自珍、王国维等人都从入与出的角度强调文学阅读过程中入出有道的接受原则，并阐述过文学接受心理机制的问题。

那么阅读接受的要窍、所谓的入出之道，又在何处呢？这里其实牵涉了入的主观条件、入的心理接受方式、入中之出、入后之出几个层面和不同阶段。从入的主观条件看，强调的是接受者的艺术素养、艺术才能、艺术心境与审美态度。因为艺术素养是影响文学作品艺术价值实现的重要条件之一。而艺术才能或对艺术的敏感与天赋眼光，则无形地体现在接受者对文学作品的理解深度上。刘勰言："操千曲而

---

① 陈善：《扪虱新话卷四》上海书店据涵芬楼旧版 1990 年影印本，第 1 页。

后晓声",金圣叹评赏《西厢记》,悟到浩荡大劫、风驰电掣,而心生"恸哭古人"之念①,这都从不同侧面要求接受者具有非凡独到的艺术眼光和个性解读。至于艺术心境与审美态度,那更是因人、因地、因时、因事而纷然万变,需要接受者"澄怀味象",以空明澄澈之心品味作品之灵趣的自在状态,这不是一般的阅读接受者所能达到的境界。

从入的方式看,中国古代的接受意识更多地使用了一些非常形象生动、具体可感的表述,如:"涵咏"、"玩味",这是一种无声的接受方式,通过字句的把玩、文意的领赏以及反复的揣摩、内心的默会来贯入作品灵魂。又如:"熟读"、"讽咏",这是一种有声的接受方式,通过识记诵读、吟唱歌咏领略文字内涵,披文入情、声情并茂把握作品意趣。还如"妙悟""神韵",这是一种更内在化的体验接受方式,通过主观冥想、精神观照、主体映射,将作为客体存在的作品完全融化为接受者的心灵状态,以无形的意志统摄作品神理,以达到美国心理学家马斯洛所说的"高峰体验"境界。

其实,在文学作品的读赏中,作为精神和心理活动的"入与出",并不是截然可以分清先后的。也就是说,入的过程已伴着出的可能和必然。怎样才能入得其中、又出得其外呢?孟子言"以意逆志",就是用文意推断作者思想,这就是通过解读作品来了解作者的"出"的途径,这种途径其实在入中已开始了,即"入中之出"。作者有得于心,阅者会意以神,经由作品这一中介,达到读者和作者的会心会意。所以这"入中之出",是入作品而出人,从作品的字里行间去搜寻支撑文字的生命与情感,而不是跳出作品、离开作品,单纯考察史籍传记去了解作者,虽然其最终关注点是人,但并未脱离作品,所以是"入中之出"。

而在出的过程中,还有一种常见的现象,就是"入后之出"。中国自古就有知人论世的说法:诵其诗、读其书,不知其人,可乎?出的过程,不仅需要读者"出作品"而知人论世,还需要读者"出作者"而想象自得,需要读者虚拟想象,进行独立的精神创造活动,通过文

---

① 王实甫著,金圣叹批:《金圣叹批本西厢记序》,上海古籍出版社1986年版,第14页。

学作品激发的想象，唤起自己曾经的美感经验，以自己的审美期待视野重构作品的意义和价值，并在审美判断基础上达到审美愉悦，获得自我实现。

所谓的入出有道，实际上探讨了文学鉴赏和接受中，接受者在不同的艺术素养、艺术才能和审美期待下，以或"涵咏""玩味"、或"熟读""讽咏"、或"妙悟""神韵"的不同方式想象自得、得意会心的接受心理发生机制。在入的过程中，主要是求同、趋同，通过与作者的心灵沟通，解读作品的内蕴和神理；在出的过程中，则主要是见异、思迁，通过突出作品、跳出作者前见，获得真知与我在。

文学接受是一个复杂的双向沟通与心灵交流的创造性精神活动，这之中有知而好之者，有好而不知者，有不好而不知者，有不好而能知者。文章有佳境，异代有知音，正如刘勰所说："凡童少者鉴浅而志盛，长艾者识坚而气衰，志盛者思锐而胜劳，气盛者虑密而伤神，斯实中人之常资，岁时之大较也"①。入出文学作品的过程，也会因主客观条件不同因人而异。汉代曾对《离骚》展开过针锋相对的争论，班固甚至说屈原露才扬己，但历史后来却证明《离骚》是中国最早的真正的抒情文学源头，其地位可与日月争光，所以刘勰《文心雕龙·辨骚》说："才高者菀其鸿裁，中巧者猎其艳辞，吟讽者衔其山川，童蒙者拾其香草"②。这其实道出了文学接受要得意会心、惟在自得的真谛。

三、想象自得与知音见异

知音的故事最早见于《吕氏春秋》③，是以钟子期和俞伯牙通过琴声引为知己的故事说明如何用贤能来维护统治者地位的，《淮南子·修

---

① 刘勰著，范文澜注：《文心雕龙·知音》，人民文学出版社 1958 年版，第 646 页。

② 刘勰著，范文澜注：《文心雕龙·知音》，人民文学出版社 1958 年版，第 48 页。

③ 高诱注：《吕氏春秋·孝行览》，见《诸子集成卷六》，上海书店 1986 年版，第 140 页。

务训》将它引入文艺批评领域："邯郸师有出新曲者，托之李奇，诸人皆争学之。后知其非也，而皆弃其曲。此未始知音者也"。① 这里强调接受者通过自身素质去追寻作者本意，而不可为作者已有的声望或作品本身所拘泥。

刘勰是知音论的集大成者。在《文心雕龙·知音》中，他首先感慨知音千载难遇之苦"知音其难哉！音实难知，知实难逢，逢其直音，千载其一乎？"② 接着指出了两种他所反对的因主观片面而产生的接受态度：贵古贱今、崇己抑人，接着分析了鉴赏差异性和多样性问题："慷慨者逆声而击节，蕴藉者见密而高蹈，浮慧者观绮而耀心，爱奇者闻诡而惊听，会己则嗟讽，异我则沮弃，各执一隅之解，欲拟万端之变，所谓东向而望，不见西墙也。"③ 这一段话，大致是说：性情慷慨之人遇激昂声调会击节赞赏，涵养之人睹细密含蓄则兴致颇高，喜欢浮华的人见绮丽怦然动心，爱好新奇的人听怪谲惊叹耸动。合者赞，否者弃，向东望而不见西墙。然后，刘勰提出了以博观为基础的圆照观："操千曲而后晓声，观千剑而后识器"④，要做到"平理若衡，照辞若镜"⑤，就必须按照刘勰所说的六观说，即位体、置辞、通变、奇正、事义、宫商，才能达到博观圆照。

然而刘勰知音论最核心的观点却在以下一段话中："夫缀文者情动而辞发，观文者披文以入情，沿波讨源，虽幽必显。世远莫见其面，觇文辄见其心。岂成篇之足深，患识照之自浅耳。……夫深识鉴奥，

---

① 刘安著，高诱注：《淮南子·修务训》，见《诸子集成卷七》，上海书店1986年版，第242页。

② 刘勰著，范文澜注：《文心雕龙·知音》，人民文学出版社1958年版，第713页。

③ 刘勰著，范文澜注：《文心雕龙·知音》，人民文学出版社1958年版，第714页。

④ 刘勰著，范文澜注：《文心雕龙·知音》，人民文学出版社1958年版，第714页。

⑤ 刘勰著，范文澜注：《文心雕龙·知音》，人民文学出版社1958年版，第715页。

必欢然内怿，譬春台之熙众人，乐饵之止过客。"① 刘勰认为，文学创作和文学接受组成了文学作品意义生成的一个完整过程。在这个过程中，从文学创作看，作者是先有情思才发为文辞，成诸文章；而从文学接受看，读者则是先看文辞，通读文意，才了解作者通过作品表达的情思。这样，文学接受就是一个沿波溯源、不断开掘的过程，即使隐微的也会显露，虽然久远却可以想见。篇章的深奥只因接受者识鉴浅薄。一旦鉴识微妙隐幽，定会感到灵魂的悸动。

刘勰的知音论，也讲到了鉴赏和接受文学作品的具体方法，他用了两个特定的术语："披文入情"与"深识鉴奥"。其实"披文入情"，和前面提到的"入"是同一的，但刘勰更明确地提出了"披文"是"入情的前提"、入的关键是"情"。如何做到入乎情中呢？刘勰认为贵在知音。在"披文"这一前提中，知言见象是第一个层次，因为语言文字作为读者和作者之间的物质媒介和沟通桥梁，首先是读者要面对的，也就是说语言符号是入的门户。刘勰所说的六观：位体、置辞、通变、奇正、事义、宫商，即主要谈的是通过了解文学作品的语言形式和外观轮廓，而获得对文学作品的一种直观印象。因而六观说就是"披文"的具体方法。他强调读者要以一己性情透入作品、悟出作者寄寓的情感。"披文入情"的接受论，着眼于读者如何接受文本的文（富有文采的文字）、辞（有组织的话语）、情（作者的创作意图和作品所涵盖的生活意蕴）三重建构，可以说是对赋诗言志"断章取义"的一种反动，"断章取义"是一个制约文学接受方向的政治实用性原则，而"披文入情"则在协调作者、作品和读者三者关系的同时，把文学创作和文学接受完整地统一在文学意义的生成历史中。

在刘勰看来，"披文入情"只是文学鉴赏和接受的第一层次，阅读的实质、接受的重要落脚点则在"深识鉴奥"。朱熹说："未见道理时，恰如数重物色包裹…去尽皮，方见肉；去尽肉，方见骨；去尽骨，方见髓"②。在文学鉴赏与接受过程中，读者能做到不执着于言辞物象本

---

① 刘勰著，范文澜注：《文心雕龙·知音》，人民文学出版社 1958 年版，第 715 页。

② 黎靖德：《朱子语类》，中华书局 1994 年版，第 171 页。

身而断章取义，就可以借助言辞物象并最终超越它，但见性情、不睹文字，"入情"才能启思。在披文入情之后，还要深入思考和精审理解，对作品从精神意象上做整体观，想象自得、知音见异。

那么，想象自得、知音见异的境界是怎样的呢？陶渊明好读书不求甚解。李白也有"片言苟会意，掩卷忽而笑"的体验。读诗阅文原无定法，文字佳妙处，贵在阅者自味。金圣叹谈到读《西厢》时妙悟的快感是"文章最妙是此一刻被灵眼觑住，便于此一刻放灵手捉住……"①。这都从不同侧面昭示了"博观""养气"以达自得、见异的真谛。

总之，从文学接受角度看刘勰知音论，包含非常丰富的理论信息，他把文学创作和文学接受看作一个相互联系、辩证统一的文学意义生成过程，从系统的接受观出发，十分重视通过文学接受，实现人与人、主体与主体的交流。他所说的知音，不仅要了解作品的音声言意，即"知言之音"；而且要窥破作者的本意本心，即"知心之音"；还要充分调动主观想象，发挥主体的创造力，通过品音、品心、品己，感发心得，即"知己之音"。相较而言，20世纪60年代由德国康斯坦茨学派学者尧斯和伊瑟尔创立的接受美学理论，虽然提出了"期待视野"、"召唤结构"等理念，从关注读者与作品、读者与作家的关系角度，将文学研究从过去的作者中心、作品中心移到了读者中心，解构了作品本身具有的绝对客观性和固定不变的价值，使文学活动成为更具有群体交流价值和历史意义的行为；但是，接受理论后来的提倡者霍兰、菲什和卡勒，却只是非常强调读者的个性主调、解释群体的共同意识以及读者所运用的解读程序，完全以读者为中心，忽视了来自作家意图、创作时代方面的规定性。如此看来，重新回过头来审视和探讨刘勰知音论的接受实质，是否可以对接受美学理论在系统辩证观方面起到补弊纠偏的作用呢？

如何把握和理解文学阅读的自由性和必然性之间的关系？尧斯认为：文学作品"像一部乐谱，时刻等待着在阅读活动中产生的、不断

---

① 王实甫著，金圣叹批：《金圣叹批本西厢记序》，上海古籍出版社1986年版，第14页。

变化的反响。只有阅读活动才能将作品从死的语言材料中拯救出来并赋予它现实的生命"①。而读者接受其实一直是古代文学批评的重心，文学接受也是一个在古代被相当重视、充分讨论的话题。钟嵘《诗品》作为第一部诗论，就是一部显优劣、论品第的鉴赏接受专集；中国古代大量的诗话、词话，就是一些灵活随意、没有更多理论色彩，但更重视直觉体验和感悟的诗词鉴赏接受论；言外意、味外味，都是在文本开放性前提下有待于读者去充实的召唤结构，因为中国古典诗学强调激发读者的想象和联想力、重视读者的主观能动性发挥、强调读者的介入、参与、接受。明清以后四大奇书和《西厢记》、《长生殿》等作品读法之类的鉴赏批评兴盛一时，也都是着眼于读者接受阐发的阅读经验。中国古代探讨最多也最精彩的，就是关于鉴赏和接受的所谓"法门"、通道和具体感性的实用原则。在这方面，从"郢书燕说"到误读造妙、从入出有道到得意会心、从想象自得到知音见异，可以说，以刘勰知音论为代表的中国古代文学批评活动，以东方式的颖悟慧心，为我们展示了祖国丰富的文学接受实例。艺术作品给人类的精神生活提供了一种超越时空的象征形式，使那些具有同类经验的人为之感动，并在灵魂的悸动中获得自我的实现。如果从这一角度来认识和理解文学接受的话，那么，作为接受美学异时异质的参照，可以说中国古代的文学接受实践活动先在地、天然地内在契合了接受理论的实质与内核。

（原载《福建师范大学学报》2006 年 5 期）

---

① 胡经之：《西方文艺理论名著教程》，北京大学出版社 1989 年版，第391 页。

中国古代曲论中的叙事结构论

中国古代的戏曲因为受到强大而深厚的抒情文学传统的影响，叙事的观念与手法介入得相对较晚；加之同一时期小说叙事艺术的不平衡发展与叙事理论的不完备，成型于叙事艺术草创阶段的传统戏曲，就远未能形成自具轮廓的叙事理论体系。但这并不是说戏曲无叙事，也不是说戏曲无叙述观念和相关的理论自觉。其实从元人乔吉开始，一些诸如"头尾"、"关目"、"格局"、"主脑"等与叙事相关的概念已多次出现，特别是金圣叹和李渔对戏曲叙事艺术的一些认识，一步步丰富着戏曲叙事在情节模式、人物关系及情理逻辑上的结构意识，并显现出古代戏曲叙事艺术的某种递嬗——即由抒情性叙事向戏剧性叙事迁延的思理，换句话说，中国戏曲的叙事结构理论就是在戏曲本质由曲本位向戏本位拓延的过程中得以产生的。循着这一思路，结合对现代西方某些叙事学理念的认识，本文在此对中国古代曲论中的叙事结构论作一探讨。

一、头尾、关目、章法：时空——情节模式论

乔吉曾经提出"凤头、猪肚、豹尾"的乐府作法论，陶宗仪还进一步发挥说"起要美丽，中要浩荡，结要响亮，贵在首尾贯穿"①。这里所说的"头、肚、尾""起、中、结"，都强调了作曲要首尾完具、各部分比例要和谐的问题。周德清有"诗头曲尾"②的说法，认为写诗

---

① 陶宗仪：《南村辍耕录》，中华书局 1959 年版，第 103 页。
② 周德清：《中原音韵》，见中国戏曲研究院编：《中国古典戏曲论著集成》（一），中国戏剧出版社 1959 年版，第 237 页。

难在开头，作曲难在结尾。刘熙载也在《艺概·词曲概》说曲的"篇法不出始、中、终三停，始要含蓄有度，中要纵横尽变，终要优游不竭"①。这些"头尾"概念已涉及曲的章法安排问题，但提法粗略、文类的适用性模糊、不够具体。《元刊古今杂剧三十种》收录的剧本中无宾白这一事实，称曲为"词余"等观念，说明一些元明之际的曲论者还未建立起叙事的观念，大多以诗文的审美观评价戏曲，且视散曲与剧曲为同一体裁的文学样式，没有把元杂剧作为一种叙事艺术看待，只是如周德清"作词十法"专论音律和辞采那样，从研究传统诗歌的角度去审视元曲，即散曲和剧曲如何开头、扩展、结撰才会好，注重的当然是抒情性结构中语言、用典、韵律、词采等问题，严格地讲，还没有认识到结构是从人物和事件中产生、并且涵盖着一定的主题内容这一层面，所以"头尾"概念只是笼统地来谈曲的章法，虽然已经注意到戏曲作品立体结构的整一性问题，但并不具备叙事结构论的本体意义。

随着南戏与传奇的发展，戏曲作为叙事艺术的一些特质，逐渐地为有些曲论家所注意。明人臧晋叔编《元曲选》就增补了大量元曲的宾白。传奇的庞大体制，使得许多作家在创作中越来越加大了宾白的分量，《娇红记》比之此前传奇宾白尤多就是一个例子。戏曲创作的重心渐渐地由曲辞格律的构撰移向在情节真实性和细节合理性基础上的戏曲情境的营造。"关目"概念的提出，就是基于曲论家对这一创作情势的关注。如果说臧晋叔的"三难"论即"情辞称稳之难，关目紧凑之难，音律谐叶之难"，还只是把关目紧凑的重要性与"情辞"、"音律"并论而置之为二，那么李卓吾评《红拂记》所说"此记关目好，曲好，白好，事好"，在标列了评价一部剧作的四要素中，关目、白、事，都属于叙事范畴，且"关目"是一个被特意前置的重要质素。这个被李贽强调的"关目"即是一剧的情节关掫和人物的关键动作，与重场戏意思略同，但一剧可有几场重头戏，可有几处精彩关目，可见"关目"作为蓄势的关节点，并不是提领全剧的唯一主脑。而王骥德的

---

① 刘熙载：《艺概》，上海古籍出版社1978年版，第127页。

《曲律·论剧戏》说："传中紧要处，须重着精神，极力发挥使透，……红拂私奔、如姬窃符，皆本传大头脑，如何草草放过？"[1] 在《杂论》中他又提到"大头脑"，按其句意所论，指的是剧本中最能体现主题思想的主要情节或主题性线索，和"关目"的意思有重合，但又高于"关目"。至于"构局"（祁彪佳）、"搭架"（凌濛初）、"章法"（王骥德）等说法，在重点探讨曲的做法即戏曲抒情性叙事结构的同时，也提出了戏曲结构的整体布局问题。

王骥德将作曲比作造宫室，"作曲者，亦必先分数段，以何意起，何意接，何意作中段敷衍，何意作后段收煞，整整在目，而后可施结撰"[2]，从一剧的横剖面看，概括了元杂剧起承转合的四段式结构。李渔论格局有"家门—冲场—出角色、小收煞、大收煞"（《闲情偶寄·论格局》)，确定了明清传奇的三段式结构。从元杂剧的四段结构论到明清传奇的三段结构论，这中间可以看出叙事观念由"曲"向"事"的迁移。而曲论中对"事"的因素的注重，应该说是受到了悠久的史传文学传统和同期小说叙事艺术观念技巧的深刻影响。杨绛曾称中国的戏曲是"小说式的戏剧"[3]，即已点明了戏曲与小说情节模式的同构性。从元杂剧、明清传奇到近代地方戏，伴随着缺乏文类自觉和文体独立的戏曲观念，熔铸着诗词抒情性叙事的语体结构意识和技巧如格律、音韵、词采，又吸纳了小说、民间说唱艺术的叙事手法，中国戏曲就形成了情节在时间和空间上展开、布置的叙事程式。

以元杂剧和近代地方折子戏为代表的剧体，是一种单线延展式的戏曲结构。它是按情节发展的时间顺序、以一个主要角色（旦、末）扮演的人物动作线，单向度地跳跃式地唱叙一个有头有尾的主干故事的戏曲结构。如《救风尘》一剧，整个剧情围绕着"救宋"这一中心事件铺写，按照情节展开的时间顺序，四折分别写安秀实求告赵盼儿、

---

① 王骥德：《曲律》，见中国戏曲研究院编：《中国古典戏曲论著集成》（四），中国戏剧出版社 1959 年版，第 137 页。

② 王骥德：《曲律》，见中国戏曲研究院编：《中国古典戏曲论著集成》（四），中国戏剧出版社 1959 年版，第 123 页。

③ 杨绛：《中国比较文学年鉴》，北京大学出版社 1987 年版，第 174 页。

宋引章求救于赵、赵以风月手段赚休书、宋逃脱虎口。单一的线索，完整的布局，巧合的关目，程式化的场面以及高潮中的结局，都是通过赵盼儿主叙连缀贯穿的。这就是元杂剧一色主唱形成的限制性叙事，即以性别为符号、抒情为表征的连带隐含式叙述为主，以宾白穿插交代的点缀式补叙为辅，构成单线延展式的性别叙述结构。元杂剧这种单线延展式的叙事结构是由一本四折的剧本体制决定的。因一色主唱限制了叙事线索的灵活运用，造成叙事的冗长、拖沓、信息中断和角色无法转换；因一本四折，情节被切割为四大板块，篇幅大致相等，容量基本相同，四平八稳，对称平衡，结构上无变化，叙事不够简洁合理。

总体上讲，这种结构有优有劣，好处在叙事线索明确单一，叙述的内视角突出了主要矛盾，集中强化了主要人物的动作线和性格动因，情节完整，布局均衡，其弊病在于结构单调、重复、高潮往往不够突出或容易发生偏移，结尾常常拖延，详处不详，略处不略，追求故事的有头有尾、情节的整一性，而使唱叙与白叙风格不够平衡、统一甚至割裂，内视角与外视角切入转换不够自然连贯，叙述时断时续，节奏要么过于迟缓，要么过于突兀，随意性较大，往往刻意追求曲折、热闹的效果而不注重抓住悬念、在细节的腾挪变化上精心结撰。所以王国维批评元杂剧说"元人关目之拙，固不待言"①。

以明清传奇生旦戏为代表的剧体，是一种双线排场式的结构，它是由两个主要人物按照事件发展的对比或对应关系双向度地频繁替换场次，平行推进地唱叙一个由诸多场面和细节组成的完整事件（一生一旦或一忠一奸）。高明的《琵琶记》是典型的双线排场式结构，作者以蔡伯喈入京赘牛府为生线，以五娘在家乡窘贫为旦线，一出一出地对比安排。从二人分离后，一边是洞房花烛，一边是被劫跳井；一边是饮酒消夏，一边是糟糠自厌；一边是中秋赏月、风光旖旎，一边是麻裙包土、悲不胜诉，两条线索先合、中分、再合，构成冷热相济的生旦排场戏。

---

① 王国维：《宋元戏曲史》，华东师大出版社1995年版，第121页。

这种生旦叙事的戏曲结构，淡化了一色主唱时叙述的主观性和隐含性，但仍然是以抒情为主的连带隐含叙述为主，宾白穿插的点缀式补叙则容量增大，叙述视角灵活变化，白叙和唱叙较为平衡统一，庞大的体制使得情节的丰富性和具体情境的戏剧化获得拓展。但也存在问题，详处更详，略处不略，两条线索容易脱节，交替安排场次也易形成套路，叙事节奏过于缓慢，甚至摇摆不定，大多表现为前半精心结撰，后半拖沓、错乱甚至矛盾。

单线延展式和双线排场式是曲论家关注较多、评价最好的戏曲结构，但中国戏曲还在后来发展出两种新的戏曲结构——即主副线交织式、多线散缀式。主副线交织式结构，是从双线排场式中延伸出的一种结构，即以一个主角为主要叙述者、两三个配角插入叙述的方式，按照事件发展的对应关系较松散地交替安排场次，片断连缀、主副线交织地唱叙一个阶段性发展的层层推进故事的戏曲结构，以明中叶以降一生一旦、一生两旦、一生三旦等传奇为代表。多线散缀式，即以无必然联系的事件按照各自的逻辑发展，多向度地自由连缀数个相对独立、短小的情节片断，唱叙一个集锦式故事的戏曲结构，以南杂剧、明清后期传奇为代表，如《四声猿》、《博笑记》、"一人永占"、"四婵娟"、《太和记》、《十孝记》、《后四声猿》、《吟风阁杂剧》等。对于这两种结构模式，曲论家却多有轻忽和訾议。这显示了戏曲叙事在结构意识上的自足封闭性和认识缺失。

从情节在时间和空间上展开的过程看，以"事"为核心的戏曲叙事的时空——情节模式论，无论是四段式、三段式，还是单线延展式、双线排场式，还都只是一种表层结构论，虽然它揭示了戏曲情节内容的因果联系，但中国戏曲从来是以"人"为目的而不是以"事"为目的的，制约戏曲叙事的因素恐怕更多还在于其人物的动作及其动作关系，只谈"事"而不及人，仅仅认识到戏曲叙事的表层结构，这对于我们把握戏曲叙事的本质特征还远远不够。所以我们下面就从金圣叹对《西厢记》的评点入手，来看看曲论家对戏曲叙事更为深入的理解和剖析。

二、心、体、地：契约——人物关系论

李渔说："言者，心之声也，欲代此一人立言，先宜代此一人立心，若非梦游神往，何谓设身处地？"① 这句话尽管说的是剧作家应从设身处地的感受中去塑造人物形象、演员应从舞台表演的要求去把握人物形象的表演分寸的问题，但其化身为曲中人的意念已接触到了戏曲叙事的深层问题，即叙事结构中统摄全篇的灵魂何在的问题，金圣叹把这一问题阐述得更为明确一些。

金圣叹《第六才子书西厢记》赖婚一折的总批，在论及此折主唱为何是莺莺时说："事固一事也，情固一情也，理固一理也，而无奈发言之人，其心则各不同也，其体则各不同也，其地则各不同也。彼夫人之心与张生之心不同，夫是故有言之而正，有言之而反也。乃张生之体与莺莺之体又不同，夫是故有言之而婉，有言之而激也。至于红娘之地与莺莺之地又不同，夫是故有言之而尽，有言之而半也"。② 作者认为：张生欲结亲，其言正；老夫人欲赖婚，其言反；张生受挫，其言激；莺莺怨母，其言婉；红娘事外人，其言半；莺莺为事中人，体味深，故其言尽，所以赖婚一折由莺莺主唱，最有利于表现莺莺其人的心理和性格。按照金圣叹的解释，所谓心、体、地具体内涵是什么呢？

实际上，金圣叹在这里阐述了戏曲作品中不同人物之间对应、对比的一种结构关系。这里情节的因果关系被淡化，情绪、情感的象征关系被突显。心，指的是戏曲人物的情感意志、行动依据和性格动力；地，指的是戏曲人物所处的特定生活情境；体，指的是戏曲人物相互映衬对比的位置关系。他们之间似乎存在着一种心——地——体的由内向外的层递关系，一句话，即由特定的情感意志左右的戏曲人物性格在特定的生活情境影响下变化与组合的特定关系。这样看，戏曲叙

---

① 李渔：《闲情偶寄》，浙江古籍出版社，1985 年 2 月版，第 43 页。

② 王实甫原著、金圣叹批改、张国光校注：《金圣叹批本西厢记》，上海古籍出版社 1986 年版，第 120 页。

事实际上也存在表层结构和深层结构的问题，它与现代叙事学所说的语义结构、功能结构有对应之处，但又不同。我们所说的两重结构，其表层结构指的是剧情事件在时空中的安排推进过程，即情节——时空结构；其深层结构指的是戏曲人物之间关系组合方式的依据与价值观念体系，即契约——人物关系。他山之石，可以攻玉。我们将格雷马斯结构语义学提出的主角和对象、支使者和承受者、助手和对手这一叙事作品六角色论借用过来，以申证金圣叹对戏曲叙事的深层结构：契约——人物关系论。

金圣叹从塑造人物的具体途径入手，提出的心（戏曲人物的情感意志、行动依据和性格动力）、地（戏曲人物所处的特定生活情境）、体（戏曲人物相互之间的关系）相结合的人物关系论，恰恰构成了戏曲叙事的深层结构素。这种由特定的生活情境影响和特定的情感意志左右的戏曲人物性格变化与组合的特定关系，显示为中国戏曲特有的人物属和类型群，契约也即类型，这种标示人物关系的类型群可以简化和归纳为三重固定的关系形态：

1. 一重：主客——情理对应式关系

这一重关系是戏曲叙事中主角和对象的关系，即指主角与他将要付诸实现的某种意志、理想、他所追求的某种生活目标等抽象事物，或他所渴望得到的某种具体的人、物之间的关系（包括财富、功名、爱情、幸福、自由、权力、地位、荣誉、人格等）。这种主角和对象的关系，就是金圣叹所说的"心"，一般都包含了主角人物作为一个行动主体与所从事或进行的一种实践活动所达目的关系，这就是主体与客体之间的对应关系，例如《西厢记》的故事可简化为主角莺莺追求爱情，成为一个（对象）情女。《窦娥冤》可简化主角窦娥企求相安求稳的生活不得而变成一个（对象）反叛的烈女，传奇《精忠旗》可简化成主角岳飞反对投降义勇抗金成为一个（对象）民族英雄等。

在这种主客对应式关系中，往往存在着一种共同的趋向，即主角人物行为动机的单纯化与目的的单向性、具体行为过程的曲折性与意志力量的坚定性、感性经验的复杂性与理性体悟的深刻性的最终统一，即情感与理性的对应关系。如张生在成为一个情种的过程中，虽然先是抛弃功名，后又不得已追求功名；先是痴情而癫狂，后又怯懦而软弱，具体行为过程似乎充满了矛盾反复。但如果从他追求"愿天下有情的都成了眷属"的爱情理想并锲而不舍地使这一爱情合法地走向社会公认的婚姻坦途的努力看，他的目的又非常之单纯、单一，不掺杂博取功名的政治野心，不掺杂玩弄女性的轻薄之念，不掺杂高攀相府门第借以飞黄腾达的利己私心。

这种主客、情理对应式关系是戏曲叙事人物关系中最核心的主干，主客、情理两端往往互相渗透、互相印证，显示了作为主观叙述者的作者和作为代言叙述人的角色人物价值观的统一，体现主体价值的自觉。

2. 二重：亲缘——等级阶梯式关系

这一重关系是戏曲叙事中受者与施者的关系，即主角人物与他身处其中、受制其中或反抗其中的代表某种社会力量、环境、人群、物质条件的明确命令、禁令、约定俗成的社会契约之间存在的基本联系。这一重关系即金圣叹所说的"地"，在《西厢记》则表现为莺莺与以老夫人为代表的封建家庭及阶层的关系，一般都包含了主角人物因行动主体的倾向而形成的与某种社会契约的对抗。这种亲缘——等级阶梯式关系是戏曲叙事人物关系中较外围的社会关系轮廓，亲缘、等级两端往往互相牵扯、互相制约，显示着渗透主观叙述的代言叙述人的角色人物价值观与社会伦理价值的背反、冲突，黑格尔说："情境和它的冲突一般是激发动作的原因"，这种戏曲情境的设置、酿情，就是在积聚主角行动的力量，体现个体价值对群体价值的反驳。中国封建社会是一个以宗族血缘关系为纽带、以儒家伦理思想为政治基础的私有制社会，臣事君以忠、子奉父以孝的浓重的家族观念使人们的社会关系以大大小小的家族势力网为基本形态，国实质上就是一个扩大了的家族，皇帝是这个家族最高的政治权威，处于金字塔权力结构的顶端，权力的分配和行使是自上而下地单相度进行的，如此，父亲居于家庭的绝对权威，家族作为一个多功能的血缘关系的人际组合方式，形成了家国同构的父权制男性中心社会机制。戏曲叙事的人际关系最典型地反映了这种社会机制，即戏曲叙事中的正面主角人物总是处于一个基于亲缘、等级意识支配下的君臣父子的阶梯式人物关系群落的较底层，常常承受着来自上一层人物的禁束、限制，或被处于其上的人物群落形成的某种异己环境、某种强大的社会力量、某种约定俗成的社会契约同化、禁锢、扼杀。

3. 三重：正反——对比复合式关系

这一重关系是戏曲叙事中主角与他的对手或助手的关系，即主角人物与促进或阻碍主角行动、意志实现的抽象力量、客观事物、或同一阶层、性别、年龄的其他个体角色的平行对比或转化关系。这一重关系即金圣叹所说的"体"，这种正反——对比复合式关系是戏曲叙事人物关系中较直接的利益阵营关系和冲突对立面关系，正反相衬、对比复合，显示了作为代言叙述人的角色人物之间价值观的统一或对立，体现个体与个体的价值观念趋同或交锋。在《西厢记》中，这一重关系表现为莺莺与张生、红娘、郑恒之间的关系。这一重关系是中国戏曲发展最不充分的，只在代表性剧作中有较为成功的例子。尤其在女性角色的对手、助手方面，显得空白、贫乏、单一、模式化，无非是婚姻对象、婢女、丫鬟、小人等套路。

金圣叹的人物关系论，虽然是从感性的角度在具体品评作品的过程中提出来的，但它将中国戏曲的叙事重心由"事"移向了"人"，将隐藏在抒情性叙事中的戏剧性因素揭示了出来，从而将戏曲叙事观念推向了纵深，这二次迁移，为李渔酝酿所谓的整体结构论，补足了空挡，在中国戏曲叙事理念的发展中的作用是不可低估的。

三、主脑、一人一事、格局：性格——情理逻辑论

李渔第一次提出了"结构第一（辞采第二、音律第三）"的概念，"填词首重音律，而予独先结构""有奇事方有奇文，未有命题不佳，而能出锦心，扬为绣口者也。"① "结构第一"的提出，在戏曲叙事结构论的历史展开过程中是一个重要标志。在结构第一的前提下，他强调

---

① 李渔：《闲情偶寄》，浙江古籍出版社 1985 年版，第 43 页。

了主宰结构的灵魂"立主脑"。"立主脑"按作者的表述有两层含义，第一，它指的是作者立言之本意，相当于牢逊所说的"基础观念"，一种最原始、最根本的主题题旨，另一层含义即作品情节推进展开过程中的关键人物、关捩事件。用李渔自己的话说即"一人一事"，"一本戏中，有无数人名，究竟俱属陪宾，原其初心，止为一人而设。此一人之身，自始至终，离合悲欢，中具无限情由，无穷关目，究竟俱属衍文，原其初心，只为一事而设，此一人一事，即作传奇之主脑也。"①这里的"一事"绝非亚里斯多德所说的"一事"，而是戏剧冲突的根本起因，发动主要戏剧行动的引发事件。如"一部《琵琶》止为蔡伯喈一人，而蔡伯喈一人，又止对'重婚牛府'一事，其余枝节皆从此一人一事而生，二亲之遭凶，五娘之尽孝，拐儿之骗财匿书，张大公之疏财仗义皆由于此。是'重婚牛府'四字，即作《琵琶记》之主脑也。一部《西厢记》止为张君瑞一人，而张君瑞一人，又只为'白马解围'一事，其余枝节皆从此一事而生，夫人之许婚，张生之望配，红娘之勇于作合，莺莺之敢于失身，与郑恒之力争原配而不得皆由于此，是'白马解围'四字，即作《西厢记》之主脑也"②。这"一人一事"即是处于剧情中心地位的可牵连其他人物、引发动作和冲突的关键情节和重要人物。

这种以一人一事为主脑的观点是一种相当明确的叙事观念，所谓一人一事为主脑，按照李渔的阐发，实际上就是由推动情节发展和人物行动的最关键的行动者和关键行动构成一个基本陈述，立主脑而布全局，以一人一事统摄整个情节和场面的推进，以"始终无二事，贯穿只一人"的原则减头绪，即注重叙事线索的甄别选择，剔除无用的人和事，减少场景的繁复变化，使人物活动的环境集中而醒目，密针线即天衣无缝地组织剧情，在情节与细节间巧设埋伏照应，脱窠臼即设置关目新颖奇特而有独创性，戒荒唐即写常人常事，讲究情节发展内在逻辑的合理性，审虚实即注意安排情节的角度技巧，知格局即从曲、白、情节、人物等方面总体布局，从而确立了一套戏曲叙事整体

---

① 李渔：《闲情偶寄·词曲部》，浙江古籍出版社 1985 年版，第 3—4 页。
② 李渔：《闲情偶寄·词曲部》，浙江古籍出版社 1985 年版，第 8 页。

结构论的专门术语和系统框架。

李渔提出了"立主脑"之"一人一事",如果说其"一事"对应的是由关键性的情节统摄的整个故事系统,它属于情节结构层面;那么其"一人"对应的则是由主要角色的动作线提领的性格动力系统,它属于人物关系层面。李渔的整体结构论包括表层结构,即时空——情节模式,深层结构,即性格——情理逻辑。情节模式和情理逻辑互为表里,支撑起了李渔的整体结构论框架。而金圣叹所论的契约——人物关系诸层面,虽然不是明确的戏曲结构理论,但它作为一种结构质素却构建了戏曲叙事的深层结构,也即关系是结构的有力前提,结构是对关系的强化和整合。

将金圣叹人物关系论的三重结构素,结合李渔"立主脑"之"一人一事"的阐发,加以化合与重组,可以构成两种比较典型的戏曲整体结构模式:强倾式非对称结构和平行式对称结构。

强倾式非对称结构,是那种有意减弱、淡化亲缘——等级阶梯式关系,强化正反——对比复合式关系中对手、助手的功能、作用,把描写的重心放在第一重主客——情理对应式关系上,形成以主要角色的情感意志决定的动作线为核心的性格——情理逻辑结构。强倾式非对称结构以爱情剧和清官忠臣戏较典型。平行式对称结构,是那种将第二重关系即亲缘——等级阶梯式关系整合到第一重主客——情理对应式关系中,形成一个有机整体,并在这个基础上大量地扩展第三重关系即正反——对比复合式关系的叙述分量与比重,形成由两条主角动作线贯穿或两种意志力量胶着的平行发展的性格——情理逻辑结构。平行式对称结构以历史剧和伦理剧为突出。

结构是从人物和事件中产生的、并且涵盖着一定的主题内容,李渔的"主脑"及"一人一事"观点,正道出了结构熔铸事件、人物和主题的非形式的完整内涵。如果说金圣叹的三重人物关系论,成功实现了戏曲由"曲"到"事"的迁移,那么李渔的整体结构论则涵盖了情节模式论和人物关系论,作为一种戏曲整体结构论,完成了戏曲叙事由契约到性格、由人物"关系"到人物"情理"的转变,这样,李渔"结构第一"就成为一种戏曲叙事的系统的、宏观的、整体结构思想，它最终实现了戏曲抒情性叙事向戏剧性叙事的转移，即由以曲辞唱叙为核心的抒情性叙事向以情节的丰富性、人物的典型性、情理的内在逻辑性层递为核心的戏剧性叙事的转移。

综之，中国戏曲的叙事结构论，伴随着戏曲创作的实绩，走过了以"曲"、"事"、"人"、"情"为重心的不同认识阶段，在金圣叹和李渔那里，获得了实质性的进展，不仅将停留在表层结构意识的情节模式论，推进到深层结构意识的人物关系论，留下了戏曲叙事由表及里、由感性到理性、由封闭到开放的开拓递变轨迹，而且完成了抒情性叙事向戏剧性叙事的叙事理念的成熟和进化。可惜，以往人们对金圣叹与李渔戏曲叙事结构论关系的理解和评价还很不够，因而对中国古代戏曲叙事结构论的逻辑演进历史和成熟机制就缺乏应有的勾勒和描述，从而造成了戏曲无叙事自觉或低级叙事、曲论乏系统的理性叙事结构论的成见，这对有着丰富内涵和价值的戏曲叙事理念是极不公正的。

（原载《伊犁师范学院学报》2002 年 2 期）

从活动史到心态史的图景转换

——赵山林著《中国戏曲传播接受史》① 评绎

戏曲传播与接受研究，作为一个方兴未艾的研究领域，近年来出现了一些成果②，从不同角度涉及了一些专题性及断代史研究。纵观戏曲传播与接受研究现状，较多关注《西厢记》等剧作、戏曲声腔等研究及李渔、金圣叹评点与接受个案研究③；传播研究与接受研究还存在两立门庭、互有隔膜状态，接受史研究相对薄弱；成果多集中于传播方式、活动及接受观念研究④。一部戏曲史，是戏曲通过创作、传播与接受环链的往复循环，不断创造自身意义世界和实现艺术价值的历史；而一部戏曲传播接受史，即是通过戏曲意义世界生成与价值蕴蓄的整体考察凸现人作为主体的精神动态史。如何沟通戏曲传播与接受视阈的内在关联，如何通过对戏曲作为"集体的时代的文化心理的连续呈

---

① 赵山林：《中国戏曲传播接受史》，上海人民出版社 2008 年 6 月版。

② 如李玉莲《元明清小说戏剧传播方式研究》，《社会科学辑刊》1998 年第 5 期；郭英德《元明的文学传播与文学接受》，《求是学刊》1999 年第 2 期；宋俊华《山陕会馆与秦腔传播》，《文艺研究》2006 年第 2 期；汪诗佩《元代戏剧的传播与接受》，《中华戏曲》2006 年第 2 期；赵兴勤《花部的兴盛与扬州地域文化——中国戏曲传播史论之十二》，《东南大学学报》2008 年第 11 期等。

③ 如聂付生《论晚明戏曲演出的传播体系》，《艺术百家》2005 年第 3 期；付德雷《戏曲舞台演出传播与媒介传播之比较》，《东南大学学报》2005 年第 12 期；赵春宁《〈西厢记〉传播研究》，厦门大学出版社 2005 年 3 月版等。

④ 如祁志祥《明清曲论中的"接受美学"》，《求索》1992 年第 4 期；沈新林《中国古代小说、戏曲传播方式之比较》，《苏东学刊》1999 年第 1 期；王廷信《戏曲传播的两个层次——论戏曲的本位传播和延伸传播》，《艺术百家》2006 年第 4 期；刘建明《明廷文化政策与明代后期戏曲传播》，《中央戏剧学院学报》2006 年第 4 期等。

现"① 的理性关照，来立体、深入地研究戏曲传播接受史，是拓进戏曲史研究面对的重要课题。赵山林先生所著《中国戏曲传播接受史》正是从这一角度出发，以开放多元的剧史视野，在系统梳理选本刊刻变化、声腔剧种流播、演剧场阈交融等媒介活动基础上，把研究重心聚焦在由剧家、演员、观众、批评家、戏班活动者、串客票友等不同阶层人群构成的人际活动及集体心理体验上，通过过程史、活动史突入心态史进行深层关照，将戏曲传播接受研究推向一个新的层次和阶段。

一、诗词曲会通与以戏证戏

学术研究，在确定一种研究对象的过程中，首先面对的问题即是文献史料的边界是否需要厘定？史料与研究对象的关联以及远近关系是否需要仔细审视和衡量？这取决于研究者提挈史料的眼光及择用史料的方法。《中国戏曲传播接受史》面对各种散见于正史、方志、笔记、选本、曲谱、戏班、文物、戏台、声腔、民俗活动中的戏曲传播接受史料，并未先入为主地界定史料的一种边界，而是重新审视和衡量了史料本身立体、丰富的多层次形态与研究对象间的关联，试图寻找充分还原史料完整性、动态性而又能最大限度整合戏曲传播接受史实的切入点，并在此基础上创造性地激活了传统符码的表意系统，探索出诗词曲会通、以戏证戏的方法，体现出研究者鲜明的学术个性和形而上的方法论意义。

本书以戏曲参与主体之一——文人参与戏曲活动的诗词创作为枢纽性介质连接戏曲传播与接受活动，来解读诗词符码与戏曲活动的内在关联。如关于金院本与宋杂剧的关系问题，本书阐论的起点，虽依据的是大家熟知的《辍耕录》所辑院本名目，但在对前辈学者未考实名目《壶堂春》、《墙外道》、《共粉泪》、《方偷眼》、《隔帘听》、《击梧桐》等的考辨中，因为引证了刘子翚《汴京纪事》，苏轼《蝶恋花》、《贺新郎》、《南柯子》，柳永《隔帘听》、《击梧桐》等诗词内容与院本

① 许建平：《建立心态文学史学刍议》，《江海学刊》1998年第3期，第146页。

本事的关系①，不仅延展了诗词创作的原介质内涵，而且从文学史整体观出发，将诗词符码对于展示宋代宫廷演剧面貌、廓清剧本撰演体制以及勾勒戏剧跨域流播的重要作用揭示出来；使得以往为人忽略而模糊难明、依靠文物揣测而缺乏相应内证的宋辽金戏曲交融流变史，在与诗词创作视阈的对接中呈示了更为完整的图景。又如王珪、宋祁、欧阳修、苏轼等宋代文人都曾写过与宫廷杂剧有关的勾杂剧词，本书对这种书写方式进行了分析："北宋宫廷演出有文人参与，其主要职能是为艺人写致语，又称'乐语'……为其中的杂剧演出所写的，就是勾杂剧词"，从而阐发了列于词曲之间的致语、乐语、勾杂剧词，是出于杂剧演出的需要而产生的；其与杂剧角色表演密不可分、与底本修撰相互粘连；具有"俳谐有趣"、"不避俚俗"的性质和串连上下场、放队、勾队、增强演出效果的作用。其实，结合宋杂剧三段制五角色体制来看，艳段、正杂剧的底本部分有很多内容和成分大概都需要文人修撰润饰，既要通俗可观，又要显示一定的机趣深意。正如本书引《东京梦华录》天宁节演出总结"参军色与小儿班首所念的都是乐语，那是要由文人来写作"的论断，说明乐语、勾杂剧词与杂剧创作有切近关联，甚至构成着宋杂剧底本要件——辞令技巧的有机成分。且不说副净发乔、副末打诨是务尽滑稽的，需要口号、段子点缀；装孤或作"问题官员"，或作市井调笑人物，亦需调弄备至、诙谐多讽；而引戏更因要解说人物动作、介绍剧情、指挥上下场并且引动观众发笑，其承担的功能大概就是念诵致语，或唱或说，表演诙谐段子。文人撰写的乐语、勾杂剧词机趣横生，如焦循《剧说》所云："捷讥，古谓之滑稽，杂剧中取其便捷讥谑，故云"②，捷口睿言而激发表演，娱人耳目而发人深省，极大增强了宋杂剧的角色表演水平和串场效果。所以，本书对文人参撰勾杂剧词的身份确认、对勾杂剧词性质、作用的精辟分析，从别一视角厘清了关于宋杂剧角色功能与撰演机制的一些争议。

---

　　① 赵山林：《中国戏曲传播接受史》，上海人民出版社 2008 年 8 月版，第82—87 页，以下引号引用文字段落未加注释者，皆出自本书。

　　② 焦循：《剧说》，《中国古典戏曲论著集成》，中国戏剧出版社 1959 年版，第 92 页。

值得重视的是，这种对诗词创作与戏曲活动特定关联的解读，不但贯穿在全书许多细节和段落，并且在不同历史阶段呈现出功能和意义的变化。文人在戏曲传播接受活动中的诗词创作，除了表达"操千曲而后晓声"的艺术体验外，还寄托了不同时代文人的人生感悟，蕴蓄着文人群体的身份印记和即时当下的生命状态。如苏轼、王安石、黄庭坚、谢枋得等宋代文人参与戏剧活动的诗词创作，显现出"人生如戏"的游艺心态、以俗化雅的谐谑意识、贵气注实的悲患精神；胡祗遹、钟嗣成、夏庭芝、杨维桢等元代文人则崭露出戏如人生的生活况味、以曲为业的生存意念、品艺论道的艺术趣味。本书正是抓住了这样一些戏剧与文人心态的内在关联，清晰地勾勒出文人参与戏曲活动由个人化、私密性向社会化、群体性转变，不断疏离宫廷、贴近民间的身份迁移与时代跨越。明清以后，随着文人阶层的不断分化，文人观赏、参与戏曲活动的诗词创作，内容和形式都发生了很大变化，映照出末世文人复杂的情感与精神状态。本书从"考察明代文人的戏曲接受，有助于了解明代文人的心理状态和生存方式"出发，探寻了祝允明、邹迪光、汤显祖、汪道昆、潘之恒、张岱等人的戏曲活动与诗词歌咏的关系；一面追记了厅堂演剧、家班演剧氛围中"以戏代药"、回归自我、重情尚真的文人雅趣；另一面也明确了戏曲活动业已成为文人日常交游的重要内容，晚明文人的业余精神即"基于一定经济基础或稳定生活之上的消闲精神"①，将更多文人聚合在西湖演春、虎丘唱曲等群体性娱乐活动中，从而与商业化的市井大众戏曲消费活动走到一起的生动图景。戏曲交游活动的丰富多彩与即时即事、极具现场感的诗词抒写相触发，寄托生趣、注重人生享受的世俗化倾向，带来了文人的性情解放与审美愉悦。而明清易代带来的时事激荡，给文人心灵投下了悲凉黯淡的阴影。阎尔梅、杜濬、陈璧、吴伟业、顾景星等一批文人更深地介入戏曲活动，其诗词书写不但寄托故国之思、"成为文人精神生活的一个重要组成部分"，而且凸现出确认自我、寻找历史前路的精神意绪，成为抚慰被征服者精神创伤的重要媒介。李

---

① 陈宝良：《明代文人辨析》，《汉学研究》2001 年 6 月第 19 卷第 1 期，第 217 页。

渔《虎丘千人石上听曲》、邵长蘅《吴趋吟》、孔尚任《平阳竹枝词》等带有文人雅集趣味的叙录，衍生出虎丘、镇江、丹徒、平阳等地大规模的地域风情展示与大众民俗曲会。乾隆以后，金德瑛《观剧绝句三十首》、刘墉《观剧十六首》、纪昀《乌鲁木齐杂诗》、蒋士铨《京师乐府词》等观剧组诗的出现，其主题由吟咏性情向社会关怀、由咏剧向咏史的沓变，更体现出文人参与戏曲活动关切时事、反省历史的思想深度。本书不但关注了不同阶层文人在历史巨变中的群体身份印记，而且抽绎出如此独特的戏曲传播接受的重力加速度现象，重绘了戏曲史在民俗书写、历史反思和主体超越的深长画卷中原生态、地域性的生成过程。

文人既是戏曲创作的起点，又是读者、观众、批评者、观演活动记录者，是戏曲传播接受全过程的参与主体。诗词创作的表意系统和符码功能在戏曲活动中被拓展、被激活，揭示了文人撰演、观咏、评赏戏曲活动与传统文学创作之间的深层次心理同构。本书正是在此一发现基础上，继承了吴梅、万云骏一门师风，挖掘文学原介质材料的丰富内蕴，进一步探讨了不同时代文人寄托在这种诗词曲贯通的隐喻书写方式中的心态流变。不仅如此，本书在开掘传统意象批评和评点研究的内在潜质中，还创造性地运用了以戏证戏、摘句批评方法，为戏曲传播接受研究带来新的气象和活力。摘句评点作为传统文学批评方法之一，是摘引文本字词、句段来例证批评观点、进行学理阐释的方法。本书发扬其前著《中国戏曲观众学》奠基的以戏证戏风格，将摘句批评方法加以发挥和变化。如考辨金院本名目《变柳七爨》本事，举《张协状元》第四十八出曲白；考察家庭戏班存在状态，引《蓝采和》杂剧讨论六位家班角色的姻亲关系；梳理元代戏班流向，例《宦门子弟错立身》男主角完颜寿马随家班撞府冲州、陆路迁移，这些都是以戏证戏的生动实例。在考论很少有人注意的元代男艺人武光头、刘要和时，本书引高安道、杜仁杰散曲、《黑旋风敷演刘要和》杂剧与南戏《宦门子弟错立身》相关情节互相印证，突出其筋斗杂耍、科范俳谐之长。尤其在探究元代勾栏及庙会演剧时，《蓝采和》、《老生儿》、《小张屠》、《箭射双雕》、《复落娼》等杂剧、《庄家不识勾栏》、《嗓淡行院》、《嘲妓》、《朝天子》等散曲中曲词对白、招贴广告的多方征引，"宁可乐待于宾，不可宾待于乐"、"甚杂剧请恩官望着心爱选"、"这的是书会才人划新编"等演剧要诀的悟入总结，有力地内证了市井大众戏曲消费的实际情形。除此之外，本书对一些戏曲掌故、戏谚戏联及其与戏曲相关的市井俗语信手拈来，俯拾即是，可谓以戏证戏的有趣发挥。

本书充分注意到戏曲观演的直观性，提倡以直觉体验、识照内心为引导，嵌入研究对象，从考察文人诗词创作与戏曲活动的关系出发，捕捉某种反复出现而具有特定意味、表达关联或批评功能的诗词句段、戏文诀语，以意象解读和摘句概括来揭示戏曲传播接受的规律和特质。这种诗词曲会通、以戏证戏的尝试和探索，在雅与俗、正统与民间、文人与大众的不同传播与接受视阈之间勾连起许多生动丰富的中间环节和细节，觉作者之意，会演者之心，启观者之情，达到了灵性体悟、逻辑判断与理性阐发的统一。

二、在边缘发现中心

与戏曲史不同阶段形成的以戏为本位、以曲为本位的不同方向对应，戏曲史研究也存在以文学文本为中心、以舞台表演为中心的不同格局。单以前者作为繁荣标志来衡量戏曲艺术价值，或以后者作为复兴力量来界定曲史发展周期，都易执其一端、忽略主客体的平衡。本书充分关注了花雅之争后，戏曲创作主体发生的重大转移——由名家林立、名作繁富的剧作家中心制，向名角辈出、流派叠起的演艺人中心制蜕变的曲史脉络，梳理出观众与作者、演员与作者、观众与演员、演员与演员、观众与观众五条线索，由人际活动构成戏曲传播接受的完整环链，又以演员与观众为中心，探讨了参与宫廷、勾栏、市井民俗演剧活动的不同人群构成及阶层迁移，以及戏曲传播接受的人际活动及个体与集体心理体验，在不同时代、不同地缘、不同场阈、不同群体的交叉边际发现了参与戏曲活动的核心主体和推动戏曲史发展的中坚力量。

本书以宋代与近代作为研究时限的前拓和后延，不仅完整地呈现了戏曲传播接受的纵向历程，而且在考察戏曲地域性横向发展的过程中，从日记、札记、序跋一类边缘文献和域外视点出发，扩及了一些为人忽略的地缘区域。如谈宋代戏曲流向专设川杂剧一节，关注了蜀地悠久的戏曲传统和较艺风俗，推论《武林旧事》所载官本杂剧《柳耄上官降黄龙》、《唐辅采莲》、《毁庙》等剧目源于川杂剧，这是关于川杂剧演剧形态及地缘传播的重要发现。如万历年间来华传教士利玛窦关于"旅行戏班"和常住城市戏班演戏过程、选戏内容的描述，西班牙藏《风月锦囊》中《金山记》的开场戏文，则真实展示了明代职业戏班组班竞艺的情况。如《聘盟日记》中康熙年间北京观剧的俄国使臣对戏园陈设以及角色扮演的记述，《乌鲁木齐杂诗》对乾隆时期边疆酒楼盛行演剧的叙写，从不同角度揭示了清代商业演剧活动的繁兴。如讨论朝鲜文献《热河日记》所录乾隆七十寿诞演剧活动，不但举出其《戏本名目记》中《劝农官》、《瑞呈花舞》、《山灵应瑞》等《清代杂剧全目》未录的 52 种珍贵剧目，且证出《九如歌颂》作者即使节团陪同官尹嘉铨，补足了文献研究缺遗。如引用英使节马戛尔尼乾隆五十八年于热河行宫观看折子戏演出及晨会、夜会落座等级的文字，由此总结出清代宫廷演剧功利目的强、排场讲究、等级森严、不利传播接受等特点，结论令人信服。

正是基于这种总体设想，本书不仅从整体和细节上考察了戏曲传播接受的时空与地缘纵横，更推进一层，挖掘特定演剧形态和场阈转换中的一些活动细节，透视从宫廷到宗室，从勾栏到祠庙演剧中人际活动的角色构成及阶层迁移。临安瓦舍"从军士暇日娱乐场所到市井游艺场所"的变化，足以说明军伶人对戏曲向民间传播的贡献。以名丑刘衮为代表的诸色伎艺人更毋庸讳言支撑着民间演剧之盛。元代"赛牛王"、"嘲妓"等风俗呈示，吴当《除夕》、《与同馆戏续前韵九首》的驱傩记录，从不同侧面交代了元代南北勾栏与庙会演剧盛况。尤为突出的是，本书还以皇族国戚、上层贵族勾连宫廷演剧与市井演剧的氛围。明初南京御勾栏具有半宫廷性质，开在距离禁苑不远的十字街头，允许市井观众观赏；燕王朱棣聚集的戏曲活动圈影响波及皇城以东的勾栏胡同；英宗从山陕征乐户，宪宗搜罗海内剧本，武宗筋斗百戏盛于禁掖、巡游观剧，神宗以后玉熙宫设昆弋大戏演市井故事，这些征象都暗示着宫廷演剧溢出皇家禁苑、播向市井大众的趋势。尤其是明代诸王分封例赐乐户、赏赐曲本的做法，使得宫廷演剧自然延伸到各地民间。本书考察了襄宪王孙朱厚柯作为戏曲爱好者，为汪道昆在襄阳完成的《大雅堂杂剧》撰序事；建安镇国将军朱多㸙家置戏班、招十三郡名流大和乐于南昌府第事；还从无名氏《如梦录》节令礼仪中追踪藩王赐乐事、宗室禁优戏的时事背景，指出开封一隅诸王"宗支繁衍，以汰侈相煽，民间转相仿效，优戏充斥闾巷"，带来戏曲繁荣的事实；从汤显祖《建安王夜宴即事二首》、《奉别建安王》、《图南邀宴其先公瀑泉旧隐偶作》等诗作中搜检到朱权后人、建安康懿王朱多㸒、朱图南府邸演剧与汤显祖的戏曲交游及酬祚往来，总结出演剧场阈中"王侯藩邸束帛倒屣之迎"的阶层错动。这些考论另辟蹊径，见解独到，使我们从一些特殊角度了解到上层贵戚与文人曲家的交往对戏曲传播接受的影响深度，以及宫廷演剧组结着世俗演剧，反证戏曲传播接受大众化的路向。

　　商人在古代农耕社会，是一个边缘的流动的社会群体。商人活动作为一种特殊媒介，通过商路——即商帮流动和会馆聚合参与了戏曲的传播接受，这是明清以后戏曲跨域化、商业化蓬勃发展的一种重要力量。从"天下第一码头"太仓商人船户间传唱的"南马头曲"、江右商人传扬"万寿宫"的弋阳腔变种——乐平腔、青阳腔、长沙高腔、衡阳高腔，发展到徽州商人、扬州盐商的选伎征歌、"炫豪夸富"，这些舟车贾人半天下的商帮活动有力地促动了明代昆弋两腔由苏松向江西、湖南、台州、宁波、安徽、扬州、南京等地流播。清代以后"以棉布业、典当业为主体的山陕商人势力，沿黄河、长江流域向东扩展"，多以关帝庙附建戏楼形式存在的山陕会馆，助动了梆子腔戏班声名大噪。西商、徽商与江西商帮在江南四镇之一的汉口集聚会馆，培植了皮黄戏兴起的经济基础和物质环境。以江鹤亭为代表的财力雄厚的徽商，还将江南园林艺术与文人雅集加以融合，园亭演剧与扬州诗会之盛，充分带动了花雅兼蓄、演艺竞胜的扬州戏曲繁荣。在对外重要通商口岸广州，随商帮而来的姑苏班、徽班、弋班、湘班，云集外江梨园会馆，与本地内江班竞艺，在粤商帮促成了盛极一时的会馆演剧。至近代上海平声社、赓扬社、挹清集、吉云集等曲社纷纷创建，在苏州帮、湖州丝业帮、南市棉花帮、沪北钱庄等商帮及实业家财力支持下，延聘名家教戏、定期举行演剧活动，职业戏班脱离会馆、开始走向市场。本书在更为广阔的地缘背景上，考量了这种商路与戏路的关系以及苏松商人、江右商人、湖广商人、江西商人、徽商、晋商、秦商、粤商的地域化流动带动声腔交汇、促进剧种变异的情况。

观众的集体心理体验，对于戏曲传播接受的意义和价值，是一个需要深入讨论的问题。本书除了考察文人、军人和王室宗戚对戏曲传播接受的影响外，对串客票友这类特殊人群给予了更多探究。明中叶后，有不少兼仕宦、曲家、串客为一身的文人有优癖、好串戏，祝允明、潘允端、张凤翼、沈璟、屠隆即是代表。但与这些自娱自乐的“逢场串客”不同，彭天锡、徐梦雅、王怡庵、赵必达等视演戏为生命的真正串客，至如王圻那样背弃儒业、以串客自居自傲，才是构成串客的主体。他们本非伶人而参加戏班演出，具有双重身份，既是观众中的戏迷戏痴，又可能从业余演员成为专业演员，既是边缘角色，又是参与中坚。本书对他们在戏曲传播接受中的身份和作用给予了高度评价。本书特地考察了昆曲串客——郑妥娘、顾媚、李香、陈圆圆等金陵旧院妓女串客，丁继之、张燕筑、朱维章等狎客串客以及魏良辅、邓全拙、梁辰鱼、张五云等清曲传家谱系。这种独特的昆曲传播接受视野，不仅再现了明代后期戏曲江南的繁华景象，而且见证了标志一个时代的艺术传统高潮回落以及明清之际流离乱世的兴亡沧桑。花雅之争后，昆曲艺术虽不复往日辉煌，但昆曲串客却对演唱技巧精雕细磨，清串客不仅入府串班、司串班、引串班，还有“下海”作职业演员的。上海、江浙一带活跃的曲社活动，还成就了俞粟庐、吴梅等一批曲家，成为发掘并传承昆曲艺韵神髓的中坚。与“明清以来业余的昆曲演唱组织，称为曲局、曲集、或曲会、曲社，参加者成为曲友，其中造诣较高者成为串客”不同，“在京剧界相应的组织称为票房，参加者称为票友”。清代以北京、天津、上海为中心的票房票友活动，云集各界名流，创编保存了一批长演不衰的经典剧目，育成了趣味各异的京剧艺术爱好者群体，更造就了一批下海而成名家名角者。票房及票友活动，成为京剧艺术传播的重要人才和导向性接受力量。本书充分肯定了一定的经济与文化场阈对戏曲艺术价值实现的作用，如盐商斥资、洋商入社为票友活动提供了物质基础和经济保证；如李登甫票房、江氏票房等一批家庭票房，及鹤鸣社、遥吟国剧社等一批清唱票房的出现，显示了票房票友活动家庭化、平民化的新气象。

"串客与票友处于观众与演员的过渡状态"，他们介入戏曲活动时表现出阶层分布、参与度、扮演角色、地域流向的种种不同。本书梳理了他们身处的社会文化氛围、受教育程度、揣摩鉴赏表演艺术的心理，显示了戏曲接受主体的构成变化、个体差异和群体多样化。与此同时，本书更准确切入他们"对戏曲身心投入、深度介入的方式"，探析了蕴涵在这种独特生存方式中的集体心理体验对戏曲传播接受的深度影响。其实，古代戏曲的传播往往在观演互动中走向高潮、催生精品；深谙戏曲演艺之道的观众，才是戏曲艺术不断发展的真正推动力；戏曲经由观众的接受才能最终实现其本体价值。以往戏曲研究格局中往往被忽略、显得被动的观众，在本书中成为关注的一大焦点。苏州观众"妙选梨园"，成都观众插青红小旗赏戏，绍兴观众掷缠头聘戏，京剧观众"批准"演员"当好角"，《冰山记》表演与观众相激发，都是观众成就的演剧奇观。而胡乱喝彩、妄加评论、吃酒闲话、闯场肆威、下场门抢座、狎昵伶童又是旧时观众的不公正态度对戏曲艺术正常开展的一种损害。本书基于这样一种对戏曲观众的客观认识，不但在边缘发现了中心，在观众和业余演员那里发现了真正理解戏曲、融入戏曲、将戏曲作为生存需要和生活方式的人，而且从认知的心理层面总结串客、票友作为戏曲接受主体的条件、识力、情趣、素养，对戏曲艺术价值不断叠加和增殖的意义。戏曲的传播接受，首先是当代的传播接受——即时、当下、面对面的传播接受，这种沉淀在戏曲活动中的主体情感体验难以复制。从某种意义上说，串客、票友的戏曲传播接受活动走得更远，他们通过当下的即时的观演交流与信息反馈，在充满参与感的体验和身心沉醉中达到了精神与趣味投契、观赏与生存合一的境界。本书讨论的串客、票友活动，作为戏曲传播接受的重要介质，大大推进了戏曲的传播速度和接受力度，实现了人生感悟即时性与艺术追求永恒性的统一，完成了原传与继传的延伸、传播与接受机制的转换。

三、有意味的循环与维度整合

近年来，戏曲史研究因为在传播接受的主体性研究方面推进不够，所以学者所呼吁的将传播与接受两个维度纳入文学史研究视野，形成"作家——作品——传播——接受的四维研究"[1] 的整体格局依然未能建立起来。《中国戏曲传播接受史》在整合传播与接受维度的前提下，不仅全面关照了"演员——观众的互动，专业演员——业余爱好者的互动，戏曲从业者——文化人的互动，戏曲本体——传播媒介的互动"[2] 带来的传播与接受效应，而且完整勾勒选本、批评、戏班、声腔等各个环节往复循环、层层推进的戏曲传播接受态势，通过撰演与观演、批评与接受、戏班与声腔的互动性研究，凸现了主体性选择的意义。

从戏曲选本的社会功能看，"具有案头阅读、观摩表演的两重功能"，剧家渗透文本的创作意图，通过导演和演员复现创造，经由读者和观众筛选取弃，选本接续着撰演与观演活动的某种循环。本书排比戏曲刊刻、选本辑录情况时，并未囿于文学与音乐关系讨论的一贯视野，其设定传播群体和接受对象亦远远超出了案头阅读者，所以选本变化透露了场上与案头、阅读与观赏、文人趣味与民间趣味、昆曲与花部诸腔融合、分流与变异的丰富信息。现存最早的单剧选本《元刊杂剧三十种》新刊、新编、存录孤本的性质，已显示出选本受舞台演出影响、由单向媒介传播到多向人际传播变化的痕迹。正德以前《永

---

① 王兆鹏：《传播与接受：文学史研究的另两个维度》，《江海学刊》1998年4期，第142页。

② 吴平平：《戏曲传播研究：起源与展望》，《戏剧文学》2009年第3期，第20页。

乐大典戏文三十三种》、《百二十种南戏文全锦》等选目稚拙随意、纯以表演取向；嘉隆年间《词林摘艳》、《改定元贤传奇》等多出自文人之手，选本类型齐全，选目改订依有原则，理论观念开始渗入。这一明代文人视野中元剧传播接受的倾向性变化，不但反映着元剧经典萃选的过程，厘定着元曲大家的排序资格，其实更承载着明代杂剧多风月爱情剧的创作动向。从本书排比剧目辑成的《成熟阶段戏曲选本一览表》看，万历至明末数倍激增的三十余种选本，形成了文人选本和大多出自平民文人之手的民间选本两个系统。文人选本以明确的选曲观念分门别类：或宫调依序，或主观评价，或宫调兼评价，均以清唱为选曲本旨，版式体例简净整饬，附录序跋加入品评，底本精良，重曲轻白，重清唱轻剧演，一本立典；民间选本则"以书坊意志为编选原则、基本不体现选家戏曲观念"，容量大，剧曲散曲、时调俗曲皆录，版式体例分栏集锦，附录从简，底本杂错，白多曲少、重场上而轻案头，一本多用。这种文人选本与民间选本前后相续、雅俗相得，或立足于保存，或着意于发行的选本格局的总结，说明选本刊刻已成为一项在自觉编理念引导下承载丰富文化信息和审美观念的独立事业。清代前期选本既承载着浓厚的文人趣味，又体现出面向观众、注重销路的特点，预示了选本选目从入于文心到谐于里耳的花雅分化。乾隆以后，昆曲选本锐减，具有传播意义的昆曲选本如《缀白裘》、《审音鉴古录》等渐次遴选花部小戏入集，与摘出演剧、商业娱乐、取悦观众的舞台表演实践结合更为紧密，甚至附注评论、穿关、演出记例，完全迎合民间戏曲班社的场上表演。而专门剧种选本、书坊合作选本的刊行，昭示了精通文理与深谙曲道的文人选家主动退场，"戏曲选本与文人文化层的整体疏离"。本书发现了选本与声腔之间一种有意味的循环——花部诸腔崛起引发戏曲选本变化，戏曲选本变化昭示了花部诸腔的争胜。

以艺人和戏班的流动来带动考察声腔剧种的地域传播，是本书的重要研究拓展。在讨论明代海盐腔的传播情况时，本书以社会诸阶层人物的戏曲交游活动勾连起戏班的辗转漂流，生动勾画了海盐腔向浙江嘉兴、湖州、温州、台州等其他地区，向徽州、江西等东南区域，向北京、山东等西北区域不断扩展的三个传播圈子。云集昆山的职业戏班，因为广场演出的竞争和观众好尚，而锻造出铁炮仗、王紫稼等一批以技成角、以剧名班的职业昆伶。昆班到松江、上海演出，形成"松人争尚苏州戏"局面，引动当地名流从吴门购戏子组家班。昆曲传到南京，与秦淮风月相映成趣，当地角色丛生的小班、家班与长兴、虎丘、松江来的昆班艺人以班育角、各擅所长。通过这样一种以人领班、以班领人、昆伶串班的人际活动描述，昆腔在江浙、苏松、北京、湖广、四川、海南等幅员辽阔地带的传播接受图景被完整丰富地呈示出来。本书还专章考察了李开先、何良俊、潘允端、邹迪光、沈璟、屠隆、张岱家班等一批世代相传、将昆曲艺术引向精致典雅化的明代士大夫家班活动。这种家班班主、演员、教师间的互动，不但成为文人自娱交际、切磋戏艺、沟通精神文化生活的媒介，而且通过指导演员提高表演艺术、注重艺德修养以及社会演员与教师的聘用、家班间的联袂演出、观众趣味的反馈汲取，与整个社会艺术活动发生了广泛深入的联系。

本书选取不同城市作为重点，以职业戏班的稳定性与艺人表演的流动性勾连清代昆曲的演出地域。苏州职业戏班居全国之首，并成立了行会组织梨园总局，乾隆四十八年重修碑记列集秀班等 32 个；集秀班从苏州、杭州、扬州数百昆班择优秀演员组成，可见其表演技艺之精湛。北京昆班以内聚班第一，乾隆后至道光初，庆宁部、金玉部、霓翠部、集芳班等昆班因有双全、金官、吉祥等昆曲高手而传演不衰。此外，南京太晟、庆丰、庆余、庆福等昆班，扬州女子双清班，皆因名优佳角而盛极一时。本书考察昆腔戏班是以名城名班、一腔多域散点透视的；对京腔、秦腔、徽班等花部戏班的分析，则以北京为中心，以艺人、戏班流动呈焦点扩散。雍正乾隆间北京有不少弋班演唱京腔或高腔，不仅京腔六大班萃成了十三绝为代表的一批京腔名伶，活跃于京师戏班的艺人还有不少秦腔名伶。从魏长生以做功、化妆、唱腔创新带来秦腔在京师轰动，至妍姿冶唱，京腔起而效之，"京秦不分"，到四大徽班进京，春台艺人杨八官、郝天秀"采长生之秦腔，并京腔中之尤者……合京、秦二腔"，京剧孕育的过程历历再现。本书对嘉庆中期 52 个戏班参与修缮精忠庙的活动进行了统计比较。精忠庙是在京戏曲班社的行会组织，由这一覆盖面极大的视角考察徽班活动频率，廓清了徽班在高朗亭时代以旦角为代表性角色、不断扩大影响的事实；而清代笔记、花谱载录优伶情况的排比，则以艺人活动例证了徽班角色齐备、老生开创性人物程长庚、余三胜、张二奎并出，京剧即将诞生的时代机遇。本书在概括了徽班以高朗亭为台柱、腔调更加繁复动听、剧目更加丰富精彩的优势基础上，以如数家珍的戏班掌故有声有色地敷染了"三庆的轴子"以演出整本大戏见长，"四喜的曲子"以演唱昆腔戏著称，"和春的把子"擅演武戏、"春台的孩子"童伶出色，徽班与秦腔、徽班与徽班之间的竞争带来各擅其场的喧腾景象。这些文献有征、立足实际的阐发，与朱家溍关于升平署时代宫廷演剧昆弋乱弹盛衰的分析①相对应，不仅补正了清代后期昆曲传统在民间的深厚基础及其艺术生命力，而且通过艺人与戏班活动，呈献了花雅之争背景下昆弋乱弹雅俗互动、诸腔交汇的生动图景。

本书将戏曲批评作为戏曲传播接受的一个重要维度加以讨论，是基于对人际传播行为的再思考。与传播行为的价值中立观不同，本书阐述传播行为强调其主体性，强调人作为主体的情感、意志和思想倾向性。传播接受具有评价、阐释、选择的意义，具有批评的意义②，反过来，批评也具有传播接受的意义，批评的主观倾向在凸现传播语境的层次性、选择性时，通过提升内蕴，加重了传播示范的力量，达到接受的有效深化。与一般戏曲传播接受行为不同，与戏曲研究这种较高层次的传播接受行为亦相区别，本书开辟了一条戏曲批评的通道——即在戏曲传播接受活动中，具有共同知识趣味的人形成特殊的戏曲评论群体，他们持有个人化的批评尺度和评点标准；这些带有强烈主观性和情感倾向的尺度和标准，对传播行为和接受信息发挥了某种强化、筛选、提纯的作用。如宋代文人从历史、诗画和戏剧角度展开

---

① 朱家溍：《升平署时代"昆腔""弋腔"与"乱弹"的盛衰考》，《故宫博物院院刊》1995 年 S1 期。

② 张荣翼：《文学传播的批评意义》，《社会科学辑刊》1996 年第 4 期，第 128—133 页。

的伶人地位品节论、"借剧喻诗"表演论、戏剧起源功用论，拓宽了以《东京梦华录》、《武林旧事》为中心的剧史视野对宋代戏剧的源流考镜和剧史概览。元代戏曲批评设立了演员九美论、北曲演唱论、一代绝艺论、优伶谱系论等一批批评论题。这些以零散的感性的表述存在、带有鲜明个人倾向的批评论题，极大地提高了元杂剧的社会地位和艺术价值，有力推动了元杂剧的传播与接受。明代文人发表的时事与历史剧论，意趣神色论、演艺新变论、艺术生熟论，化入理论而不着形迹、深入浅出而门径自现，传达了戏曲评点意趣的同时，品评、批评、研究三者浑融一体，引领了明代戏曲理论研究的自觉。清代文人的"苦生"、"苦戏"论，经典剧作情境论，《西厢记》情爱理想论及"心、体、地"戏剧人物关系论，则奠定了清代戏曲批评的范式。本书不但总结明清戏曲批评的特点和价值，还考察了清代传奇杂剧衰落、戏曲文学中心地位为表演艺术取代，戏曲研究活力不够的具体情形，通过观念去蔽，抉微探异，在习惯性接受视野之外，发掘了近代文人关注艺人表演、精研曲律韵度、抒发时事感慨的戏曲批评实践活动，以魏源、王先谦、金德瑛、文廷式等人创作观剧组诗的特例接受、创意接受，将学理探讨、现实关切和人文关怀联系起来，引出近代学人姚华、吴梅、王国维对戏曲本体研究的传世精神。一篇《吴骚行》作为"诗化的中国戏曲史概论"，从传播走向了接受，从边缘回到了中心，以沉积丰厚的心态史关照，回答了戏曲传播接受的来路和去路。

对于戏曲传播接受研究，是建立一套相应的概念术语，从而形成一套形而上的传播接受理论框架和批评体系，还是通过激活传统符码将鲜活的戏曲传播与接受史事及丰富面相尽可能地还原和呈现，以凸现戏曲意义世界生成和价值实现中人的主体性？不同的研究路径可能存在不同的评价尺度，笔者以为后者更显示出理性的深化和研究的成熟。从这一角度看，赵山林先生所著《中国戏曲传播接受史》以撰演、观演两个活动中心，辐射、勾连起了戏曲传播接受的众多物质媒介和人际活动，探讨了戏曲传播接受的方式、过程、影响及内在规律，并通过创造性地激活传统符码和互动性研究，深入探掘了不同个体与群体在戏曲传播接受活动中的角色沓变与心理机制，凸现了主体性选择的意义，从而完成了戏曲传播接受研究由活动史到心态史的图景转换。这种层次推进和阶段性跨越对戏曲史研究具有重要的学术价值和启示意义。

（原载香港大学、史丹福大学联合出版《东方文化》2011年6月号）

《唐代白话诗派研究》 评绎

　　《唐代白话诗派研究》是国内外迄今为止第一部全面、系统、深入研究唐代白话诗派的标志性著作，由项楚、张子开、谭伟、何剑平积十年学术之功潜心研究、合作完成。该书 8 章 42 万字，论者明确提出"白话诗派"这一学术命题，阐述其总体特征、演进历程、重要地位；对唐前白话诗、以王梵志、寒山、庞居士为代表的唐代白话诗人以及数十位唐代禅宗诗人、敦煌文献中的禅宗白话诗予以全面清理。在文献整辑、理论创新和学科融汇等方面都取得了令人瞩目的实绩和前所未有的成就。

　　由于传统文学观念轻视排斥佛教文学和通俗白话文学，加之大量唐代白话诗歌久佚、资料匮乏，而唐代白话诗派基本上是一个佛教诗派，传统的中国文学史从来没有宗教文学、包括佛教文学的地位，学术界对唐代俗文学的研究一直较为薄弱，而对唐代白话诗派更少有关注。本书充分发挥朴学实证研究之长，第一次大规模整理发掘了佛教典藏原籍、敦煌文献及古代笔记史料中关于唐代白话诗人及白话诗的原生文献。论者以丰瞻富厚的文献考辨为依托，广征博引，察微洞幽，尤其注重文献中能够反映时间一致性的材料以及诗人之间先后承继与嬗变的关系，条分缕析，细致入微，无臆测之说，皆有据之论。在白话诗人的生平事迹及轶闻传说、作品真伪及版本辑佚、文字校勘及语词诠解、作品所包含的佛教义理与思想内涵、表现手法及风格特征等方面，都做了相当缜密精辟的辨察识断，考订解析极见功力。在具体考证中，对相关学术成果的观点、歧见的评鉴犹具慧识，廓清了这一领域研究中一直为人轻忽的一些重要史实和长期聚讼纷纭的学术难题。

　　论者提出在唐代存在一个以在家居士或出世僧侣为主、游离于主流诗歌之外、与佛教有深刻联系，以偈颂体和通俗语言写作的白话诗派。这个诗派基本上是佛教诗派，但又超越了佛教诗派。它导源于南北朝佛教诗歌，有自己的思想渊源和艺术传统。这一论断异军突起，打开了迥异于文人诗歌传统的另一片唐诗研究的新天地。论者对唐前白话诗人将民间通俗歌调引入佛教偈颂，外来佛教义理与中土固有的五言诗形式融汇的过程，予以诗歌世俗性、佛教性与中国佛教同步相应发展趋势的探源与观照，这无疑是唐代白话诗派研究论题得以展开的重要的逻辑起点。对唐代白话诗派拥有的以王梵志、寒山、庞居士为代表和数量庞大的无名诗人创作群的探讨，显示了论者深邃通博的文史功力和撷取例证、博观化用的理论深度。论者着力校勘与王梵志相关的纷繁杂乱文献，从十一种猜测、四种版本、四个系统中整辑出王梵志诗的基本存在形态，并认为在集合众多无名白话诗人创作的王梵志诗集中，时代最早、内容最深刻、艺术价值最高、最能代表"王梵志诗"特点和成就的，是产生于初唐的三卷本。论者不仅考察了王梵志宗教问题诗和宗教哲理诗中佛教虚无思想的迷信色彩和内在矛盾性，而且别具慧眼地抽绎出王梵志世俗诗第一次从内部观察和集中表现社会下层生活图景、负载深厚、主题深邃的现实内容，充分肯定它以白描、叙述、议论的方法再现和评价生活，质朴明快，犀利泼辣，充满理趣的鲜明民族特色。这种建立在文献精审解读基础上对王梵志诗内涵价值的开掘，揭示出王梵志诗标志中国白话通俗文学崛起的文学史意义，灼见多出、颇显功力。论者认为寒山世俗诗价值大于其宗教诗，其抒情感怀诗中人生无常的慨叹，讽世劝俗诗悲天悯人的胸怀，山林隐逸诗中达到的禅悟境界，无不体现着佛教的精神，不拘格律、直写胸臆、或俗或雅、涉笔成趣的寒山诗是佛教思想在中国诗歌领域中结出的最重要的果实。这一对寒山诗民间诗歌、佛教诗歌和文人诗歌多重性格和艺术魅力的探求，揭开了在一般论者眼中驳杂难解的寒山诗的真面目，审察之精，论断之切，尤见精髓。本书梳理了南宗禅影响下的歌偈大师庞居士的生平与创作，对作为中土维摩诘和唐代文人居士典型的庞居士诗以禅理入日常、警励流俗的救世情怀的探析，揭示出白话诗派一以贯之关切现世民生的创作宗旨，并对基于南宗马祖禅的庞居士信仰在唐以后民众信仰中的影响和流变进行了追踪和延伸考察，视野开阔、理路清晰。禅宗崛起后禅宗诗歌成为白话诗派的主流，论者以禅宗确立前后门派传法活动与世俗政权的纠葛为线索，详尽考察了楞伽禅诗、弘忍门下各派竞弘期的白话禅诗，会昌法难前后南北宗弟子的禅门白话诗、晚唐、敦煌文献中禅宗白话诗创作，从而在更为深广的文化背景上理清了禅宗诗偈不断调整面对下层民众的宣教理念，在熟悉并利用民间通俗文艺基础上，完成"白话诗派"向南宗禅的转型，将白话诗派的繁盛延续到五代宋初的历史过程。

佛教入中土、在不断中国化的同时，与中土文化互相融合形成了中国佛教文化，成为中国传统文化的基本支柱之一。在这个过程中形成的中国佛教文学，也是中国文学的重要部分。佛教文学在中国不但发展充分，而且深刻地影响了普通民众的意识形态，开垦这一片广漠的土地是推进中国文学研究的重要任务。正是从这样一种雅文学与俗文学并重，世俗文化与宗教信仰文化兼顾的研究思路入手，论者不仅对唐代白话诗派的生成背景和演变过程、主要作家和艺术经验进行了翔实深入的考察，还对唐代白话诗派与外来文化和本土文化的联系、它与文人诗歌的互动作用和所反映的民众意识形态、它的影响和历史评价等问题进行了鞭辟入里的论证，从而在一个全新的、开放的、多元的理论视域中将这一论题加以拓进和深化。通过对白话诗原生形态及相对独立的白话语言系统的宗教性与文学性关系的深入解读，对白话诗人的生存处境、宗教精神与民众教化的义理、娱乐需求相结合的过程、民间通俗文艺社会地位的深刻反思，论者从唐代白话诗派的内部运变与外部效应上同时观照了佛教中国化、世俗化的进程和文学的理性精神深入展开的过程。唐代白话诗派是中国佛教文学较早结出的丰硕成果，唐代文学有了白话诗派的存在，才丰富了他的血肉和器官，优秀白话诗人提升了白话诗的艺术品位和分量，使得唐代文学呈现出流派纷呈、色彩绚烂的繁荣景象。作为佛学与文学的结晶，唐代白话诗派与文人诗歌迥异的艺术风格，不仅开创了我国大规模的佛教文学运动，完成了从佛学到文学的具有历史意义的一大转折，而且为士大夫诗和民间诗架起了沟通桥梁。无名白话诗人与民间水乳共生的关系，大大推进了文化平民化的进程，加速了通俗白话文学的演变与成熟，为接踵而来的民间曲子词和被总称为"变文"的各种体裁的说唱文学的兴起奠定了基础，影响了唐代文学的发展方向，并直接为求新求变的宋诗提供了营养，形成了宋诗议论化和以俗为雅的特色，从而对中国古代文学发展的整体格局和最终成为中国文学史后半期主流的通俗文学发展走向产生了重要影响。

正是这种对唐代白话诗派的生成意义、文化趋向及价值影响的考量与认定，实现了弥合与融通学术史研究断层的理性自觉，唐代白话诗派研究的意义真正凸显出来：作为横跨佛学、文学、语言学、文献学、敦煌学、历史学等诸多领域的一本学术内涵深厚、多学科交叉融汇的成功之作，本书改变了文学史的原有叙述维度和研究格局，极大地推动和提升了唐代文学与佛教文学、白话通俗文学相关的许多领域的整体研究水平，不仅填补了中国文学史研究领域的一项空白，其学术命题的创立亦具有了世界性意义。

（原载《Frontiers of Literature in China》2011 年 3 期）

杜鹏程研究的新硕果

——赵俊贤《论杜鹏程的审美理想》评介

如何将作家论的研究提高到一个新水平，即从一个新的视角全面阐释某个作家的创作活动，发前人所未发，言他人所未言，是文学研究者的执著追求；成功地体现论者的匠心独运，准确地剖析作家的创作得失，提纲挈领地梳理作家的艺术脉络，是文学研究者的智慧所在。赵俊贤先生的近著《论杜鹏程的审美理想》就是这样一部凝结着智慧同时又将杜鹏程研究提高到一个新高度的重要硕果。

杜鹏程是当代著名作家，他的作品曾影响了一个时代。杜鹏程的研究亦因冯雪峰、胡采、潘旭澜等文艺理论家的辛勤耕耘而取得了令人可喜的成绩。开拓一个新的视角，开创一个新的格局，是赵著将杜鹏程研究引向深入的重要契机。赵著摆脱一般研究者常用的作家作品单论的模式，将杜鹏程的作品整体纳入美学研究的领域，从"作家关于完善的美的生活与人物的观念"——审美理想入手，从宏观和微观两个方面，详细地考察了作家总的美学理想以及贯穿在每部作品中的美学特征，同时又以杜鹏程审美追求的崇高美为纲，建构了自己的批评大厦，给人以耳目一新之感，也使杜鹏程的研究具有了更深层次的学术意义。正如胡采同志在该著序中所言："从审美理想这个层次进行研究，既能从宏观方面揭示作者生活创作道路的基本特点，又能从微观方面剖析他在创作主题的确立、题材的选取、人物性格的塑造和艺术风格形成上的各种复杂的基因。"

赵著共十八万字，分十一章。第一章探究杜鹏程审美理想的形成，二至九章论述杜鹏程审美理想在作品的具体形态和这种审美创造的流变、强化、乃至得失以及杜鹏程来自创作实践的现实主义美学思想，最后二章总结杜鹏程创作对当代文学的文学贡献及局限，意在从理论上回应杜鹏程创作的前因后果。这样，全书从理论到实践，再从实践归结到理论，最后又从理论回到实践，浑然一体，相得益彰。又由于著者始终以杜鹏程的审美理想统摄全局，无论从大系统中挖掘小系统，或从小系统中反照大系统，都给人以纲举目张的感觉，昭示出研究者匠心独具的艺术建构和杜鹏程研究的某种突破。在论述原则上，这部严谨地研究杜鹏程审美理想的专著，不是就理论谈理论，而是紧密地与新中国革命的具体实践相关联，从时代的风雨中总结出一个无产阶级文艺战士的崇高品德，也不是就审美理想谈审美理想，而是集中地围绕杜鹏程的创作实际，从艺术的长廊中领略一个文艺工作者的多彩风姿。也就是说，始终以历史的、美学的原则，多层次、多方面地予以实事求是的分析，避免了就事论事的机械操作，也使一些新颖的论断建立在科学的基础上。如在探溯杜鹏程审美理想的成因时，作者既从民族历史传统与自然地域的濡染中探求因果，更从不同的时代予杜鹏程的熏陶及中外文化与作家自身的气质修养上缕析作家审美理想的形成，特别是作者在对杜鹏程审美理想的动态揭示中所阐发的观点，应为人们所重视。这就是：杜鹏程的审美理想，就其客观内容而言，是真善美的统一，而以善为核心；就其主观性而言，是理性、情感与形象的统一，而以情感为主导；就其倾向性而言，体现着鲜明的党性原则。"公允地说，这些科学的论断大大推进了杜鹏程研究的水平。

著者长期在高校从事教研，与杜鹏程交往甚密，情同师友，且气质相近，故文章读来气势恢弘，激情流溢，仿佛与作家融为一体，堪称"知人论世"之佳作。

（原载《西北大学学报》1992 年 2 期）

欣慰的纪念　重要的收获

——《路遥研究资料汇编》评介

路遥是当代著名作家，也是陕北人民的骄傲，更是延安大学的一面旗帜。他的英年早逝，令所有关爱他的人痛心不已，更让见证了路遥成长的延安同仁们扼腕叹息。为了使路遥精神发扬光大，为了让路遥研究迈向更高的起点，在路遥逝世 14 周年之际，延安大学的同仁们经过近一年的努力，披沙拣金，从六百多篇路遥研究的文章中精选出 69 篇代表性论文汇集成《路遥研究资料汇编》一书，奉献在广大读者面前。这部由路遥研究会、延安大学文学研究所策划、延安大学文学院马一夫、厚夫先生主编、中国文史出版社出版的约七十万字的厚重成果，既是延安大学的同仁们对这位黄土地上辛勤劳作的校友欣慰的纪念，也是路遥研究的重要收获。

该书的第一页是主编马一夫、厚夫二先生撰写的《前言》。在文章的前半部分，作者深情地回忆了路遥苦难而不幸的青少年时代所经受的常人难以遭遇的起落沉浮和屈辱变故，讲述了路遥在困难的日子里从父老乡亲们那里得到的无私关爱和他对亲人的倾情回报，拳拳之心流溢笔端；文章的后半部分，作者充满焦虑地表述了当下文学研究中对路遥《人生》的肯定而对《平凡的世界》的"偏见"，忧思之意溢于言表。文章对路遥苦难的成长史的揭示、对路遥成长路上的四个关键点——上中学、"文革"落难、上大学、读大学对路遥未来意义的体察，准确到位，对路遥之所以成为路遥的阐述，折服人心。这篇《前言》也可说是一篇优秀的知人论世之作。

通览《路遥研究资料汇编》一书，首先给人深刻印象的是全书编排合理，脉络清晰。路遥研究是当代文学的一个热点之一，长期以来受到众多研究者的关注。为了准确而全方位地反映出路遥研究的现状，为学界提供路遥研究的生长点，编者从路遥研究的实际出发，将不同阶段在路遥研究方面产生较大影响的文章悉数收录，并在此基础上将已有的成果按总论、意识世界、心理机制、作品研究、人物论、比较研究、影响启示等分为七类，再以这七个方面研究内容的先后次序进行编排，这样，路遥研究的起点、重点、难点、薄弱点、开拓点等一目了然，读者也能清晰地沿着由总到分、由外到内的逻辑阶梯，走进丰富而深厚的路遥研究世界。可以说，一书在手，路遥研究的现状与走向一览无余。

其次是附录的详实齐备，全面权威。与所有的作家研究资料都要收录所研究对象的相关资料一样，这本《路遥研究资料汇编》也收录了路遥研究资料，即："路遥生平与创作简表"、"路遥主要作品目录"以及"路遥研究资料索引"，但客观地说，这三个研究资料是目前国内所见的最详实的路遥资料，代表了路遥研究史料学的水平与进展。编者占有天时、地利、人和三要素，所占有的资料当然得天独厚，特别是"路遥生平与创作简表"中有关路遥早期生活与创作的材料的披露，如，诗集《延安山花》与延川文学刊物《山花》与路遥创作的关系等，为路遥研究者与爱好者提供了鲜为人知的有价值的史料，对更进一步全面地探讨路遥的生平与创作有着非常重要的作用。因为"研究必须充分地占有材料，分析它的各种发展形式，探寻这些形式的内在联系。只有这项工作完成以后，现实的运动才能适当地叙述出来。"①

至于说这本汇编是否还存着有待于更臻完善的地方呢？笔者觉得还是有个别的材料可以补充。一是"路遥生平与创作简表"中，可增加路遥和谷溪合写并发表于 1973 年第 3 期《陕西文艺》的诗歌《歌儿伴着车轮飞》；还可补记《延河》1986 年 4 期以《水的喜剧》为名选载的《平凡的世界》第一部第二十六、二十七、二十八章三章一事。因为，路遥为了方便读者阅读这选载的中间三章，专门写了题记作为导引。这段"导引"透露了作品最初的篇名和构想以及路遥正在从事的工作。这对于路遥研究来说，还是颇有价值的信息。我将其全文摘录

---

① 马克思：《资本论·跋》，《马克思恩格斯选集》第三卷，第 217 页。

于此："正在写作中的多卷长篇小说《普通人的道路》，描写近十年间的当代城乡社会生活。全书共三部。此篇是第一部卷一中的第二十六、二十七、二十八章。题目为临时所加。这几章在第一部中并不占有特别位置，只是它构成一个较连贯的情节。正因为这样，本书的一些主要人物未能在此出现。这几章内容的时代背景为一九七六年夏天。"二是"路遥研究资料索引"中将李怀埙在《延河》1980 年 2 期发表的《细腻的心理描写：谈小说〈夏〉》一文，误写成 1982 年 2 期。这一来，路遥研究的第一篇文章就成为樊高林发表于 1981 年 2 期《当代》上的《读〈惊心动魄的一幕〉》，路遥研究的起点也就以《惊心动魄的一幕》始。这有待于再商榷。诚然，路遥成名于《惊心动魄的一幕》，但发表于 1979 年 10 期《延河》上的短篇小说《夏》是路遥的创作，随后李怀埙撰文充分肯定了该作成功的爱情心理描写，虽然这篇 1500 字的文章没有出现"路遥"的字样，但不可否认的是，它的确是对路遥小说《夏》的评论，因而也就是路遥研究的第一篇文章，路遥研究的起点也因之从《夏》算起（尽管这篇小说在人们的记忆中多已被淡化），时间起于 1980 年 2 月。另外，该书最好能收录路遥本人的创作谈以供研究者参考，不知这是否是编者要出《路遥纪念集》而有意为之？当然，在编排时如果在技术层面上再细化一些——同一年内按照论文发表的先后进行编排，会更方便于读者的查阅。

《路遥研究资料汇编》的编纂目的固然在于总结路遥研究的成果，更在于深入和发展路遥研究，为它的未来乃至当代文学的前行提供新的路标。毫无疑问，延安大学的同仁们所做的这份工作已达到了这个目标，这无论如何是一件可喜可贺的事。我相信，这对于路遥研究来说仅仅是新的起点。先哲已去，唯有收获以纪念！

（原载《延安大学学报》2007 年 3 期）

扎实而具有突破与创新意义的
新文学研究力作
——评李怡的《日本体验与中国现代文学的发生》

一

20 世纪是中国文学由古典向现代转型的第一个百年，在这百年的现代转换历程中，中国作家特别是一批留洋学子对外来文化的汲纳无疑对中国文学的现代化进程起到了极为重要的转捩作用，中国现代文学也正是在外国文学的滋养下或者说是在这批海外学子的推动下初步实现现代转型的。也正因此，估量与厘清中国作家与外来因素的关系，探究中国文学由古典向现代转换过程中外来因素的作用，许久以来一直成为现代文学界不断深拓的重要课题。然而，由于受"外源性"观念的影响，学界在最初探索这一关联性因缘时，多将研究的视野投射在外来文学因素与中国现代文学的影响上，即外国某些作家的作品对中国某些现代作家的作品产生了质变性的因子，如果戈理的《狂人日记》促生了鲁迅的《狂人日记》，泰戈尔的《飞鸟集》造就了冰心的"繁星体"和"春水体"，日本的私小说激发了郁达夫"零余者"的形象等，在方法上也多着眼于考辨中国作家阅读与翻译了哪些外国作家作品，这些阅读与翻译为中国作家的创作融创了哪些新质。随着改革开放进程的不断深入与文化交流的不断扩大，学界意识到，单一地发掘外来文化对中国文化的"外源性"生成因素固然显示了中国现代文学走向现代化的努力实绩，但它却忽略了中国文学谋求与世界文学平等对话的时代诉求。于是，以中外文学关系为背景探究相互间的影响因子与交流内涵，考辨其中的因缘联系继而证明中国作家走向世界并与世界同步的学术视野，便一跃而成为时代的选择。特别是 1986 年 7

月湖南文艺出版社出版曾逸主编的《走向世界文学——中国现代作家与外国文学》后，"走向世界"成为这一影响研究的"中心话语"，而"影响"、"交流"、"比较"等，成为这一主潮的关键词。一批有影响的著作如范伯群、朱栋霖主编的《1989——1949：中外文学比较史》（江苏教育出版社 1993 年版）、王锦厚的《五四文学与外国文学》（四川大学出版社 1996 年版）等就是这一主潮下的重要成果。不可否认，"走向世界"的视野在激发国人历史想象的同时也把握了中西文化对撞的基本特征，"影响"、"交流"、"比较"的模式也在很大程度上揭示了东西方文化交汇中现代文学发生发展的历史事实，其中的一些颇有影响的学术建树至今仍为学界所重视。但是，当我们细究这一批评范式时，我们发现，"走向世界"的视野是以西方文化的标准作为中国文学现代化前行的标尺的，且不说其中是否存在着话语霸权，但其一体化模式的主导思路依然是"愈是民族的，愈是世界的"这一似是而非的文学观念，而"影响"、"交流"、"比较"又多将起点搭建在 A 输入或移植到 B、或 A 与 B 的异同上，虽然其中不乏实证的材料，但整体而言却忽略了文学创作这一精神现象的复杂性，特别是忽略了作为创作主体的作家在面对本土文化与异域文化撞击时复杂多样的内心体验，而这种忽略又恰恰抹杀了作家内在的充满时代感与现代性的心灵搏战，抹杀了作家充满创造欲与个人体验的切肤感悟。因为，外域因素固然可以为文学的新变提供启悟，但将这种启悟真正转化为文学的新质还在于作家内心自我的触发以及由此产生的转换质素。这种内在的促动以怎样的情态出现，又以怎样的形式促生着中国文学的现代转换，无疑是我们探究中国文学向现代转换所必须面对也必须深思的问题。因此，当我们欲叩询这批海外学子们澎湃激荡的内心世界，追问中国现代知识分子在时代的大潮面前，在不同文化的国度里，以怎样的思维方式、生存情态进行着现代化的转变，为新文化的出现提供动力与方向，进而对中国文学的现代转换产生意义时，我们感到原有的观念有些飘忽，原有的批评模式难以把握。而这也正是现代文学界所深感遗憾的。

正是在这一背景下，李怡的《日本体验与中国现代文学的发生》（北京大学出版社 2009 年 1 月出版，以下简称《日本体验》）将自己的学术视野投向以往影响研究与交流模式中为人们所忽略的创作主体的内在精神活动，融比较文学与体验美学于一炉，通过对中国现代留日作家"日本体验"的详尽解析，描绘出中国现代知识分子进行独立精神创造的生动过程，探索中国现代文学发生发展的历史规律。因此，作者对中国现代文学发生学关注的重心就不是文化与文学的横向"移植"，而是"在这一特殊历史阶段中的人，是人自我的精神状态与精神需要的变化发展"（第11页）——是留日学子对日本文化感知与体验后所生发的关键词语与关键思想，是以黄遵宪、梁启超为中心的一代知识分子的"日本体验"所促生的中国文学由古典向现代的全方位嬗变，是鲁迅、周作人兄弟的"深度体验"与中国文学的"别立新宗"，是以章士钊、陈独秀为代表的现代民族国家体验的嬗变与个人道德立场的重建，是创造社同人在自我实现过程中精神世界的焦灼与困惑以及由之而产生的复杂的文学格局。这样，从"日本体验"这一视角审视中国现代文学的发生发展，考辨它们究竟为中国知识分子的认知世界提供了哪些新鲜的感兴，最后又怎样推动了中国文学在自己固有基础上的新创造，就不仅将现代文学的发生影响研究由单纯的输入影响模式转向对本土与异域的生存体验有着切肤感受的创作主体，使我们得以重新审视以往为人们所忽略的历史细节以及为当今文化取向中所遮蔽的基本事实，而且为新文学认知体系的新拓以及现代文学研究视阈的突破打开了通道，标志着一个新范式的诞生。

二

在20世纪初叶的留学大潮中，留学英美和留学日本的两股知识分子为中国文学的现代化带回了两种截然不同的文化资源。如果说前者以自成体系的文化资源构成现代中国知识分子相对独立的"精神传统"，那么后者则以纷繁复杂的文化样态构成现代中国知识分子一度激进而张扬的"摩罗精神"。今天，激进张扬的"摩罗精神"多遭贬斥亦似乎渐至消匿，而理性理智的欧美传统则居以压倒性的地位，不仅挤压着曾经构成中国现代文学传统重要组成部分的摩罗精神，而且以独立自在的精神品位继续在中国社会中扮演着"知识精英"的角色。这一切是否就应该理所当然？面对曾经的拥有与今天的现实，我们是否应该予以认真的清理与反思？中国文学由古典向现代转换的精神传统是否应忽略一度影响深远的摩罗精神而以英美传统为是？与之相联的问题是："究竟是什么构成了中国现代文化与文学的内在脉络？究竟是什么可能对历史造成更大的遮蔽与扭曲？在中国现代文学发生发展的历史中，究竟曾经发生过什么？究竟什么是所谓的'激进'？什么又是中国现代文学发展中弥足珍贵的传统？"这些难以解决却又是亟待解决的问题正是作者在论著中着力思考的中心。因此，以"日本体验"进入中国现代文学发生学的视野，体现着作者对于中国文学由古典向现代转换的独特理解，体现出作者独辟蹊径、溯本求源、去蔽存真、还原重构的学术个性。可以说，从"日本体验"的基点出发，不仅能够对中国现代文学的发生做出更切实的说明，还可以从中读到"一种新的人生体验与文化体验是如何开拓、刷新了我们中国作家的视野，激活了我们的创造潜力，并最终带来文学面貌的重大改变"（第 6 页）。当然，将留日中国学人之于日本的关系重新定位于"体验"而不仅仅是文字层面的"交流"，并非否定文学交流的存在，"而是强调将所有的书面文字的认知活动都纳入到人们生存发展的'整体'中来，将所有理性的接受都还原为感性的融合形式"（第 7 页）。在作者看来，正是一个个生命体全面介入另一重世界的整体感觉，一个以感性生命的"生存"为基础的自我意识的变迁，决定了新文学迈向现代化的独特风貌。也正是在这一基础上，论者在导论中对"日本体验"与中国现代文学的发生发展作了细致而深入的梳理。论者认为，在中国现代文学发生史上，中国作家与日本体验的关系中，异域/本土的互动关系贯穿始终，只是在不同的阶段，不同的文体中，呈现出不同的层次。如果将从黄遵宪到梁启超的文学诸界"革命"诗作是发生史的第一阶段，那么这一阶段的文学嬗变则联系着留日中国作家"初识"日本的结果，从日本的初步"实感"中摄取的"新题"进入了黄遵宪的《日本杂事诗》，千年之后的中国诗歌终于有了自己的"新派"，这"新派"便成了梁启超"诗界革命"的基本依据；戏剧艺术本身的实践性决定了中国戏剧改革家必须"进入"到日本当下的生存状态，这就是留日中国戏剧家重要的戏剧资源，于是，为日本戏剧资源所包裹的中国戏剧家也有了自己较为丰富的异域生存体验；散文的现代嬗变最是生动地表现了中国作家在自己生存体验的支持下不断丰富和发展这一文体的全过程，这里有源自本土的需要，有从本土需要出发吸纳异域资源，也有异域体验反过来对自我认识的推动与深化；当然，也有仅仅从文学"观念"上取法日本的近代政治小说的"小说界革命"，这一"革命"中的中国政治小说因为回避了真切的"实感"而流于枯燥无味。留日中国作家"初识"日本的这些成果是重要的，但是，我们也发现，他们这些异域体验与本土需要的相互融汇却似乎大体上停留在一个相对粗疏与笼统的层面，即所谓的本土需要都不过是现代民族国家建设的宏大目标，他们都有意无意地回避了文学发展中个人的人生遭遇的深刻意义。到鲁迅、周作人兄弟的文学活动，日本的体验就与个人内在的自我意识相互融汇了，无论对于日本还是本土或者文学艺术本身，这都可以称为是一种前所未有的"深度体验"。到了"五四"，更多的新文学倡导者拥有了区别于晚清一代的"深度体验"，他们自觉地将异域的感受与自我发展的深切愿望相互沟通，五四新文学运动的展开则是一系列中国作家"深度体验"的共同要求，至此，中国文学的现代嬗变得以完成。这是新文学研究界第一次系统全面地对"日本体验"之于中国现代文学发生关系所进行的客观而准确的阐述，廓清了现代文学发生学史中日本体验之于中国文学的发展脉络，为学界重新打量新文学的现代化历程提供了全新的支点。

"日本体验"的准确描述不仅体现在对中国现代文学发生学的整体描述上，也体现在著者对关键词的精确提炼与阐述上。"体验"是人们通过实践以认识世界的一种感知活动，而这种感知活动是靠语言——具体的词语来传递的。没有对词语的具体把握，也就无从谈起人们对体验的感知。同样，没有对留日学子"日本体验"词语的具体把握，也无法确定我们对他们的感知。为此，著者抽样分析了几个具有典型意义的词语："民族"、"革命"、"世界"、"进化"、"新民"、"心力"等，解读其背后蕴含的思想文化的互动与变迁。例如，据作者考读，"民族"一词最早使用于 1899 年梁启超的《东籍月旦》一文中，它的出现以及近现代中国民族意识的勃兴都可以说是鸦片战争的产物。客观上的战败迫使我们不得不正视其他的民族及其利益，不得不在不断重构的国际新秩序中重塑自己的形象。这一点在留日学生中感知得更为强烈。于是，倡导民族主义，探讨建立"民族国家"的言论大量出现在 20 世纪初的留日中国知识分子的报纸杂志及相关著述中，并成为留日中国知识分子的思想主潮；而"革命"一词的盛行，又是留日学生由追求民族主义而转向对当权政府"革命"的必然结果；同样，"世界"一词由日本回传中国，成为近现代中国基本词语，显示了中国知识分子认知现实的基本框架——地理空间观念已经发生了巨大的改变；而与人内在的某种主观精神信仰相联以激发生存勇气的"心力"一词，又在西方思想的意志论中找到了传统。这样，由"民族"而求"革命"，由"世界"而思"进化"，由"新民"而激"心力"，近现代留日知识分子在全新的语言感知中建立了属于自己的价值谱系，成为完成现代转换的重要的思想资源。著者追本溯源，论证有致，考据有道，层层推进，环环相联，阐发精当，新见迭出。以关键词的方式探解日本体验之于留日学子思想观念之嬗变，抓住了问题的中心，找到了解决问题的钥匙，在提升该著的学术含量与品位，增强其科学性的同时，也使之成为全书中显著的亮点之一。

"日本体验"的准确描述与深入之处还在于著者对具体细节的把握和对于历史复杂性的深刻发掘上。一部扎实的学术论著离不开丰富的细节与扎实的史料，《日本体验》也不例外。且不说著者以统计法对留日同乡会杂志趋向、创造社论争情况等具体而微的分析，也不说著者以知识考古学的方法梳理各个关键词语的来龙去脉及差异时翔实而细致的论证，就以剖析周氏兄弟的"别立新宗"为例，即可看出著者驻足于历史细节面前惊人的敏感与别致公允的阐发。如在阐发周氏兄弟究竟是怎样在日本深入到生存内核，发现人生与文学的深度体验时，著者先详尽考察了当时一般留日学生日本体验所包含的基本内容，续而在周氏兄弟的著述生活中读出别样的民族感兴与变化的内涵。如果说黄遵宪、梁启超为代表的中国作家的日本体验是站在拯危扶困、救国济民的立场，将文学视为解决这一民族危机的手段，那么，在周氏兄弟这里，则主要是站在个体生命的立场上，将个人的体验深纳于国家民族之中，同样体现出前所未有的深度。对于鲁迅而言，则是将"宏阔抽象的'国家'潜沉到了具体的人、具体的自我，用他在《文化偏至论》中的话来说就是'入于自识'，即返回到人的自我意识"（第117页）；对于周作人而言，"在异域无孤独，反而'感到协和'，这就是周作人从个体精神状态出发的体验'深度'，也是他区别于其他留日中国知识分子的所在"（第136页）。这种从丰富的细节中析出的结论，完全避免了空泛的想当然的"合理"推定，使之切实成为学界值得珍视的论点之一。当然，著者对创造社同仁个人体验的发掘以及由之导致的新文学复杂格局的成因论析，即：由于时代不同，1913年以后留学日本的创造社作家更直接地陷入到了个人欲望的纠缠与挣扎之中。以个人欲望为基点的日本体验所构建的中国新文学作家精神世界中新的个人/国家的关系模式，影响着创造社作家们自我实现、承担社会责任的具体方式，最终形成了中国新文学"塑形"之后的复杂格局，体现出作者追寻历史复杂性和精神多向度可能性的务实精神。

三

与著者以往多对现代文学诗歌、思潮流派等的研究分析不同，《日本体验》是作者从留学生文化的角度对中国近现代之交的文学状况进行考察的转换之作，著者严谨地将研究的期待确定在留日作家的生存体验以怎样的姿态进入中国新文学、并最终引发了中国文学的现代转换上，以此总结中国现代文学发生的一系列内在规律。为此，著者在认定体验——包括体验内涵与体验方式对于中国作家现代转换的力点作用后，从总体上辨析、梳理日本体验之于中国文学扶衰振弱的内在脉理与文学意义，再拈出数个在当时留日文化界影响深远的"关键词"，以此为核心探讨近现代中国历史重要思想观念的变迁历程及其转捩意义，揭示中国文学各文体的近现代嬗变的初始轨迹。当然，仅仅有对日本"初识"的体验分析还远远不够，没有对不同主体深度体验及重要时段与典型个案的实证剖析，难以解释不同主体面对同一对象却体验大相径庭的客观现实，难以做出有说服力的学术判断。为此，著者又将对中国文学现代转换影响深远的代表人物鲁迅、周作人兄弟迥然有异却又特色鲜明的独特体验，同置于以 1907 年前后为中心的这一国际国内涌动着自我观念变革的特殊年代，寻求其"别立新宗"的思想渊源与个性差异，以及透过生命体验繁复形式所包含的深刻的矛盾性主体结构；又以章士钊、陈独秀思想经验的积累与转变为例，探析《甲寅杂志》到《新青年》是如何从契合到激活中国作家的内心体验，传达前所未有的有关国家与个人的现代体验；最后以创造社青年作家群体内心体验与方向的变化，探索形成现代中国文学未来发展的"底盘"与基础，以及形成未来冲突与联合的"结构"，以彰显挣扎中的"创造"与新文学格局的复杂。全书由内而外，内外结合，宏观着眼，微观入手，抽茧剥丝，由因日本语言体验而产生的声势浩大的中国词语运动考留日学生的思想文化之变迁，由不同的个体体验探各文体之演变，由代表作家的体验之异观文学嬗变之意义，由立场心态之变迁审文学格局之势，紧扣"日本体验——中国现代文学——发生"的主线同时又以"日本体验"为核心，从而使其研究的期待扎实地落脚在"体验"这一中心词上，深入完整地表达了作者对这一课题系统而理性的思考。

《日本体验》是著者在博士论文的基础上修改加工后出版的。博士论文 2005 年曾被教育部评为百篇优秀博士论文之一。应该说，将"体验"这样一个带有强烈的主观色彩且难以捉摸的感觉，清晰准确地具化为系统性的理性的批评内容，并使之与新文学的发生学呈现出内在的逻辑联系，的确具有很大的挑战性。这其中也包括对本学科长期的熟稔与积累的高要求。然而，著者硬是凭着丰富的积累和扎实的学术功力，出色地完成这一建构并成功地开拓出一片新开地，为新文学研究提供了一部扎实而具有突破与创新意义的力作，在学术视阈的新拓与学术新见的突破上，切实有效地将新文学研究与比较文学研究向前推进了一大步，其所产生的积极的建设意义将对新文学研究产生深远的影响。

当然，这并不是说这部书稿没有可再完善之处。读罢全书，我除了觉得个别小节如戏剧部分略显单薄外，还有意犹未尽之感。例如，全书对"日本体验"与现代文学转化中的动力因素分析得极尽其详，若能将"日本体验"对中国现代文学的启示、经验做一梳理，是否可复现新文学现代转换的另一面呢？再如，欧美体验之于中国作家也有与受够东洋气的留日学子相类似的内在感知，如张闻天，若能将此类体验充展于其中，是否可以为清晰地辨析和理解"日本体验"之于中国现代文学的特殊意义增添有益的经验呢？当然，这也只是我个人的浅识，它与我阅读全书所获得的启迪是微不足道的。

（原载《海南师范大学学报》2010 年 3 期）

打通一条理解历史的道路

——评段从学《"文协"与抗战时期文艺运动》

中华全国文艺界抗敌协会（简称"文协"）是中国新文学史上一个以领导和组织全国文艺作家从事抗战文艺运动为基本目标的全国性文学组织，也是新文学史上最大的文学社团。在时代的感召与国民政府有关党政部门的支持下，广大知识分子以救亡图存为己任，自觉地认同"文协"的组织形态，积极参与抗战时期的文艺活动，并使其演变为一种全国性的文学潮流，对抗战时期的文学发展产生了重要的影响。《新华日报》曾于 1944 年 4 月 16 日发表社论《祝"文协"成立六周年》，认为它"在极端困难极端复杂的情况下，坚定地领导了全国文艺作家，为抗战，为团结，为人民大众的利益，为民主，为反法西斯，都起了很大的作用。"这一组织形态和集团观念，也直接促生了 1949 年 7 月以后中国当代文坛"文联"的协会样态。然而，对于这样一个重要的文艺团体，学界却缺乏深入的了解，不仅一些重要的认识过于意识形态化与简单化，就连一些基本的史实也含混不清，相应的史料亦错讹百出。基于此，四川师范大学教授段从学决心从深入清理和辨析"文协"自身的基本史实入手，在抗战历史与社会文化的语境中还原"文协"在抗战时期的历史镜像与变迁轨迹，通过对"文协"这一民众团体的组织形态、作家对"文协"的认同感、对活动的参与度以及对新文学的发展实绩等的详尽考察，重新阐释"文协"的历史形态，重新树立"文协"的历史形象。《"文协"与抗战时期的文艺运动》（北京大学出版社 2012 年 7 月版）就是他实践这一意愿的学术尝试，也是他打通一条理解历史道路的拓新之作。

众所周知，"文协"是一个有着广泛影响的文学组织，按常理，确立它成立的时间、成立的缘起、成员的构成、协会的历史特征以及领导的关系等，对于仅有几十年发展历史的新文学而言，应该轻而易举。但实际却恰恰相反。由于一些亲历者的叙述错漏较多，一些重要的学术著作又多沿袭二手材料，使得这些本可一清二楚的基本问题居然莫衷一是，甚至以讹传讹。因此，从第一手史料出发，从"文协"研究中的薄弱环节与失当之处落笔，在复杂的历史事实间思辨，于爬罗剔抉中还原，就成为段从学破解"文协"研究难题的指导思想。在认真查阅大量原始材料的基础上，段从学梳理与辨析了"文协"的来龙去脉，澄清与还原了"文协"的历史本相，纠正了以往学界对"文协"的错误观点，使人们对"文协"的理解有了新的基点。他认为，作为一个明确而自觉的发动和领导全国作家从事抗战文艺运动的全国性文学组织，"文协"的成立分非正式筹备、正式筹备和成立三个阶段，在抗战初期的历史情境中，文协试图组织和领导全国文艺运动的组织目标迅速获得了全国文艺作家的广泛认同，文协发动和组织的许多活动也因此而演变成了一种全国性的运动，对抗战时期的新文学发展产生了重大影响。"文协"的人员构成较为复杂，"文协"的历史形象，经历了从一个与国民政府及其官方机构联系密切的文化团体，到一个以左翼进步文人为主体的文化团体的变化，这种变化，又关联着文艺作家对政党政治文化的认同和国共两党在不同历史阶段的文化政策。以往人们多认为老舍在文协中的领导地位是因周恩来同志安排所致，其实主要是通过老舍本人在处理文协会务的过程中体现出来的苦干和牺牲精神建立起来的，直到 1944 年，中共南方局通过为老舍创作生活 20 周年举行纪念活动的方式，才有限度地承认了老舍对文协的领导作用。这一系列令人信服的结论，将改写"文协"研究的历史现状。

一段时间以来，学界研究文学社团时，往往以某种主义的定义套析该社团的特性，或者用意识形态的观念证明其党派属性，这虽可触及某些文学社团的某种特性，但其先验的、观念的思维模式却是它遭受诟病的致命伤。段从学决意重返历史现场，以史入事，在具体的文学场阈中把握"文协"对抗战时期新文学发展的历史意义，在后设的叙事视域中透视"文协"转型的嬗变过程，即：将"文协"定位于一个活动在特定历史时段的文学组织，以历史的、文化的、文学的视野审视其历史化的形态及其意义，根据新文学与政治的特殊关系创建"政党政治文化"这一概念，将"文协"的历史化形态与"文联"的形态化历史有机地联结在一起，发掘文学观念的个人化诉求与文学生产方式的制度化诉求之间的纠结矛盾，为研究新文学社团组织铺设了新通道。例如，针对梁实秋"与抗战无关论"的批判这一公案，段从学从"文协"领导全国文艺运动这个角度出发，重新分析了这一论争的缘起与双方分歧的根源，独具慧眼地指出问题的实质不在于梁实秋观点的正确与否，而在于"文协"同人试图通过集体批判梁实秋的方式，公开确立自身在文坛上的地位。对于"文章入伍，文章下乡"的通俗文艺运动以及由此引发的"民族形式"之争，段从学首先对文协发动和组织的通俗文艺运动的基本历史情形做出具体的描述，指出老向、何容、胡绍轩等长期被忽略的通俗文艺创作活动；其次从文协同人关于通俗文艺之本质和历史功能的分歧这个角度，对"民族形式"之争的起源和话语形态做出新分析和阐释，进而认为，这场论争起源于通俗读物编刊社和文协同人围绕着如何评价抗战通俗文艺而形成的分歧，与延安的"中国化"理论没有直接的起源关系。这一观点，揭示了通俗读物编刊社这个长期不为人所知的特殊文学社团的独特存在，也纠正了流行结论的简单和片面之处。而通过对保障作家生活运动的历史过程进行详细梳理，则分析出以稿费制度为核心的新文学生存空间走向崩溃的原因和基本形式。正所谓，文史相融，因果相会，除陈去蔽，拓新跨越。

《"文协"与抗战时期文艺运动》共十章。第一、二章《"文协"的历史特征》与《"文协"的建立》横向剖析"文协"的基本特征；第三、四章《"文协"历届常务理事考论》与《老舍在"文协"中的领导地位之建立》纵向勾勒"文协"的历史形象，横纵结合，史彰事显。第五章《"有关"与"无关"之外》、第六章《通俗文艺运动与"民族形式"之争》、第七章《战地文艺的拓展与推进》与第八章《"抗战文艺"的历史呈现》至第九章《保障作家生活运动的发端及其演化》，分别从"文协"的组织和参与的角度入手，通过对文学史上一系列重大文学现象但又聚讼纷纭的个案探析，即对梁实秋的"抗战无关论"的争论、通俗文艺运动与"民族形式"之争、"文章入伍，文章下乡"运动、文协与抗战时期的战地文艺工作以及文协与抗战时期的保障作家生活运动等的钩沉与考量，全方位地探讨了"文协"存在的历史空间与历史形象。第十章《新文学传统秩序与文艺方向》论证"文协"与"文联"的历史联结。论者以抗战初期的鲁迅纪念活动、1941年的"寿郭"、1944年的"寿茅"三个典型事件为案例，通过透视中共南方局如何利用文协等合法民众组织，把延安的文艺政策转化成国统区文艺运动方向的内在历史过程，清晰地呈现出政党政治文化的"文学化"与文学的"政党政治化"的转型过程，对于人们如何深入认识文学与政治的复杂关系，提供了新的有益的启示。全书横纵勾勒，重点突出，史脉相继，内外相承，于史料梳理中见功夫，于细致考辨中显水平，为学界继续探析"文协"树立了新的标尺。

学术贵在创新。《"文协"与抗战时期文艺运动》一书的创新意义就在于，它一改以往单一重视"文协"意识形态性质的研究模式，以"文协"发起和组织的文学活动为核心，着重考察"文协"在这些活动中如何影响和改写了抗战时期的文学面貌，清晰再现了抗战时期"文协"及其文艺运动的历史镜像，深刻揭示出"文协"从得到全国文艺工作者的认同而获得组织和领导全国文艺运动的文化权力，到逐渐丧失这一文化权力的嬗变过程，凸显出新文学生存发展的文化空间渐至转型的历史轨迹。尤其难能可贵的是，段著论从史出而逻辑严密，新见迭出且扎实可靠，不仅澄清和还原了"文协"的历史面目，改变了"文协"研究的薄弱局面，深化了学界对中国新文学的认识，也打通了一条理解历史的道路，堪称近年来"文协"研究具有突破意义的集大成之作。

（原载《中国现代文学研究丛刊》2013年10期）

附录：

"天·地·人" 假说

——《吉尔伽美什》主题之我见

在源远流长的古巴比伦文学中，最能代表古巴比伦文学成就的首推英雄史诗《吉尔伽美什》。这部早在公元前三千年就初具规模的英雄史诗，不仅汇总了两河流域苏美尔和阿卡德民族的特殊的文化知识和心理结构，而且凝聚了人类社会以原逻辑思维向理性思维递嬗的全部历史，影响了希伯来、希腊以至于世界文学的进程，奠定了古巴比伦文学在世界文学中的地位，成为人类文学史上"高不可及的范本"。本文试就巴比伦史诗《吉尔伽美什》的主题作一粗浅的探讨。

史诗，是一个民族文化知识的总汇，也是原始初民奉为圣经的神话传说和历史事实的结晶。从《吉尔伽美什》的表层结构看来，史诗似乎是以主人公吉尔伽美什为线索，表现出探求永生的主题，但进一步挖掘，从史诗的象征意义看，我则认为：史诗以历史化和神话化的人物吉尔伽美什为贯穿中心的灵魂，通过结识恩启都，征讨芬巴巴和追求永生的过程，表达了古巴比伦初民要求认识客体，改造客体，认知自我的强烈愿望和人类认识自然并最终要征服自然的深刻主题。

恩启都——星宿、天的象征

古巴比伦是世界上最早观测天象的国家之一。为了占星的需要，他们要把太阳运行一周的黄道等分为 12 个星座，并根据星座的形式及其特点，将它们想象为神仙、动物、器皿等。① 他们笃信天空中每一个星座甚至每一个星辰都代表一个神，因而在他们视若圣经的神话和史诗中，必然折射出初民们神秘的原始经义。史诗《吉尔伽美什》里的恩启都，就是作为星宿——天的象征而形象地隐喻在史诗中。当然，这种隐喻不是直接的、简单地以甲事物暗示乙事物，而是通过原始初民神圣的经义——梦，投影在他们庄严的史诗中。

对于原始初民来说，梦是他们产生灵魂观念的根本因素，也是他们确定个人与其守护神的联系，甚至是发现这种联系的手段，是未来的预见，也是神为了把自己的意志通知给人们最常用的方法，是神秘的，也是神圣的。② 因而史诗里的恩启都从天界一下凡，吉尔伽美什就在梦中感知到了他。"天上，星星露了面，从天上早着我降下阿努的〔精〕灵。"虽然这句话是第一块泥板里最后一句话"吉尔伽美什早就在乌鲁克把你梦见"与另外一句"将阿努的神态摹描"的照应，但我以为这是用隐喻的手法暗示恩启都象征着星宿。也就是用"天上降下阿努的精灵"这一强合性意象来揭示恩启都身份的一种隐喻。我们之所以称它们是一种强合性隐喻的意象，是因为它"把一个外在的意象与另一个外在的意象联系起来，而不是把'外在的自然界与人的内在世界'联系起来"，而且"造成比喻关系的两方面是彼此分离的、固定的、互不渗透的"。③ 在第七块泥板里，恩启都将要返归天宇，于是，他便梦见：

> 在我进入的"尘埃之家"，
> 住着高僧和新的成员。
> 住着咒术师和巫觋，

---

① 陈尊妫：《中国天文学史》（第二册），上海人民出版社 1982 年版，第506 页。

② 参见列维·布留尔：《原始思维》，商务印书馆 1981 年版，第48—49页。

③ 雷·韦勒克、奥·沃伦：《文学理论》，生活·读书·新知三联书店1984 年版，第 219—220 页。

　　住着天神们的洗碗差卞，

　　住着埃塔那，住着苏母堪。①

　　这几句诗所组合的意象，仍然是强合性意象。与前例不同的是，它们不是用来直接暗示恩启都本人，而是用来象征恩启都将要返归的处所，间接地达到喻示恩启都身份的目的。换句话说，也就是用"尘埃之家"象征宇宙，用在初民中拥有至高无上地位的"高僧"、"咒术师"、"埃塔那"，甚至包括游牧部落的家畜神苏母堪等神作浮夸意象（即强合意象），来象征天穹中的星辰。这是苍穹中人格化的星辰在初民表象中原逻辑的体现。就像那埃塔那乘鹰升天的传说浓缩在史诗里以暗示天界星辰一样，在原始初民看来，都是"社会集体与它现在和过去的自身和它周围存在物集体地结为一体的表现，同时又是保持和唤醒这种一体感的手段"② 如果我们把恩启都在史诗中的表层形象再作一分析的话，我认为恩启都笼罩着"牛"的氛围。他一出场，"一身苏母堪似的衣着"，"跟羚羊一同吃草"。据此，我们只能断定恩启都此时是作为啮齿类动物出现的。当恩启都与吉尔伽美什决斗时，吉尔伽美什直接肯定了恩启都的身份："你这头猛牛中的强牛"。这虽然含比喻成分，但不无某种巧合。在第六块泥板里，吉尔伽美什拒绝了伊什妲尔的求婚，惹怒了女神，使得伊什妲尔制作了"天牛"，发誓要"消灭吉尔伽美什"。但"天牛"竟"第三次喘着鼻息，朝恩启都〔扑去〕"。这是由于原始初民们"不是关心事物中的客观特征和属性，而是关心它里面的神秘力量"所致。③ 也即是不将此时的恩启都作为吉尔伽美什的好友看待，而是将其神秘的氛围作为特征和属性，从而吻合于同类相斗的象征形象。其实，流传于印度河流与两河流域同源的半人半牛的恩启都，与一个有角虎搏斗的图证，④ 在我们看来很可能是恩启都与

————————

① 原书引文均自中译本《吉尔伽美什》，辽宁人民出版社 1981 年版。

② 列维·布留尔：《原始思维》，商务印书馆 1981 年版，第 458 页。

③ 列维·布留尔：《原始思维》，商务印书馆 1981 年版，第 459 页。

④ 赫罗兹尼：《西亚细亚·印度河克里特上古史》，生活·读书·新知三联书店 1958 年版，第 254 页。

天牛的战斗在印度河流域的翻版，而有角虎不过是天牛中的变异而已。假如这一切都成立的话，我们把恩启都的表层形象与上述一些强合性意象所组成的隐喻体系相关联，那么，我认为恩启都都是金牛星座的"分野"（尚未找出合适的词，暂借此表之），即恩启都暗含着象征金牛星座的寓意。认识到这一点，史诗中最使人费解的恩启都起初与兽为伍，不通人情，后来居然聪慧超人，代表神的意志给吉尔伽美什圆梦的难点，也就迎刃而解了。恩启都这种由野蛮到文明，由愚笨如兽到智慧超人，恰恰隐含着它象征金牛星座的寓意：在某一方面低于人——作为动物的牛，在另一方面则超乎于人——作为星宿的神。然而，它绝不是一个实实在在的牛，而是初民原逻辑思维中一个幻觉的表象，一个为初民们物化的世界在头脑中对象化的反映。它既作为偶像化的精神支柱支撑在原始初民原逻辑的思维里，也作为非偶像化的精神支柱倾斜在原始初民神秘的原始意识中。正如天文学的诞生在给神话以宗教化的同时，亦给神话以科学性的打击。因此，恩启都的形象是现实性和虚幻性的复合体，是动物、人、神三者融而为一并终归于天神的幻象。他曲折而形象地再现了古巴比伦初民的集体表象由神秘到被认识，也即是由神圣到解体的历史过程，也体现了古巴比伦人民企盼征服星空的最初愿望。

芬巴巴——大地的象征

如果说，古巴比伦初民企盼征服天穹的最初愿望是通过恩启都的形象来完成的话，那么，古巴比伦初民要求改造和征服大自然的崇高理想，则是通过芬巴巴的形象来体现的。

在人类社会的童年，初民们渴望认识自然界，希望征服自然界，但是生产力发展的水平制约着初民们，他们对变化万千的自然现象无法理解，认为自然界存在着种种超乎其上的魔力，主宰着这神秘但又实在的客体。因而，大地上巍峨峻峭的山峰，滚滚浩荡的江河，熊熊燃烧的烈火等等，无一不作为神秘的偶像为初民们狂热虔诚地膜拜。希腊的奥林匹斯山被古希腊初民们视为众神居住之地，莽莽昆仑山又为我国奉为"太帝之居"；① 商周之际，"天子命有司，祈四海、大川、名源、渊泽、井泉"，② 民间的河伯娶妻，便是对水神的顶礼；在印度，火神被尊为"阿者尼"，而我国，鄂温克族在每年腊月二十三日要举行拜火仪式……凡此种种，都是人类初始多神教的缩影。随着生产力的发展，人类对自然界认识的深化，多神教逐渐向一神教过渡，山川草木不再被看作单一的神秘的客体，而是把它们归为大地母亲的组成部分。于是山被看作是大地的骨骼，河流被看作大地的血管，土壤被看作她的肌肉……在史诗《吉尔伽美什》里，芬巴巴作为山的象征，山③的保护人，"恩利尔让他形成人间的恐怖"，"他的吼叫就是洪水，他嘴一张就是烈火，他吐一口气就置人于死地"。芬巴巴借以抵抗吉尔伽美什和恩启都的"武器"是"置人于死地的气"，绵亘千里的山，汹涌的洪水和熊熊的烈火。作品里，芬巴巴的形象并没有具体的形象的描绘，即使在这里，史诗所赋予芬巴巴——无论是通过芬巴巴的动作（吼叫、嘴一张）所模拟出来的意象，还是借以抵御吉尔伽美什和恩启都的"武器"，都是某种具有庞大气势的客体，是形成人间恐怖的实在，而不是某个具体的、形象的个性。这一方面是原始初民对距他们并不遥远的大洪水及当时尚未认识的事物的不寒而栗的投影，另一方面，更为重要的是将人格化的芬巴巴赋予象征大地的历史意义。也即是用大地的组成部分——山、水来代表整个大地，用自然界的某些物质代表自然界的所有物质，从而达到把自然界的山、水、火、气等大地的主要成分集于芬巴巴一身，使他成为大地的代表物——大地的象征的目的。因此，吉尔伽美什征讨芬巴巴是人类强烈要求征服自然界的折光。芬巴巴的形象是人类从蒙昧到文明，从神秘到认识再到征服大自然的凝缩。他"形成人间的恐怖"是因为整个世界笼罩在神秘的氛围中，人类处于原逻辑思维的时代；给芬巴巴赋予某种实在的令人敬畏的客体形象，是人类初步认识了世界但又未能征服的反映；而芬巴巴向吉

---

① 见《淮南子·地形训》。
② 见《礼记·月令》。
③ 中译为"森林"，俄译为"山"，疑中译本不妥。古西亚无大面积森林，木材尤为缺乏，在史诗中，逃避洪水的船用芦苇造成可自证。

尔伽美什投降是宣告人类最终征服了大自然，主宰了世界这一历史必然趋势的彻底实现。也正是历史的必然趋势，吉尔伽美什征讨芬巴巴时，虽然神谕主凶，他们仍"违背"了神的意志取得了远征的胜利。

生命与死亡——人的探索

年年岁岁花相似，岁岁年年人不同。初民们能动地改造客体、征服客体的同时，也迈开了认识主体自身的步伐，尤其对生命与死亡这一最现实的问题，一直坚持不懈地探索着。在他们看来，死亡从来不是自然的，死者之所以死是因为他不愿在这个世界上生存的缘故。因此，他们曾无数次怀着死者复生的希望，在死者的口中、身旁搁上一些他们认为可以转生的物品，期待着死者的复活（如非洲一些土人和加勒比人）；或者从外部世界寻觅出种种在我们看来荒诞不经的、不可思议的缘由去诠释人死的现象（如非洲希拉雷奥人把人死的原因归为某人施了某种巫术），等等。① 当他们感觉到人生的单程性时，生存的快乐和死亡的痛苦就鲜明地对立起来。摆脱死亡的威胁，实现不死的理想，越来越成为初民们迫切的愿望。在主体世界中，他们为自己塑造出永生的幻象，在客体世界里，表现为寻找出生命的象征（如太阳）等来寄托他们的希望。太阳被视为生命的所在绝不是偶然的。初民们认为，太阳给世界带来光明，使万物有了生机，也就带来了生命，太阳东升是生命的开始，西落为生命的完结。因而我国有"夸父逐日"这一追求永生的神话；希伯来创世神话中首先要有光；而古巴比伦则有吉尔伽美什沿太阳的道路追求永生的史诗。在古巴比伦史诗《吉尔伽美什》里，死亡的必然性早在第三块泥板里为主人公所认识，但并没有引起吉尔伽美什的重视。恩启都的猝然离去，使他从恩启都身上观照出自身的结局，骤然间，埋藏在心里对死亡的恐惧和渴求永生的欲望不可遏止地迸发出来，他踏上了追求永生的征途。然而，道路是艰难的，他首先遇到与天齐高的马什山和把关的沙索利人。他们劝阻

---

① 参见列维·布留尔：《原始思维》，商务印书馆 1981 年版，第 268—368 页。

吉尔伽美什，认为这是不可能办到的事。吉尔伽美什则坚定地说："（纵然要有）悲伤（和痛苦），（纵然要有）叹息和（眼泪，我也要去）！"吉尔伽美什为探求永生百折不回的顽强意志，感动了沙索利人，他们允许他翻过山并祝他一路平安。闯过第一道关卡，又遇到最恐怖的世界——至巴比尔前后什么也看不见且极其深邃的黑暗，在诗中表现为八小节重复的诗句，它象征着吉尔伽美什探求永生道路的漫长、艰辛，也揭示出环境的阴森恐怖和吉尔伽美什无所畏惧的英雄气概。在大力神舍马什那里，舍马什告诉他永生希望的渺茫；在女主人那里，她奉劝吉尔伽美什寻求现世的人生快乐和幸福，但吉尔伽美什丝毫没有动摇寻求永生的决心，要坚决完成他的历史使命。这是吉尔伽美什的心愿，更是初民们广泛的追求。虽然他走遍了天涯海角，历尽了千辛万苦，找到了永生的幻影——乌特那什什提牟，但他"睡意如云"，无法邀请诸神，无法六天六夜不合眼……"睡意如云"象征着吉尔伽美什已为死神攫取的悲剧气氛，揭示出吉尔伽美什无法超越死亡的悲剧结局。而那棵得而复失的"仙草"，在给初民们以永久的宽慰和遗憾的同时，也象征出死亡不再生，永生不可得的历史必然。

　　吉尔伽美什探求永生失败了，但它具有历史性的意义。如果说人类认识到有生就有死是人类自我意识的第一次飞跃，那么认识到死不可复生是人类自我意识的第二次飞跃。史诗的悲剧结构，是人类自我意识——对主体的认识、怀疑，直至否定的开始，也是人类正确地认知自身、评价自身的起点，也证明了永生不可得的真理，打破了初民们永生的幻想，是人类的觉醒，为人类开始进入理性时代——重视人生价值，即萌发"死使我生"的高层意识，作了精神准备。

　　综上所述，无论天神恩启都还是地神芬巴巴，或者历史化和神话化的吉尔伽美什，都是古巴比伦初民要求征服自然的体现。他们双重性的形象——作为主题的形象和作为幻影的客体，反映了古巴比伦初民从原逻辑思维走向理性思维的历史进程，浓缩了主体的"对象化"和客体的"物化"过程，标志着人类走向主宰世界、认识自我的开始。虽然它是神秘的、超自然的、象征性的，甚至是带有末世情调的，但它第一次表达了征服大自然这一人类永恒的理想，体现了人类最终主宰世界的历史必然，为后世征服大自然这一文学的主题，树立了光辉的典范。

（原载《民间文学论坛》1987 年 6 期）。

后　记

　　这本论文集收录的是我们俩自大学毕业以来至今发表的部分论文。编定的思路大致是按照专业侧重和文章发表的时间先后，涵盖了古代与现代作家作品研究的不同话题，以文类体裁、思潮风格、鉴赏批评的不同栏目加以编列，意在留下过往岁月里曾经关注过的一些文学现象和读书的一种状态。

　　其实，编这个集子，没有一定的编选与取舍标准，更不具有总结的意味，只是觉得其中的篇什，或发于读书不解之疑惑，或取自修业积学之习作，或因于教学延展之思考，或缘于研究论难之一得，留下了我们"身份的印迹"。虽然那些早年问学的记录，有不少稚嫩之处，但保留原貌，亦可见当初探究之本心和来路。

　　附录的一篇，是陈思广本科期间的一篇作业，曾得到叶舒宪老师的热情肯定与支持。毕业不久，该文以封面要目文章的形式刊发于《民间文学论坛》1987年第6期。现收录于此，于纪念的同时，亦表示对叶老师的衷心感谢。

　　该书的出版得到了段从学兄的大力支持，编辑杜东辉亦付出了辛勤的劳动，在此一并感谢！

　　是为记。

丁淑梅　陈思广

2015年4月18日于双流县川大文星花园